2,-

HEYNE <

D1859308

Das Buch

Ein Jahr ist es her, dass Trixie sich von Sam getrennt hat, weil der neben ihr noch eine Verlobte in Hongkong hatte. Seitdem hat sie ihren Job als Investmentbankerin leider vollkommen vernachlässigt, ihre Kollegen mit gemeinen Sprüchen verärgert und die Anwesenheit im Büro auf ein Minimum reduziert.

Auf dem Weg zur Arbeit landet dann auch noch ein Becher Caffè Latte mit viel Schwung auf Trixies neuem Prada-Kostüm – ein wahrhaft schwarzer Montag! Nach der Standpauke in Sachen Pünktlichkeit und Arbeitsmoral setzt der Chef ihr eine Deadline: Wenn sie nicht in sechs Wochen einen Geschäftsabschluss vorweisen kann, verliert sie ihre Stelle. Also verkneift sich Trixie freche Sprüche, krempelt die Ärmel hoch und nimmt sich fest vor, sich heute ganz auf ihre Bildschirme zu konzentrieren. Bis ihr ein gut aussehender, schwarzlockiger Jemand plötzlich einen Becher Caffè Latte unter die Nase hält – Ciaran, der neue Kollege, der den morgentlichen Kaffeeunfall wieder gutmachen möchte. Sie ignoriert ihr Herzklopfen zunächst, denn es gilt, eine große Aufgabe zu bewältigen – ein neuer Auftrag muß her.

Doch dann platzt ihr hoffnungsvollster Deal, und Trixie findet heraus, dass Ciaran dahintersteckt.

Die Autorin

Helen Dunne ist 34 Jahre alt und lebt im Norden Londons. Nach dem Studium schlug sie eine Journalistenlaufbahn ein und arbeitete als Wirtschaftsjournalistin. 1993 trat sie in die Redaktion des *Daily Telegraph* ein, wo sie mittlerweile als Mitherausgeberin für die Börsennachrichten verantwortlich ist. Vor zwei Jahren ließ sie ihre Trixie-Trader-Kolumne auf eine nichts ahnende Öffentlichkeit los, die zum großen Erfolg wurde.

Helen Dunne

Trixie Trader

Alles im roten Bereich

Roman

Aus dem Englischen
von Gabriele Weber-Jaric

WILHELM HEYNE VERLAG
MÜNCHEN

HEYNE ALLGEMEINE REIHE
Band-Nr. 01/13771

Die Originalausgabe
TRIXIE TRADER
erschien 2001 bei Orion, England

Umwelthinweis:
Dieses Buch wurde auf
chlor- und säurefreiem Papier gedruckt.

Deutsche Erstausgabe 09/2003

Der Wilhelm Heyne Verlag ist ein Verlag
der Ullstein Heyne List GmbH & Co. KG
Printed in Germany 2003
Redaktion: Lüra-Klemt & Mues GbR
Umschlagillustration: Tim Weiffenbach
Umschlaggestaltung: Nele Schütz Design, München
Gesetzt aus der Janson
Satz: KompetenzCenter, Mönchengladbach
Druck und Bindung: Ebner & Spiegel, Ulm
http://www.heyne.de

ISBN: 3-453-86959-1

Meinem Vater Daniel gewidmet.
Du warst am Anfang da,
du bleibst bei mir bis ans Ende.

Dienstag, 3. Oktober

(Nur noch 42 Tage Galgenfrist – und ich hab's nicht mal gewusst)

Gott war eindeutig kein Investmentbanker.

Gott hat viele gute Taten vollbracht, so viel steht fest. Jimmy Choo einen Schuhleisten in die Hand zu drücken und Tom Ford bei Gucci unterzubringen – das war schon ziemlich genial. Außerdem hat er sich Mann und Frau ausgedacht und Adam und Eva als Sexidole erschaffen. Wenn Sie mich fragen, war auch das saubere Arbeit. Genau genommen handelt es sich um die beste Werbekampagne der Weltgeschichte. Ja, Maurice Saatchi, wein dir ruhig die Augen aus, der Mensch kann nicht immer alles haben.

So gesehen habe ich mit Gott kein Problem. Im Ernst jetzt. Eher ziehe ich ehrerbietig meinen Philip-Treacy-Hut vor ihm. Doch wenn Gott Investmentbanker gewesen wäre, hätte er bestimmt auf die Zeitzonen verzichtet, und ich müsste nicht um sieben Uhr früh im Büro auftauchen, um meine Kollegen in Fernost zu erreichen.

Sieben! Uhr! MORGENS!!! Mitten in der Nacht!!! Darüber verlieren die Berufsberater kein Wort, wenn sie die Universitäten abklappern. Lediglich der finanzielle Aspekt, *der* wird hervorgehoben. Vom frühen Aufstehen ist da nie die Rede, *nie.* Warum auch? Ist doch bekannt, dass so was nur Briefträger und Milchmänner betrifft, genauso wie der Hungerlohn und die fürchterlichen Uniformen. Für die Leute in der City gilt so was nicht. Für die gibt es Champagner, Prämien und Designerklamotten – dachte ich jedenfalls.

Ich werde mich nie an die frühen Morgenmeetings gewöhnen. Sie ruinieren nämlich nicht nur mein Privatleben, sondern auch mein Aussehen – zum Glück besitze ich die beste aller Augencremes, La Prairie. Damit geht's. Auch heute habe ich mich nur aufgerappelt, weil mein Boss Jim mich ausdrücklich darum gebeten hat. Freiwillig wäre ich bestimmt nicht auf den Gedanken gekommen. Wenn ich genau darüber nachdenke, fällt mir auf, dass Jim dabei ganz schön unfreundlich war. Ob ihm meine lange Mittagspause gestern nicht gepasst hat? Ach was, er ist einfach nur gestresst. Genau. Das wird's gewesen sein. Er rechnet gerade den Bonus aus und weiß noch nicht, wie viel er mir zuteilen soll. Ich kriege jetzt schon Herzklopfen, wenn ich daran denke.

Ich schiebe die Trennscheibe beiseite. »Sie könnten ruhig mal einen Zahn zulegen«, sage ich zu dem Taxifahrer. Ich liebe Taxifahren. Es ist die einzige Möglichkeit, hinter jemandes Rücken zu reden, ohne dass derjenige sich beschweren kann. »Ich muss in zehn Minuten bei meinem Meeting sein.«

»Nichts zu machen, junge Frau. Sehen Sie nicht, dass hier alles dicht ist?« Der Fahrer deutet auf den Verkehr, der die Straße verstopft. »Immer dasselbe. Bullen und Volltrottel, die im Halteverbot parken. Zu Fuß wären Sie schneller.«

Ich zeige ihm meine Schuhe. »Sehen die nach Wanderschuhen aus?« Wenn Gott gewollt hätte, dass wir uns zu Fuß fortbewegen, hätte er wohl kaum Taxen oder Stöckelschuhe erschaffen.

Der Taxifahrer zuckt mit den Schultern. »Dann rechnen Sie mal mit einer halben Stunde. Mindestens. Es wäre schlauer, das Stück zu laufen. Ist auch gut für die Waden.«

Ich werfe einen raschen Blick auf meine Waden. *Ma bête noire.* Sind sie etwa dick geworden? Wie und wann denn? Etwa wegen der einen klitzekleinen Stunde letzte Woche, die ich bei meinem Fitnesstrainer schwänzen musste, um auf eine Party zu gehen? Ich hebe und strecke meine Füße und begutachte unterdessen meine Waden. Sie sind nicht dick! Der Taxifahrer will mich einfach nur ärgern. Dabei bedarf es lediglich einer dieser achtlos hingeworfenen Kommentare, und sogleich ersteht das rothaarige, dicke Kind in mir wieder auf, das glaubte, Ingwerkekse seien die beste Ernährung. Also wirklich – meine Waden sind dermaßen tadellos geformt, dass sogar Action Man stolz auf sie gewesen wäre. Ende der Panikattacke.

Ich reiche dem unflätigen Fahrer das abgezählte Fahrgeld durch die Öffnung. Ha! Nun muss er sich umdrehen. Soll er sich doch den Rücken verrenken.

»Hey, wie wär's mit Trinkgeld?« Er scheint verärgert.

»Huch – vergessen. Ziehen Sie Ihre Stirn nicht so kraus. Das gibt Falten.«

Ich lange nach meiner Tasche, knalle die Wagentür hinter mir zu und werfe einen Blick auf die Armbanduhr. Zu dem Meeting werde ich wahrscheinlich zu spät kommen. Mist, Mist, Mist. Ich beruhige meine Nerven, indem ich mir ausmale, wofür ich den Bonus verwenden werde. Da wäre zum einen der süße Blazer, den ich bei Nicole Farhi gesehen habe, dann das schwarze Kostüm bei Emporio Armani, der neueste Palm Pilot, eine Wellnesswoche in …

Was zum Teufel! Abrupt werde ich aus meinen Träumereien gerissen, weil irgendein Trottel direkt in mich hineinläuft. Sein Caffè Latte landet auf dem Rock meines roten Wollkostüms. Ich blicke auf. Hilfe! Liam Neeson steht vor mir, in der Hand einen leeren Styroporbecher.

»O Gott«, stößt er hervor. »Ich habe Sie nicht gesehen. Ich hatte meine Augen woanders und … herrje, ich weiß wirklich nicht, was ich sagen soll. Entschuldigen Sie vielmals.«

O, dieser irische Zungenschlag! Ich will ihm gerade erklären, wie großartig ich ihn in *Michael Collins* fand, und dass man ihn niemals zum Schluss hätte sterben lassen dürfen, doch in dem Moment spüre ich die feuchte Wärme seines Kaffees durch den Rockstoff sickern.

»Was fällt Ihnen ein?«, rufe ich aufgebracht. »Warum passen Sie nicht auf, wo Sie hintreten?« Kaffeeschaum tropft auf meine Schuhe. »Sehen Sie sich das an!«

Er mustert mich abwägend, und ich muss mich ganz schnell daran erinnern, dass dieser Blödmann zwar Liam Neeson sein mag, aber dennoch meinen Rock ruiniert hat. Zuletzt starrt er auf den feuchten Fleck mit den Schaumbläschen, die auf der Wolle zerplatzen, und da bleibt ihm dann doch der Mund offen stehen. Ich erkenne eine Reihe makellos weißer Zähne. Er macht seinen Mund wieder zu und schluckt, ehe er erwidert: »Bitte, verzeihen Sie vielmals. Kann ich Ihnen irgendetwas holen?«

»Was denn? Etwa noch zwei Stück Zucker und einen Schuss Vanille?«

»Ähm, nein.« Er blickt mich betreten an. Dunkle Locken fallen in seine Augen. Blaue Augen. Zwei Stück. Schön. »Ich dachte eher an einen feuchten Lappen.«

»Besten Dank, aber mein Rock ist bereits feucht genug. Abgesehen davon wüsste ich echt nicht, woher Sie hier einen feuchten Lappen bekommen wollen.« Ich zeige mit der Hand über die Gebäude, die sich links und rechts der Moorgate, einer der Hauptstraßen der City, erstrecken. »Da! Bank, Bank, Versicherung. Ich sehe weit und breit keinen Laden auf dem ›Feuchte Lappen 'R' Us‹ steht.«

»Wirklich, es tut mir sehr Leid … warten Sie, – hier, nehmen Sie das.« Er zieht ein weißes Leinentaschentuch mit grünlichen Flecken aus seiner Jackentasche.

»Wie bitte?« Wenn er doch nur nicht so wahnsinnig gut aussähe! Sein grauer Anzug fällt fließend und glatt an seinem schlanken Körper herab. »Sie glauben doch nicht, dass ich das anrühre! Das ist ja nicht mal sauber!«

»Aber selbstverständlich ist es das.« Ich will meinen Blick abwenden, doch dieser ungeschickte Mensch beweist mir, dass die grünlichen Tupfer zum Muster gehören. Er schaut mich verzweifelt an. »Lassen Sie mich wenigstens für die Reinigung aufkommen. Sie haben keine Ahnung, wie peinlich mir das ist. Prada-Röcke sind einfach nicht dazu da, um mit Kaffee bekleckert zu werden.«

Er erkennt die Marke? Ich mustere ihn mit neuerlichem Interesse.

»*Kein* Rock ist dazu da, um mit Kaffee bekleckert zu werden. Nicht nur einer von Prada«, korrigiere ich ihn.

»Hören Sie, es ist mir wirklich ausgesprochen unangenehm, aber ich war in Eile – also, ich *bin* in Eile. Ich hätte Sie sonst nicht angerempelt, oder vielleicht doch, aber zumindest nicht, um meinen Kaffee über Sie zu verschütten.« Er schaut mir in die Augen, und ich spüre, dass mir die Röte ins Gesicht steigt. »Ich gebe Ihnen meine Telefonnummer. Dann können Sie mich wegen der Reinigungsrechnung anrufen«, setzt er eilig hinzu. »Ich muss jetzt nämlich los. Sonst komme ich tatsächlich zu spät.«

Er hält mir seine Karte hin. Liam Neeson heißt in Wirklichkeit Ciaran Ryan. Wenn mich nicht alles täuscht, sieht seine Telefonnummer nach Chelsea aus. Coole Adresse. Außerdem besitzt der Typ eine private Visitenkarte. Ich werfe einen raschen Blick auf die Rückseite. Bingo.

»Hm. Woher soll ich wissen, dass das tatsächlich Ihre Telefonnummer ist, Mr. Ryan?«, erkundige ich mich. »Spezialreinigungen sind ganz schön teuer. Es könnte sich ja auch um einen Trick handeln, mit dem Sie sich vor der Rechnung drücken wollen. Oder vor der Bezahlung eines neuen Kostüms, wenn der Kaffeefleck sich nicht entfernen lässt.«

Ciaran Ryan reicht mir sein Handy. Stark. Allerneuestes Modell. »Wählen Sie die Nummer«, sagt er. Ich drücke die

Tasten. Es ist ein Handy mit allem Drum und Dran. Gefällt mir ausgezeichnet. Könnte mich glatt dazu bewegen, mein derzeitiges Modell zu entsorgen. Mein Handy ist nämlich schon sechs Monate alt, was in der Telekombranche so viel bedeutet, wie dass es demnächst für eine Hundertjahrfeier in Frage kommt. Ich höre ein Tuten. Der Anrufbeantworter schaltet sich ein.

»Hallo. Sie haben den Anschluss von Ciaran Ryan gewählt. Leider bin ich zurzeit nicht zu erreichen ...«

Demnach lebt dort nur ein *ich*, kein *wir*. Ich drücke die Austaste und erkläre Mr. Ryan, dass ich mich später am Nachmittag melden werde.

»Dann bin ich noch nicht zurück. Ich trete gleich eine neue Stelle an. Am Abend wäre es günstiger. Da bin ich zu Hause. Ja, rufen Sie mich heute Abend an.«

Heute Abend zu Hause? Hat er denn nichts vor?

»Im Übrigen werde ich selbstredend für ein Ersatzkostüm aufkommen. Ich finde jedoch, Sie müssten eine gewisse Summe für den Verschleiß abziehen. Ihr Kostüm ist bereits seit achtzehn Monaten auf dem Markt, und inzwischen dürften Sie es ziemlich häufig getragen haben.«

Wumm! Ein K.O.-Schlag von Ciaran Ryan höchstpersönlich. Ich gebe mir alle Mühe, meine Würde zu bewahren, was nicht einfach ist, wenn man sich in einen solchen Fettnapf gesetzt hat. Ich wühle in meiner Handtasche. »Hier ist meine Visitenkarte, Mr. Ryan. Vielleicht melden *Sie* sich am Nachmittag bei mir. Heute Abend bin ich leider verabredet.« Meine Stimme trieft vor Verachtung, und meine Blicke verströmen die Kälte von Alpengletschern. Wenn ich diesen Zustand erreiche, beginnen meine Kollegen für gewöhnlich zu schlottern.

Nicht so Mr. Ryan. Er lächelt und dreht meine Karte um. »Schau an! Sie sind also Investmentbankerin. Kein Wunder, dass Sie sich Prada leisten können.«

Ich werfe ihm einen weiteren vernichtenden Blick zu.

»Abgemacht, ich rufe Sie an«, fährt er fort. »Ehrlich. Doch nun ist es schon« – er schaut auf seine Armbanduhr – »zwanzig nach sieben, und ich bin eindeutig zu spät dran. Ciao.« Er verschwindet über die Moorgate in Richtung der Bank of England.

Zwanzig nach sieben? O nein, bitte nicht. Theoretisch könnte ich es in fünf Minuten zur Bank schaffen, doch mit den Stöckelschuhen brauche ich mindestens zehn. Ich werde definitiv zu spät kommen. Was soll ich Jim erzählen? Ob ich es noch mal mit einem tragischen Familienfall probiere? Moment mal – wie viele Schlaganfälle hat meine Großmutter in diesem Jahr eigentlich schon erlitten? Vielleicht sollte ich Jim lieber erklären, ich hätte unterwegs bei einem Kunden vorbeigeschaut. Das würde Eindruck machen. Andererseits würde Jim das vermutlich kontrollieren oder mich gleich geradeheraus fragen, welcher Kunde das war. Pah, weshalb mache ich mir überhaupt Gedanken? Ich habe eine astreine Entschuldigung … Jim, stell dir vor, der Doppelgänger eines berühmten Hollywoodstars hat leider seinen Caffè Latte auf meinem Rock verschüttet … Ganz einfach. Selbst ich hätte mir so etwas nicht ausdenken können.

Um Viertel vor acht treffe ich vor der Bank ein. Während ich die fünf Steinstufen zur gläsernen Eingangshalle erklimme, beschleicht mich ein Gefühl drohenden Unheils. Das ist heute nicht mein Tag, so viel steht fest. Die aufgeblähten Sicherheitsbeamten in ihren albernen Uniformen und Schirmmützen grinsen, als sie den feuchten Fleck auf meinem Rock bemerken. O Gott. Warum musste ich auch das rote Kostüm anziehen? Warum habe ich nicht nach etwas Schwarzem gegriffen? Zum Glück hängt mein kleiner Armanifetzen seit der letzten Reinigung noch immer an dem Kleiderständer neben meinem Schreibtisch. Als ich den Aufzug verlasse, sehe ich zu meiner Erleichterung, dass meine Kollegen und Kolleginnen, auf ihre Computerbildschirme konzentriert, an ihren Schreibtischen sitzen. Niemand schenkt mir Beachtung, während ich den riesigen Raum durchquere und meine Tasche vor mich halte, um den Fleck zu verbergen. Der elektronische Kursanzeiger, der oben an den Wänden entlang läuft, macht deutlich, dass die Finanzmärkte des Fernen Ostens eine schlechte Nacht hinter sich haben. Ich erkenne die üblichen Angeber, die hektisch auf und ab springen und Anweisungen in ihre Telefone brüllen, während sie herauszufinden versuchen, mit welchen Indizes die Londoner Börse eröffnet. Trotz der vielen Menschen ist es hier drinnen relativ ruhig, was an der erstklassigen Schallisolierung liegt.

Ich benötige einige Minuten, um an meinen Tisch zu gelangen. Er liegt gegenüber den verglasten Büros der Geschäftsleitung, die sich am Ende der Börsenabteilung befinden. Allerdings kann man mich von diesen Büros aus nicht sehen, denn die Bildschirme auf meinem Tisch bilden eine nützliche Barriere. Außerdem schließt sich an meinen Schreibtisch direkt der nächste Platz mit der gleichen Computerausstattung an.

Ich sitze in einer Doppelreihe von zehn Tischen – fünf auf der einen, fünf auf der anderen Seite. Von meiner Arbeitsstation (wie mein Schreibtisch auf Investmentbankerisch heißt) geht ein Gang ab, der mit Kleiderständern, Papierkörben, Fotokopierern und Reißwölfen zugestellt ist. Dahinter schließt sich die nächste Doppelreihe an. Trotz der Tatsache, dass wir ziemlich dicht aufeinander hocken, besitzt man ein erstaunliches Maß an Privatsphäre. Ich kann zum Beispiel nach Herzenslust telefonieren, sogar mit hochgelegten Beinen, denn meine Kollegen sind entweder zu sehr mit ihrer Arbeit beschäftigt oder zu blöd, um anderer Leute Gespräche zu belauschen. Ich höre allerdings auch nie darauf, worüber *sie* reden, und ich sehe sie nur, wenn ich mich in die Höhe hieve und über die Bildschirme spähe, wozu ich aber nie Lust verspüre.

Die Mitglieder meiner Abteilung kommen im Gänsemarsch aus einem der Glasbüros getrottet. Ich habe das morgendliche Meeting nun leider endgültig verpasst. In der Regel schildern da die Vertreter der verschiedenen Geschäftsbereiche, wie ihre Erwartungen für den Tag aussehen.

Sobald ich Zeit habe, werde ich mich mal erkundigen, ob was Besonderes anliegt. Ich müsste vielleicht auch einen der Ökonomen fragen, wie er sich das Auf und Ab im Fernen Osten erklärt. Später. Jetzt nicht. Jetzt schnappe ich mir erst mal mein Armani-Kostümchen. Ich will mich gerade damit in die Damentoilette verziehen, als Jim mich antippt.

»In zehn Minuten«, zischt er. »In meinem Büro. Ich muss nur noch zu einem kurzen Meeting. Wehe, du bist nicht auf die Sekunde pünktlich!«

Quelle horreur! Jim scheint ausnehmend schlecht gelaunt zu sein. Noch ehe ich zu meiner Geschichte mit dem Kaffee und dem Rock ansetzen kann, setzt er barsch hinzu: »Ich will keinen Ton hören. Weder von dem Kunden, den du urplötzlich ins Krankenhaus bringen musstest, noch von dem Weisheitszahn, der aufgemuckt hat. In den vergangenen beiden Jahren wurden dir bereits sechs Weisheitszähne gezogen. Ich habe mitgezählt.«

Hölle! Er scheint meine Ausreden in- und auswendig zu kennen.

Jim entfernt sich ein, zwei Schritte, bleibt dann stehen und knurrt über die Schulter: »Deine monatliche Unpässlichkeit ist auch erst in zwei Wochen. Mary führt Buch darüber, weil sie dafür die doppelte Ration Schokokekse bestellen muss.«

Mary ist Jims persönliche Assistentin. Die kann sich nun echt auf was gefasst machen. Wie wär's, wenn ich ihr aus Versehen mal eine fette Laufmasche in ihre Fogal-Strumpfhose reiße?

Wichtiger ist zunächst jedoch die Frage, was für eine Laus Jim über die Leber gekrochen ist. Ein Termin? In seinem Büro? Na, hoffentlich schafft er wenigstens die Familienfotos von seinem Schreibtisch. Jedes Mal, wenn ich seine Frau in ihrem Kaftan aus den siebziger Jahren erblicke, muss ich lachen.

Der Gerechtigkeit halber soll jedoch gesagt werden, dass ich Jim eine Menge verdanke. Ich war immerhin die erste Geisteswissenschaftlerin, die er eingestellt hat – damals, vor vielen, vielen Jahren, als ich gerade mein Anthropologiestudium abgeschlossen hatte und absolut nichts damit anzufangen wusste. Allerdings hatte ich mich in der Bank nur beworben, weil ich von den Irrsinnsgehältern und dem Superangebot an tollen Typen erfahren hatte. Ich gebe zu, von dem Angebot habe ich ziemlich Gebrauch gemacht … bis ich einmal übel reingefallen bin. Seitdem halte ich mich zurück.

Wie lieb und freundlich Jim damals noch war – ganz anders als heute.

Ich betrete die Damentoilette und ziehe mich um. Ich hasse Ciaran Ryan, selbst wenn er hundertmal wie Liam Neeson aussieht! Sogar auf meinem La-Perla-Schlüpfer lässt sich noch ein Kaffeerand erkennen, und ich weiß jetzt schon, der Fleck geht nie mehr raus.

Ich frische mein Make-up auf und zupfe meine roten Locken zurecht. Es klingt vielleicht ein wenig überheblich, doch man hat mir des Öfteren gesagt, ich sähe wie Nicole Kidman aus. Ich sollte mein Haar glätten lassen, um mich ihrem neuesten Stil anzupassen. Ob ich heute Nachmittag schnell noch einen Frisörtermin einschiebe? Doch eins nach dem anderen. Zuerst ist Jim an der Reihe.

»Komm rein, Trixie!«, ruft er, nachdem ich angeklopft habe.

Eine innere Stimme hat mir geraten, besser nicht unaufgefordert in sein Büro zu platzen.

»Setz dich.«

Jim scheint sehr von den Computern auf seinem Schreibtisch in Anspruch genommen zu sein. Ich höre die Piepgeräusche, mit denen sich die E-Mails ankündigen, und überlege, ob er schon den Clip mit dem Zoowärter kennt, denn der ist echt lustig. Da mistet der Typ gerade das Elefantengehege aus, als der Elefant mit einem Mal einen Schritt rückwärts tut. Sieht aus, als würde der Kopf des Wärters im Elefantenhintern verschwinden. Ich kann ihm den schicken, wenn er ihn noch nicht hat.

»Sag mal, Jim, kennst du schon das E-Mail –?«

»Augenblick noch, Trixie«, fällt er mir ins Wort. »Ich überprüfe gerade die jüngsten Zahlen. Danach legen wir los.«

Mit einem Blick in die Runde stelle ich fest, dass das Foto von Jims Ehefrau verschwunden ist. Kein Wunder, denn Denise ist wahrhaftig nicht gesegnet, was ihr Äußeres anbelangt. Eher geschlagen. Sie hat ein beträchtliches Problem mit ihrer Gesichtsbehaarung. Vor einigen Jahren kursierte das Gerücht, Jim bemühe sich um eine Versetzung in den Nahen Osten. Es ging um eine super Stelle, und sie hätte darüber hinaus eine Beförderung bedeutet, doch ich glaube, im Grunde wollte er nur, dass Denise sich mit einem Schleier verhüllt. Seine Kinder scheinen zum Glück keins der mütterlichen Gene geerbt zu haben. Sie lächeln richtig süß aus den Silberrahmen hervor.

Auch Mary lächelt von ihrem Vorzimmertisch durch die Glaswand zu mir herüber. Keine Sorge, Mary, du bekommst dein Fett schon noch ab. Über meinen monatlichen Zyklus Buch zu führen! Ich halte das für die Art von Belästigung, für die sich Personalabteilungen interessieren.

Ich schaue an Jim vorbei durch das Fenster, das eine ganze

Wand in seinem Büro einnimmt. In der Ferne sehe ich das London Eye. Es dreht sich derart langsam, dass es kaum auffällt. Das ist einer der Vorteile, wenn man im fünfzehnten Stockwerk arbeitet. Da hat man eine prima Aussicht. Wenn ich dichter am Fenster säße, könnte ich auch St. Paul's, das Monument und den Tower erkennen, all diese historischen Gebäude, die die Arbeit in der City zu etwas Besonderem machen. Wie kann bloß eine Menschenseele auf den Gedanken kommen, Frankfurt mit seinen nüchternen, modernen Fassaden könne London den Platz als Finanzhauptstadt Europas streitig machen?

»So – dann wollen wir mal.« Jim richtet einen stählernen Blick auf mich. Normalerweise kann ich in seiner Miene lesen, doch im Moment gelingt mir das nicht.

»Obwohl ...« – Jim macht eine Pause – »ich weiß eigentlich nicht, wo ich anfangen soll. Ich vermute, du bist dir selbst darüber im Klaren, wie dünn das Eis ist, auf dem du dich bewegst. Es gibt ja kaum noch jemanden, der sich nicht über dich beschwert. Punkt eins ist natürlich, dass die Morgenmeetings offenbar unter deiner Würde sind, Punkt zwei ist jedoch der Eindruck, dich ginge das Ganze hier grundsätzlich nichts mehr an.«

Mann, was soll denn das auf einmal? Ich muss ihn sofort aufklären. Ich erzähle Jim die Sache mit dem Wecker, der es nicht schafft, die richtige Zeit anzuzeigen. Danach die mit den glitschigen Blättern, die immer vor mir auf dem Gehsteig landen. Anschließend schildere ich ihm die Geschichte mit dem Mann, der wie Liam Neeson aussieht und der seinen Kaffee auf meinem Kostüm verschüttet hat.

Jim hört meiner Litanei aufmerksam zu, bis er mit einem Mal die Hände hebt, um mir Einhalt zu gebieten.

»Das Letzte gefällt mir am besten, Trixie, wenngleich ich dir auch zutrauen würde, dass du dich selbst mit Kaffee bekleckert hast. Wie dem auch sei – ich hätte ohnehin mit dir gesprochen, selbst wenn du heute rechtzeitig aufgetaucht wärst. Dummerweise läuft nämlich das Geschäft nicht so gut, und unsere Bank hat ein hartes Jahr hinter sich, was äußerst drastische Gegenmaßnahmen erfordert.«

Jim mustert mich streng. »Das sind wir unseren Shareholdern schuldig. Es behagt ihnen nicht, Geld zu verlieren, während wir links und rechts Prämien verteilen. Man erwartet gewisse Einschnitte. Sprich, wir müssen unsere Kosten senken. Was das bedeutet, muss ich dir bestimmt nicht erklären, du weißt ja wohl, dass das den Abbau von Stellen verlangt.«

Nein!!! Hat er mich etwa deshalb zu sich gerufen? Er kann doch nie im Leben *mich* dabei im Auge haben! Ich blicke Jim entsetzt an, fasse an meine Kehle und danke Gott für die Festigungscreme von Clarins, die ich auf meinen Hals aufgetragen habe. Sie hilft mir, Haltung zu bewahren, anstatt zusammenzuklappen und in Tränen auszubrechen. Wie soll ich denn bitte ohne mein Gehalt auskommen? Und erst recht ohne meinen Bonus? Unvorstellbar!

»Hast du nichts dazu zu sagen?« Jims Blick ruht noch immer auf mir.

»Ich dachte, wir hätten eine besondere Beziehung«, bricht es aus mir heraus. »Ich war deine erste Anthropologin! Weißt du das nicht mehr? Damals hast du versprochen, immer zu mir zu halten!«

»Die Dinge ändern sich, Trixie. Genau wie die Menschen. *Du* hast dich verändert. *Ich* habe mich verändert. Wir sind nicht mehr die, die wir vor sieben Jahren waren. Sieh dich doch nur mal an. Du bist eine selbstbewusste Frau geworden, die in Designerklamotten herumläuft. Als wir uns kennen lernten, dachtest du, Armani wäre eine Romanfigur. Inzwischen besitzt du fast Anteile an dem Laden.«

Ja, aber im Kern bin ich doch wohl die Alte geblieben, oder

nicht? Jim redet sich da einfach etwas ein, um es sich leicht zu machen. Doch damit kommt er bei mir nicht an, o nein! Ich musste lernen, erwachsen zu werden. Musste kämpfen, um da zu landen, wo ich bin. Weiß er überhaupt, was es heißt, als Frau in einer Männerwelt zu überleben?

»Ich dachte, du hättest mich adoptiert«, sage ich gekränkt. »Vielleicht weißt du nicht mehr, wie sehr ich mich anstrengen musste, um hier alles zu lernen? Wie viel Mühe ich mir gegeben habe, um dich nicht zu enttäuschen? Und jetzt, nachdem ich das alles erreicht habe, soll es umsonst gewesen sein?« In meinen Augen brennen Tränen, doch ich weigere mich, ihnen freien Lauf zu lassen. Wie kann Jim mir nur dermaßen ruhig das Ende meiner Karriere verkünden? Wie kann er es wagen, mich derart gleichmütig auf mein Versagen hinzuweisen? So lasse ich mich von keinem Mann behandeln. Nicht mehr seit Sam. Ich wende meinen Blick ab und blinzele die Tränen fort. Ich glaube nämlich, dass ich heute früh nicht die wasserfeste Wimperntusche benutzt habe.

»Stimmt. Alles, was ich dir beibringen konnte, hast du gelernt. Zu Beginn lief ja auch alles bestens. Ich erinnere mich noch sehr gut an deinen anfänglichen Elan. Damals musste man dir nur einen Wink geben, und prompt warst du am Ball.« In Jims Stimme schleicht sich ein Anflug von Wärme ein.

Ich erinnere mich. Damals spielte es noch keine Rolle, um welche Tages- oder Nachtzeit es sich handelte. Alles war neu, ungewohnt und spannend. Es gab kein Morgenmeeting, zu dem ich nicht pünktlich erschien. Ich weiß gar nicht mehr recht, wann sich das geändert hat. Seit wann kommt mir mein Job eigentlich öde und langweilig vor? Seit er zur Routine geworden ist, vermute ich.

Jim streicht sich ein einzelnes Haar aus der Stirn. »Ich glaube, du weißt, was ich sagen will. Es war dein Schwung, der mich veranlasste, dich auszuwählen. Es galt lediglich, diesen

Schwung in die richtigen Bahnen zu lenken, dir die Mechanismen des Marktes zu erklären … meine Güte, du brachtest fantastische Deals zustande …« Jim klingt, als würde er mir aus einem Ratgeber für Gesprächsführung vorlesen. »Leider scheint dieser Schwung sich derzeit neue Bahnen zu suchen. Und leider sind die Auswirkungen schädlich.«

Jim ergreift meine Hand, die auf der Schreibtischplatte liegt. Mary fallen beinahe die Augen aus dem Kopf. »Du bist schrecklich hart geworden, Trixie. Musst du denn jedem Kollegen über den Mund fahren, wenn er mal etwas Falsches äußert? Glaubst du nicht, die Leute hielten mehr von dir, wenn du ihnen ab und zu einmal dein wahres Gesicht zeigen würdest?«

Mit einem Ruck entreiße ich ihm meine Hand. Seit wann kennt Jim mein wahres Gesicht? Niemand in der Bank tut das. Das habe ich nie zugelassen. Doch wenn Jim glaubt, er könne sich nun mit ein paar gefühlvollen Worten aus der Affäre ziehen, hat er sich geschnitten. »Lass uns zuerst mal was klarstellen, Jim«, erwidere ich. »Du musst Leute loswerden, und ich bin die Erstbeste, die dir in den Sinn gekommen ist. So ist das doch, oder?«

»Nun, ganz so würde ich das nicht ausdrücken«, entgegnet Jim. Meine Unnachgiebigkeit scheint ihn zu verblüffen. Wahrscheinlich hat er mit einem Tränenausbruch gerechnet, so wie das meinem »wahren Wesen« entspräche.

»Wie würdest du es denn ausdrücken? Dass ich bei der Reise nach Jerusalem diejenige ohne Stuhl geblieben bin?«

»Tja, im Prinzip schon.«

»Aha. Und was erwartest du jetzt? Soll ich auf die Knie gehen? Muss ich vor dir rumrutschen? Hier auf deinem blank gewienerten Parkett?«

»Trixie, ich bitte dich. Ich fürchte, dir entgeht der springende Punkt.«

»Ach so! Ich dachte, der springende Punkt wäre, dass ich ohne Stuhl bin. Ich bin der Kopf, der rollen muss. Ich bin die Anna Boleyn deiner Abteilung.« Meine Hand wird zu einem Beil und saust durch die Luft.

»Hör zu, Trixie, auf diese Weise kommen wir nicht weiter. So wie es aussieht, wärst du in der Tat das erste Opfer – doch so weit ist es ja noch nicht. Noch ist nicht alles verloren, noch kannst du dich retten.«

»Wie soll ich mich denn noch retten können? Du hast doch gerade alles zerstört. Meinen Charakter, meine Hoffnungen, meine Träume …« Trag weiter dick auf, Trixie. Mach ihm ein schlechtes Gewissen. Quetsch dir eine Träne ab. Vergiss die Wimperntusche. Wickle ihn ein.

»Komm mir jetzt nicht damit, Trixie. Schließlich hast du diese Konsequenzen ausschließlich und allein *dir* zu verdanken.«

Ich bin enttäuscht. Das war nicht die Reaktion, auf die ich gehofft habe.

»Du möchtest die Früchte des Erfolges ernten«, fährt Jim erbarmungslos fort, »doch du willst nichts dafür tun. Wenn du deinen Job retten willst, muss die alte Trixie wieder zum Vorschein kommen. Die Trixie, die sich ihr Gehalt *verdient* hat.«

»Und was würde diese alte Trixie tun müssen?« Himmel, es ist bereits Ewigkeiten her, dass meine Arbeit mir Spaß gemacht hat. Ob ich diesen Adrenalinstoß jemals wieder in Gang setzen kann? Will ich das überhaupt? Sei nicht albern, Trixie! Natürlich willst du das. Was bleibt dir denn auch anderes übrig? Was kannst du denn mit Anthropologie anfangen, außer Anthropologin zu werden? Was nicht gerade dein Traum wäre. Gib zu, dass du in der City arbeiten, ein sattes Gehalt einstreichen und dich im Prestige deines Jobs aalen willst. So und nicht anders sieht es aus.

»Nun, diese alte Trixie müsste zur Abwechslung mal wieder ein Geschäft auf die Beine stellen. Und zwar ein ausgesprochen gutes Geschäft. Eins, das ihr unter der Belegschaft Pluspunkte und der Bank eine Menge Geld einträgt. Du bist nämlich auch dabei, dir die Sympathie deiner Kollegen zu verspielen, Trixie. Glaub bloß nicht, dass ihre Geduld mit dir ewig währt.« Jim schweigt bedeutungsvoll.

»Schon kapiert. Was darf's denn sein? Vielleicht ein kleines, feines Paket? Oder lieber ein Kracher, bei dem die Konkurrenz vor Neid erblasst? Wie wär's mit etwas Exotischem? Soll ich einen neuen Börsengang bewerkstelligen? Ein Erstgeschäft?«

»Ach, weißt du, eins davon würde schon genügen. Darüber hinaus solltest du dir im Moment noch keine Gedanken machen. Überlass dich deinem Flow. Konzentrier dich auf die Kraft, die in dir steckt.« Meine Güte, Jim hat tatsächlich in einem Ratgeber geblättert. »Deine Stärke waren einmal Obligationen. Auf die Art hast du Unternehmen früher zu Dollarmillionen verholfen. Vielleicht erinnerst du dich noch daran. Von etwas Ausgefallenem würde ich dir abraten. Das Naheliegende ist oftmals das Wahre.«

Eins der vier Telefone auf Jims überhäuftem Schreibtisch schrillt los. Ungehalten nimmt er den Hörer auf. »Mary, ich sagte doch, ich will nicht gestört werden! Wie? Oh – in Ordnung.« Er wendet sich mir wieder zu. »Tut mir Leid. Dieses Gespräch muss ich annehmen. Wir haben offenbar ein kleines Problem mit unseren Ergebnissen in Malaysia. Bitte betrachte unsere Unterredung als gut gemeinte, halb offizielle Warnung. Entweder du reißt dich zusammen, oder du suchst dir einen neuen Job.«

Ich lächele und erhebe mich aus dem schwarzen Ledersessel. »Vielen Dank, Jim. Hast du vielleicht auch an einen bestimmten Zeitrahmen gedacht?«

»Oh!« Jim wirkt betroffen. »Hatte ich das vergessen zu erwähnen? Die vorläufige Entlassungsliste wird im Moment zusammengestellt. Endgültig entschieden wird Anfang November, und Mitte November geben wir die Namen bekannt.«

Ich habe mich wohl verhört! Das sind ja nur noch sechs Wochen! In so kurzer Zeit kann ich nicht mal ein Kilo abnehmen, geschweige denn ein Geschäft aus dem Boden stampfen.

Wie im Taumel erreiche ich meinen Schreibtisch, wo ich auf meinen Stuhl falle und im Geiste meine Finanzlage überschlage. Hypothek, Raten für mein Auto, ausgeschöpfter Kreditrahmen … mir wird ganz übel. Ich brauche meinen Job. Wenn Jim mich feuert, wird meine Bank eine Gewinnwarnung herausgeben müssen. Ich habe mehr Schulden als ganz Tansania.

Die Charts auf meinen drei Computern zeigen an, dass die Finanzmärkte kurz vor dem Zusammenbruch stehen. Wie soll der Mensch da ein Geschäft zustande bringen können? Ich drücke Julies Nummer. In Krisenzeiten ist Julie immer meine letzte Rettung. (Na gut, der Schnapsladen auch.) Julie und ich kennen uns seit unserer Studienzeit. Ich erinnere mich noch gut an die Nylonklamotten, die sie im ersten Semester trug. Total peinlich. Es hätte nicht viel gefehlt, und Julie hätte Funken geschlagen. Es hat ein Weilchen gedauert, bis sie über diese Phase hinweg war, doch sie schaffte es, und seitdem ist sie meine beste Freundin.

Siedend heiß fällt mir ein, dass ich mich schon seit einer Weile nicht mehr bei ihr gemeldet habe. Seit unserem Wochenendtrip nach Cannes, glaube ich.

Julie hat sich noch nicht ganz mit »Emerging Markets« gemeldet, als ich bereits meine Leidensgeschichte abzuspulen beginne.

Mittendrin fällt sie mir ins Wort. »Also, weißt du, Trixie, du bist echt gut. Was hast du denn anderes erwartet? Ich meine, du verausgabst dich doch nicht gerade in deinem Job, oder? Wenn du mich fragst, *musste* das eines Tages so kommen.«

Ich finde, Julies Reaktion lässt sehr zu wünschen übrig. Höchste Zeit, einen Gefühlsausbruch zwischenzuschalten. »*Julie!* Wie kannst du so was sagen? Wie wär's mit etwas Mitgefühl? Oder ist das zu viel verlangt? Ich dachte, du bist meine beste Freundin!«

»Oh, natürlich. Nun bin ich wieder deine beste Freundin. In Cannes war das aber noch anders, oder nicht? Wie war doch gleich die Geschichte mit meinem Bikinioberteil? Erinnerst du dich?«

»Selbstverständlich erinnere ich mich. Ich habe dein Bikinioberteil bewundert. Gucci, nicht wahr? Glaubst du denn, ich hätte meinen Wodka mit Cola absichtlich darüber gekippt? Apropos, da muss ich dir noch was erz-«

»Davon rede ich nicht«, unterbricht Julie mich erneut. »Ich rede vielmehr davon, dass du das Oberteil hochgehalten und in die Runde gefragt hast, ob es nicht auch als Doppelzelt durchgehen könnte. Ich wusste überhaupt nicht mehr, wo ich hinschauen sollte.«

»Dafür wussten es aber alle Männer.« Ich kann mir nicht helfen, ich muss lachen. Ich hatte erst in dem Moment erkannt, dass es tatsächlich »hervorquellende Augen« gibt, und dass das keine dichterische Umschreibung ist.

»Das ist nicht lustig, Trixie. Du weißt, wie empfindlich ich in Bezug auf meine Oberweite bin. Es ist schlimm genug, dass du mich JJ nennst, sobald Männer in der Nähe sind.«

»Aber so heißt du doch«, verteidige ich mich. Julie muss mit dem falschen Fuß aufgestanden sein. »Julie Jones oder JJ.«

»Warum weist du denn dann jeden darauf hin, dass es sich auf meine Körbchengröße bezieht?«

»Herrgott, Julie, sei doch nicht so empfindlich! Das ist ein Witz, weiter nichts. Jeder, der deinen Busen sieht, weiß, dass du maximal Doppel-D hast.« Ich halte den Hörer von meinem Ohr ab, um nicht die Flut von Schimpfworten hören zu müssen, die aus der Leitung dringt. »Außerdem hast *du* dich über meine Waden lustig gemacht«, wende ich ein. »*Du* hast erklärt, du hättest schon schönere Waden an einer Kuh gesehen, und du weißt genau, was für Komplexe ich wegen meiner Waden habe. Außerdem verstehe ich nicht, warum *du* dich beschwerst. *Ich* bin diejenige, der man gerade verkündet hat, ihr Job wäre in Gefahr. Es geht ausnahmsweise mal um *meine* Probleme. Merkst du eigentlich gar nicht, wie selbstsüchtig du bist?«

Das Wort *selbstsüchtig* scheint Julie jedoch noch mehr auf die Palme zu bringen als JJ. Jedenfalls knallt sie nach einem weiteren Kraftausdruck, den sie gewiss nicht von ihrer Mutter gelernt hat, den Hörer auf.

Meine Güte, ich wollte sie wirklich nicht ärgern. Ich finde allerdings, ein wenig mehr Mitleid wäre durchaus angebracht gewesen.

In diesem Augenblick fällt mein Blick auf einen Styroporbecher, der plötzlich auf meinem Schreibtisch steht. Aus dem Deckelschlitz quellen Schaumbläschen hervor.

»Was soll das?«, murmle ich vor mich hin.

»Das ist ein Friedensangebot«, sagt eine Männerstimme.

Ich erkenne den irischen Zungenschlag, fahre herum und schaue abermals in zwei wunderschöne blaue Augen.

»Gestatten, Ciaran Ryan. Neuer Verkaufsleiter Großbritannien. Ich habe Ihnen einen Caffè Latte mitgebracht, und zwar so wie Sie ihn mögen. Mit zwei Stück Zucker und einem Schuss Vanille.«

Mittwoch, 4. Oktober

(Noch 41 Tage Galgenfrist – und ich hab's gerade erst begriffen.)

Wie hätte ich es bitte schön heute pünktlich ins Büro schaffen sollen? Das müsste mir erst mal jemand erklären. Ich stehe unter Stress, und gestresste Menschen schlafen länger. Na gut, vielleicht war es nicht klug, sich mit Julie die Nacht um die Ohren zu schlagen, um Jims Ultimatum zu diskutieren. Andererseits hätte Jim sich das denken können. So sind Frauen nun einmal. Wir sprechen über alles. Am liebsten auf Geschäftskosten.

Nach unserem Telefonat ließ ich Julie allerdings zuerst noch ein Weilchen schmoren. Gegen Mittag rief ich sie wieder an. Sie hatte ihre komische Laune – ich tippe mal auf PMS – überwunden und über mein Problem nachgedacht.

»Es gibt eine Lösung«, erklärte sie. »Sie heißt IPO.«

»Pio? Ich dachte, wir wollten den italienischen Kellner nicht mehr erwähnen. Glaubst du, ohne die Hitze und den Chianti wäre mir das passiert? Und überhaupt –«

»Herrgott, nicht Pio!«, unterbrach Julie mich gereizt. »Ich sprach von einem IPO oder einem erstmaligen Börsengang, falls du das besser verstehst. Das ist gefragt, das verschafft der Bank Einnahmen, und du wärst die Heldin des Tages. Wieso muss ich dir das überhaupt erklären? Wie lange arbeitest du eigentlich schon in der City?«

Die Ungeduld in Julies Stimme war deutlich spürbar. Ich hörte, dass sie, während sie mit mir sprach, weiter an ihrem Computer arbeitete.

»Liebe Güte, klar weiß ich, was das ist, ich weiß nur nicht, wie man das macht. Ich hab noch nie ein Erstgeschäft getätigt, und ich finde, es ist Quatsch, was Neues zu lernen, wenn man nur noch sechs Wochen hat. Lieber ruf ich ein paar Kunden an und sage ihnen, sie sollten sich gefälligst ein paar Obligationen besorgen. Den Gefallen werden sie mir ja wohl noch tun können, oder?« Oder nicht?

»Ein paar Kunden anrufen? Himmelherrgott, Trixie, hast du sie noch alle? Du *bist* Kundenberaterin! Du müsstest ununterbrochen am Telefon hängen, um mit Kunden Käufe zu besprechen. Müsstest du nicht aus dem Stand heraus wissen, wer Kapital braucht und wer nicht? Jetzt mach schon! Ruf alle an und zähl deine Angebote auf. Frag zuerst die Leute im Vertrieb. Sie werden dir sagen, was gerade verlangt wird. Du wirst ja wohl noch Angebot und Nachfrage decken können! Das ist doch ein Klacks.«

»Ähm …« Ein Klacks? Wusste sie überhaupt, wovon sie redete?

»Oder sprichst du nicht mehr mit deinen Kunden? Das ist dein *Job*, Trixie, falls du das vergessen haben solltest.«

Manchmal hört Julie sich wirklich wie meine alte Schulleiterin an. Und manchmal, nach einer durchzechten Nacht, sieht sie auch so aus. Das sage ich ihr allerdings nie. Natürlich nicht. Sie macht ja schon genug Zirkus, wenn ich nur ihre Oberweite erwähne.

»Na ja«, begann ich zaghaft. »Früher habe ich das gemacht, stimmt schon. Aber dann ist das mit Sam passiert, und da bin ich aus dem Tritt gekommen. Aber immerhin habe ich meinen Kunden zu Weihnachten einen Kalender geschickt. Aus echtem Leder und mit einer Weltkarte, auf der die Weingebiete eingezeichnet sind. Außerdem bin ich mit dem einen oder anderen von ihnen befreundet. Kennst du Sandra? Die Blondine, die immer mit einem Haufen Männer auftaucht und die eine ganze Flasche Champagner auf ex kippen kann? Irgendwie hängt das mit dem Zäpfchen hinten an ihrem Gaumen zusammen. Und Moira. Moira ist die Frau, die mir alle Klamotten zum Einkaufspreis besorgt. Also ehrlich, mit denen spreche ich täglich über Angebot und Nachfrage.«

»Warum bringst du nicht eine von denen dazu, zur Abwechslung mal ein Geschäft mit dir abzuschließen?«

Ich fand, anstatt mir Löcher in den Bauch zu fragen, hätte Julie allmählich ruhig mal ein paar Trostworte ablassen können.

»Weil sie für Unternehmen arbeiten, die schon seit Jahren kein Kapital mehr aufnehmen müssen«, erwiderte ich verdrossen.

»Ich glaube, wir sollten uns mal ausführlich unterhalten, Trixie. Es wird höchste Zeit, Sam zu begraben und wieder nach vorn zu blicken. Vielleicht begreifst du ja dann, dass es auch noch so was wie eine Karriere gibt. Was hältst du davon?«

Oh, ich würde Sam liebend gern begraben. Ich würde ihm sogar noch einen marmornen Grabstein stiften.

Na ja, und so landeten Julie und ich letzte Nacht in der Met Bar, wo wir drei Flaschen Champagner köpften, die ich mit meiner Firmenkreditkarte bezahlte. Drei sind eine feine Sache. Zwei sind zu wenig. Ich werde Jim erklären, Sandra sei da gewesen und hätte mit einer der Flaschen ihren Trick vorführen wollen. Ich meine, irgendwie gilt sie ja doch noch als meine Kundin. Genau. Ich werde das als Maßnahme zur Kundenbindung betrachten. Sogar Jim sagt, dass er sich gern mal mit ihr treffen möchte, der Henker weiß warum.

Infolgedessen ist es auch nicht meine Schuld, dass ich heute früh verschlafen habe. Ich hätte sogar noch länger geschlafen, wenn Lily nicht um neun mit dem Staubsauger aufgetaucht wäre.

Lily putzt schon seit Jahren bei mir. Sie ist gar nicht weit von meiner Wohnung entfernt aufgewachsen. Als die Gegend saniert und modernisiert wurde, musste sie leider fortziehen. Inzwischen wohnt sie in einer Plattenbausiedlung in Bethnal Green, mit einem schönen Blick auf den Blumenmarkt in der Columbia Road. Offensichtlich fühlt sie sich wohl dort. Immerhin hat sie einen Nachbarn, der als Statist in einer Seifenoper agiert.

Lily zieht meine Daunendecke zurück und starrt mich entgeistert an. Ihre geblümte Schürze beißt sich grauenhaft mit meiner Feng-Shui-Einrichtung. »Was machst *du* denn noch hier, Schätzchen?«, fragt sie. »Müsstest du nicht längst in der Bank sein?«

»Ich steh gleich auf«, krächze ich. »Könntest du mir vielleicht eine Bluse aufbügeln?« Kein Mensch kriegt Seidenblusen so hin wie Lily. »Und bitte, schmeiß auch die Espressomaschine an.« Ächzend erhebe ich mich, um zu duschen.

Bis ich angekleidet bin, hat Lily den Frühstückstisch gedeckt und acht Blusen gebügelt. Als ich die Küche betrete, räumt sie gerade sauberes Geschirr in den Schrank. Lily erledigt meinen kompletten Haushalt, obwohl sie so klein und zart ist. Ich weiß nicht, was ich ohne sie anfangen würde. Natürlich sage ich ihr das nicht. Sie spürt meinen Dank bestimmt an der Rücksicht, die ich auf sie nehme. Zum Beispiel darf sie ihre Flauschpantoffeln in meinen Flurschrank stellen, anstatt sie jedes Mal hin und her schleppen zu müssen.

»Die waren im Sonderangebot«, erklärt sie, während sie drei große Flaschen im Küchenschrank verstaut. »Drei zum Preis für zwei. Das Zeug tust du doch an die Salatsoßen, oder nicht?«

Lily trägt noch immer ihr Kopftuch. Bestimmt geht sie nachher noch zum Frisör. Das tut sie seit kurzem häufig. Außerdem hat sie angefangen, Make-up aufzulegen. Über ihre Lider ziehen sich zwei dicke, blaue Striche.

»Nein, Lily«, verbessere ich sie. »An die Salate tue ich Balsamico, keinen Malzessig. Du willst doch nicht, dass ich dick werde?« Ich streiche über meine schmale Taille, die äußerst vorteilhaft von dem engen Kaschmirpulli betont wird, den ich unter meinem Armani-Kostüm trage. Im letzten Moment habe ich mich doch gegen eine Bluse entschieden.

Lily wirkt gekränkt, als sie die drei Flaschen wieder in ihre Einkaufstasche befördert. Ich kenne niemanden, der so hinter Sonderangeboten her ist wie sie. Drei für zwei, Gutscheine, Rabattmarken – nichts ist vor ihr sicher. Einmal hat sie sogar Kondome angeschleppt, die im Sonderangebot gewesen waren. Eine Großpackung. Verfallsdatum sechs Wochen später. Ich habe mich ganz schön ranhalten müssen.

Mist. Lily sieht richtig unglücklich aus. »Ist schon gut«, tröste ich sie. »Räum die Flaschen wieder in den Kühlschrank. Für irgendwas werden sie schon zu gebrauchen sein. Nimm sie zum Fensterputzen. Du sagst ja selbst immer, dass Essig da das Beste ist.«

Gott sei Dank, Lily strahlt. Sie lässt sich am Tisch nieder und reicht mir eine kleine Tasse Espresso. »Ist wieder mal spät geworden, wie?«, erkundigt sie sich.

»Ich war mit Julie unterwegs«, sage ich. »Wir hatten eine Menge zu bereden.«

Ich stürze den Espresso runter. Danach haste ich durch die Wohnung und sammle meine Schlüssel, meine Handtasche und die Kreditkarten von dort ein, wo ich sie in den frühen Morgenstunden habe fallen lassen.

»Und eine Menge zu trinken«, ruft Lily hinter mir her. »Was seid ihr bloß für Mädels? – Was ist das hier?«

Ich drehe mich um. Lily hält mir eine Papierserviette entgegen, auf die jemand *Schlachtplan* gekritzelt hat. Sieht jedenfalls so aus. Könnte auch *Sachtspan* heißen, aber das ergäbe ja keinen Sinn. Mein Gott – das stammt ja von Julie und mir! Das muss nach der zweiten Flasche Champagner entstanden sein. Ich erinnere mich vage. Julie hatte mir aufgetragen, eine Strategie zu entwickeln. Wie ein General bei einem Militärangriff. Mit einem Fünfpunkteplan. Genau.

Als ich meinen Angriffsplan studiere, verlässt mich der Mut. Nüchtern und bei Tageslicht betrachtet, sieht er gar nicht mehr so einfach aus.

SCHLACHTPLAN
Mit Kollegen anfreunden
Desgl. mit Kunden
Sam vergessen
Desgl. Ciaran
Geschäft abschließen

Ich muss sehr betrunken gewesen sein, als ich dem ersten Punkt zustimmte.

»Das hat nichts zu bedeuten«, murmele ich, indem ich die Serviette zusammenknülle und in meine Handtasche stopfe. »Also, nochmals vielen Dank für den Essig. Die Liste mit dem, was zu tun ist, findest du im Computer.«

Ehe Lily mich noch mit weiteren Fragen löchern kann, hänge ich mir meine Handtasche über und stürze hinaus auf die Theberton Street, um ein Taxi anzuhalten. Ich muss meinen Schlachtplan in die Tat umsetzen. Bis zum Tag G (G wie Galgenfrist und Geschäft) sind es nur noch 41 Tage.

Zwanzig Minuten später – dieser elende Londoner Verkehr! – trete ich aus dem Aufzug. Und auf wen stoße ich gleich als Ersten? Auf Sam! Sam ist der Mann, von dem ich mal träumte, während er von anderen Frauen träumte. Zum Beispiel von seiner Verlobten in Hongkong, die inzwischen tief in meiner Schuld steht. Wenn ich sie nicht angerufen hätte, um ihr mitzuteilen, was für ein verlogenes, heuchlerisches Schwein Sam ist, wäre sie jetzt schon mit ihm verheiratet. Nun ist sie so frei und ungebunden wie ich.

Ich hatte aber auch Glück, im Nachhinein sehe ich das ein. Sam ist nämlich ein unverbesserlicher Weiberheld. In sein Bettgestell sind so viele Kerben eingeritzt, dass es inzwischen zum Futon mutiert sein dürfte. Sam macht sich an jede Kollegin heran, und nachdem er sie flachgelegt hat, hisst er auf seinem Schreibtisch eine kleine Fahne mit den Farben des Landes, aus dem sie kommt. Meine Güte, wenn ich schon sehe, wie er dasteht! Dieser große, dunkelhaarige, gut aussehende Mistkerl! Was habe ich an ihm bloß gefunden? Und seit wann steht sein Tisch gleich neben dem Aufzug? Jetzt bleibt mir wohl nichts anderes übrig, als ein paar Worte mit ihm zu wechseln.

»Oh, die Fahne hängt ja auf Halbmast! Hat sich dein kleines Problem wieder bemerkbar gemacht?«

Sams Teammitglieder aus der Fremdwährung heben die Köpfe und feixen. Sie kennen unsere Geschichte. Das ist der Nachteil von Großraumbüros. Jeder weiß über jeden Bescheid.

»Aber woher denn?«, erwidert Sam. »Dieses Problem hatte ich nur bei dir. Die anderen haben keinen Grund, sich zu beschweren.« Er reckt seine Daumen in die Höhe und zwinkert seinen Kumpels zu. Beifall heischend. Um zu zeigen, was für eine Kanone er ist.

»Hast du dir wieder eine Promenadenmischung aus dem Tierheim geholt?«, erkundige ich mich, wobei ich dem Gelächter, das um uns herum ausbricht, keinerlei Beachtung schenke.

»Ach, du Ärmste! Fällt dir wirklich nichts Besseres ein?«

Ich hasse ihn. Ich hasse ihn von ganzem Herzen. Abrupt mache ich kehrt.

»Klasse Hintern, Trixie. Tut's dir nicht Leid, dass du ihn nur zum Sitzen brauchst?«

Abermals ertönt das Gewieher seiner Kollegen. Am liebsten würde ich ihnen brühwarm erzählen, was für ein Versager Sam ist. Ehrlich. Doch das wäre rachsüchtig und niederträchtig. Hmm. Andererseits aber doch gar keine so schlechte Idee. Ich könnte ihnen eine Skizze anfertigen. Maßstabgetreu. Vielleicht hat jemand zufällig ein Blättchen Zigarettenpapier dabei. Warum muss Sam auch hier arbeiten? Nur damit ich fortwährend an das erinnert werde, was ich mal zu besitzen glaubte? So was wie Liebe und eine Zukunft mit einem Mann? Wie soll meine Karriere denn nicht den Bach runtergehen, wenn ich täglich mit ansehen muss, wie Sam Kolleginnen aufreißt, und wie sie seinem Charme erliegen – o ja, er kann durchaus charmant sein. Ich muss mich jedes Mal zwingen, ihnen nicht zuzurufen, sie sollen schleunigst das Weite suchen. Sam wird nämlich nie treu sein. Das ist völlig ausgeschlossen. Das weiß sogar seine Mutter. Sie hat mir mal erzählt, bereits als Kind habe er die Nachbarin adoptiert und sie Mammi II genannt.

Wie konnte ich bloß? Wie konnte ich bloß so dumm sein?

Ich durchquere die Börsenabteilung und nicke auf dem Weg mehreren Kollegen zu. Bluthund, der seit sechs Jahren an meinem Nachbartisch arbeitet, ist aus dem Urlaub zurück und starrt auf seinen Bildschirm.

»Redet ihr wieder miteinander?«, erkundigt er sich.

»Nein, wir streiten nur wieder miteinander.« Ich lasse meine Tasche auf den Fußboden fallen und schalte die Computer ein.

»Bist du froh, dass ich wieder da bin?«

Ich werfe ihm einen Blick zu. Der Urlaub hat ihm gut getan. Sein Gesicht hat Farbe bekommen, und auf seiner Nase befinden sich ein paar Sommersprossen, die vor zwei Wochen noch nicht da waren. Sie mildern den traurigen Ausdruck seiner großen Augen, deren äußere Winkel nach unten zeigen. Richtig gesund sieht er aus. Gesund und munter.

»Nein«, entgegne ich kühl. »Ich war froh, dass du weg warst.«

Bluthund seufzt.

Bluthund und ich sind früher mal sehr gute Freunde gewesen. Damals fand ich seine leicht trottelige Art und seinen schwermütigen Gesichtsausdruck rührend. Wir gingen sogar zu viert aus. Sam, ich, Bluthund und Cockerspaniel. In Wirklichkeit hieß Bluthunds Freundin natürlich anders, doch ihr welliges, dunkles Haar hing wahrhaftig wie die Ohren eines Cockers herab, sodass auf einer Hundeschau wohl beide den einen oder anderen kleinen Preis gewonnen hätten.

Das ist jetzt alles vorbei. Das war, als ich noch nichts von der Verlobten wusste – im Gegensatz zu Bluthund und zur Hälfte aller anderen Kollegen, von denen niemand es für notwendig erachtete, mich aufzuklären. Das muss man sich mal vorstellen! Achtzehn Monate lang war ich in einen Mann verknallt, der mit einer anderen verlobt war. Sicher, Sam reiste häufig in den Fernen Osten, doch ich nahm an, dass er dort Kunden besuchte. Ich fand auch die Bonusmeilen nicht störend, da sie unseren Wochenendurlauben zugute kamen. Tja, und leider kaufte ich ihm auch ab, dass Chang der zweite Vorname seiner Schwester sei. Klar fand ich den Namen seltsam, aber was hätte ich denn sagen sollen? Mein Name ist ja auch nicht gerade üblich. Miss Hongkong glaubte übrigens umgekehrt, ich sei Sams Haushälterin.

Etwa vor einem Jahr flog die Sache auf. Da erfuhr ich die ganze bittere Wahrheit. Es begann mit einem Gerücht aus unserem Hongkonger Büro. Offenbar waren dort eines Nachts zwei betrunkene Angestellte reingewankt und hatten sich in der Empfangshalle auf der schwarzen Ledercouch gewälzt, und das keineswegs, um in den Polstern nach verlorenem

Kleingeld zu suchen. Die Überwachungskamera hätte alles festgehalten, hieß es.

Bluthund und ich bekniete die Hongkonger Kollegen daraufhin so lange, bis sie uns per E-Mail eine Zusammenfassung der Höhepunkte schickten. Sie zeigte Sam in voller Aktion, mit affenartig verzerrtem Gesicht. Das war ein derartiger Tritt in die Magengrube, dass mir um ein Haar mein Lunch wieder hochgekommen wäre. Als ich mich schließlich mit tränenüberströmtem Gesicht Bluthund zuwandte, erkannte ich, dass er keineswegs so schockiert war, wie man hätte annehmen können. Warum auch? Er hatte es ja gewusst.

Seitdem ist unsere Beziehung gestört. Allerdings ist mir aufgefallen, dass auch Bluthund nicht mehr so freundschaftlich wie früher mit Sam verkehrt. Vielleicht ist es ihm unangenehm, mit dem Schwerenöter vom Dienst in Verbindung gebracht zu werden. Mich hat der Vorfall zutiefst gedemütigt.

»Wo warst du im Urlaub?«, frage ich eingedenk Jims gestriger Ermahnung. »Du siehst gut aus.«

»Danke«, entgegnet Bluthund überrascht. »Ich war in Sharm El Sheikh.«

Angesichts meiner verständnislosen Miene setzt er hinzu: »Das liegt in Ägypten. Es ist ein Badeort am Roten Meer. Zum Tauchen kann ich dir den Ort wärmstens empfehlen. Du ahnst nicht, wie schön die Fische dort sind.«

Wahnsinn! Ich glaube, es wird Zeit, dieses Gespräch abzubrechen. Ich wende mich meinen Computern zu.

»Hallo, Trixie.«

Ciaran steht vor mir. Er hat die Hemdsärmel aufgerollt. Seine Rolex funkelt im Schein der Deckenbeleuchtung. Er sieht wundervoll aus. Besser als Liam Neeson. Doch wie Julie in der vergangenen Nacht bereits sagte: »Jess iss keine Sseit für Firlefass.«

»Ich bin nicht da. Das ist nur mein Klon«, sage ich und hoffe, dass mein hartes Auftreten die falschen Signale sendet.

»Ganz offensichtlich. Das Original hat einen deutlich besseren Eindruck gemacht.«

Aua. Ich muss schlimmer aussehen, als ich dachte.

»*Ciaran!* Nein, das gibt's doch nicht! Ciaran Ryan! Hey, wie geht's dir, alter Kumpel? Mann, wir haben uns ja seit Ewigkeiten nicht mehr gesehen!« Bluthund trabt auf meinen Liam zu. Mit ausgestreckten Pfoten.

»*Nein!* Ist das die Möglichkeit? Chris! Chris Tyler!«

Die beiden umarmen sich und schlagen sich auf den Rücken. Peinlich wie Pennäler.

»Ich hatte ja keine Ahnung, dass du hier arbeitest! Prima siehst du aus. Sag mal, lebst du immer noch mit …« Ciaran schnippt mit den Fingern, um sein Gedächtnis anzuwerfen.

»Ach Quatsch. Das war schon direkt nach der Uni aus. Sie hatte irgendwann eine minimalistische Phase, und so wurde ich mit den überflüssigen Möbeln entfernt. Danach hat sie einen Innenarchitekten geheiratet. Seit wann bist du aus den Staaten zurück?«

»Seit drei Monaten. Ich war noch eine Zeit lang in Asien, um meinen Resturlaub zu verbraten. Jetzt leite ich hier den Verkauf Großbritannien. Prima Zufall, dass du in der Kundenbetreuung sitzt! Jetzt musst du mir nur noch die Käufer rüberreichen.«

Ob er glaubt, Bluthund wäre Moses, der ihm die Käufer wie die Kinder Israel zuführt?

»Hör mal«, fährt Ciaran fort, »lass uns später einen trinken gehen. Dann können wir uns in Ruhe unterhalten. Vielleicht kommt Trixie ja auch mit.« Er wirft mir einen fragenden Blick zu. »Trixie und ich haben uns gestern unter etwas unglücklichen Umständen kennen gelernt.«

»Trixie kennen zu lernen ist grundsätzlich ein unglücklicher Umstand«, murmelt Bluthund. Ich habe es trotzdem gehört. Ich hoffe, dass meine Blicke ihn wie glühende Schwerter durchbohren.

»Sollten wir nicht erst mal die Reinigungskosten abwarten?«, frage ich Ciaran. Er sieht zwar süß aus, doch ich konzentriere mich erbarmungslos auf Punkt vier meines Schlachtplans. »Fünfunddreißig Pfund wird das Mindeste sein, was Sie das kostet. Die Dame in der Reinigung hat gesagt, es könnte sein, dass der Fleck nie mehr rausgeht.«

»Warten wir's ab. Wenn nicht, machen wir einen Einkaufsbummel. Was ist mit dem Drink? Wie sieht's aus, Chris?«

»Bluthund«, verbessere ich Ciaran, indem ich mich zurücklehne und mit den Händen in meinen Locken wühle. Ich weiß, dass das die Männer verrückt macht.

»Was sagten Sie?«, Ciaran blickt mich verwirrt an.

»Chris heißt hier Bluthund. Alle nennen ihn so. Sie wollen doch nicht aus der Reihe tanzen.«

»O nein, Trixie«, unterbricht mich unser Gesprächsgegenstand. »Nur du nennst mich so! Für alle anderen bin ich Chris. *Du* bist diejenige, die aus der Reihe tanzt. Und nicht nur in diesem Punkt.«

»Ein Kosename«, bemerkt Ciaran. »Wie lustig.«

Ein Kosename? Ist der Junge mit Blindheit geschlagen? Ich würde eher King Kong einen Kosenamen geben!

»Also, treffen wir uns nun heute Abend, oder nicht? Chris?«

»Klar. Ein Bier kann nicht schaden.«

Bluthund tätschelt liebevoll seinen Bauch und räkelt sich wohlig in seinem ergonomischen Sessel. Warum kippt er nicht hintenüber? Ich stelle mir vor, wie er im Taucheranzug hinter Tropenfischen herpaddelt. Mir wird schlecht. Das muss an Jims Ultimatum liegen.

»Ich dachte eher an Champagner. Es gibt doch was zu feiern. Trixie, wie sieht's bei Ihnen aus?«

Champagner? Mit Bluthund? Sonst noch was? Halt! Ich muss mich gut mit ihm stellen. Punkt eins des Schlachtplans! Außerdem ist er ein Ass, wenn es darum geht, Kunden zu Geschäften zu überreden, und ich brauche jetzt jede erdenkliche Unterstützung. Ciaran wiederum hat eine leitende Funktion inne – und er ist neu. Er kennt meine traurige Geschichte noch nicht. Vielleicht ist er bereit, meinen Kunden Sonderkonditionen einzuräumen.

»Gern. Warum nicht?«, antworte ich deshalb. Bluthund schaut mich überrascht an. Nein, wohl eher erschrocken. »Wie wäre es mit dem Coq d'Argent?« Ciaran hebt fragend die Brauen. »Das Coq d'Argent ist ein neues Restaurant von Terence Conran, da wo früher mal das Mappin-und-Webb-Gebäude stand«, erkläre ich. »Es ist total angesagt, hat orange und rosa gestreifte Backsteinmauern, und die Bar befindet sich oben. Man hat eine tolle Aussicht, und wenn es warm genug ist, kann man sogar draußen sitzen.«

»Na, wenn das nichts ist«, murmelt Ciaran.

»Sagen wir halb sieben?« Ich grinse Bluthund an, der dasitzt und seinen Mund nicht mehr zukriegt.

»Was ist denn plötzlich in dich gefahren?«, bringt er schließlich hervor. »Fängst du ein neues Leben an? Du verschwindest doch sonst schon nach der Mittagspause oder spätestens um fünf.«

Ich werfe ihm einen bitterbösen Blick zu. »Was faselst du denn da? Ich bin doch gerade erst eingetroffen. Leider wurde ich von einem unvorhergesehenen Ereignis in der Familie aufgehalten und –«

»Oh, ist wieder was mit deiner Großmutter?«

»Ich sagte, ein *unvorhergesehenes* Ereignis!« Ich seufze. »Ich werde wohl Überstunden machen müssen, um mich meinen Kunden so zu widmen, wie sie es von mir kennen.«

Bluthund steht nun wirklich kurz davor, aus seinem Sessel

zu kippen, so überrascht ist er, doch Ciaran ist von meinem Pflichteifer sichtlich beeindruckt.

»Tja, wenn das so ist«, bemerkt er in seinem unwiderstehlichen Irisch, »dann eben um halb sieben. Ich komme vorbei und hole euch ab.«

Er streicht sich eine Strähne aus der Stirn und verschwindet in Richtung seiner Tische, wo etwa zwanzig Typen mit aufgekrempelten Hemdsärmeln sitzen und in ihre Telefone brüllen. Einige von ihnen haben die Füße auf den Tisch gelegt, während sie ihre Kunden voll quatschen. Ein paar Dinosaurier aus den achtziger Jahren stolzieren noch mit roten Hosenträgern durch die Gegend und glauben, sie wären die Herren des Universums. Ich beobachte, wie Ciaran sich auf dem Platz des Leiters niederlässt. Neben ihm sitzt seine persönliche Assistentin. Ich reiße mich von dem Anblick los und wende mich meinen Bildschirmen zu. Bluthund räuspert sich. »Er ist ein netter Kerl.«

»Tut mir Leid, was meinst du?«, frage ich, als wüsste ich nicht, wovon die Rede ist.

»Er ist ein netter Kerl«, wiederholt Bluthund, indem er mit dem Kopf zu Ciaran hinüberdeutet. »Du hättest einen Schlimmeren erwischen können.«

»Den habe ich bereits erwischt«, erwidere ich. »Wenn mich nicht alles täuscht, war der damals auch deine Empfehlung. Und jetzt entschuldige mich bitte, ich habe zu tun.«

Auf einem meiner Bildschirme taucht eine Hausmail auf. Sie stammt von Jim. Er will wissen, warum ich das Morgenmeeting versäumt habe. Ihm zu erklären, ich hätte an einem Cocktail aus Stress und Champagner gelitten, ist unter den gegebenen Umständen wohl nicht angeraten. Stattdessen maile ich zurück, ich hätte mir am Morgen erst einmal ordentlich ins Gewissen reden müssen. Jim scheint das zu schlucken, denn er antwortet nicht.

Tja, ich glaube, ich werde jetzt notgedrungen mal ein paar Kunden ausgraben müssen. Sandra und Moira kann ich vergessen, das hat gestern Abend selbst Julie eingesehen. Dennoch könnte ich Moira vielleicht kurz anrufen und ihr von dem scharfen Rech-Kostüm erzählen, das ich entdeckt habe. Na gut, dann eben nicht. Wie wäre es mit Mark Benjamin? Mark war mal mein bester Kunde. Vor einem Jahr hatte ich ihm so gut wie meinen gesamten Bonus zu verdanken. Ich suche seinen Namen auf meinem Palm Pilot und wähle seine Telefonnummer. Es tutet. Gutes Zeichen. Das heißt, sein Unternehmen existiert noch.

Bereits nach zweimaligem Tuten hebt jemand ab. »Benjamin Industries. Was kann ich für Sie tun?«

»Könnte ich bitte mit Mark Benjamin sprechen?«, säusele ich.

»Tut mir Leid, Mark hat unser Haus verlassen«, kommt es frostig zurück.

»Das kann nicht sein. Vielleicht wissen Sie nicht, von wem ich rede. Mark ist klein, fett und hat ziemlich gruselige Augenbrauen. Er kann Ihr Haus nicht verlassen haben. Benjamin Industries ist ein Familienunternehmen.«

»Das weiß ich. Ich bin seine Schwester.« Die Stimme ist eisig geworden. Himmel hilf, jetzt fällt es mir wieder ein. Mark sagte, die Brauen lägen in der Familie.

»Wissen Sie, wo er steckt?«, hake ich hoffnungsvoll nach. Vielleicht arbeitet er inzwischen bei einem Multi, der eine Unmenge an Obligationen benötigt, und sehnt sich bereits verzweifelt nach seiner guten, alten Trixie.

»Ja. Im Douai-Kloster in Kent.«

»Wie bitte?« Das hört sich nicht sehr vielversprechend an, es sei denn, Mark vertreibt inzwischen religiöse Artikel.

»Mark will Priester werden.«

»Wie schön. Dann kann er ja wenigstens weiterhin Wein trinken.«

Peng. Aufgelegt.

Mark ist der einzige Kunde unter B. Leider stellen sich die unter C und D als ebenso wertlos heraus. Was ist eigentlich aus solch ehrwürdigen Begriffen wie Treue geworden? Gelten die in der City nicht mehr? Es ist höchstens ein Jahr her, seit ich diese Leute zum letzten Mal angerufen habe, und nun soll bereits die Hälfte von ihnen abgewandert sein? Kein Wunder, dass die Headhunter sich goldene Nasen verdienen.

Bei E lande ich meinen ersten Treffer. Caroline Edwards sitzt noch da, wo sie früher saß. Könnte indes sein, dass ich nie ein Geschäft mit ihr abgewickelt habe, denn neben ihrem Namen steht die Bemerkung »potenzielle Kundin«. Was soll's? Klingt trotzdem gut.

Leider erinnert sich Caroline nicht mehr an mich.

»Trixie? Trixie? Da klingelt bei mir momentan gar nichts«, verkündet sie. »Wann, sagten Sie, hatten wir zuletzt miteinander zu tun?«

Ich erinnere mich noch bestens an ihre abgehackte Sprechweise. Ebenso an die wulstigen Samthaarreifen und die Ferragamo-Schuhe.

»Trixie *Trader*. Das ist natürlich nicht mein richtiger Name. Mein Chef hat ihn erfunden, als ich hier anfing. Er kam gerade aus einem Marketingseminar und fand, Trixie Trader klinge besser als Trixie Thompson-Smythe, wie ich in Wirklichkeit heiße. Tja, und wir hatten zuletzt vor einem Jahr miteinander zu tun, als …« Oh, mein Gott! Schlagartig fällt mir der Rest der Geschichte wieder ein, die ich besser auch in meinem Palm notiert hätte. »… als wir uns in Ascot trafen.«

In dem Moment fällt auch bei Miss Edwards der Groschen. Er hat allerdings die Auswirkungen einer Granate, die jegliche Hoffnung auf eine Zusammenarbeit zunichte macht.

»*Sie?!?*« Holla! Ich fürchte, auch ohne Telefon hätte ich die Explosion gehört. Unsere Büros liegen ja auch nur zehn

Meilen voneinander entfernt. »Sie sind das Flittchen, das mit meinem Freund geknutscht hat!?!« Ich halte den Hörer von meinem Ohr weg.

»Er sagte, er wäre allein«, rechtfertige ich mich.

Ich erinnere mich wieder an diesen unseligen Tag. Es war kurz nach meiner Trennung von Sam. Ich machte damals eine etwas wilde Phase durch, die Julie als »Aufreißphase« charakterisierte. Carolines Freund (von dem ich nicht wusste, dass er ihr Freund war) und ich waren von einem Fondsmanager nach Ascot eingeladen worden und hatten uns großzügig am Champagner gütlich getan. Caroline hatte in einer anderen Loge gesessen, die sie zwischen den Rennen verließ, um ihren Loverboy zu besuchen. Ich weiß noch, wie ihr Verlobungsring in der Sonne aufblitzte, ehe sie zur Ohrfeige ausholte.

»Oh, hinterher *war* er auch allein«, antwortet Caroline. Sie scheint sich wieder im Griff zu haben. »Was wollen Sie von mir?«

»Och, ich wollte mich nur mal erkundigen, wie es Ihnen so geht«, antworte ich lahm.

»Warum erkundigen Sie sich nicht bei Chris?«, zischt sie durch das Telefon. »Er kann es Ihnen sagen. Er ist mein Berater.«

Die Leitung ist frei.

Bluthund? Hat er mir etwa meine Kundschaft weggeschnappt? Die Lorbeeren geerntet, die ich gesät habe? Kein Wunder, dass Jim ihn für einen Wunderknaben hält. Bluthund hat sich meine Geschäfte unter den Nagel gerissen!

»Hast du mir meine Kunden gestohlen?« frage ich, indem ich mich weit in seine »persönliche Zone«, wie unsere amerikanischen Kollegen das nennen würden, hineinhänge.

Bluthund schreckt hoch. »Natürlich nicht«, erwidert er. »Ich habe sie betreut, nachdem du sie vernachlässigt hast. Die Bank sollte sie doch wohl nicht verlieren, oder? Ich bin für dich eingesprungen. Ich habe den Leuten erklärt, du wärst aus familiären Gründen verhindert … wegen deiner Großmutter.«

»Wegen meiner Großmutter? Wie konntest du es wagen, ihren Namen zu missbrauchen? Was für ein widerlicher Typ bist du eigentlich? Meine süße, dreiundneunzigjährige Großmama als Ausrede für deine schäbigen Machenschaften zu benutzen! Wie kann ein Mensch bloß so tief sinken?«

Ein paar der Kollegen schauen zu uns herüber. Selbst Jim in seinem Glaskasten merkt auf.

»Was hast du denn auf einmal? Wenn man dich hört, erleidet sie doch alle naslang einen Schlaganfall. Ich wollte bloß helfen.« Bluthund redet im Flüsterton, um ja kein Aufsehen zu erregen. Leider ist es dafür schon zu spät. »Du kannst deine Kunden zurückhaben«, fährt er fort. »Allen voran Frederick Kane. Er erkundigt sich noch immer nach dir und findet, deine Großmutter gehöre allmählich ins Guinness Buch der Rekorde. Er ist im Moment zwar nicht in London, doch in ein, zwei Tagen kannst du ihn wieder erreichen.«

»Will er Kapital aufnehmen?«, frage ich gnädig. Frederick ist in Ordnung. Abgesehen davon kann ich im Moment nicht wählerisch sein. Ich will nur nicht, dass Frederick sich nach Sam erkundigt, so wie er das früher immer tat.

»Kann sein. Er druckst noch rum.« Bluthund reicht mir Fredericks Visitenkarte. »Hör ihm genau zu. Und tu, was er sagt. Er ist schließlich der Kunde.«

Junge, Junge, Bluthund hat echt Nerven! Seit wann befolge ich seine Ratschläge? Eher nehme ich Gesangsunterricht bei Cilla Black oder Schminkunterricht bei einer Pantomimin – oder Schminkunterricht bei Cilla Black.

Ehe ich etwas entgegnen kann, taucht Ciaran auf. Er hat sein Jackett angezogen und sieht jetzt noch besser aus. Seine Hermès-Krawatte ist gelockert, und der oberste Knopf des

Hemdes steht auf. Ich glaube, ich entdecke etwas Brusthaar. Nicht zu viel und nicht zu wenig. Genau so, wie ich es mag.

»Leute«, stöhnt er. »Könnt ihr euch wirklich nicht früher loseisen? Im Notfall könnten wir Trixies Kunden doch erklären, sie hätte dringend weggemusst.«

»Und aus welchem Grund?«, erkundige ich mich spitz.

Ciaran grinst verwegen. »Wir beide gehen zusammen aus.«

Wo ist mein Blazer? Ich muss niemandem was erklären!

»Ich weiß, es ist erst Viertel nach fünf«, fährt Ciaran fort, »aber ich bin noch auf asiatische Uhrzeit eingestellt. Jedenfalls habe ich einen höllischen Durst und könnte eine schöne, kalte Flasche Krug vertragen. Also, was ist?«

Eine Flasche Krug? Fantastisch! »Bin schon unterwegs«, erkläre ich, während ich meinen Blazer vom Kleiderhaken angele. Ciaran hilft mir hinein. Bilde ich mir das ein, oder verweilen seine Hände tatsächlich länger als nötig auf meinen Schultern? Ruhig Blut, Mädel! »Folgen Sie mir«, fordere ich ihn auf. »Sie sind ja noch neu hier. Sie werden sich wundern, was wir alles zu bieten haben. Wenn Sie nicht aufpassen, sehen Sie bald wie Bluthund aus. War nur ein Witz«, setze ich beruhigend hinzu, als ich Ciarans besorgte Miene sehe.

Bluthund telefoniert und macht uns Zeichen, dass er nachkommt, woraufhin ich neben Ciaran zum Aufzug schwebe.

Donnerstag, 5. Oktober

(Noch 40 Tage Galgenfrist – eine weitere Nacht an der Bar verbracht. Vielleicht sollte ich dort anfangen zu arbeiten.)

Bereits aus drei Tischen Entfernung tönt mir Sams Stimme entgegen. Sie dringt aus Bluthunds Lautsprecher. Sam ist dabei, meinem Nachbarn seine vergangene Nacht zu schildern.

»Ich könnte machen, wozu ich Lust hätte, hat sie gesagt.« Er klingt so aufgeregt wie ein kleines Kind.

Hinter mir höre ich Sams Teammitglieder »meins« und »deins« und »Ihrs« in ihre Telefone brüllen, während sie Fremdwährungen kaufen und verkaufen. Sam hingegen scheint alle Zeit der Welt zu haben. Natürlich, er muss »Chris« ja auch erst mal seine Privatgeschäfte verklickern.

»›Wie wär's mit einer Tasse Tee?‹, habe ich daraufhin gefragt. Ja, hallo, ist die sauer geworden!« Sam gluckst. »Da musste Onkel Sam sich gehörig ins Zeug legen, um die Wogen wieder zu glätten. Aber man will ja auch nicht aus der Übung kommen. Mann, die Dame hat's echt nötig gehabt. Du hättest sie mal quieken hören sollen!«

»Also, ich weiß nicht –«

»Vergiss es. Die Braut war übrigens meine erste Griechin. Ich muss mir noch die Fahne besorgen –«

»Kleiner Sexprotzkongress, wie?« Bluthund zuckt zusammen, als er meine Stimme vernimmt. »Bitte, lass dich nicht stören«, beruhige ich ihn, indem ich meinen Stuhl hervorziehe und vor den Computern niedersinke. Die Bank hat vor kurzem Flachbildschirme installieren lassen, die nicht dicker sind als Pralinenschachteln. Die alten, bauchigen Bildschirme strahlten zu viel Wärme aus, was ziemlich unangenehm war, da nicht alle Kollegen gleich viel Wert auf Körperpflege legen. »Ich finde Sams Berichte immer sehr geschmackvoll«, fahre ich fort. »Schade nur, dass ich nicht genug Zeit zum Mithören habe.« Ich tue so, als würde ich die neuesten Charts studieren. Bei meinem Brummschädel fällt mir das allerdings schwer.

»Sam, ich muss Schluss machen«, knurrt Bluthund in den Lautsprecher. »Ich habe eine Tischkonferenz.« Anschließend dreht er sich zu mir um. »Wo warst du? Jim hat dich beim Morgenmeeting vermisst. Ich habe dich entschuldigt und ihm erklärt, du hättest einen Kundentermin. Ich habe mir auch schon jemanden ausgedacht.«

»Vorsicht, Bluthund«, zische ich. »Sonst könnte ich noch auf den Gedanken kommen, du sorgst dich um mich. Warum schleichst du nicht zu Sam rüber und lässt dir eine Skizze anfertigen? Sie wird schärfer als das Kamasutra, glaub mir. Bitte ihn, dir Stellung Nummer 48 aufzumalen, die ist echt klasse. Für seine Nummer 55 konnte er leider nie genug Leute zusammentrommeln.«

Bluthund besitzt immerhin genug Anstand, verlegen zu werden.

»Was soll ich denn tun, Trixie?«, verteidigt er sich. »Sam quatscht mich jeden Morgen voll, ganz gleich, ob ich seinen Kram hören will oder nicht – und du bist ja sonst nie da. Tut mir Leid, dass du das jetzt mitbekommen musstest, aber schieb dafür bitte nicht mir die Schuld in die Schuhe.«

Da ich schweige, zuckt Bluthund mit den Schultern und stülpt seinen Kopfhörer über, um das Telefongespräch anzunehmen, das sich bei ihm ankündigt.

Ich rücke mich auf dem Stuhl zurecht, schlage den *Daily Telegraph* auf und ziehe die Flasche Lucozade aus meiner Schreibtischschublade hervor. Nach zehn Minuten habe ich noch immer nicht mehr als die Todesanzeigen erfasst. Hätte mich nicht gewundert, meinen eigenen Namen darunter zu entdecken. Ich komme mir nämlich exakt wie eine Leiche vor. Bluthund mustert mich aus dem Augenwinkel, während er die Computertastatur bedient.

»Du musst dich wirklich stark angegriffen fühlen«, hebt er nach einer Weile an. »Diese Lucozade hat ganz schön Kalorien. Ist wohl ein bisschen viel gewesen, gestern Abend.«

»Danke, ich fühle mich ausgezeichnet. Mag sein, dass ich ein, zwei Gläschen über den Durst getrunken habe, doch sonst geht's mir bestens«, lüge ich in der Hoffnung, dass die Zwerge, die in meinem Kopf hämmern, sich bald verziehen. Mittlerweile habe ich bereits einen ganzen Tag versäumt, ohne auch nur einen einzigen Punkt meines Schlachtplans zu verwirklichen. Noch mehr Zeit zu verlieren kann ich mir nicht leisten. Wenn ich kein Geschäft zustande bringe, sitze ich in 40 Tagen auf der Straße.

»Du hast vier, fünf Gläschen über den Durst getrunken.« Bluthund grinst. »Ich habe dich gar nicht mehr wiedererkannt. Weißt du, dass du mir verkündet hast, ich wäre dein bester Freund und du wüsstest mich sehr zu schätzen?« Er lacht laut auf, als er meine entsetzte Miene sieht. »Tja, ich war auch total von den Socken. Ciaran hast du übrigens eine Liebeserklärung gemacht.«

Ich glaube, ich werde ohnmächtig. Ich weiß nicht, welche Vorstellung schlimmer ist: Bluthund erklärt zu haben, dass ich ihn mag, oder Ciaran gestanden zu haben, dass ich ihn liebe. Außerdem stimmt beides nicht.

»Wie hat Ciaran reagiert?«, frage ich. Mir ist schlecht, und eigentlich will ich die Antwort gar nicht wissen. Wie konnte ich nur dermaßen dusselig sein? Nicht einen Schluck darf man auf leeren Magen trinken, vor allem nicht, wenn man gestresst und aufgewühlt ist. So was führt unweigerlich zur

Katastrophe. Ich versuche krampfhaft, mich auf meine Bildschirme zu konzentrieren, die jedoch defekt sein müssen, da ich alles doppelt sehe.

»Nun ja«, hebt Bluthund an, »wie soll man das beschreiben? Ciaran wirkte leicht konsterniert. Tja, ich glaube, so könnte man das noch am ehesten bezeichnen.« Bluthund kichert, als würde ihm gerade etwas besonders Komisches einfallen. »Er sagte, du solltest besser nach Hause fahren und dich schlafen legen ...«

Bluthund macht eine kunstvolle Pause. Ich bringe ihn um, das schwöre ich. »Na, ich glaube, den Rest behalte ich lieber für mich. Deine Mutter wäre jedenfalls schockiert gewesen, wenn sie deine Antwort mitbekommen hätte.«

Ich verberge mein Gesicht in den Händen und murmele: »Sag, dass das nicht wahr ist. Bitte.« Ich spüre, wie sehr Bluthund meine Lage genießt. Mein Image als Eiszapfen, das ich seit der Geschichte mit Sam aufgebaut habe, ist jetzt natürlich im Eimer.

»Trag's mit Fassung, Trixie. Ich habe Ciaran klar gemacht, dass du sonst nicht so drauf bist. Na ja, bis auf damals in der Kneipe, als hinter uns jemand ›runter damit‹ gerufen hat und du deine Bluse ausgezogen hast.«

Ich will sterben. Wie konnte er bloß diese alte Geschichte wieder aufwärmen? Ciaran muss mich für die letzte Schlampe halten. Und für eine Alkoholikerin noch dazu. So einer Frau hilft er doch nicht, ihre Karriere zu retten! Warum stehe ich nicht auf und verdrücke mich sofort? Dann hätte ich es wenigstens hinter mir.

»Du brauchst dir wirklich keine Sorgen zu machen. Ich habe Ciaran die Hintergründe erklärt. Er weiß, dass du dich an dem Abend wegen Sam betrunken hast und ganz allgemein ziemlich von der Rolle warst.«

Na, großartig. Dann ist ja alles in bester Ordnung. Dann

kann Ciaran mich auch noch als armselige und betrogene Schlampe abhaken.

»Das reicht«, wehre ich ab. »Mehr verkrafte ich nicht.« Ich kann gar nicht beschreiben, wie sehr ich mich schäme. Nicht nur, dass ich Bluthund meine Zuneigung gestanden habe, nein, ich habe Ciaran anscheinend auch noch einen unsittlichen Antrag gemacht. Wie soll ich ihm jemals wieder unter die Augen treten können? Er wird glauben, dass ich eins von Sams abgelegten Flittchen bin. Vielleicht sollte ich mich versetzen lassen. Nach Australien am besten. Halt. Das geht nicht. Mitarbeiter, die kurz vor ihrer Entlassung stehen, werden nicht mehr versetzt.

»Guten Morgen, Trixie. Na, alles wieder im Lot?«

Beim Klang des irischen Tonfalls zieht sich mein Magen zusammen. Ich schnappe mir den Kopfhörer, bete, dass Ciaran nicht bemerkt, dass gar kein Anruf in der Leitung ist, und tue so, als sei ich in ein wichtiges Telefonat vertieft.

»Tut mir Leid«, flüstere ich, während ich meine Hand auf das Mundstück halte. »Muss telefonieren.« Ich wende mich meinen Bildschirmen zu und schildere dem Freizeichen die Risiken beim Kauf französischer Obligationen.

»Klar, Geschäft geht vor«, grinst Ciaran. »Ich hoffe nur, du tust das nicht, um mir auszuweichen. Immerhin bin ich der Mann, den du liebst. Der zukünftige Vater deiner –«

Ich fahre zu ihm herum und reiße mir die Kopfhörer herunter. Zum Teufel mit dem wichtigen Telefonat! »In Ordnung«, raunze ich. »Botschaft angekommen.« Ich bin sicher, mein Gesicht ist tomatenrot angelaufen. »Ich war betrunken. Okay, ich geb's zu. Ich weiß nicht mehr, was nach der vierten Flasche passiert ist. Könnten wir das Ganze nun bitte vergessen und wieder zur Tagesordnung übergehen?« Vermutlich gleiche ich nun einer Tomate mit flehender Miene.

»Aber warum denn? Ich war tief berührt« – Ciaran lässt seine Worte wirken, ehe er hinzufügt –» von deinem Interesse. Heißt das, du siehst mich heute Morgen in einem anderen Licht?«

»Nein! Ja!«, gifte ich. »Natürlich tue ich das. Ich kenne dich ja kaum. Wir haben eine rein geschäftliche Beziehung, weiter nichts. Ich will dich in *gar* keinem Licht sehen – vor allem nicht heute Morgen.« Ich mache eine Pause, um Atem zu schöpfen.

»Bist du dir da so sicher?« Ciaran beugt sich zu mir herunter und murmelt: »Weißt du nicht, dass betrunkene Menschen die Wahrheit sagen? Dass sie dann ihr Innerstes offenbaren? Dinge mitteilen, die sie sich nüchtern bestenfalls heimlich eingestehen? Ich dachte, vielleicht –«

»Unsinn, das ist ein absolutes Ammenmärchen.« Ich halte das nicht mehr aus und rolle mit dem Stuhl zurück, um eine angemessene Distanz zwischen uns zu schaffen. Mein Magen rebelliert, mein Schädel dröhnt, mein Image ist futsch. »Hör zu. Du siehst zwar gut aus, aber –«

In dem Moment brechen Ciaran und Bluthund in wieherndes Gelächter aus, klatschen sich auf die Schenkel und rufen im Duett: »Reingelegt!«

»Was zum Teufel –?«, frage ich verdattert.

Die beiden können sich kaum noch aufrecht halten. Von den anderen Tischen werden die ersten Blicke zu uns herübergeworfen. »Setz dich hin, Ciaran«, zische ich, indem ich ihm einen Stuhl zuschiebe. »Würdet ihr mir bitte erklären, was hier gespielt wird?«

Ich kümmere mich keinen Deut um die Mails, die auf meinem Display angeflattert kommen. Eine Nachricht von Julie ist darunter. Sie muss warten. Ebenso wie Lily, die nachfragt, ob ich drei Paar Gummihandschuhe brauche. Selbst die Kunden, die sich zurückmelden, müssen sich gedulden.

Bluthund fasst sich als Erster. »Wir haben uns alles ausgedacht«, gluckst er.

»Was?« Der Lärmpegel um mich herum ist unerträglich. Wann haben wir eigentlich die ganzen Leute eingestellt? Kein Wunder, dass Stellen abgebaut werden müssen. Ich wette, hier sind doppelt so viele Menschen wie nötig beschäftigt. Ich schaue Bluthund an. Was er sagt, ergibt keinen Sinn.

»Nichts davon stimmt«, sagt er. »Alles, was wir dir erzählt haben, war gelogen.«

»Ich habe also nicht gesagt, dass ich dich mag?«, erkundige ich mich. »Nein«, erwidert Bluthund mit bekümmerter Miene. Wenn mir nicht so elend wäre, könnte er mir fast Leid tun. Andererseits wirkt seine Miene ständig bekümmert, darum besagt es nichts.

»Und ich habe dir keine Liebeserklärung gemacht?«, wende ich mich an Ciaran. »Es war auch keine Rede von Babys?«

»Nein. Leider nicht.« Im Schein des Neonlichtes sieht es so aus, als würde er mir zuzwinkern.

»Und du hast auch nicht die Geschichte mit meiner Bluse erzählt?«, frage ich Bluthund hoffnungsvoll, während ich abermals nach meinem Lucozade greife.

»O doch«, versichert Ciaran. »Er hat mir sogar Fotos von dem Abend versprochen.«

»Dann ist er ein toter Mann.« Nach einer kleinen Pause erkundige ich mich vorsichtig: »Was ist denn nun nach der vierten Flasche wirklich geschehen?« Ich glaube zwar nicht, dass ich die Antwort erfahren will, doch schlimmer als das, was die beiden erfunden haben, kann sie nicht sein.

»Du bist eingeschlafen. Wir haben deinen Namen und deine Adresse auf einen gelben Post-It-Zettel geschrieben, ihn auf deine Stirn gepappt und dich in ein Taxi verfrachtet«, antwortet Bluthund. »Anschließend haben wir uns diese Story ausgedacht. Früher haben wir den Mädels ständig solche Geschichten aufgetischt. An der Uni hielten wir das tagelang durch. Sieht aus, als wären wir inzwischen aus der Übung gekommen.«

Erleichterung durchflutet meinen Körper. Dennoch gibt es da eine Gedächtnislücke von mindestens einer Flasche. »Es ist also nichts Ungewöhnliches vorgefallen?«, hake ich noch einmal nach. Auf Bluthunds Tisch läutet eins der Telefone. Er kehrt an seinen Platz zurück.

»Na ja«, beginnt Ciaran ein wenig widerstrebend, »du hast Jims Ultimatum erwähnt.«

Ich schaudere. Bis zum Mittag wird das die Runde gemacht haben. Ich werde mitleidige Blicke ernten, und das stehe ich nicht noch einmal durch. Es wird genauso sein wie damals, als Sams Untreue durchsickerte.

»Schau doch nicht so unglücklich drein«, fährt Ciaran fort. »Wir halten dicht. Ehrlich. Mir persönlich ist die Sache sogar ausgesprochen peinlich. Ich bin ja gerade erst eingestellt worden, als Jim dir erklärt hat, die Stellen würden gekürzt. Nimmst du mir das sehr übel?«

Aus diesem Blickwinkel habe ich meine Misere noch gar nicht betrachtet. Nun kommt sie mir noch schrecklicher vor. Man will mich grundlos abschieben. Es gibt keine Rettung.

»Wenn du meinen Rat hören willst«, lässt Bluthund sich vernehmen, der sein Telefonat beendet hat, »solltest du deine Kollegen bitten, dir zu helfen. Ich weiß zwar nicht, wie viele Freunde du hier noch hast« – er macht eine Handbewegung über die Hunderte hinweg, die sich in der Börsenabteilung befinden – »aber immerhin könntest du es versuchen. Jim hat ja wohl auch angedeutet, dass man dich nicht mehr als Teammitglied ansieht. Ich finde, den Eindruck solltest du als Erstes korrigieren.«

Schreck lass nach! Musste ich denn gleich alles ausposaunen?

»Lade sie zum Essen ein«, schlägt Ciaran vor. »Dann könnte ich sie auch kennen lernen.«

Typisch Mann. Er will meine Probleme für seine Zwecke ausnutzen.

»Wer sagt denn, dass ich *dich* einladen würde?«, erkundige ich mich, ehe ich hinzusetze: »Wen würde ich *überhaupt* einladen?«

»Na, wer sitzt denn mit dir am selben Tisch?«, fragt Bluthund. Er deutet auf die Menschen hinter mir. »Das ist dein Team. Das sind die Leute, mit denen du zusammenarbeitest. Mit wie vielen davon redest du für gewöhnlich?«

»Mit zehn … ähm, mit zweien.«

»Soll das heißen, die Beleidigungen, die du an mich richtest, gelten als normale Unterhaltung?«

Ich nicke betreten. Die traurigen Blicke von Bluthund werden noch trauriger. »Und wer ist der andere Auserwählte?«

Ich stehe auf und blicke über die Computerbarrieren hinweg auf die fünf Figuren dahinter. Ich erinnere mich nur noch verschwommen an ihre Namen. Wie konnte das bloß geschehen? Zwei von ihnen lächeln zurückhaltend, doch die anderen sind in ihre Telefonate vertieft oder blicken konzentriert auf die Bildschirme. Mit einem Mal entdecke ich jemanden, den ich kenne.

»Der da«, erkläre ich und zeige auf einen jungen Mann, der ein Wägelchen vor sich herschiebt. »Er sitzt auch an meinem Tisch.«

Das Wägelchen bleibt neben mir stehen. Der junge Mann legt vier Briefe in meinen Eingangskorb.

»Hallo, Fred«, begrüßt Bluthund ihn. »Alles klar? Viel zu tun in der Poststelle?«

Ich schaue Fred nach, der seine Päckchen und Briefe in die Eingangskörbchen verteilt, die ringsumher wacklig auf den Computern thronen.

»In Ordnung«, sage ich. »Ich sehe es ein. Ich kenne nicht mehr so viele Leute wie früher. Aber kann man mir das vorwerfen? Als es drauf ankam, haben alle den Kopf in den Sand gesteckt.«

Bluthund schaut verlegen zu Boden.

»Und wozu soll ich mich mit ihnen wieder anfreunden? Sie können mir auch keine Kunden herbeizaubern. Und wenn, werden sie sie selbst behalten wollen.«

»Wie wär's, wenn du es wenigstens mal versuchst? Dann würde Jim erkennen, dass du dir immerhin Mühe gibst. Die Dinge haben sich geändert, seit du dich ausgeklinkt hast. Inzwischen kommen die Deals vorwiegend in Teamarbeit zustande. Du *musst* mit den anderen sprechen. Du solltest dir auch das Rauchen angewöhnen.«

»Das ist doch nicht dein Ernst!«, protestiere ich. »Ich bin dafür, die Tabakindustrie zu verklagen!«

»Chris hat Recht, Trixie«, schaltet sich Ciaran ein. »Im Raucherzimmer wird immer gequatscht. Misch dich unter die Raucher. Vielleicht ergatterst du von denen einen Tipp.«

Warum musste er mich bloß in einer so miesen Lage kennen lernen? Ich will nicht, dass er Mitleid mit mir hat.

»Aber ich hasse Zigaretten«, beschwere ich mich. »Ich will auch nicht passiv rauchen.«

»Glaubst du nicht, dass dir zurzeit schlimmere Strafen drohen?«, erkundigt sich Bluthund onkelhaft. »Julie qualmt doch auch wie ein Schlot. Bei ihr scheint dir das nichts auszumachen.«

Aus Bluthunds Lautsprecher ertönt eine Stimme, die schnauzt: »Könnte einer von euch Ciaran mal einen Tritt geben und ihm mitteilen, hier hinten wäre der Teufel los? Er soll seinen Hintern gefälligst in Trab setzen! Wir bräuchten ein paar Anweisungen. In einer halben Stunde sind unsere Scheißzahlen fällig.«

»Er hat leider nicht ganz Unrecht«, sagt Ciaran, indem er sich erhebt. »Ich glaube, ich begebe mich mal besser an meine Arbeit zurück. Sag mir, wann das Essen stattfindet, Trixie. Ich freu mich schon darauf.«

Ciaran macht sich auf den Weg zu seinem Tisch, wo seine Teammitglieder aufgeregt mit den Armen fuchteln.

»Ciaran!«, rufe ich hinter ihm her.

Er wendet sich um und lächelt. »Ja?«

»Was ist mit der Rechnung für die Reinigung?« Er zwinkert mir verschwörerisch zu und geht weiter. Irgendwie fühle ich mich danach besser.

Freitag, 6. Oktober

(Noch 39 Tage Galgenfrist – wie konnte die Woche nur so rasch verfliegen?)

Inzwischen ist es bereits vierundzwanzig Stunden her, seit Ciaran und Bluthund mir zugeredet haben, doch ich kann mich noch immer nicht aufraffen, ihrem Rat zu folgen.

Bluthund und ich sind beim Lunch. Wir sitzen bei Corney & Barrow im Broadgate Centre, um ein Sandwich zu essen und eine Flasche Chablis zu trinken. Von hier aus hat man einen Blick auf die Eisfläche, die unter uns liegt. Ich finde, die Anlage ist mit das Beste, was die City zu bieten hat. Versteckt hinter der Liverpool Street Station ist hier ein Gebäudekomplex aus Glas und Granit hochgezogen worden, der einen großen runden Platz umschließt. Im Winter wird dieser Platz in ein Eisstadion umgewandelt. Im Sommer werden darauf tolle Ausstellungen durchgeführt oder Wettkämpfe ausgetragen, zum Beispiel Fußballturniere, bei denen die Mannschaften der verschiedenen Finanzhäuser mit jeweils fünf Spielern antreten. Die umliegenden Läden, Bars und Restaurants sind auch klasse und wirken auf die Leute wie ein Magnet.

»Ich mag einfach nicht«, murmele ich.

Bluthund wendet sich von dem Fenster ab, durch das er ein Broomballturnier verfolgt hat. Zurzeit befindet sich ein Team unserer Bank auf dem Eis. Es ist an seinen burgunderroten und grünen Rugbytrikots zu erkennen.

»Ich glaube nicht, dass *mögen* noch eine Rolle spielt, Trixie. Ich will ja nicht brutal sein, aber über dir tickt eine Uhr. Du solltest allmählich kapiert haben, dass du die Einzige bist, die sie anhalten kann.«

»Ja, aber –«, hebe ich an, um nachzufragen, ob ihm nicht doch noch etwas Besseres einfällt. In dem Augenblick ertönt von unten Gebrüll.

Bluthund wirft einen Blick durch die Fensterscheibe. »Wir haben ein Tor geschossen.« Er schenkt unsere Gläser voll und winkt dem Kellner mit der leeren Weinflasche.

»Damit steht es für uns …«

»Eins zu zehn.«

Wir lachen beide. Bluthund schnappt sich die letzte Sandwichhälfte. »Was wolltest du eben sagen?«, fragt er.

»Oh, mein Gott.« Eine Kollegin betritt das Restaurant, und ich verstecke mich hinter der Weinkarte. »*Das* wollte ich sagen«, erkläre ich. »Siehst du die Frau, die da gerade reingekommen ist? Sie, zum Beispiel, werde ich nie auf meine Seite bekommen. Dafür ist zu viel zwischen uns vorgefallen.«

»Wen meinst du? Marian?« Bluthund nimmt mir die Weinkarte weg und legt sie auf den Tisch. »Sie sitzt doch bereits auf deiner Seite. Am selben Tisch. Zwei Schritte von dir entfernt.«

»Sie würde mir allenfalls beim Selbstmord helfen«, murmele ich.

»Das ist doch Unsinn. Wie kommst du darauf?«

»Weil sie im letzten Jahr, nachdem Sam und ich uns getrennt hatten, sagte, es gäbe noch genug andere Männer auf der Welt.«

»Na und? Das klingt doch nett! Was hattest du denn daran auszusetzen?«

»Ich empfand es als herablassend. Na ja, und später zog ich dann ihren Namen für die Tombola, die du zu Weihnachten organisiert hattest …«

»Und?«

»Ich habe ihr ein Schuppenshampoo geschenkt.«

Für einen Moment verschlägt es Bluthund die Sprache, doch weil er Optimist ist, sagt er anschließend: »Ach, das hat sie inzwischen gewiss schon wieder vergessen. Wir wussten doch alle, wie dreckig es dir damals ging.«

»Vielleicht. Aber da ist noch was anderes.«

»Um Himmels willen, was denn noch?«

»Tja, ich hatte sie irgendwann seit längerem nicht mehr gesehen.« Ich trinke einen Schluck Wein, um mich zu wappnen. »Plötzlich traf ich sie auf dem Damenklo. Ich hatte gehört, sie wäre schwanger, und weil ich ein schlechtes Gewissen hatte, wünschte ich ihr alles Gute für die Geburt.«

»Das ist doch nichts Schlimmes«, sagt Bluthund erstaunt, während der Kellner eine neue Flasche vor uns abstellt.

»Sie hatte bereits vor zwei Monaten entbunden.«

Nachdem Bluthund das Ausmaß meines Eigentors erfasst hat, stürzt er seinen Wein in einem Zug runter.

»Na gut, vergiss es. Lassen wir Marian. Kümmere dich um die anderen. Früher bist du doch auch mit ihnen klargekommen. Glaub mir, die Geschichte mit Sam war den meisten Leuten peinlich. Sie wären bestimmt froh, wenn sie dir wieder in die Augen schauen könnten.«

Na klasse! Nun hat Bluthund mir auch noch das letzte Stück Boden unter den Füßen weggerissen, selbst wenn er es vermutlich nur gut meint. Warum kann er mir nicht einfach einen Deal besorgen? Dann *wüsste* ich, dass er es gut mit mir meint.

Bluthund ruft den Kellner herbei und zückt seine Firmenkreditkarte. »Ich finde, diese Rechnung kann Jim übernehmen«, bemerkt er und schaut abermals aus dem Fenster, weil unten aufgeschrien wird.

»Sam hat das Tor getroffen.«

»Was du nicht sagst.«

Zehn Minuten später, nachdem wir uns wieder in der Börsenabteilung eingefunden haben, nickt Bluthund in Richtung Raucherzimmer. »Na los, Trixie. Sie sind alle versammelt.«

»Kommst du nicht mit?«

»O nein, das ist etwas, das du ganz allein erledigen musst.«

Bluthund wendet sich seiner Telefonanlage zu und beginnt zu wählen.

Ich hole tief Luft und mache mich zum Raucherzimmer auf, wobei ich mir wie eine Verurteilte auf dem Weg zum Schafott vorkomme. Vor der Tür halte ich für einen Moment inne und werfe einen Blick zurück. Bluthund grinst und reckt seinen Daumen in die Luft. Ich stoße die Tür auf.

Im Raucherzimmer haben sich Grüppchen gebildet, in denen geplaudert und gepafft wird. Am Eingang sitzen zwei Frauen, die ich für Sekretärinnen halte. Sie hocken neben Jims Assistentin Mary. Ich zucke zusammen, als ich im Vorbeigehen das Wort »Stellenabbau« höre und werfe Mary einen finsteren Blick zu, den sie jedoch nicht bemerkt. Ich wage mich noch ein paar Schritte vor und lasse mich neben einigen Kollegen auf einem bequemen roten Ledersofa nieder. Dort schnippe ich die Aschereste von den Polstern und wende mich dann meinem nächsten Nachbarn zu.

»Habt ihr am nächsten Freitagabend schon was vor?«, frage ich, während ich mit meiner unangezündeten Zigarette in der Hand einen Bogen beschreibe, der sie alle ungefähr umfasst. Keine Antwort. Sie reden weiter, als gäbe es mich nicht. Ich finde das sehr unhöflich, doch ich lasse nicht locker.

»Entschuldigung«, beginne ich abermals. Ich lächele und winke ein bisschen, um ihre Aufmerksamkeit zu erregen. Ob ich den Glimmstängel anzünden soll? Von mir aus. Aber inhalieren werde ich nicht. »Ich wollte wissen, ob ihr nächsten Freitag was vorhabt.« Abermals keine Reaktion. Sie zucken nicht mal mit der Wimper. Andere blicken verwundert zu mir herüber. Die beiden Sekretärinnen stoßen sich an. Mary tuschelt mit ihnen. Wahrscheinlich erklärt sie ihnen die Sache mit den Schokokeksen. Ich hole noch einmal tief Luft. Das ist ihre letzte Chance.

»Hallo – ich will ja nicht stören, aber was macht ihr heute in einer Woche abends?« Ich beuge mich zu ihnen vor, mein Kopf drängt energisch zwischen sie, und ich bekomme einen Hustenanfall, so beißend ist dort der Qualm. Endlich nehmen sie von mir Notiz.

Manfred, ein Kollege aus Deutschland, der sein fettiges Haar zu einer Tolle zusammenklatscht und einen mickrigen Spitzbart trägt, glotzt mich an.

»Entschuldigung, sprichst du mit uns?«, erkundigt er sich, indem er seine Schildpattbrille zurechtrückt und Asche von seinem Hosenbein stäubt. Ich finde, die Farbe Grün sollte Gartenzwergen vorbehalten bleiben, doch zu Manfred passt sie komischerweise auch.

»Selbstverständlich, Manfred«, lächele ich liebenswürdig. »Was dachtest du denn, mit wem ich rede?«

»Keine Ahnung. Ist ja schon ein Weilchen her, seit du dich zu uns herabgelassen hast.« Manfred ist irgendwie reichlich konfus. Kein Wunder, dass er rauchen muss.

»Sei doch nicht albern. So lange nun auch wieder nicht.«

»Neun Monate. Jetzt fällt's mir wieder ein.« Manfred schiebt erneut seine Brille zurecht und inhaliert, als würde er dafür bezahlt.

»Na, siehst du.« Was soll das Theater?

Noch ehe ich meine Einladung aussprechen kann, fährt Manfred fort: »Damals hast du mich gefragt, ob du einmal mit den Händen durch mein Haar fahren düftest, um deine Schreibtischschublade zu ölen.«

Erdboden, tu dich auf! Wie kann er es wagen? Soll ich den anderen etwa erzählen, dass er von Sam wissen wollte, wie ich im Bett bin? Er hat Glück, dass ich momentan Freunde brauche und deshalb äußerst rücksichtsvoll bin.

»Ach, du liebe Zeit! Das war doch nur Spaß. Ha! Ha!« Ich breche in glockenhelles Lachen aus, um allen zu demonstrieren, wie witzig das war, doch niemand lacht mit. Mary und die beiden Sekretärinnen stieren zu uns herüber. Ich lasse mich nicht beirren. »Hättet ihr Lust, zu mir zum Essen zu kommen?«

Ich spüre, dass Manfred kurz davor steht, mir eine Abfuhr zu erteilen, doch in dem Augenblick betritt Ciaran das Raucherzimmer. Er muss mich durch die Glaswand beobachtet haben und ist wahrscheinlich gekommen, um sich über mich lustig zu machen. Warum kann er mich nicht in Ruhe lassen? Er sieht wie immer wundervoll aus, trägt einen grauen Nadelstreifen, ein cremefarbenes Hemd und dazu die süße Hermès-Krawatte mit dem kleinen Froschmuster.

»Hallo Trixie«, begrüßt er mich. »Gilt das noch mit dem Essen am Freitag?« Er wendet sich Manfred zu. »Du kommst doch auch, oder? Ich wollte ohnehin ein paar Ideen mit dir durchspielen.« Manfred zuckt mit den Schultern, ehe er widerwillig nickt. Durch das Nicken fallen seine Fettsträhnen auseinander und teilen sich wie das Rote Meer. Die kahle Stelle auf dem Schädel wird freigelegt. Ich glaube, so etwas nennt man höhere Gerechtigkeit.

Eine recht attraktive Dunkelhaarige wirft Ciaran einen Blick zu, mit dem ihre Mutter gewiss nicht einverstanden gewesen wäre. Die Dunkelhaarige ist neu. Keine Ahnung, wie sie heißt.

»Auf mich kannst du zählen, Trixie«, sagt sie. »Ich wollte mich sowieso mal mit dir bekannt machen. Ich bin Liz.« Sie streckt ihre Hand aus und berührt kurz die meine. Danach reicht sie Ciaran die Hand, schaut ihm tief in die Augen und fährt fort: »Trixie und ich haben etwas gemeinsam. Ich bin die französische Fahne auf Sams Tisch.« Sie zwinkert Ciaran zu und hält seine Hand fest. »Ich mag es, wenn Kollegen privat miteinander verkehren.«

»Ich freue mich, wenn du kommst«, bemerke ich kraftlos. Ganz ruhig, Trixie. Zähl bis zehn. Sie hat bestimmt schon was anderes vor.

»Das sagt Sam auch immer«, platzt Liz los und schüttet sich aus vor Lachen. Ekelhaft. Das reinste Gewieher.

»Na, na«, kommt Ciaran mir zur Hilfe, »darüber schweigt man sich als Lady doch aus. – Was ist mit euch?«, wendet er sich an zwei andere Gestalten. »Ihr seid Leon und Nancy, nicht wahr? Seid ihr mit von der Partie?«

Sie nicken gequält und nehmen meine Einladung an.

»Prima«, seufze ich. »Meine Adresse maile ich euch zu. Wie wäre es mit halb neun?« Zustimmendes Gemurmel. Jemand ruft: »Trixie, bin ich auch eingeladen?« Es ist Kate.

Kate arbeitet in der Abteilung für Fremdwährungen und sitzt drei Plätze von Sam entfernt. Sie ist die typische Aufsteigerin. Von ganz unten hat sie sich an den MBAs und Oxford- und Cambridge-Absolventen vorbeigeboxt. Ihr Vater besitzt einen Marktstand, an dem er Obst und Gemüse verkauft. Dort hat Kate schon als Kind feilschen gelernt; heute ist sie eine unserer besten Händlerinnen. Sie spürt fast instinktiv, wie die Währungen reagieren, selbst wenn es nur um die kleinste Wirtschaftsschwankung geht. Dennoch passt sie nicht zu uns, denn sie ist fett, und Fettsein ist unverzeihlich. Es wäre besser, sie hätte Alkohol- oder Drogenprobleme. Ich allerdings komme mit Kate klar, was unter anderem daran liegt, dass sie mich an ein gewisses kleines, dickes Mädchen mit rotem Haar erinnert. Ich weiß, wie ihr zumute ist, doch das behalte ich für mich.

Kate bagatellisiert ihr Problem für gewöhnlich, indem sie sich darüber lustig macht. Gerade hat sie sich einen frischen Vorrat an Mars, Twix und Rolo aus dem Automaten gezogen.

Als sie sich umdreht, lese ich auf ihrem Kaftan: *Meine Mutter war auf Safari, doch mir hat sie nur ihr blödes Zelt mitgebracht.* Ich weiß natürlich, dass ihre Mutter nirgendwo war, am wenigsten auf Safari, und dass Kate ihren Kaftan auf dem Wochenmarkt erstanden hat.

Um Kate aufzuziehen, runzele ich die Stirn und sage: »Ich bin mir noch nicht sicher, Kate. Dann müsste ich ja die doppelte Menge an Essen einkaufen.«

»Och, Trixie! Ich kann doch nichts für meine Figur. Das liegt an meinen Drüsen.«

»Haben deine Drüsen auch gerade Geld in den Automaten geschmissen? Wenn du so weitermachst, bist du eines Tages pleite.«

»Komm, Trixie, sei doch nicht so. Ich schenke dir auch mein Rolo.«

Ich tue so, als müsse ich überlegen. »Na gut«, willige ich schließlich ein. »Aber komm erst um zehn, damit die anderen einen Vorsprung haben.« Kate kichert. »Was ist mit dem Rolo?«, frage ich. Kate schaut mich erschrocken an. »War nur Spaß«, beruhige ich sie.

Ich verlasse das Raucherzimmer und atme draußen dankbar die frische Büroluft ein. Auf dem Rückweg zu meinem Platz entdecke ich auf Sams Tisch eine Fahne, deren Farben mir unbekannt sind. Wahrscheinlich gehört sie zu einer der Kolleginnen aus der Osteuropa-Abteilung. Sam winkt mir zu. Ich erwidere seinen Gruß mit dem Mittelfinger.

Als ich mich vor den Computern niederlasse, beugt Bluthund sich neugierig vor. »Wie war's?«

»Ciaran hat Liz, Leon, Nancy und Manfred überredet zu kommen. Ich hoffe, sie sind stubenrein.« Bluthund blickt mich rügend an. »Kate und Julie werden ebenfalls erscheinen«, fahre ich unbeeindruckt fort. »Was meinst du? Ob ich zum Ausgleich noch für ein paar Männer sorge?«

»Ich könnte einen Freund mitbringen«, bietet Bluthund an. Himmel hilf, noch zwei Leute! »Der war auch mit Ciaran und mir auf der Uni. Ich glaube, du würdest ihn mögen.«

Am liebsten würde ich mich gleich erkundigen, ob dieser Freund ebenfalls groß, dunkelhaarig, toll aussehend und gut betucht ist, doch das würde sich übereifrig anhören, und deshalb lasse ich es bleiben. Außerdem muss ich mich meinen Aufgaben widmen. »Denk an deinen Schlachtplan, Trixie!«, halte ich mir vor Augen, während meine Blicke Ciaran folgen, der zu seinem Platz zurückkehrt. Was für ein knackiger Hintern!

»Übrigens«, setzt Bluthund hinzu, indem er mir einen gelben Post-It-Zettel überreicht. »Lily hat angerufen. Sie kann drei Hühnchen zum Preis von zweien besorgen und möchte wissen, ob du eins haben willst. Ihr Kühlschrank ist zu klein, um alle drei unterzubringen. Ich habe ihr gesagt, du würdest dich melden. Ich hoffe, du weißt, dass diese Frau ein Juwel ist.«

»Hmm«, grunze ich und drücke die Schnellwahltaste, die mich mit Lilys uraltem Telefon in ihrer Plattenbausiedlung verbindet.

»Ja, bitte«, fragt eine äußerst gezierte Stimme. »Wer ist da?«

»Trixie«, erwidere ich. »Du hast angerufen?«

»Ach, du bist's, Schätzchen!«, ruft Lily, indem sie wieder ihre normale Stimme annimmt. »Ich wollte wissen, ob du ein Hühnchen haben möchtest. Es waren frei laufende Tiere. Das sind die besten, wenn man dem Fernsehkoch glauben will. Sie sind leider ein bisschen mickrig. Das wird ein Happen, mehr nicht. Trotzdem ist es für dich wenigstens mal eine Abwechslung zu der ewigen Pasta. Soll ich es morgen früh mitbringen?«

»Von mir aus«, entgegne ich. Bei Lily gibt man besser gleich nach, denn sonst lässt sie einem keine Ruhe. Sie würde sich monatelang über Hühnerpreise verbreiten, und wehe, sie erführe dann noch, in welcher Rôtisserie ich normalerweise mein Geflügel einkaufe. Edelmütig wie ich bin, mache ich noch ein Zugeständnis. »Am Samstagabend kommt Julie zu mir. Wir könnten uns das Hühnchen teilen.«

»Siehst du!«, erklärt Lily. »Du bekommst auch ein schönes Rezept dazu. Brathuhn im Speckmantel. Vielleicht kriegt ihr dann endlich mal was auf die Rippen.«

Montag, 9. Oktober

(Noch 36 Tage Galgenfrist – ab jetzt wird Ernst gemacht.)

Sechs Tage nachdem Jim seine Warnung ausgesprochen hat, bin ich erstmalig pünktlich zum Morgenmeeting erschienen. Nicht dass ich viel beizutragen gehabt hätte. Als ich an der Reihe war, mich zu erheben und zu erklären, was ich in Bezug auf meine Kunden vorhätte, murmelte ich lediglich »Lunch«. Es ist trotzdem ein Anfang, denn in unserem Gewerbe lassen sich die Geschäfte auch beim Essen abwickeln.

Mein frühes Erscheinen verdanke ich Julie. Sie hat das Wochenende bei mir verbracht und mir abermals ernsthaft ins Gewissen geredet. Am Samstagmorgen trafen wir uns zum Brunch bei Lola's in der Upper Street. Anschließend bummelten wir stundenlang durch die Antiquitätenläden und Stände in der Camden Passage. Ich persönlich stehe ja nicht so sehr auf alten Kram, doch Julie suchte einen mehrarmigen Kerzenleuchter. Wir entdeckten etliche, die in Frage kamen, doch jedes Mal, wenn Julie die Preisschilder las, murmelte sie, sie müsse wohl noch abwarten, bis ihr Bonus ausgezahlt würde.

Das restliche Wochenende über hockten wir vor dem Kaminfeuer, sahen uns Videos an und verschlangen einen Großteil von Lilys Sonderangeboten. Eigentlich hatte Julie am Samstagabend in ihre Wohnung zurückkehren wollen, doch angesichts der Rotweinmenge, die wir konsumiert hatten, hätte sie sich vermutlich nicht mehr an ihre Adresse erinnert. Außerdem hatten wir auch für den Sonntag noch genug Sonderangebote übrig.

Gott sei Dank kommt Lily heute, um unser Chaos zu beseitigen. Sam hat Recht, sie *ist* ein Juwel. Dank ihrer brauche ich mir noch nicht einmal eine Spülmaschine anzuschaffen. Wenn die Technik es zuließe, würde ich Lily klonen lassen. Julie sagt nämlich immer, sie könnte auch eine Lily gebrauchen, und auf diese Weise hätte ich dann ein prima Weihnachtsgeschenk für sie.

Während wir so herumhingen, gab Julie mir eine Reihe nützlicher Tipps und beschrieb mir, wie sie Kunden zu Dingen überredet, von denen sie gar nicht wussten, dass sie sie brauchen. Ich finde, sie hat ihre Berufung verfehlt und sollte in der Versicherungsbranche anfangen.

Insofern bin ich heute in Killerlaune und werde von niemandem ein Nein akzeptieren. Leider war Julie ähnlich drauf. Sie rief mich früh um sechs an, um zu kontrollieren, ob ich tatsächlich auf den Beinen war. Sie weiß indes nicht, dass ich locker Ja sagen kann, wenn ich Nein meine. Am besten macht man dabei eine eindeutige Geste mit dem Mittelfinger.

Wie dem auch sei, nun bin ich hier und habe reichlich Aufgaben zu bewältigen. Ich muss Theaterkarten reservieren (die Kunden lieben nette Abende mit Kultur), Tische in Restaurants vorbuchen, auf die man normalerweise sechs Wochen lang wartet, und Ciaran überreden, mich mit seinem Team zu unterstützen. Vor allem aber muss ich mich auf Dr. Noriko vorbereiten. Dr. Noriko ist unsere Nummer eins aus Japan.

Nachdem ich mich am Freitagnachmittag aus dem Raucherzimmer gerettet hatte, erzählte Bluthund mir, er hätte gehört, Dr. Noriko würde am Mittwoch aus Tokio eintreffen. Das war eine tolle Nachricht, denn Dr. Noriko leitet ein Unternehmen mit hohem Kapitalbedarf. Er könnte beim Frühstück, Lunch und Dinner Geschäfte abschließen und hätte den Hals beim Mitternachtssnack noch immer nicht voll. Vielleicht ist er meine Rettung.

Dr. Noriko und ich sind uns mal begegnet, als ich noch mit Sam zusammen war. Dr. Noriko war einer der Kunden, die Sam während seiner regelmäßigen Flüge in den Fernen Osten besuchte. Als er nach London kam, luden wir ihn zum Essen ins Le Caprice ein. Ich erinnere mich an einen kleinen, fetten Mann, dessen Hand einen eigentümlichen Hang zu meinem Hinterteil entwickelte. Während des ersten Gangs sah ich noch höflich darüber hinweg, doch beim Nachtisch war ich bedient, woraufhin Dr. Noriko seinen Arm fast hätte schienen lassen müssen. Ich glaube allerdings nicht, dass mein Verhalten *seine* Beziehung zu Sam beeinträchtigt hat, während die meinige vollständig in die Brüche ging. Nur wusste ich das damals noch nicht.

Nach Bluthunds Worten wird Dr. Noriko um drei Uhr nachmittags mit der British Airways aus Tokio eintreffen und aller Wahrscheinlichkeit nach die üblichen Gefälligkeiten erwarten. Womit wir bereits beim ersten Knackpunkt wären: Wie soll ich Nutten unter Spesen verbuchen, wenn alle Welt von politischer Korrektheit spricht? Oder anders und besser gefragt: Was ist aus der Welt geworden, wenn ich auch noch den Zuhälter spielen muss?

»Wo steckt Ciaran?«, erkundige ich mich bei Bluthund, als wir nach dem Morgenmeeting zu unseren Plätzen gehen. »Guten Morgen, Manfred. Guten Morgen, Marian.« Diese Nettigkeitsmasche geht mir langsam schon auf den Geist. »Hallo, Leon, hallo, Nancy.« Dem Rest nicke ich freundlich zu. Die Leute schauen mich überrascht an. Ich lasse mich auf meinem Stuhl nieder.

»Ciaran besucht ein dreitägiges Seminar«, erwidert Bluthund. »Warum? Fehlt er dir?«

»Natürlich nicht. Ich wollte ihn lediglich fragen, was Investoren heute so brauchen. Dann könnte ich für Dr. Noriko ein entsprechendes Paket zusammenschnüren. Ich möchte ihm etwas Brandneues anbieten. – Andererseits bin ich aber ganz froh, dass Ciaran nicht da ist. Er soll noch nicht wissen, dass der Kaffeefleck aus meinem Kostüm verschwunden ist.«

Ich stehe auf und drehe mich vor Bluthund im Kreis. Mein Prada-Kostüm ist wieder so gut wie neu. Keine Reaktion. Na ja, Bluthund kennt sich nicht aus, was Qualität anbelangt, und sein Geschmack lässt ebenfalls zu wünschen übrig. Seine Krawatte sieht aus, als sei ein Huhn mit Diarrhö darübergelaufen. »Vielleicht kann ich bei der Sache ja doch noch ein neues Kostüm herausschlagen.«

Ich beuge mich zu Bluthund hinüber und senke meine Stimme, um zu vermeiden, dass die anderen mich hören. »Aber jetzt mal zum Geschäft. Woher bekomme ich du-weißt-schon-was?«

»Ich habe keine Ahnung, wovon du redest.«

»Du weißt ganz genau, wovon ich rede.« Meine Stimme wird zu einem Flüstern. »Leichte Mädchen. Die Schönen der Nacht. Woher kriegt man die?«

Bluthund blickt mich irgendwie gepeinigt an. Wahrscheinlich fängt sein Reißverschluss schon an zu kneifen. Dann jedoch erklärt er betont kühl: »Du wirst es nicht glauben, Trixie, doch die einzige ausgehaltene Frau, die ich kenne, ist meine Mutter. Ich kann dir beim besten Willen nicht sagen, wie man sich Prostituierte beschafft.« Er hat die Stimme zum Schluss gehoben, und sie ist leicht schrill geworden. Meine Reißverschlusstheorie scheint zuzutreffen. »Wie kommst du überhaupt auf die Schnapsidee, dass ich darüber Bescheid weiß? Und könntest du bitte auf mein Gesicht schauen? Himmelherrgott, Trixie, hat deine Mutter dir denn gar keinen Anstand beigebracht?«

»Lass meine Mutter aus dem Spiel. Sie würde vor Scham sterben, wenn sie hörte, worum ich mich kümmern muss. Andererseits« – ich muss unwillkürlich kichern – »andererseits wüsste sie wahrscheinlich gar nicht, wovon die Rede ist. Habe ich dir mal die Geschichte von meiner Mutter und der Nutte erzählt? Nein? Also, eines Nachts sitzt meine Mutter im Taxi, sieht diese Nutte allein auf der Straße stehen und glaubt, sie hätte sich verlaufen. Meine Mutter lässt anhalten und erkundigt sich, ob sie mitfahren will, und die Nutte sagt –«

»Was hatte deine Mutter in solch einer Gegend zu suchen?«

»Wie bitte?«

»Ich dachte, deine Familie lebt in Gloucestershire auf dem Land.«

»Sag mal, was soll das? Ist das ein Verhör?« Ich lenke das Gespräch auf unser ursprüngliches Thema zurück. »Tut mir Leid, dass ich dachte, du wüsstest, wie man sich Mädchen besorgt. Es war lediglich eine Annahme. Immerhin bist du ein Mann. Oder so etwas Ähnliches zumindest.« Bluthund zieht eine beleidigte Miene. »Und du bist ein Freund von Sam. Freunde von Sam wissen so was. Außerdem wären die Mädchen ja für Dr. Noriko und nicht für dich.«

»Warum blätterst du nicht in den Gelben Seiten?«

»Weil ich nicht weiß, worunter ich nachschlagen soll. Glaubst du, die stehen unter L wie Leder?«

»Darauf ist Dr. Noriko ohnehin nicht erpicht. Warum versuchst du es nicht mit den Annoncen in den Telefonzellen? Manchmal sind sogar Fotos dabei. Dann kannst du die Ware gleich prüfen.«

»Ich will aber keine Ware prüfen«, entgegne ich. »Ich will lediglich einen zufriedenen Kunden.«

»Das wollen die Damen auch«, prustet Bluthund los. Er ist wirklich zu nichts zu gebrauchen. »Geh einfach in eine Telefonzelle, Trixie. Am besten hier in der City. Da haben die Damen Klasse und heißen Clarissa oder Melissa und nicht Betty, die Busenbombe oder Prachtweib Molly.«

»Du kennst dich ja doch aus.«

»Herrje, so was fällt einem doch automatisch auf«, sagt Bluthund genervt. »Warst du denn noch nie in den Telefonzellen vor der Bank? Da musst du ein Lexikon mitnehmen, um zu kapieren, worum es geht.«

»Könntest *du* nicht für mich nachschauen gehen?«, bettele ich mit hilfloser Weibchenmiene, die auf Bluthund leider keinen Eindruck macht. »Du könntest doch ein paar von ihnen anrufen und dich mit ihnen treffen. Dann könntest *du* die Ware prüfen. Wäre das nicht super?«

»*Nein!*«

Ein paar Köpfe drehen sich zu uns um, doch für die anderen geht Bluthunds Aufschrei in der fieberhaften Atmosphäre der Börsenabteilung unter.

»Das werde ich *nicht* tun, Trixie!«, erklärt Bluthund nun mit großem Nachdruck. »Was wäre, wenn Jim mich erwischt? Wie soll ich ihm das erklären, was meinst du? Soll ich etwa sagen: ›Oh, Mann, Jim, es ist nicht so wie du denkst. Trixie war es lediglich zu peinlich, sich Nutten zu besorgen. Ich helfe ihr bloß aus.‹?«

Ich zucke mit den Schultern und erwidere nichts.

Bluthund ist nun voll in Fahrt. »Das musst du wirklich selbst tun, Trixie. *Du* bist diejenige, die bei Dr. Noriko Eindruck schinden will. Außerdem kennst du unsere Regeln ebenso gut wie ich. Bei derlei Geschichten werden Fragen der Ethik berührt. Glaub nur nicht, so etwas läuft über Spesen.«

Na prächtig, endlich hat Bluthund die passende Ausrede gefunden. Sein Gesichtsausdruck ist streng und selbstgerecht geworden. Ich kann nicht fassen, wie wenig teamorientiert er ist.

»Das weiß ich«, murmele ich verdrossen. »Darum kümmere ich mich später.« Ich will nicht, dass Bluthund mir vorhält, ich könne durch Zuhälterei meinen Job verlieren, denn *ohne*

Nutten verliere ich meinen Job erst recht. Wie dumm, dass die Bank so prüde ist, wenn es um sexuelle Gefälligkeiten geht! Auf unseren Spesenformularen ist nicht einmal eine Rubrik dafür vorgesehen. Dort gibt es nur Zeilen für Verpflegung, Unterkunft und Fahrt. Von anderen Befriedigungen steht da nichts.

»Dr. Noriko wird mich bestimmt nicht verpfeifen«, beruhige ich Bluthund. »Und gegen das Endergebnis wird niemand etwas einzuwenden haben. – Du bist dir vollkommen sicher, dass er am Mittwoch ankommt?« Ich darf mir absolut keine Panne erlauben. Dr. Noriko ist meine große Chance. Schon jetzt taucht vor meinen Augen die neue Frühjahrskollektion auf. Sie hängt in meinem Kleiderschrank. In meiner Einfahrt parkt ein neues Kabrio ...

»Das habe ich jedenfalls gehört«, unterbricht Bluthund meine Gedanken. »Du *musst* ihn dir schnappen. Sein Unternehmen nimmt jährlich Milliarden auf. Wenn er selbst kommt, heißt das, es brennt. Na ja,« – Bluthund wird rot – »und dass er auf Aufmerksamkeiten dankbar reagiert, ist ja allseits bekannt.«

»Hm. Ich bin mir nicht sicher, ob mir an seiner Dankbarkeit gelegen ist. – Na, gut. Ich mache mich zu den Telefonzellen auf. Könnte ein Weilchen dauern, bis ich wieder zurück bin.«

Ich erhebe mich, schnappe meine Handtasche und will losziehen, doch wie aus dem Nichts taucht Sam vor mir auf.

»Trixie, mein Schatz, hättest du nicht Lust, heute Abend einen Schluck mit mir trinken zu gehen?« Mit den aufgekrempelten Hemdsärmeln sieht er sagenhaft gut aus, doch inzwischen weiß ich, wie wenig eine schöne Hülle zählt. »Ist das Kostüm neu? Steht dir gut.« Sam lässt seinen Blick über meine Brüste wandern, woraufhin ich die Arme davor verschränke. Sam lächelt amüsiert.

»Ein Schluck reicht nicht aus, um dich zu ertragen. Vergiss es.« Ich mache auf meinen Jimmy-Choo-Schuhen kehrt und schreite hocherhobenen Hauptes auf die Aufzüge zu. Zielbewusst. Eine Frau mit einer Mission! Dabei geht mir durch den Kopf, dass mein Herz einmal wie verrückt zu hämmern begann, wenn Sam mich einlud. Das war, bevor wir zusammen waren. Damals hatte ich Angst, neben ihm an der Bar zu sitzen, weil ich nicht wollte, dass er die Stromstöße bemerkt, die mich in seiner Gegenwart durchzuckten. Später schlug ich dann auf dem Boden auf. Das haben Stromstöße wohl so an sich.

Nachdem ich Schluss gemacht hatte, spielte Sam die Rolle des reuigen Sünders und versuchte, unsere Beziehung zu retten. Leider war ich restlos bedient und aufgrund der Schmach extrem beleidigt. Abgesehen davon blieb Sam auch mit Miss Hongkong verlobt, und mir war wirklich nicht danach, die zweite Geige zu spielen. Wochenlang versuchte er, mich wieder rumzukriegen. Er bombardierte mich mit Sträußen langstieliger roter Rosen, lud mich zum Wochenende nach Paris ein und sorgte dafür, dass seine Kollegen mir vorschwärmten, wie großartig er sei. Selbst seine Mutter rief mich an und sprach von einem »unseligen Missverständnis«. Sam hatte ihr weisgemacht, er habe eine Kollegin in Hongkong lediglich am Auge berührt, um ihr von dort ein Stäubchen zu entfernen, sonst nichts. Komisch, ich hatte gar nicht gewusst, dass westliche und östliche Anatomien so unterschiedlich sind.

Allerdings hörte Sam auf zu winseln, nachdem ich in der Börsenabteilung einen Bildschirmschoner in Umlauf gebracht hatte, auf dem »Sam besitzt drei Brustwarzen« stand. Dazu hatte ich ein Urlaubsfoto von ihm eingescannt. Echt witzig, was Kälte bei gewissen Körperteilen anzurichten vermag.

Zuvor hatte er sich noch rührend bedankt, weil ich ihm seinen Smoking zurückgegeben hatte, der noch in meinem Kleiderschrank hing. Nun, der Schneider hatte einen erstklassigen Job hingelegt. Dass die Jackenärmel und Hosenbeinen um zehn Zentimeter gekürzt worden waren, konnte man echt nicht sehen. Sam hatte wahrscheinlich gedacht, ich würde mich wie wild mit der Schere darüber hermachen. Seine Dankbarkeit hielt bis zu dem Abend an, an dem er den Smoking im Büro anlegte, um mit einem wichtigen Kunden zum Essen zu gehen. Tja, Rache ist süß, das lässt sich nun mal nicht bestreiten.

Seitdem pflegen Sam und ich eine Beziehung, die man als feindlich bezeichnen könnte. Er schläft mit jeder Frau, die sich nicht wehrt, und wenn auch nur, um gewissen Gerüchten den Wind aus den Segeln zu nehmen, während ich mit meinem Teddybär schlafe. Allerdings hatte ich in der vergangenen Nacht einen reichlich verworrenen Traum, in dem Ciaran und eine Reinigungsmaschine eine Rolle spielten. Ich muss mich gewaltsam an meinen Schlachtplan erinnern. Kein Firlefanz! Selbst wenn er noch so gut aussieht.

Ich glaube, die Wachbeamten spüren, dass ich etwas Unmoralisches im Sinn habe, denn als ich die elektronischen Schranken und die Eingangshalle durchquere, mustern sie mich argwöhnisch. Ganz ruhig, beschwichtige ich mich. Sie wissen nicht das Geringste. Du marschierst ganz gelassen auf die Straße hinaus. Schau nicht zurück. Wandere auf die Telefonzellen zu. Langsam und normal wie immer. Keine Hektik. Ich glaube, es war doch besser, Bluthund nicht loszuschicken. Ihm fehlt der Nerv, so etwas durchzuziehen. So, nun noch ein, zwei Meter … Was soll das denn bedeuten? Wieso steht vor den Telefonzellen eine Warteschlange an? Suchen die Leute etwa alle das Gleiche wie ich?

»Trixie? Was tust *du* denn hier?«

Ich fahre zusammen, als ich Jims Stimme vernehme. Er steht direkt vor mir und hat sich zu mir umgedreht. Er will doch wohl nicht auch …

»Rufst du heimlich Headhunter an?«, spottet er. »Du hast doch noch fünf Wochen Zeit.« Sehr lustig.

»Sprichst du etwa von meiner Galgenfrist?«, erkundige ich mich mit zuckersüßem Lächeln. »Da brauchst du dir keine Sorgen zu machen. Ich habe alles im Griff. Nein, ich habe dich lediglich anstehen sehen und wollte mal fragen, ob du nicht lieber mit meinem Handy telefonieren willst. Guck mal, ein brandneues Modell! Erst seit einer Woche auf dem Markt. Als ich es sah, musste ich es einfach haben.«

Mittwoch, 11. Oktober

(Noch 34 Tage Galgenfrist – hurra, zwei Fettnäpfchen auf einmal!)

Es ist drei Uhr nachmittags. Ich befinde mich in der Ankunftshalle von Terminal 4 des Flughafens Heathrow und halte ein Schild hoch, auf dem Dr. Norikos Name steht. Jim habe ich erklärt, ich könne aufgrund meiner Monatsbeschwerden nicht zur Arbeit kommen. Zum Glück hatte Mary gerade neue Schokokekse besorgt, sodass er mir meine Ausrede abkaufte.

Eigentlich gilt es als nicht korrekt, Kunden mit einer Limousine vom Flughafen abzuholen, vor allem nicht, wenn sie noch keinerlei Kaufabsichten bekundet haben. Sicherlich hocken irgendwo in unserer Aufsichtsabteilung langweilige Tugendwächter herum, die dergleichen als Bestechung anprangern würden. Von den beiden Aufmerksamkeiten, die in der Limousine sitzen, schweige ich deshalb lieber ganz. Wenn Jim oder sonst jemand ihrer ansichtig würde, wäre meine Karriere im Eimer. Ich fände es echt besser, Kunden wieder wie früher fette Briefumschläge in die Hand zu drücken.

Vor der Telefonzelle log Jim übrigens, er stünde gar nicht an, um zu telefonieren, sondern habe nur jemandem mit Kleingeld ausgeholfen. Ha-ha. Das hat ihn aber nicht abgehalten, sich anschließend mein Handy auszuleihen. Na gut, vielleicht war es ja wirklich seine letzte Chance, unser japanisches Büro zu erreichen. Und danach das in Hongkong. Wenn ich es bloß noch schaffe, mir die Gebühren erstatten zu lassen! Immerhin könnte ich im Handumdrehen arbeitslos werden.

Ich bin aber ziemlich stolz, was meine beiden Gefälligkeiten angeht. Victoria (üppige Jungfrau, unersättlich) und Wanda (Pantherin, geschmeidig und wild) sind sehr überzeugend. Leider nehmen sie weder Kreditkarten noch stellen sie hinterher Quittungen aus, doch wahrscheinlich hätte ich die Ausgaben ohnehin nicht an Brenda vorbeischmuggeln können. Brenda bearbeitet die Spesenabrechnungen in unserer Bank und besitzt wahre Adleraugen. Sie hat mich schon erwischt, als ich einen Lunch für drei Personen als Lunch für vier Personen abkassieren wollte. Es kann jedoch vorkommen, dass ich nicht weiß, worüber Brenda sich beschwert. Neulich rief sie mich zum Beispiel an, um sich genauere Auskünfte über ein Mittagessen einzuholen, bei dem ich mit einem alten Freund eine Flasche Wein geköpft hatte. Warum ich denn siebzig Pfund für eine Flasche Château Firan 1985 bezahlt hätte, wollte sie wissen. Ich entschuldigte mich und gab zu, dass ich den 1989er Beychevelle für einhundertfünfzig Pfund hätte nehmen sollen. Daraufhin reagierte Brenda dermaßen aufgebracht, dass es eine Weile dauerte, bis ich begriff, dass wir aneinander vorbeigeredet hatten. Seltsam, ich hatte sie stets für eine Weinkennerin gehalten.

Die weiße Limousine der Bank wartet draußen vor dem Eingang. Parker, unser Fahrer, war ziemlich durcheinander, als er Victoria und Wanda erblickte. Ich musste ihn mehrmals auffordern, die Klimaanlage abzuschalten, denn sonst hätten sich die Damen in ihren Klamotten womöglich den Tod geholt. Im Kühlfach der Limousine befinden sich drei Flaschen Champagner (dem Himmel sei Dank für Lilys Sonderangebote!), eine Schachtel mit Schokotrüffeln und eine Packung Kondome. Das muss reichen. Die Fahrt bis zum Tower-Hotel dauert schließlich nur eine Stunde.

Auf der Anschlagtafel erkenne ich, dass die Maschine aus Tokio gelandet ist. Nun muss ich nur noch warten, bis Dr.

Noriko sein Gepäck aufgelesen hat. Ich drängele mich bis in die erste Wartereihe vor und halte mein Schild gut sichtbar in die Höhe. Es ist wichtig, dass Dr. Noriko mich sofort entdeckt, nur für den Fall, dass irgendwo noch ein anderer Banker lauert.

In der Limousine liegt meine Präsentationsmappe, die mein Angebot, die Jahresbilanz unserer Bank, meinen Lebenslauf und eine Aufstellung meiner früher getätigten Abschlüsse enthält. Allerdings wird Dr. Noriko während der Fahrt kaum lesen wollen, weshalb ich eine zweite Mappe in seinem Hotel deponiert habe. Sie wird ihm gleich nach der Ankunft aufs Zimmer gebracht. Ich hoffe, er findet diese Lektüre spannender als die *Financial Times*. Na gut, dazu gehört nicht viel.

Die Automatiktüren gleiten auseinander, und die ersten Reisenden treten hindurch. Ich werfe einen Blick auf die Kofferanhänger und stelle fest, dass die Leute aus Japan sind. Eigentlich hätte ich das bereits an den vielen Golfschlägern erkennen müssen. Und da kommt auch schon Dr. Noriko, der ein wenig benommen aussieht. Er folgt einer kleinen Schar japanischer Geschäftsleute. Ich halte mein Schild höher und winke.

»Dr. Noriko! Huhu! Willkommen in London.«

Dr. Noriko späht in meine Richtung, studiert mein Schild und schiebt dann seinen Gepäckwagen auf mich zu. Menschenskind, was hat der denn alles dabei? Reichlich unüblich für einen Geschäftsreisenden.

»Hallo – ich bin's. Trixie Trader. Unsere Limousine wartet schon auf Sie.«

Als Dr. Noriko vor mir steht, besinne ich mich rasch auf die japanische Etikette und verneige mich ehrerbietig. Anschließend entnehme ich meinem Silberetui eine Visitenkarte, die ich ihm überreiche, indem ich sie nach Vorschrift an der Oberkante festhalte. Daraufhin erinnert sich auch Dr. Noriko an seine Manieren, zückt seinerseits eine Karte und hält sie mir hin. Ich lächele, verneige mich abermals und nehme seine Karte entgegen, wobei ich sie mit den Fingerspitzen an den unteren Ecken anfasse.

Wie war das jetzt gleich? Was hat Bluthund gesagt, wie lange muss man das Teil anstarren? Eine Minute oder zwei? Ich entscheide mich für ein Mittelmaß und studiere Dr. Norikos Karte, bis ich im Geist bis neunzig gezählt habe. Danach verstaue ich sie in meinem Etui und lächele dem Mann zu, der meine Karriere retten soll.

»Miss Trader?« Dr. Noriko macht einen verwirrten Eindruck. »Kennen wir uns?« Er reibt sich seinen Arm. Also weiß er noch genau, wer ich bin! »Was tun Sie hier?« Er verbirgt seine Hände auf seinem Rücken, damit sie ihm nicht in die Quere kommen. »Auf wen warten Sie?«

»Na, auf Sie! Ich habe erfahren, dass Sie heute ankommen, und beschlossen, Ihnen einen Wagen zu besorgen. Nebst einer kleinen Aufmerksamkeit.« Ich versuche, ihm einen vielsagenden Blick zuzuwerfen. »Dabei handelt es sich um eine ergebene Geste meiner bescheidenen Bank. Überdies hätte ich Ihnen einen Vorschlag zu unterbreiten, der Ihnen eine großzügige Kapitalaufnahme gewährt. Ich habe mir gestattet, die entsprechenden Unterlagen sowohl im Wagen als auch in Ihrem Hotel zu hinterlegen.« Mit einem verschwörerischen Lächeln füge ich hinzu: »Nur für den Fall, dass Sie in der Limousine nicht zum Lesen kommen.«

»Sie haben eine Limousine organisiert?« Dr. Noriko scheint heute ein wenig schwer von Begriff zu sein. Wahrscheinlich leidet er noch am Jetlag.

»Jawohl, Noriko-san. Sie ist mit der üblichen Ausstattung versehen und wartet gleich draußen vor der Tür. Wir sollten uns beeilen, denn wir parken in der Kurzparkzone.« Ich deute auf den Ausgang und ergreife Dr. Norikos Gepäckwagen. »Wenn Sie gestatten, führe ich Sie dorthin.«

»Nein! Warten Sie!« Dr. Noriko entreißt mir den Gepäckwagen. »Ich bin nicht geschäftlich hier. Ich brauche keine ›übliche Ausstattung‹.« Die letzten beiden Worte spuckt er förmlich hervor. »Ich reise in Begleitung meiner Familie. Meine Frau und die Kinder sind auf der Toilette. Sie müssen jeden Augenblick erscheinen. Verschwinden Sie!«

Er versucht, mich von seinem Gepäckwagen zu verjagen, doch da taucht hinter ihm eine winzige Japanerin im Burberry-Mantel auf, die ein Baby im Arm hält. Ihr folgen zwei kleine Kinder, die übellaunig und müde aussehen.

»Guten Tag.« Sie lächelt mich an. »Ah, ich sehe, Sie haben uns erwartet! Sie gehören zur Fluggesellschaft, nehme ich an. Ich hoffe, es ist nicht zu weit bis zum Wagen. Unsere Kinder sind sehr müde und müssen schleunigst ins Bett.« Mit einem Wink befiehlt sie mir, mich des Gepäckwagens zu bemächtigen, und übergibt das Baby ihrem Mann. »Haben Sie im Wagen auch etwas zu essen und zu trinken?«

Ich glaube, ich halluziniere. Was um alles in der Welt soll ich jetzt tun? Denk nach, Trixie, los, streng dein Gehirn an!

»Was das anbelangt, haben wir nur die Bedürfnisse Ihres Mannes berücksichtigt!«, entgegne ich. »Für die Kinder haben wir leider nichts vorgesehen.« Mein Job ist weg, so viel steht fest. Dr. Noriko ist offenbar extrem unbehaglich zumute. »Tja, zu dumm. Wir wussten nicht, dass Ihr Mann in Begleitung seiner Familie ankommt. Vielleicht nehmen Sie doch lieber ein Taxi. Auf diese Weise könnten sie gleich eines der unvergesslichen Abenteuer Lon-«

»Unsinn«, fällt Frau Noriko mir ins Wort, schließt die Hand um den Griff des Gepäckwagens und steuert ihn und mich auf den Ausgang zu. »Ich bin überzeugt, alles ist bestens arrangiert. Wenn die Kinder etwas brauchen, halten wir unterwegs an.«

Klar, warum nicht? Die Kinder werden vor allen Dingen Augenbinden brauchen. Dr. Noriko blickt mich entsetzt an.

Ich bin sicher, vor seinen Augen zieht gerade noch einmal sein ganzes Leben vorbei.

Im Schneckentempo bewege ich mich auf die Parkzone zu, bleibe aber oft stehen und tue so, als verheddere der Gepäckwagen sich aufgrund von Unebenheiten im Boden. Die Familie Noriko folgt mir. Frau Noriko palavert auf Japanisch mit ihrem Mann, der indes äußerst schweigsam reagiert. Wenn Panik ein Geräusch wäre, würde er vermutlich einen Höllenlärm veranstalten.

Na herrlich! Jetzt kommt schon die Limousine in Sicht. Parker baut sich gerade neben dem Kotflügel auf, um Dr. Noriko in Empfang zu nehmen. Im Näherkommen beobachte ich, wie ihm die Augen aus dem Kopf fallen, als er der kleinen Herde ansichtig wird, die ich hinter mir herführe.

Dr. Noriko holt zu mir auf, als ich zum zigsten Mal anhalte, um den Gepäckwagen aus einer unsichtbaren Rinne zu befreien. Aus dem Mundwinkel zischt er: »Ich hoffe, in der Limousine befindet sich nichts, absolut nichts, was mich in Verlegenheit bringen könnte. Für meine Familie ist das der erste Besuch in London, und gnade Ihnen Gott, wenn ihre Vorfreude durch irgendetwas getrübt wird! In diesem Zusammenhang weise ich Sie auch darauf hin, dass ich am Wochenende mit Ihrem Vorstand Golf spiele. Der Vorsitzende ist ein sehr guter Freund von mir. Wir haben gemeinsam in Harvard studiert.« Natürlich, wo denn sonst? Das war's, ich bin erledigt. Ich sollte besser die nächste Maschine besteigen und fortfliegen, egal wohin. Ich wollte ja schon immer mal Nepal besuchen. Oder wie wäre es mit den Galapagos-Inseln? Ich könnte ein neues Steuerparadies eröffnen.

Parker geht mit zögernden Schritten auf die Beifahrertür zu. Er hat seine Schirmmütze bis tief über die Augen gezogen. Verstehe. Er will das Kommende nicht mit ansehen. Seine Hand tastet nach dem Türgriff, doch ich bin schneller.

»Eine Sekunde, Parker. Ich möchte mich erst überzeugen, dass alles in Ordnung ist.« Ich öffne vorsichtig die Tür, wobei ich Frau Noriko die Sicht ins Wageninnere versperre. Victoria und Wanda räkeln sich mit gespreizten Beinen auf dem Rücksitz und halten mir einladend ihre gefüllten Champagnergläser entgegen. Ich bedeute ihnen stumm, sich anständig hinzusetzen und ihre Beine zu schließen. Wanda grinst und lutscht lüstern an einem Eiswürfel, während sie ihren Unterleib auf eine Art und Weise vorwölbt, die ich bei Panthern niemals für möglich gehalten hätte. Ich ziehe mich eiligst zurück und wende mich Frau Noriko zu.

»Puh«, stöhne ich, »im Wagen riecht es ziemlich eigenartig. Man könnte glatt meinen, der letzte Fahrgast hätte einen alten Hering liegen gelassen. Wer weiß, ob Ihren Kindern davon nicht übel wird? Ich glaube, Sie nehmen sich tatsächlich besser ein Taxi.« Ich schwinge den Gepäckwagen herum und schlage den Weg zum Taxistand ein, der leider in beträchtlicher Entfernung liegt.

»Ach was! Das ist wahrscheinlich nur das Benzin. Wenn der Geruch zu stark wird, öffnen wir die Fenster. Machen Sie keine Umstände. Wir wollen einfach nur auf dem kürzesten Weg ins Hotel. Sie glauben ja nicht, wie lange wir schon unterwegs sind! – Momoko, Takumi, kommt sofort her und hört auf herumzurennen! Momoko, ich habe dir schon hundertmal gesagt, du sollst nicht in der Nase bohren. Das ist unanständig.« Frau Noriko schlägt dem kleinen Mädchen hart auf die Hand und wiederholt aufgebracht: »Sehr unanständig!«

»Dummerweise hat der Wagen auch keinen Kindersitz«, nehme ich einen neuerlichen Anlauf. »Und wir wollen Ihr Baby doch vorschriftsmäßig unterbringen, oder nicht? Ohne Kindersitz deckt unsere Versicherung den Transport von Säuglingen nämlich nicht ab.«

Dr. Noriko nickt eifrig. Er hat den Fluchtweg erkannt. »Wir sollten wirklich besser ein Taxi nehmen«, drängt er. »Der Londoner Verkehr ist sehr riskant. Ohne Rumdumversicherung möchte ich da nicht –«

»Mein lieber Herr Gemahl, was bitte befindet sich dort oben auf unserem Gepäck?« Frau Noriko zeigt auf den Berg aus Louis-Vuitton-Koffern, auf dem wie ein Königsthron der Kindersitz prangt. »Du selbst hast darauf bestanden, dass wir den Kindersitz mitnehmen. Weißt du das denn nicht mehr?« Wie konnte ich diesen verdammten Kindersitz übersehen? »Momoko!«, ruft Frau Noriko ungeduldig. »Komm sofort her! Und lass deine Nase zufrieden, ich sage das nicht noch einmal.« Sie greift in ihre Handtasche, zieht ein Päckchen Papiertaschentücher hervor, nimmt eins heraus, schnappt sich damit die Nase ihrer Tochter und dreht sie brutal herum.

»Einen Moment bitte noch«, sage ich zu Frau Noriko, die dem noch immer verdatterten Parker aufträgt, das Gepäck in den Kofferraum zu laden und den Kindersitz anzubringen. »Ich muss Sie auf etwas hinweisen. Die beiden Stadtführerinnen, die wir für Sie engagiert haben, sind ausgesprochen sommerlich angezogen und zu warm ist ihnen wohl auch geworden, da die Klimaanlage nicht funktioniert. Sie wirken momentan nur notdürftig bekleidet. Gelegentlich kommt so was natürlich ihrem Geschäft zugute, aber es hat hier und da auch Kunden gegeben, die das missverstanden haben und die sich beklagten, die Damen sähen – nun ja – wie Freudenmädchen aus. Ich vermute jedoch, jemand wie Sie – eine Dame von Welt –, wird diesem Trugschluss niemals unterliegen.«

»Das haben Sie sehr nett gesagt«, lobt Frau Noriko. »Ich fürchte nur, Sie irren sich. Ich bin keine Dame von Welt. Nein wirklich, das hier ist meine erste Reise außerhalb Japans. Natürlich hatte ich ein englisches Kindermädchen und kenne

England auch aus dem Kino, also, *Stolz und Vorurteil* zum Beispiel habe ich bestimmt dreißigmal gesehen, wenn nicht öfter. Na, und wenn ich dann noch an die wunderbaren Schilderungen meines Mannes denke! Kaum zu glauben, dass ich die Schönheiten, die er rühmt, bald mit eigenen Augen sehen kann. Sie ahnen ja nicht, wie aufgeregt ich bin!« Tue ich wohl. Geht mir ähnlich.

Ich höre einen Korken knallen. Victoria und Wanda öffnen scheinbar die nächste Flasche. »Oh, das klingt ja nach Champagner!«, flötet Frau Noriko entzückt. »Ich *liebe* Champagner. In Tokio kostet er so viel, dass wir ihn uns nur zu ganz seltenen Gelegenheiten leisten können. Wie überaus reizend von Ihnen, daran zu denken!« Tja, eine »seltene Gelegenheit« biete ich ihr gleich auch …

Frau Noriko nimmt ihr Baby auf den Arm und beugt sich in das Wageninnere, um das Kleine im Kindersitz anzuschnallen.

Verschwinde, Trixie! Los, mach kehrt! Zisch ab!, rede ich mir zu, doch ich schaffe es nicht. Eine Mischung aus Panik und Entsetzen lässt mich wie gelähmt erstarren. Gleich darauf ertönt ein Aufschrei, und Frau Noriko schießt so heftig aus dem Wagen zurück, dass sie sich um ein Haar den Kopf am Türrahmen angeschlagen hätte.

»Haben Sie gesehen …« – sie schöpft Atem – »was …« – sie holt abermals Luft – »die beiden am Leib tragen?« Ihr Finger deutet anklagend in die Limousine. Ihre beiden Kinder nähern sich neugierig, doch sie stößt sie roh beiseite.

»Ich sagte ja bereits, die Uniformen der Stadtführerinnen sind nicht jedermanns Sache«, stammele ich.

»Stadtführerinnen? *Stadtführerinnen*? Das sind *Huren* und keine Stadtführerinnen!« Frau Norikos Stimme ist ein einziges Kreischen, man kann kaum verstehen, was sie sagt. »Das wird Ihre Gesellschaft mir teuer bezahlen!« Frau Noriko winkt ihren Mann herbei. »Hast du etwas davon gewusst?«, fährt sie ihn an. Dr. Noriko steckt seinen Kopf in die Limousine. Als auch er zurückschnellt, spüre ich seine Enttäuschung angesichts dessen, was ihm entgangen ist. Doch im Nu hat er die Miene des Biedermannes aufgelegt und spielt die Rolle eines Menschen, der ganz erschüttert ist, dass es solche Frauen gibt.

»Nein«, betont er mit mehrmaligem Kopfschütteln. Dann zeigt er mit dem Finger auf mich. »Ich wusste auch nicht, dass *sie* hier ist. Glaub mir, ich kenne diese Dame kaum. Im Grunde hat sie hier gar nichts verloren.« Dr. Noriko tätschelt seiner Frau den Arm. »Sie wird es bitter bereuen«, verspricht er ihr. »Verlass dich auf mich.« Er wirft mir finstere Blicke zu. O Gott, das ist mein Untergang!

Donnerstag, 12. Oktober

(Noch 33 Tage Galgenfrist – ein Mensch weniger, den die Bank abschießen muss, weil ich das nämlich selbst für sie erledige.)

Die Wachen schauen verdutzt drein, als ich an diesem Morgen bereits um Viertel vor sieben erscheine. Einer von ihnen geht sogar so weit, seine Uhr ans Ohr zu halten, um zu prüfen, ob sie noch tickt. Ich zücke kurz meinen Ausweis und marschiere grußlos an ihnen vorbei. Nach Höflichkeitsfloskeln steht mir nicht der Sinn.

Ich will mir Bluthund vor dem Morgenmeeting krallen, um ihn zur Schnecke zu machen. Selbst jetzt klingen Frau Norikos Tiraden mir noch in den Ohren. Eigentlich erstaunlich, wie viel Zeit sie plötzlich zum Keifen hatte, wo doch ihre Kleinen angeblich so müde waren. Dr. Noriko versprach mir unterdessen mehrmals, sich offiziell bei meinem Vorstand zu beschweren. Im Grunde müsste ich mir nur noch einen schwarzen Müllsack besorgen, um meine Siebensachen einzupacken.

Und als wäre es damit nicht genug gewesen, verlangten Wanda und Victoria auch noch Taxigeld von mir, nachdem Frau Noriko sie aus der Limousine geschmissen hatte.

Das wird Bluthund mir büßen. Er wusste genau, wie sorgfältig ich mich auf das Treffen mit Dr. Noriko vorbereitet hatte. Sowohl am Montag als auch am Dienstag bin ich bis spät in die Nacht im Büro geblieben, um an dem Angebot zu feilen, das Dr. Noriko mitsamt meiner Karriere inzwischen vermutlich vernichtet hat.

Im Nu bin ich aus dem Aufzug hinaus und stürme auf meinen Tisch zu, ohne mich um die Begrüßungen zu kümmern, die mir unterwegs zugerufen werden. Bluthund weicht förmlich zurück, als er mich kommen sieht. Na bitte! Sein Gesicht ist ein einziges Schuldbekenntnis.

»Trixie! Was machst du denn schon …?«

Er kommt nicht mehr dazu, seinen Satz zu vollenden, denn ich habe ausgeholt und ihm eine schallende Ohrfeige verpasst. Sie hat ordentlich gesessen, denn der Umriss meiner Hand zeichnet sich auf seiner Wange ab.

Bluthund fasst sich ins Gesicht und sieht mich entsetzt an. Was soll das? Will er nun auch noch den Entrüsteten spielen?

Das klatschende Geräusch hat die Aufmerksamkeit einiger Kollegen geweckt. Sie schauen zu uns herüber.

»Was zum Teufel ist denn in dich gefahren? Das hat ganz schön wehgetan.«

»Gut. Prima. Das sollte es auch.« Mein Blut brodelt dem Siedepunkt entgegen. Ich ignoriere die Kollegen, die sich erheben und über ihre Bildschirme spähen. »Was in mich gefahren ist? *Was in mich gefahren ist, fragst du?* Tja, rate doch mal! Könnte es zum Beispiel sein, dass du eine klitzekleine Kleinigkeit in Bezug auf Dr. Noriko vergessen hast zu erwähnen?«

Bluthund wirkt verblüfft. Das macht er großartig, er hätte Schauspieler werden sollen.

»Wie kommst du darauf? Ich habe dir alles gesagt. Terminal 4. British Airways. Ankunft um drei. Was hättest du denn noch wissen müssen?«

»Nun, vielleicht, dass seine Frau und seine Kinder ihn begleiten?«

Bluthund wird leichenblass. »Oh … mein … Gott!«, stammelt er, während ihm allmählich das Ausmaß seines Verrats dämmert. »Und du hattest eine Limousine mit …«

»Genau.«

»O nein! – Was hat Dr. Noriko gesagt?«

»Tja, was wird er wohl gesagt haben? Vielen Dank, Trixie,

gut gemacht. Meine Frau liebt Überraschungen – und Dreier ganz besonders. Vielleicht bist du so nett und beschäftigst schon mal die eine Nutte, während wir mit der anderen loslegen.« Mir juckt die Hand, am liebsten würde ich noch mal zuschlagen.

»Nein – nicht wirklich, oder?«

»Natürlich nicht wirklich, was glaubst du eigentlich?«

»Lieber Himmel, das ist ja furchtbar! Wie hat denn seine Frau reagiert?« Bluthund beäugt meine Hand, die sich zu einer Faust zusammenballt und in die zweite Runde gehen möchte.

»Och, nicht außergewöhnlich. Sie fand lediglich, dass ich eine Ausgeburt des Teufels sei.« Befriedigt sehe ich zu, wie Bluthund sich windet. »Kann sein, dass sie noch erwähnt hat, dass ich die unschuldige Fantasie kleiner Kinder verdorben und arme, verzweifelte Frauen genötigt und in den Untergang getrieben habe. – Warum?«, schreie ich. »Warum hast du mir das angetan? Du wusstest doch, was auf dem Spiel stand! Ich bin erledigt! Dr. Noriko wird sich offiziell beim Vorstandsvorsitzenden beschweren, womit wir übrigens bei einem weiteren Punkt wären, den du mir verschwiegen hast. Die beiden sind dicke Freunde.«

»Das – das wusste ich nicht«, murmelt Bluthund. Dann reißt er sich zusammen und schüttelt den Kopf. »Das spielt aber keine Rolle. Dr. Noriko wird sich bei niemandem beschweren, in dem Punkt irrst du dich ganz gewaltig. Was sollte er denn sagen?« Er missachtet die Anrufe, die vor ihm aufleuchten. »Ach übrigens, Robert, ich muss mich mal über eine deiner Mitarbeiterinnen beklagen. Sie hat mir doch glatt eine Limousine mit Nutten zum Flughafen geschickt. Warum sie das getan hat, fragst du mich? Keine Ahnung. Ich stehe doch gar nicht auf Schweinereien. Ich bin ja schließlich verheiratet.«

»So spricht Dr. Noriko nicht. Vergiss nicht, dass er Japaner ist. Ein japanischer Geschäftsmann, dessen Leben auf den

Kopf gestellt wurde, weil eine verzweifelte, englische Bankerin ihm ein Geschenk machen wollte.«

»Richtig. Und deshalb wird er auch seine Klappe halten.« Bluthund wackelt mit seinem Finger vor meiner Nase herum. »Hast du denn die Artikel über die japanischen Geschäftsleute nicht gelesen, die entlassen wurden, weil sie sich in Stripclubs rumgetrieben haben? Dr. Noriko müsste seinen Hut nehmen, wenn er den Mund aufmachen würde. So was bleibt doch nicht ohne Folgen! Da werden doch Fragen gestellt! Ich, zum Beispiel, würde mich sofort melden und all die kleinen Aufmerksamkeiten aufzählen, die er bei seinen früheren Besuchen beansprucht hat. Und es sind einige reichlich abartige Wünsche darunter gewesen, darauf kannst du Gift nehmen.«

»Seine früheren Besuche interessieren mich nicht. Du scheinst es einfach nicht zu kapieren. Für mich war lediglich dieser Besuch von Bedeutung, und den hast du mir vermasselt, genau wie meinen Job. – Warum? Warum hast du das getan?«

Ich registriere, dass die Kollegen widerwillig ihre Plätze verlassen, um sich zum Morgenmeeting zu begeben. Sie werfen uns noch Blicke über die Schulter zu, ehe sie den verglasten Konferenzraum betreten. Bluthund macht Anstalten ihnen zu folgen, besinnt sich jedoch eines Besseren. Ich werde abermals ein Morgenmeeting versäumen – von mir aus. Ist ja nichts Neues. Warum sollte mir das noch etwas ausmachen? Meine Karriere kann ich ohnehin an den Nagel hängen. Ich sehe, dass auch Sam schon unterwegs ist und zu uns herüberschaut.

»Nanu, was ist denn da los?«, ruft er. »Eine Kabbelei unter Liebenden? Macht schon, gebt euch einen Kuss und vertragt euch wieder!« Er grinst, und ich möchte ihm am liebsten auch eine scheuern.

»Hau ab, du Arschloch!«, zische ich. »Verpiss dich wieder in das Loch, aus dem du gekrochen bist!«

Sam lacht und zieht die Tür des Konferenzraumes hinter sich zu.

»Warum hast du das getan?«, wiederhole ich an Bluthund gewandt. »Warum, Bluthund? Warum hast du mir diese gemeine Falle gestellt?«

Ich möchte heulen. Meine Hoffnung, mein ganzer Einsatz – alles umsonst! Ich weiß, Bluthund und ich sind seit der Sache mit Sam nicht mehr die besten Freunde gewesen, doch dass ich ihm nicht einmal mehr trauen könnte, hätte ich beim besten Willen nicht gedacht. Ich bin total von ihm enttäuscht. Er weiß doch, in welcher Verfassung ich war, nachdem er mich damals so hat auflaufen lassen.

»Ich habe davon nichts geahnt, Trixie, wirklich nicht.«

»Ach? So wie du auch nichts von Miss Chang geahnt hast, was?« Tut mir Leid, dass ich jetzt alte Kamellen aufwärmen muss, doch ich bin echt sauer, und so leicht werde ich Bluthund nicht vom Haken lassen.

»Ich habe zugegeben, dass ich das mit Sam wusste. Das habe ich dir gleich gestanden.«

»O nein! Das hast du mir erst gestanden, nachdem es herausgekommen war. Genau wie jetzt bei Dr. Noriko und seinem Familienurlaub.«

»Ehrlich, Trixie, ich wusste es nicht. Ich hatte lediglich gehört, Dr. Noriko käme nach London, und da dachte ich, das wäre eine einmalige Chance für dich.«

»Darüber habe ich ebenfalls nachgegrübelt. Warum hast du diese einmalige Chance nicht für dich genutzt?«

»Weil *mein* Job nicht in Gefahr ist! Ich habe es als Wiedergutmachung betrachtet, weil ich« – er macht eine kleine Pause – »dir damals nichts erzählt habe. Klar, das kommt jetzt ein Jahr zu spät, aber ich hatte gehofft, du wüsstest es dennoch zu schätzen.«

»Ich wüsste es zu *schätzen?!* Deine Wiedergutmachung hat meine Karriere zerstört. Begreifst du das nicht?«

»Meine Güte, Trixie, jetzt reg dich doch endlich ab. Denk doch mal logisch nach! Hier rumzukreischen und mir eine runterzuhauen hat doch keinen Sinn.«

Nun, da wäre ich mir nicht so sicher. Mir geht es bereits um einiges besser.

»Abgesehen von dem gestrigen Zwischenfall hast du Dr. Noriko ein Superangebot gemacht«, fährt Bluthund fort. »Und da er ein gewiefter Geschäftsmann ist, wird er das bestimmt noch zu würdigen wissen.«

»Das glaubst du doch selbst nicht! Dr. Noriko wird den Abend und die Nacht gebraucht haben, um seiner Frau zu verklickern, warum ihn jemand mit Limousine und Nutten vom Flughafen abholt. Ich kann mir kaum vorstellen, dass er sich anschließend meinem Angebot gewidmet hat. – Du hast also wahrhaftig nichts gewusst?« Ich durchforste Bluthunds Miene.

Er schüttelt kleinlaut den Kopf. »Wahr- und wahrhaftig nicht. Ich schwöre es dir bei allem, was mir heilig ist. Großes Ehrenwort.«

»Aber woher wusstest du denn überhaupt, dass er kommt?«

Bluthund rutscht unbehaglich auf seinem Sitz hin und her. Nach kurzem Zögern murmelt er: »Von Sam.«

»Was?! Du hast Sam von meinen Schwierigkeiten erzählt?« Schwein! Miese Ratte! Durch die Glaswand sehe ich, wie Sam Hof hält. Wahrscheinlich prahlt er gerade mit seinen Kunden und mit seinem bombensicheren Gespür für den Währungsmarkt. Er ist tot, mausetot!

»Natürlich nicht. – Er hat es von allein mitbekommen.« Bluthund räuspert sich. »An dem Morgen, an dem du ihn aus dem Lautsprecher gehört hast, da –« Er hält inne. »Da habe ich hinterher vergessen, das Gerät auszuschalten. Er hat unser ganzes Gespräch belauscht … und dabei hat er … halt auch von deinem Problem erfahren.«

»Schau an! Und dann rief er dich an und sagte ganz nebenbei, er wolle mir helfen?«

»So ungefähr. Ja.«

»Und du hast ihm das abgekauft? Bist du noch bei Trost? Hat Sam im vergangenen Jahr jemals, *jemals* etwas für mich getan? Lässt er nicht jedes Mal eine fiese Bemerkung fallen, wenn er an meinem Tisch vorbeigeht? Hat er nicht die Hälfte der Belegschaft flachgelegt und anschließend Fahnen gehisst, um es mir unter die Nase zu reiben? Und dann entscheidet er sich von heute auf morgen, mir zu helfen? Hat dir das nicht zu denken gegeben?«

»Leider nicht. Ich dachte, auch er wolle das von damals wieder ausbügeln. Ich habe es sogar für eine feine Geste gehalten, zumal er nicht wollte, dass du etwas davon erfährst.«

Warum hat Gott Bluthund so dämlich erschaffen? In seinem Kopf hätten die Alarmsirenen so laut losschrillen müssen, dass es noch bis nach Australien zu hören gewesen sein müsste!

Das Morgenmeeting ist zu Ende. Die Leute kommen aus dem Konferenzraum gewandert, in der einen Hand einen Kaffeebecher, in der anderen Croissants oder Muffins. Ich werde mir Sam umgehend vorknöpfen. Das wird er mir büßen. Man muss sich dieses arrogante Ekel nur ansehen, diesen Mistkerl, der sich für so maßlos witzig hält!

Ich bin schon fast bei ihm angelangt, als Jim meinen Namen ruft.

»Trixie.« Jim steht im Türrahmen seines Büros. »Hättest du mal einen Moment?«

Nun ist es so weit. Mein Magen krampft sich zusammen. Bluthund wirft mir einen kläglichen Blick zu, doch er drückt mir tapfer die Daumen. Ich hole tief Luft und mache mich auf die Socken. Vermutlich hält Mary schon einen Stapel schwarzer Mülltüten bereit.

»Komm rein. Setz dich.« Jim deutet auf seinen Besucherstuhl und schließt die Tür, was gemeinhin als äußerst schlechtes Vorzeichen gilt. Danach nimmt er auf seinem Sessel Platz, wirft einen kurzen Blick auf die Bildschirme und hebt an: »Unser Vorstandsvorsitzender hat mich heute früh angerufen.«

»Ich kann alles erklären. Es war ein Missverständnis –«

»Ein Missverständnis?«, unterbricht Jim mich verwundert. »Na, das will ich aber nicht hoffen. Er hat mit Dr. Noriko gesprochen, der gestern mit seiner Familie angereist ist – aber das weißt du ja längst.«

Mach schon, spuck es aus, Jim. Hol die Wachen herbei, damit sie mich aus dem Gebäude führen.

»Leider müssen seine Frau und die Kinder heute bereits wieder nach Japan fliegen. Irgendein familiärer Notfall.«

Ein familiärer Notfall? Nun, vielleicht ist es das, wenn eine Familie die Schönheiten, die der Vater rühmt, nachvollziehen möchte und feststellt, dass sie seinen Geschmack nicht teilt.

»Wie dem auch sei«, fährt Jim fort, »Dr. Noriko ist gestern Abend allein im Hotel geblieben – ich nehme an, er hatte noch unter dem Jetlag zu leiden, und seine Familie ist ohne ihn zum Abendessen gegangen. Er nutzte die Zeit, um dein Angebot zu studieren. Es war eine großartige Idee, es im Hotel deponieren zu lassen, Trixie. Er bewundert diese Art von Initiative. Ich übrigens auch, das sollte ich vielleicht nicht vergessen zu erwähnen. Jedenfalls hat dein Angebot ihn sehr beeindruckt.«

Was soll das? Will Jim noch Katz und Maus mit mir spielen, ehe er mich feuert?

»Dr. Noriko hält deine Vorschläge für äußerst interessant. Die Einzelheiten möchte er gern mit dir bei einem Abendessen besprechen. Du sollst auch die Personen mitbringen, die er leider nur kurz kennen lernen konnte. Du wirst ja wissen, wen er meint. Er ist heute Nachmittag in seinem Hotel und erwartet deinen Anruf.«

Ich muss reichlich entgeistert aussehen, denn Jim setzt hinzu: »Was überrascht dich denn so? Ich wusste, du schaffst es. Du brauchtest lediglich einen Tritt in den Hintern. – Allerdings sollte ich dich warnen, Trixie.« Jim beugt sich vor. »Es gibt Gerüchte, nach denen Dr. Noriko zuweilen … nun ja, etwas extreme Ansinnen stellt, bevor er ein Geschäft abschließt. Sei also auf der Hut. Vielleicht nimmst du lieber Chris mit, wenn du zu ihm gehst. Ich möchte hinterher nichts von unmoralischem Verhalten hören … du verstehst mich doch, oder?«

Oh, und wie ich ihn verstehe! Deshalb weiß ich auch noch nicht, ob ich Dr. Norikos Einladung zum Abendessen annehme. Ich muss nämlich auf mein Hinterteil achten.

Donnerstag, 12. Oktober

(Noch 33 Tage und vier Stunden Galgenfrist – selbes Motto, aber anderer Mensch.)

Bluthund blickt mir mit ängstlicher Miene entgegen. Als ich mich an meinem Platz niederlasse, dreht er einen Bildschirm weg, doch es ist zu spät. Ich habe gesehen, dass er eine E-Mail an Julie adressiert hat. Bestimmt wollte er sie vorwarnen, dass sie gleich Hammer und Zange fallen lassen muss, um meine traurigen Überreste einzusammeln.

»Wie ist es gelaufen? Ich habe dir die Daumen gedrückt.«

»Seit wann kann ein Hund Daumen drücken?«

»Jetzt mach mal halblang, Trixie. Ich meine es ernst. Ich fühle mich nun mal ein wenig verantwortlich für –«

»O nein!«, falle ich ihm ins Wort. »Nicht *ein wenig* verantwortlich. Du bist ausschlaggebend gewesen.«

Ich linse zu Sams Schreibtisch hinüber. Leer, bis auf eine einsame, amerikanische Flagge. Ich suche die fußballfeldgroße Börsenabteilung ab. Da! Sam lehnt am Kaffeeautomat, wo er offenbar Süßholz raspelt. Vor ihm steht eine neue Kollegin, die ihn anschmachtet und an ihren blonden Locken zupft. Widerlich! Sie stoßen sogar mit ihren Pappbechern an! Wie grauenhaft, zu wissen, dass ich einmal ähnlich verblendet war! Ich muss im wahrsten Sinne des Wortes nicht mehr alle Tassen im Schrank gehabt haben.

Ich erinnere mich noch an Sams Aufreißersatz, während er mich mit seinen braunen Augen fixierte. »Ich glaube, da steht noch was offen«, sagte er mit vielsagendem Blick auf meine Bluse. Ich betastete hastig meine Knöpfe. »Davon rede ich nicht«, fuhr Sam fort. »Meine Worte bezogen sich eher auf uns beide.« Ich gebe zu, das war nicht originell, doch ich war dermaßen erleichtert, nicht mit hüpfendem Busen durch die Gegend gerannt zu sein, dass ich in befreites Gelächter ausbrach. Anschließend verabredeten wir uns auf einen Drink. Na ja, und zwei Abende später landete er in meinem Bett. Ich weiß noch, wie peinlich es mir war, als Lily morgens mit dem Staubwedel in der Hand mein Schlafzimmer betrat, um die Spinnweben zu entfernen. Ihr muss es ähnlich ergangen sein, denn sie starrte krampfhaft an die Decke, ehe sie sich umdrehte und fluchtartig verschwand.

»Den schnappe ich mir«, erkläre ich Bluthund und deute auf Sam. »Aus dem mache ich Kleinholz.«

»Warte!« Bluthund hält meinen Ärmel fest. »Hol erst einmal tief Luft und spann mich nicht länger auf die Folter! Was hat Jim gesagt? Hat Dr. Noriko angerufen?«

»In der Tat.« Ich nicke. »Gleich als Erstes heute Morgen.«

»Oh, mein Gott, Trixie, das tut mir so Leid. War Jim sehr aufgebracht?« Bluthund macht einen niedergeschmetterten Eindruck. »Soll ich zu ihm gehen und alles erklären? Ich mache es, wenn du glaubst, dass es hilft.«

»Ach, lass nur. Ist schon gut. Mir kann niemand mehr helfen.« Ich zucke müde die Achseln. »Der Vorstand weiß bereits Bescheid.«

»Nein! Wie entsetzlich! Gibt es denn gar keinen Ausweg mehr?«

»Einen Ausweg? Wie soll der denn deiner Meinung nach aussehen? Soll ich mich Dr. Noriko vielleicht an den Hals werfen und –«

Bluthund wedelt abwehrend mit den Händen. »Niemals! Um Gottes willen, Trixie! Ich würde doch nie im Leben wollen, dass du ihm deinen Körper verkaufst! Was denkst du denn von mir? Ich bin sicher, die Sache verläuft sich im Sand.

Du findest einen neuen Job, und nach einer Weile haben alle wieder vergessen, dass du einem Kunden Nutten zuführen wolltest … Trixie, wirklich, sieh mich nicht so an! Ich wollte dir nicht zu nahe treten –«

»Nun, das hat sich aber ganz anders angehört.« Hm, das macht Spaß! Ich glaube, ich werde Bluthund noch ein wenig länger zappeln lassen. Er hat zwar nichts verbrochen, doch allein für seine Dusseligkeit, finde ich, gebührt ihm eine Strafe. Sam zu vertrauen! Also wirklich! Das ist der absolute Gipfel! »Dass ich meinen Körper anbieten könnte, ist dir doch nicht so mir nichts, dir nichts eingefallen. Für wen hältst du mich eigentlich? Was glaubst du, was meine Mutter mir hinterher erzählen würde! Und seit wann führe ich Kunden Nutten zu? Bei den Damen hat es sich um Hostessen gehandelt.«

»Ich halte dich für gar nichts – das heißt, nein, das stimmt nicht, aber nicht für so jemanden, Trixie, bitte, glaub mir. Andererseits«, setzt er hastig hinzu, »könntest du das natürlich tun, wenn du wolltest. Du hast schließlich eine tolle Figur – die habe ich schon immer bewundert –«

»Wie bitte?«, rufe ich entrüstet. Wunderbar! Großartig! »Du Spanner! Bekennst du jetzt auch noch, dass du dich schmutzigen Fantasien hingibst, während ich hier nichts ahnend sitze und die Börsencharts studiere?«

»N-n-nein, n-n-niemals«, stottert Bluthund.

»Wieso nicht? Was gefällt dir denn nicht an mir?«

Bluthund sieht aus, als würde er jeden Moment in Tränen ausbrechen. Tja, so schaufelt man sich sein eigenes Grab!

»Nichts. Alles«, wehrt er sich verzweifelt. »Du bist vollkommen. Bis auf deine scharfe Zunge vielleicht, doch selbst die gewinnt man mit der Zeit lieb –« Er hält abrupt inne. Schweißperlen treten auf seine Stirn. Ich beginne, mir um seinen Blutdruck Sorgen zu machen. Na gut, ich werde ihn aus seinem Elend erlösen. Wo ist die doppelläufige Schrotflinte?

»Bluthund.«

»Ja?«

»Komm zu dir! Merkst du nicht, wenn dich jemand auf den Arm nimmt? Trotzdem, schönen Dank für die Komplimente. Du hast einen erstklassigen Geschmack. Manchmal jedenfalls.«

»Aber ...«

»Klappe halten! Jim hat mich zu sich gerufen, um mich zu beglückwünschen.«

»Hä? Wozu?«

»Das habe ich mich zuerst auch gefragt. Frau Noriko und die Kinder fliegen heute nach Tokio zurück. Aufgrund eines Notfalls, wie es heißt.«

»Vermutlich will sie sich mit einem Anwalt zusammensetzen. Ich wette, sie verklagt ihren Mann auf jeden Dollar und Yen und –«

»Willst du nun meine Geschichte zu Ende hören, oder nicht?«, frage ich pikiert. Ich glaube, ich muss in Zukunft härter durchgreifen, was Bluthund betrifft, und ihm öfter mal zeigen, wer der Chef im Hause ist. Bluthund nickt ergeben.

»Nun, die Kurzfassung lautet, dass Dr. Noriko gestern Abend mein Angebot gelesen hat. Er fand es prima.«

»*Was?*«, fragt Bluthund schrill, als habe ihm jemand auf die Pfote getreten. Abermals wenden sich Kollegen um, die sehen wollen, ob er sich die nächste Ohrfeige eingehandelt hat.

»Tja«, sage ich, »da bist du geplättet, wie? Dr. Noriko möchte nun mit mir« – ich mache eine Pause und male mit den Fingern Anführungszeichen in die Luft – »*zu Abend essen.* Außerdem bittet er darum, dass ich die« – abermalige Anführungszeichen – »*beiden Personen*, die er kurz kennen gelernt hat, mitbringe. Dr. Noriko bewundert meine Initiative. Jim tut das übrigens auch, wenngleich ich sehr froh bin, dass er keine Einzelheiten kennt. Inzwischen fühlt er sich in seinem Glauben an mich wieder bestätigt. Allerdings« – ich beuge mich zu Bluthund hinüber und fahre leise fort – »wies er mich auf die Gefahr etwas extremer Ansinnen hin, die Dr. Noriko stellen könnte, und hielt es für angeraten, dich zu dem Abendessen mitzunehmen, wobei ich jedoch nicht glaube, dass Dr. Norikos Ansinnen dermaßen extrem sein können.«

»Was wirst du jetzt machen?«, fragt Bluthund, indem er meine letzte Bemerkung übergeht. »Dr. Noriko könnte deine Probleme auf einen Schlag lösen. Denk nur an die neue Frühjahrskollektion!« Wie kommt es, dass er mich so gut kennt?

»Daran denke ich bereits die ganze Zeit. Und an die Sommer-, Herbst- und Winterkollektion noch dazu. Also gut, ich buche ein Abendessen. Am besten in einem japanischen Restaurant. Vielleicht im Nobu. Warte mal, ich glaube, dort habe ich sogar einen Tisch reservieren lassen, nur für den Fall, dass sich ein Kunde nach mir sehnt.« Ich befrage meinen Palm Pilot. »Na, bitte. Am kommenden Dienstag. Ich rufe Dr. Noriko gleich an und frage nach, ob er Zeit hat.«

»Was wirst du in Bezug auf du-weißt-schon-was tun?«, raunt Bluthund so leise, dass ich ihn kaum verstehe. »Ich meine, was ist mit den gewissen Personen?«

Damit hat Bluthund leider ein zentrales Thema berührt. Meine Reservierung gilt nur für zwei Personen, doch vermutlich ließe sie sich auch auf vier ausdehnen … aber eigentlich will ich das nicht. Wenn Dr. Noriko auf das Geschäft erpicht ist, muss er auf die Gefälligkeiten verzichten. Heute ist nicht mehr gestern. Inzwischen fühle ich mich gestählt. Gestern hätte ich für dieses Geschäft noch alles getan, doch heute ist Geschäft Geschäft. Dr. Noriko soll mit mir verhandeln, weil ich ihm das beste Angebot gemacht habe und nicht, weil ich ihm die besten Nutten zuführte – wenngleich mein Geschmack auch in diesem Punkt tadellos war. Nein, ich werde nicht mit mir reden lassen. Wenn ich meinen Job verliere, dann soll das aus dienstlichen Gründen geschehen.

»Ich werde Dr. Norikos Wünsche ignorieren«, verkünde ich Bluthund. »Von jetzt an wird nach meinen Regeln gespielt. Aber erst muss ich noch eine kleine Rechnung begleichen.« Ich schaue mich nach Sam um.

»Sieh dich vor, Trixie!«, höre ich Bluthund hinter mir herrufen, während ich mich auf den Kriegspfad begebe. Als ich mich Sams Tisch nähere, stelle ich fest, dass er auf der amerikanischen Fahne bereits zwölf Sterne durchgestrichen hat.

»Wo ist er?«, erkundige ich mich bei Justin, einem Nachwuchshändler. Mein lieber Mann, der Junge lernt echt schnell! Erst vor zwei Monaten von der Uni weg engagiert, und schon prangt auf seinem Tisch eine Leiste mit dem Alphabet, auf der er die Buchstaben A und B durchgestrichen hat.

»Ich werde die Frauen, deren Namen mit C anfangen, warnen«, sage ich. »Oder soll ich mich lieber an die Männer wenden?«

Justin wird feuerrot, ehe er stammelt, Sam sei zu einem Golfwochenende mit Kunden aufgebrochen und vorhin lediglich vorbeigeschneit, um ein, zwei Kleinigkeiten zu regeln.

Verdammt und zugenäht! Dabei war ich gerade so schön in Fahrt. Ich hätte ihn an die Wand genagelt. Na gut, dann eben später. Aufgeschoben ist nicht aufgehoben.

Als ich an meinen Schreibtisch zurückkehre, sehe ich, dass Julie eine E-Mail geschickt hat. Ich beschließe, ihr ausnahmsweise mal sofort zu antworten. Ich will ja nicht, dass sie sich unnötig aufregt.

An: JulieJ@Wbank.co.uk
Schätzchen,
Noriko war von meinem Angebot entzückt – macht seinerseits

Angebote, die weniger entzückend sind. Job scheint zurzeit sicher. Jim ist von meiner Initiative begeistert.
Trix
PS: Anbei die neuesten Witze über Charles und Camilla.

Die Mail ist gerade unterwegs, da leuchtet auf meinem Bildschirm eine Telefonnummer auf. Ich setze die Kopfhörer auf. »Guten Tag. Trixie am Apparat.«

»Trixie, mein Liebling! Wie schön, Sie wieder einmal zu hören.«

Die Männerstimme sagt mir im Moment nichts, doch sie kommt mir vage bekannt vor.

»Chris hat gesagt, ich sollte mich mal bei Ihnen melden. Suchen Sie noch immer Kunden, die Kapital aufnehmen möchten?«

»Ja, natürlich. Jederzeit.« Ich blättere im Geist die Stimmen aller potenziellen Kunden durch. »Nichts lieber als das. Was schwebt Ihnen denn so vor?«

»Dazu komme ich noch. Sagen Sie, stimmt es, dass Sie nicht mehr mit diesem netten jungen Mann zusammen sind? Sam, nicht wahr?«

Ah, jetzt hat es geschnackelt. Frederick Kane. Der Mann, der laut Bluthund Geld benötigt. Angeblich ist er jedoch im Moment noch auf Reisen, weshalb ich ihn erst in ein paar Tagen anrufen wollte.

»Ach, der ist doch Schnee von gestern, Frederick.« Wie glatt mir der Name über die Lippen geht!

»Interessant. Wissen Sie, ich wollte Ihnen eigentlich etwas erzählen« – Frederick zögert – »na, ich glaube, das kann warten, bis wir uns treffen. Was halten Sie von einem gemeinsamen Lunch in der nächsten Woche? Dann schildere ich Ihnen meine Probleme, und Sie helfen mir bei deren Lösung. Ich fand, Sie waren immer eine sehr verständnisvolle Geschäftspartnerin.«

»Sehr freundlich«, erwidere ich, während ich meinen Palm Pilot bediene, um festzustellen, wann ich wo reserviert habe. »Wie wäre es am kommenden Mittwoch? Number One, Lombard Street? Um halb eins?«

Ich höre Seiten rascheln. Was ist denn mit Frederick los? Führt er etwa noch einen Papierkalender?

»Großartig. Ich freue mich. Ciao.« Frederick hängt ein. Ich klatsche in die Hände. Das Leben ist wie eine Bushaltestelle. Erst steht man sich die Beine in den Bauch, und dann kommen zwei hintereinander.

Ich schaue Bluthund an. Er telefoniert. »Das war Frederick Kane«, forme ich lautlos mit den Lippen. »Wir treffen uns nächste Woche zum Lunch.«

Bluthund reckt den Daumen in die Höhe.

Also, dann nichts wie ran. Ich habe alle Hände voll zu tun: Kunden anrufen, Mittagessen buchen, E-Mails beantworten ... Zwischendurch melde ich mich bei Dr. Noriko, und er bestätigt unseren Termin für kommenden Dienstag. Zum Glück erwähnt er weder Wanda noch Victoria. Vielleicht weiß er, dass unsere Telefonate aufgezeichnet werden und als Beweismittel gegen ihn verwendet werden können. Ich arbeite dermaßen konzentriert, dass ich nicht bemerke, wie die Zeit verfliegt. Erst als mich jemand antippt, stelle ich fest, dass es bereits fünf Uhr ist.

Ich schaue auf. Ciaran steht grinsend da und hält zwei Becher in den Händen. Ein irrer Typ! Er könnte jederzeit als Liam Neeson durchgehen. Wobei ich dann gern Natasha Richardson wäre.

»Hi«, sage ich so beiläufig man nur kann, wenn einem die Hitze in den südlichen Körperregionen aufsteigt. Trotz der neuesten Superklimaanlage.

»Selber hi«, antwortet Ciaran. »Ich dachte mir, ich komme mal vorbei, um zu erfahren, wie es so läuft. Hier ist dein Caffè

Latte.« Er reicht mir einen Becher. »Ich habe oft an dich gedacht.«

O Mann! Er denkt an mich! »Das war vollkommen unnötig«, entgegne ich. »Ich habe inzwischen zwei Fische an der Angel. Wenn alles klappt, sind die Abschlüsse in der nächsten Woche unter Dach und Fach.« Ich spiele mit einem Kugelschreiber, um Ciaran die Gelegenheit zu geben, meine perfekt manikürten Fingernägel zu bewundern.

Ciaran lächelt still vor sich hin. Oh, wie wundervoll sein Lächeln ist! Es ist warm und offen und lässt in seinen Augenwinkeln kleine Fältchen entstehen. Ich spüre, dass ich erröte. Lieber Gott, bitte lass mich nicht den Kopf verlieren! Ich muss mich auf meinen Schlachtplan konzentrieren.

»Schreib mir deine Adresse auf«, sagt Ciaran. »Ich bin morgen nicht im Büro. Das mit dem Dinner geht doch in Ordnung, oder nicht?«

Dinner? Hilfe! Waren wir verabredet? Ich zwinge mich krampfhaft zur Ruhe und frage ehrlich verwundert: »Wir sind zum Dinner verabredet? Für wann soll das denn gewesen sein?«

»Nanu, ich dachte, wir sind bei dir zum Essen eingeladen? Sag bloß, du hast das vergessen!«

Oh – *dieses* Dinner. Mist. Wie töricht von mir! Ich bin grauenhaft enttäuscht.

»Nein, natürlich nicht«, schwindele ich. »Dafür ist schon alles vorbereitet. Lily, meine Haushälterin, kümmert sich bereits um das Essen. Vermutlich ist sie gerade unterwegs, um einzukaufen.« Ich kritzele meine Adresse auf einen Merkzettel. Ciaran nimmt ihn entgegen.

»Halb neun, nicht wahr?«

Ich nicke stumm.

»Soll ich irgendetwas mitbringen?«

Ja. Wie wär's mit Kondomen in rauen Mengen?

»Nein, nur dich selbst. Ich habe genug zu trinken da. – Wie war dein Seminar?«

Ciaran schneidet eine Grimasse. »Erinnere mich nicht daran. Ich kam mir vor wie im Kindergarten. Am letzten Tag sollte jeder über jeden etwas Nettes sagen. Total albern.«

»Warum? Hat man dir nichts Nettes gesagt?«

Ciaran wird rot. »Das beantworte ich lieber nicht. Du würdest es doch nicht glauben.«

»Komm, raus mit der Sprache! Stell dich nicht so an!«

»Ähm, also – ein paar Leute fanden, ich – also nein, es ist zu dämlich. Na gut, sie fanden, ich sähe wie Liam Neeson aus. Ist das nicht absurd?«

Ich reiße verwundert die Augen auf. »Wie *Liam Neeson*? Wie kommen die denn darauf? Also, das wäre mir nun beim besten Willen nicht eingefallen.«

Freitag, 13. Oktober

(Noch 32 Tage Galgenfrist – Haushälterinnen sollten verboten werden.)

In spätestens einer halben Stunde treffen meine Gäste ein, doch Lily steht seelenruhig am Herd und rührt mit einem Holzlöffel in einem Topf herum. Dabei trägt sie einen schwarzen Büstenhalter zu einem schwarzen Rock und eine Plastikschürze, auf der Donald Duck abgebildet ist.

»Was hast *du* denn vor?«, rufe ich fassungslos.

»Ich bereite die Soße zu, was sonst?« Lily streicht über den Holzlöffel, schleckt ihren Finger ab und schließt die Augen. »Da fehlt noch Salz«, verkündet sie und greift nach der Salzmühle.

»Wo ist deine Bluse?«

»Sie hängt an der Tür zum Esszimmer. Warum fragst du?« Lily wirft mir einen zerstreuten Blick zu, während sie Brotscheiben würfelt und in eine heiße Pfanne gleiten lässt. »Ich dachte, wir geben ein paar Croutons in die Suppe«, bemerkt sie.

»Warum ziehst du deine Bluse nicht an?«

Ich glaube, ich drehe durch! Ich erwarte ein paar ziemlich verklemmte Typen zum Abendessen, und Lily hat beschlossen, sie halb nackt zu bedienen? Warum habe ich nicht gleich David Attenborough mit eingeladen? Er könnte eine neue Serie über das absonderliche Verhalten von Menschen drehen.

»Weil ich nicht will, dass sie Fettspritzer abkriegt«, erwidert Lily in einem Ton, den man gewöhnlich bei kleinen Kindern anschlägt. »Bratfett geht nicht raus, und die Fleckentferner kannst du vergessen, auch wenn die im Fernsehen das Gegenteil behaupten. Jetzt guck nicht so komisch, ich ziehe die Bluse ja an, sobald ich hier fertig bin. Ich werde mir auch noch ein weißes Spitzenschürzchen umbinden. Reg dich also ab.« Lily mustert mich. »Mann, siehst du großartig aus, Schätzchen! Du bist wirklich eine Wucht.«

Sie tritt näher, um mein neues Outfit genauer unter die Lupe zu nehmen.

Ich bin, ehrlich gesagt, auch ziemlich von mir angetan, denn das hautenge, taupefarbene Seidentop und die dazu passende hautenge Seidenhose von Nicole Farhi stehen mir ausgezeichnet. Ich weiche zurück, um Lilys Soßenfinger zu entgehen.

Lily streicht sich das Haar aus dem Gesicht. An ihren Ohren blitzt etwas auf. »Seit wann trägst du Ohrringe?«, erkundige ich mich.

»Seit sie mir jemand geschenkt hat«, erwidert Lily. Sie hält ihr Haar hoch, damit ich die Ohrringe gebührend bewundern kann.

»Sag mal, die sehen ja nach Tiffany's aus!«

»Da irrst du dich aber ganz gewaltig. Die Ohrringe gehören eindeutig mir!«, entgegnet Lily und wendet sich erneut dem Herd zu, während ich mir zur Beruhigung ein Glas Champagner eingieße.

Anschließend begebe ich mich ins Esszimmer, um zum hundertsten Mal die Tischdekoration zu überprüfen. Toll. Trixie hat saubere Arbeit geleistet, würde ich sagen. Das schimmernde, weiße Porzellan, die blutroten Leinenservietten und die funkelnden Kristallgläser wirken total edel und scheinen auf dem neuen Glastisch mit der dezenten Zinkumrandung zu schweben. Auch meine neuen Esszimmerstühle finde ich ausgesprochen nobel. Mann, hoffentlich habe ich nicht zu dick aufgetragen. Vielleicht räume ich die Lilien besser beiseite. Meine Kollegen sollen ja nicht neidisch werden, sondern mich mögen – das heißt, eigentlich sollen sie sogar meine Freunde werden.

Ich kontrolliere die Schälchen mit den hauchdünnen Kartoffelchips und dem delikaten japanischen Knabbergebäck und überlege, welche CD ich auflegen soll. Nach einigem Hin und Her entscheide ich mich für Sade, die, wie ich finde, gut zu meiner teuren Anlage von Bang & Olufsen passt. Als ich in die Küche zurückkehre, müht sich Lily gerade mit den Knöpfen an ihrer Bluse ab. Ich könnte ihr sagen, dass es leichter ginge, wenn sie die Ofenhandschuhe auszöge.

»Was gibt es überhaupt zu essen?«, erkundige ich mich. »Hast du bei diesem Feinkost-Fleischer eingekauft?«

»Ja, habe ich. Die Schweinelende ist bereits im Ofen. Sie ist schön mager, was man für den Preis aber sicherlich auch verlangen kann. Wenn du mich fragst, hätte es ein normaler Supermarkt genauso gut getan.« Lily schaut mich vorwurfsvoll an. Seufzend fährt sie fort: »Ich habe sie mit Pflaumen gefüllt, nach einem Rezept aus deinem neuen Kochbuch, das angeblich von einem Leonardo da Vinci der Köche stammt. Da musste ich aber lachen! Leonardo da Vinci ein Koch!« Lily schüttelt ihr weises Haupt. »Wie dem auch sei«, fährt sie fort, »dazu gibt es Soße, gebackene Kartoffeln, Rotkohl und grüne Bohnen.« Sie fängt an zu kichern. »Jetzt hör dir das an«, sagt sie. »Ich komme mir schon vor wie ein Fernsehkoch.« Sie spitzt vornehm die Lippen. »Als Erstes reiche ich deinen Gästen ein heißes Süppchen. Draußen ist es nämlich schweinekalt, wobei mir einfällt, dass ich dir ein Frostschutzmittel besorgt habe, das im Angebot war. Wo war ich stehen geblieben? Ach ja, bei meiner Kartoffel-Lauch-Suppe.«

»Das ist eine Vichyssoise.«

»Hm. Also, eigentlich kocht man die ohne Fisch. Wolltest du eine Fischsuppe?«

»Lily! Eine Kartoffel-Lauch-Suppe nennt man Vichyssoise. Bitte merk dir das, wenn du sie servierst.«

»Klar doch.« Lily grinst, während sie ihr weißes Spitzenschürzchen umlegt. »Klingt wie Fischis Aas. Werd ich schon nicht vergessen. Und als Nachtisch –«

»Zum *Dessert*!«

»Tschuldigung – also zum Dessert …« – Lily macht eine Kunstpause, um anschließend hoffentlich mit etwas so Köstlichem wie ihrer Apfeltorte oder ihren Amarettomakrönchen herauszurücken – »… gibt es Eis.«

»Eis?«, schreie ich auf. Was glaubt sie denn, welches Image ich hier vermitteln will?

»Genau. Schoko und Vanille.«

»Von Ben and Jerry's?«

»Sind das die zwei, die den alten Eiswagen fahren? Nein, bei denen kaufe ich nie.«

»Ben and Jerry fahren keinen alten Eiswagen.« Ich glaube, ich werde wahnsinnig. »Ben and Jerry's ist ein Unternehmen, das Eis herstellt. In Amerika. Wie Häagen Dazs.«

»Sag mal, bist du verrückt geworden? Ich werde doch nicht bis nach Amerika fahren, um Eis zu besorgen! Ich habe das Eis hier ganz normal bei meinem Eismann gekauft.« Lieber Gott, bitte, sag mir, dass ich träume. Panisch lasse ich meine Blicke in die Runde schweifen, um irgendwo die verräterische Zuckertüte und die Eierschalen zu entdecken, die mir beweisen, dass Lily Witze macht und das Eis selbst zubereitet hat.

»Das ist doch nicht wirklich wahr, Lily, oder? Es gibt doch nicht einfach nur gekauftes Eis?«

»Natürlich nicht«, strahlt Lily, während ich mir Champagner nachschenke, den ich jetzt dringend benötige. »Was glaubst du denn? Ich habe Himbeersoße gemacht und Schoko-Flakes dazu besorgt.«

Als es an der Tür läutet, stürze ich den Champagner in einem Zug hinunter.

»Würdest du bitte an die Tür gehen, Lily?«, ächze ich. Warum habe ich ihr die Essensplanung überlassen? Warum habe ich keinen Partyservice angeheuert? Warum bin ich nicht selbst einkaufen gegangen?

»Julie ist da«, ertönt Lilys Stimme aus dem Flur. »Mit einem – nein mit zwei, drei Männern.« Ich höre, dass sie meine Gäste ins Wohnzimmer scheucht. »Einer reicht deiner Freundin wohl nicht«, brummt sie, als sie zurück in die Küche kommt.

»Wer war das?«, fragt Ciaran, sobald ich das Wohnzimmer betrete. Er steht neben einem kleinen Beistelltisch, knabbert an einem Kartoffelchip und trägt einen Anzug aus leichtem schwarzen Wollgarn zu einem cremefarbenen Rollkragenpullover aus Kaschmir, beides von Nicole Farhi, vermute ich. Er sieht darin unglaublich sexy aus, doch ohne das alles würde ich ihn noch lieber sehen. Halt! Wie war das mit dem Schlachtplan, Trixie?

»Das war Lily, meine Haushälterin«, antworte ich, indem ich Julies rügenden Blick ignoriere. »Was möchtet ihr trinken? Julie, hallo.« Meine beste Freundin und ich tauschen Luftküsse aus. Das kleine Schwarze steht Julie ausgezeichnet. Unter unseren Küssen wispert sie, es stamme von Emporio Armani und ihre Sandalen wären von Jimmy Choo.

»Hallo, Ciaran.«

Ciaran tritt auf mich zu, um mir einen Kuss zu geben, wobei ich mich stark zusammennehmen muss, um mich nicht an ihn zu schmiegen und meine Zunge in seinen Mund schnellen zu lassen.

»Bluthund, grüß dich.« Ich drehe meinen Kopf weg, als auch er mich küssen will. Die Freundschaft meiner Kollegen zu gewinnen ist eine Sache, mir ihre Krankheitskeime einzufangen, eine andere. Außerdem hätte er sich ruhig ein wenig mehr in Schale werfen können. Jeans sind wirklich mega-out.

»Und, hal-« Als ich meinen vierten Gast erblicke, bleibt mir das Wort im Hals stecken. Der Freund, den Bluthund mitgebracht hat, ist ein Totalversager. Wie kann er es wagen, so jemanden hier in meine versagerfreie Wohnung reinzuschleppen?

»Das ist Nathan«, erklärt Bluthund. »Ich habe dir ja schon von ihm erzählt. Ciaran, er und ich waren zusammen auf der Uni.«

Ich starre auf das große, schlaksige Individuum vor mir. Seine fettigen Locken erfasse ich nur am Rande, da meine ganze Aufmerksamkeit von der Brille in Anspruch genommen wird. Ihre Gläser sind dermaßen dick, dass ich im ersten Moment glaube, Nathan besäße vier Augen. Der Sehbehinderte streckt mir die Hand entgegen.

»Freut mich, dich kennen zu lernen«, sagt er. Seine Hand ist schwitzig, und mich schaudert es innerlich. Nach außen hin lächele ich jedoch reizend. Danach lasse ich Nathans Hand fallen.

»Ein Glas Champagner für alle!«, rufe ich fröhlich, während ich in die Küche flüchte.

»Willst du mich betrunken machen?«, fragt Ciaran, nachdem ich zurückgekehrt bin und sein Glas randvoll gieße.

An der Haustür klingelt es erneut. Gleich darauf taucht Kate im Türrahmen auf. Sie hält vier Tüten Nachos in den Armen. »Du sagtest ja, du hättest genug zu trinken da«, erklärt sie, indem sie mir die Tüten überreicht. »Zum Knabbern hat man aber nie genug, findest du nicht?« Noch während sie den Mantel ablegt, fragt sie: »Was gibt's zu essen?«

Große Güte! Kate hat sich in einen bodenlangen Samtrock gewürgt und trägt dazu ein eng anliegendes Lurex-Top, dessen Vorderseite ein großer Marienkäfer ziert. Ihr Busen sieht aus wie zwei Gussformen für Kirchenglocken.

»Oh, das riecht aber gut«, sagt sie, während sie ihre Nase in die Duftschwaden hält, die aus der Küche gezogen kommen. »Da muss ich gleich mal nachsehen gehen.« Sie folgt dem Geruch wie Hänsel und Gretel den Brotkrumen.

Nach und nach tauchen auch die übrigen Eingeladenen auf. Manfred hat sich haartechnisch selbst übertroffen und seine fettige Tolle mit Gel verstärkt. Wenn er zu schwitzen beginnt, rinnen wahrscheinlich Ölfäden an ihm herunter. Am liebsten würde ich ein Handtuch auf seinen Stuhl legen, doch ich befürchte, das kostet Gummipunkte. Außerdem würde er als Deutscher vielleicht glauben, der Platz wäre schon belegt.

Liz benimmt sich reichlich überschwänglich und drückt Ciaran fast die Luft ab, als sie ihn begrüßt. Ich dachte eigentlich, in Frankreich küsst man sich auch nur auf die Wangen.

Schau an, jetzt weiß ich wieder, warum ich Leon und Nancy nicht leiden kann. Sie sind nämlich die maulfaulsten und langweiligsten Typen, die ich kenne. Nancy hat sich zur Feier des Tages einen rosafarbenen Kapuzenpullover übergestreift, und Leon trägt braune Wildlederschuhe. Aufgekratzt klatsche ich in die Hände und mache die Leute miteinander bekannt.

»Dein Outfit sieht nett aus«, lobt Liz mich kurz darauf und stößt mit mir an. »Vor Jahren hatte ich einmal das Gleiche. Was sagst du zu meinem Kleid?« Sie dreht sich um die eigene Achse. Ihr Seidenkleid liegt wie eine zweite Haut an. Ich werfe einen Blick auf ihre schlanken Waden und kann kaum sagen, wie sehr ich Liz hasse. »Das Kleid hat Sam mir geschenkt. Er fand, ich hätte es verdient. Wie konntest du so jemanden bloß sausen lassen?« Hm. Er kann froh sein, dass er noch lebt. Liz schaut sich in meinem Wohnzimmer um. »Fantastisch, was man aus einem kleinen Raum alles machen kann«, bemerkt sie.

Kate kommt aus der Küche und trägt eine Schale mit Nachos vor sich her. »Lily sagt, wir könnten jederzeit im Esszimmer Platz nehmen«, verkündet sie. »Sie würde dann die Fischsuppe auftragen. Ich habe bereits ein Löffelchen davon gekostet« – wohl eher eine Schöpfkelle –«und fand sie ausgezeichnet. Den Fisch schmeckt man kaum. Ich hätte sie fast für eine Kartoffel-Lauch-Suppe gehalten.« Kate lässt ihren Blick über die Gäste wandern. »Julie!«, kreischt sie auf. »Dich habe ich ja schon seit Ewigkeiten nicht mehr gesehen. Wo hast du gesteckt?« Kate hakt meine beste Freundin unter und steuert mit ihr auf das Esszimmer zu, während sie eifrig Nachos mampft. Schlimm, wenn man es an den Drüsen hat!

Ich fordere die anderen Gäste auf, den beiden zu folgen, und flitze in die Küche, wo Lily die Suppe in hauchdünne Porzellantassen füllt.

»Denk dran, die Suppe heißt *Vichyssoise*«, schärfe ich ihr erneut ein. Mein Blick fällt auf eine Platte, auf der sich in Goldfolie eingewickelte Kügelchen türmen. »Was sind das für Kügelchen?«, frage ich.

»Da kannst du nicht meckern«, erwidert Lily. »Das sind Ferrero Rocher. Die werden im Fernsehen nur von sehr feinen Leuten gegessen. – Was ist nun? Soll ich die Suppe auf dem Tablett oder einzeln servieren?«

»Mach, was du willst«, entgegne ich. »Seit wann fragst du überhaupt? Das hast du doch bislang auch nicht getan.« Ich schnappe mir drei Flaschen Fleurie.

»Das sieht ja sehr verlockend aus«, bemerkt Ciaran, als Lily eine Suppentasse vor ihm abstellt. »Darf man fragen, was das ist?«

»Vichyssoise«, entgegnet Lily. Lieber Gott, ich danke dir.

»Also doch keine Fischsuppe«, sagt Kate verwundert. Sie nickt Leon, der zu ihrer Rechten sitzt, aufmunternd zu und greift nach dem Löffel. Zu ihrer Linken befindet sich Julie und daran schließt sich der trottelige Nathan an.

»Sie sind Lily, nicht wahr?«, erkundigt sich Liz, indem sie naserümpfend Lilys Spitzenschürzchen beäugt. »Nicht, dass ich Umstände machen will, doch ich bin Veganerin. Hat Trixie Ihnen das nicht ausgerichtet?«

»Nein«, erwidert Lily. »Was Trixie gesagt hat, klang anders.« Gott segne dich, Lily! »Ich hatte so etwas wie fettleibig verstanden.« Das reicht, Lily, du musst es nicht übertreiben. Oder doch? Liz zieht ein äußerst beleidigtes Gesicht.

»Was ist denn nun eine Veganerin?«, will Lily wissen.

»Das ist jemand, der nichts Tierisches und keine tierischen Produkte isst.« Liz wendet sich Ciaran zu und verdreht die Augen. Ungeachtet der Tischkärtchen hat sie sich einfach neben ihn gesetzt.

»Auch kein Schwein?«, fragt Lily ungläubig. Liz erschaudert und schüttelt den Kopf.

»O Gott, gibt es etwa Schwein?«, lässt sich Leon vernehmen. »Das rühre ich nicht an.«

»Warum nicht?«, kommt es ungehalten von Lily. »Ich habe es extra mit Pflaumen gefüllt und sechs Stunden lang in Cognac mariniert, genau nach Vorschrift. Riechen tut es jedenfalls gut.«

»Ich bin Jude.«

»Das gibt's doch gar nicht«, sagt Lily entrüstet. »Seit wann sind Juden denn blond?«

Ich glaube, ich schalte mich besser mal ein. »Das tut mir sehr Leid, Leon. Ich wusste nicht, dass du Jude bist. Das hast du nie erwähnt.«

»Wann denn auch? Du hast ja bisher höchstens dreimal in deinem Leben mit mir gesprochen.«

Hölle! Mir wird gleich schlecht. Das hatte ich mir nun wirklich etwas anders vorgestellt. Ich sehe, dass Bluthund und

Ciaran grinsen, und dass Kate bereits nach dem zweiten Brötchen greift.

»Da ich mit Nachnamen Liebowitz heiße, wäre es aber wohl nicht allzu schwer zu erraten gewesen.«

Mag sein, aber woher sollte ich wissen, wie Leon mit Nachnamen heißt?

»Können wir dir etwas anderes anbieten?«, frage ich eifrig. »Vielleicht ein Omelett?« Ich wende mich an Lily. »Was hat unser Kühlschrank denn noch zu bieten?«

»Wir haben noch Schinken. Wie wär's mit einem Schinkenomelett?«

Leon schaut Lily an, als sei sie der Leibhaftige persönlich, was ich irgendwie nachvollziehen kann.

»Und eine Salami. Ich könnte Ihnen auch ein Salamiomelett braten.«

»Und ich?«, ruft Liz wehleidig. »Was ist mit mir? Ich kann nicht mal die Suppe essen, weil sie Rahm enthält. Und dann auch noch Schwein!« Sie seufzt Mitleid erregend. »Ich glaube, ich werde mich mit dem Nachtisch begnügen.«

»*Zum Dessert* gibt's Eis«, strahlt Lily.

»Schmatz«, sagt Kate mit vollem Mund.

»Wie wäre es mit einem grünen Salat?«, frage ich Lily. »Vielleicht mag Leon den auch.«

Leon erhebt sich. »Nicht mehr nötig. Ich gehe. Ich ertrage es nicht, Menschen Schwein essen zu sehen. Vielen Dank für den Champagner.« Er schnappt sich seine Jacke von der Stuhllehne und stiefelt aus dem Raum. »Bis Montag!«, ruft er von der Haustür aus, ehe er sie laut hinter sich zuknallt. *Quelle horreur!* Geht denn heute alles daneben? Liegt es vielleicht daran, dass wir Freitag den Dreizehnten haben?

»Ich bleibe«, verkündet Liz. »Ich werde bestimmt was Leckeres zum Knabbern finden.« Sie wirft Ciaran einen glühenden Blick zu und schiebt ihre Suppentasse zu Kate hinüber. »Wer könnte dich schon verlassen?«, raunt sie Ciaran noch ins Ohr, ehe sie mir gnädig befiehlt: »In Ordnung, Lily kann mir einen Salat anrichten.«

»Mit viel Mayonnaise«, murmelt Lily grimmig, bevor sie sich erneut in die Küche begibt.

»Ich hoffe, alle anderen sind zufrieden«, bemerke ich, wobei ich heimlich beide Zeige- und Mittelfinger kreuze.

»Manfred?« Manfred nickt wortlos.

»Nancy?«

»Mir schmeckt's.«

»Tolles Outfit«, lüge ich mit einem Blick auf Nancys schwarze Hose und den Kapuzenpulli, der schon seit Dallas aus der Mode gekommen ist. »Woher hast du das?«

»Aus dem Second-Hand-Laden, von Oxfam.«

»Oh, tatsächlich? Das muss ich mir merken«, antworte ich. Na bitte, klappt doch.

»Nathan«, wende ich mich anschließend an meinen Tischnachbarn, »du hast uns noch gar nicht verraten, was du beruflich machst.«

»Ich arbeite mit Computern.«

»Ach, komm schon, Nathan«, lässt Ciaran sich vernehmen. »Tu nicht so bescheiden. – Nathan besitzt ein eigenes Unternehmen, mit dem er an die Börse gegangen ist«, fährt er an alle gewandt fort. »Ja, ja, aus dem armen Schlucker von früher ist inzwischen ein Multimillionär geworden. Unser guter, alter Nathan ist nämlich ein Computergenie.«

Liz lässt von Ciaran ab und richtet ihre Aufmerksamkeit auf Nathan. Liebe Güte, wie oberflächlich sie ist!

Nathan wird rot. »Lass doch, Ciaran«, sagt er betreten. Er setzt seine Brille ab. »Ich bin gerade aus Hongkong gekommen«, murmelt er. »Ihr müsst meinen Aufzug entschuldigen.«

Was gibt es da zu entschuldigen? Ich glaube nicht, dass mir sein Äußeres groß aufgefallen ist.

»Vielleicht gelingt es mir, in Asien ein Unternehmen aufzukaufen«, fügt er hinzu.

»Tatsächlich?«, frage ich mit gespitzten Ohren. »Erzähl uns doch noch ein bisschen mehr!«

»Das geht nicht. Im Moment soll nichts davon nach außen dringen. Ich brauche noch eine kleine Kapitalspritze. Wenn alles so läuft, wie ich es mir vorstelle, schaffe ich es vielleicht in die Oberliga.«

»Würdet ihr mich bitte kurz entschuldigen? Ich bin gleich wieder da.« Ich stürze ins Schlafzimmer, schnappe meinen Palm Pilot vom Nachttisch und schließe mich im Badezimmer ein. *Nathan braucht Geld*, tippe ich ein. *Bluthund deswegen ausquetschen.* Ha! Das wäre schon mal gesichert. Man weiß nämlich nie, wie so ein Abend verläuft, und ich will nicht, dass ich mich morgen an nichts mehr erinnere.

»Wem darf ich nachschenken?«, erkundige ich mich, nachdem ich ins Esszimmer zurückgekehrt bin.

Lily hat inzwischen die Suppentassen abgeräumt und die Schweinelende aufgetragen. Sie kommt mit einer Schüssel voller dampfendem Gemüse aus der Küche. Liz stochert in ihrem Salat herum. Sie sollte mehr essen, sie ist dünn wie ein Strich.

»Und wie läuft es bei dir so, Manfred?«, frage ich höflich.

Manfred rückt seine Brille zurecht, ehe er zu einer Antwort anhebt.

»Gut. Ich war in den letzten Tagen in Frankfurt.« Das wusste ich nicht, doch ich nicke zustimmend. »Die deutschen Unternehmen sind wie üblich hinter Anleihen her.« Er wendet sich Ciaran zu. »Ihr werdet bald reichlich zu tun haben, das kann ich dir flüstern. Das ergibt einen satten Bonus.«

Liz sieht von ihrem Rucolasalat mit Kresse auf. »Sam behauptet, es kursieren Gerüchte, dass Stellen gekürzt werden. Angeblich ist der eine oder andere bereits vorgewarnt worden.« Ich werfe Bluthund und Ciaran prüfende Blicke zu, doch sie verziehen keine Miene.

»Habe ich auch schon läuten hören«, bestätigt Kate. »Lily, könntest du mir noch etwas von der Lende geben?« Sie reicht Lily ihren Teller. »Ich esse jetzt die Portion, die für Leon gedacht war. Was sagst du, Trixie?«

»Nein, danke, ich habe im Moment noch.«

»Ich spreche von dem Stellenabbau«, sagt Kate. »Hast du da was aufgeschnappt? Du kennst doch sonst immer jeden Tratsch.«

»Nein!« Das war offenbar zu laut, denn alle schauen mich verwundert an. Wahrscheinlich bin ich feuerrot geworden. »Ich bin momentan viel zu beschäftigt, um mich um Gerüchte zu kümmern.« Rasch fülle ich die Gläser auf, um die allgemeine Aufmerksamkeit von mir abzulenken. »Ich habe mich geändert, sozusagen ein neues Kapitel aufgeschlagen«, füge ich noch immer verwirrt hinzu.

»Ich hab auch so was gehört«, bemerkt Nancy. »Aber mein Job ist sicher. Ich habe jede Menge Kunden in Frankreich.« Was? Wer? Wo? Los, rück schon mit Namen und Einzelheiten raus! Nichts zu machen. Nancy ist wieder verstummt.

»Von welchen deutschen Unternehmen hast du eigentlich gesprochen?«, erkundige ich mich bei Manfred, während ich meinen inneren Palm Pilot einschalte.

»Na, von wem schon? Es sind doch immer dieselben. Die Schweinelende schmeckt übrigens lecker. Der Rotkohl auch. Erinnert mich an zu Hause. Womit ist das gewürzt?« Manfred blickt Lily an, die wie ein Honigkuchenpferd strahlt und Liz einen Teller mit einer Scheibe Toast und Baked Beans überreicht.

»Mit Salz, Pfeffer und Kümmel«, erwidert sie. »Mein Geheimtipp. Bloß keinen Knoblauch oder Basilikum oder das ganze andere Zeug, von dem die im Fernsehen so gern predigen. Wenn man mich fragt, geht nichts über gute, einfache Hausmannskost.« Sie schnippt sich einen unsichtbaren Fussel von ihrem Spitzenschürzchen.

»Tja, es sind wirklich immer dieselben«, sage ich schnell, ehe Lily sich noch weiter über ihre Geheimtipps auslassen kann. »Diese Technikgiganten verschlingen einfach Unsummen.«

»Wer redet denn von Technikgiganten?«, fragt Manfred. »Ich spreche von Multimediagesellschaften, von Firmen, wie Nathan sie führt, und von der Telekomindustrie. *Das* sind die Geldschlucker.«

»Bitte entschuldigt mich kurz noch mal.« Ich spurte ins Bad, befeuchte das Handtuch, sodass es benutzt aussieht, und trage die jüngsten Informationen in meinen Palm ein.

Als ich zurückkehre, ist Ciaran dabei, das Thema von der Arbeit fort auf eine lokale Fußballmannschaft zu lenken, in die er offenbar eingetreten ist. Was soll das? Ich habe noch längst nicht genügend Tipps eingeheimst. Leicht verdrossen höre ich ihm zu und erfahre, dass sein zweites Spiel am nächsten Tag stattfindet. Julie erkundigt sich auffallend interessiert nach der Abseitsregel. Vielleicht hätte ich ihr zuvor mal kurz die Hände-weg-Regel erläutern sollen. Sie flirtet wirklich gnadenlos.

»Legt jemand Wert auf die letzte Kartoffel?«, will Kate wissen. Alle verneinen. Liz hat ihren Toast nicht angerührt. Ich glaube, Lily hat ihn gebuttert. »Man darf nichts verkommen lassen«, sagt Kate. »Das ist jedenfalls meine Devise.« Sie lädt die einsame Kartoffel auf ihren Teller und schabt sich den restlichen Rotkohl aus der Schüssel. »Schmatz«, sagt sie.

Drei Stunden später weiß ich alles Wissenswerte über Bluthunds heimliche Leidenschaft für tropische Fische und über die grausame Gefräßigkeit der beiden Engelhaie, die er in der vergangenen Woche in sein Aquarium gesetzt hat. Manfreds Mitgliedschaft in einer Moriskentanzgruppe finde ich natürlich auch wahnsinnig spannend, zumindest wenn ich daran denke, wie hölzern er während der Woche an seinem Arbeitsplatz sitzt. Ich tue demzufolge äußerst erstaunt und erkläre Manfred, so etwas könne ich mir bei ihm gar nicht vorstellen, woraufhin er in beleidigtes Schweigen verfällt. Als Nächstes erwähnt Nancy den Namen eines französischen Unternehmens, das einen außergewöhnlich hohen Bedarf an Obligationen hat, sodass ich abermals ins Bad sausen muss. Meine Gäste denken inzwischen bestimmt, ich hätte es an der Blase.

Als Kate zu ihrer Lebensgeschichte anhebt und ausführlich beschreibt, wie man Frostbeulen behandelt, weiß ich, dass wir zu viel getrunken haben. Über derartige Rosskuren würde sich nicht einmal Lily verbreiten. Deshalb frage ich Nancy, was sie außerhalb der Bank so treibt. »Ich besitze einen Kater«, erwidert sie knapp. Bei jedem anderen hätte ich anzüglich die Brauen gehoben, doch bei Nancy erspare ich mir das.

Nach einer Weile dämmert mir, dass ich das Interesse an meinem Job unter anderem deshalb verloren habe, weil meine Kollegen unerträglich sind.

Liz ist die Krönung. Als ich anrege, zum Dessert die Plätze zu tauschen, muss ich feststellen, dass sie sich mit Ciaran wie im Tandem bewegt und hinterher erneut neben ihm sitzt. Warum mir das zu schaffen macht, weiß ich allerdings nicht, denn Ciaran und ich haben seit seinem Eintreffen kein Wort mehr gewechselt, und als Seele der Party könnte man ihn auch nicht gerade bezeichnen. Er sitzt ziemlich steif da, macht einen leicht gequälten Eindruck und lebt nur auf, wenn Julie mit ihm spricht. Julie scheint allerdings auch mit Nathan bestens klarzukommen, doch inzwischen habe ich mich an so etwas gewöhnt. Julie findet überall Freunde, vor allem unter Männern. Vielleicht liegt das daran, dass sie klug, geistreich und attraktiv ist. Ich bin aber keine Spur neidisch – das wäre ja auch noch schöner.

Erstaunlicherweise wird selbst der Nachtisch von allen verputzt. Außer von Liz. Lily bereitet einen Teller mit Crackern und Käse für sie zu. Ich vermute, inzwischen stellt sie sich extra dumm.

Als Ciaran Lily für ihr selbst gemachtes Eis lobt, strahlt sie ihn dermaßen schamlos an, dass nicht viel fehlt und ich fange an, es ihr zu glauben. Zur Belohnung bekommt Ciaran noch ein paar Schoko-Flakes.

Gerade bin ich dabei, mich zu entspannen (ich bin mindestens sechsmal ins Bad geflitzt, das hat ganz schön geschlaucht), als Liz mit einem Mal aufspringt und einen Blick auf ihre Armbanduhr wirft.

»Himmel, es ist ja schon zwei Uhr! Ich muss los, Trixie. Sam macht sich sonst Sorgen um mich. Er wollte gegen Mitternacht bei mir anrufen, um mir eine gute Nacht zu wünschen – du weißt ja, wie anhänglich er ist.«

»Hm«, stoße ich zwischen zusammengebissenen Zähnen hervor. »Wenn er so anhänglich ist, wieso flattert dann die amerikanische Flagge auf seinem Tisch?«

»Oh, weil niemand wissen soll, wie ernst es zwischen uns ist. Sam befürchtet, das könne zu Eifersüchteleien führen.« Das wäre in der Tat ein Problem.

Auch die anderen erheben sich langsam von ihren Plätzen. Julie küsst mich zum Abschied und ermahnt mich, nicht den Einkaufsbummel zu vergessen, den wir für später geplant haben.

»Punkt eins bei Joe's«, schärft sie mir ein, ehe sie Lily einen Abschiedsgruß zuruft.

Lily hat in der Küche gesessen, in einer Zeitschrift geblättert und darauf gewartet, dass sie den restlichen Abwasch erledigen kann. »Tschüss, Julie«, kommt es von ihr zurück. »Und denk daran, was ich dir über das Klopapier gesagt habe. Es muss wattiert sein, wenn es nicht reißen soll.«

Manfred schüttelt meine Hand. »Vielen Dank. Du warst eine sehr gute Gastgeberin. Der Abend hat mir gefallen.« Er klingt wie ein Roboter.

»Gute Nacht, Nancy«, sage ich höflich. »Kate, hast du den Beutel mit den Essensresten eingesteckt? Ciaran, Bluthund, herzlichen Dank für euer Kommen. Nathan, ich hoffe, wir treffen uns bald mal wieder.« Ich strecke Nathan meine Hand entgegen. Als Ciaran mir einen Abschiedskuss gibt, bemerkt er leise, das Essen sei ein Erfolg gewesen. »Mach weiter so«, flüstert er. »Du kriegst sie schon noch rum – und mich hattest du ja vom ersten Moment an eingewickelt.« Ich werfe ihm einen forschenden Blick zu, doch seine Miene ist unergründlich.

»Viel Glück bei deinem Spiel«, erwidere ich. »Ich hoffe, du schießt ein Tor.«

»Jetzt ganz bestimmt«, entgegnet er schmunzelnd. Anschließend gibt er, aufmerksam wie er ist, allen Frauen einen Abschiedskuss. Liz rauscht an mir vorbei. Im Türrahmen hält sie inne und wendet sich noch einmal um.

»Trixie – das mit Sam und mir macht dir doch nichts aus, oder?«

»Aber woher denn? Unsere Beziehung ist doch längst Vergangenheit.«

»Trotzdem. Ich habe gehört, sie ist nicht gut ausgegangen. Sam hat mir die Geschichte von deinem Liebhaber in Hongkong erzählt. Das soll aber kein Vorwurf sein, ehrlich. Zuweilen frage ich mich nur, ob es dir am Ende nicht Leid tut.« Sie studiert mein Gesicht. »Hast du nicht vielleicht doch noch was für ihn übrig?«

»Nein«, erwidere ich wahrheitsgemäß, doch dann reitet mich plötzlich der Teufel. Ich trete näher zu ihr und flüstere: »Es war aber nicht der Mann in Hongkong, der uns auseinander gebracht hat, sondern …« – ich mache eine Pause – »… die Sache mit Sams Tripper.« Liebe Güte, manche Leute können tatsächlich weiß wie die Wand werden! Ich winke Liz nach, die mit zusammengepressten Knien auf ihr Taxi zuwankt. Danach schließe ich lautlos die Tür. Ich würde sagen, eins zu null für mich.

Samstag, 14. Oktober

(Noch 31 Tage Galgenfrist – wie ist die Glocke in meinen Schädel gelangt?)

Warum habe ich vor dem Schlafengehen keine Flasche Wasser auf meinen Nachttisch gestellt? Als ich wach werde, komme ich um vor Durst. Lily muss die Vichyssoise zu stark gesalzen haben, und die Pflaumen waren wahrscheinlich auch zu mächtig. Ich rappele mich hoch, taste nach meinem Ralph-Lauren-Morgenmantel, der an der Schlafzimmertür hängt, und schleiche nach draußen. Beim Anblick der Küche weiß ich, dass ich mich nie von Lily trennen werde. Als ich den Kühlschrank öffne, sehe ich die Batterien Perrier, die sie dort aufgestapelt hat. Auf dem Küchentisch steht eine Packung Aspirin.

Das entschädigt mich beinahe für die Stunde, die ich noch ausharren musste, bis Lily das Esszimmer aufgeräumt hatte. Auf ihre Predigt über die schädlichen Auswirkungen von Alkohol hätte ich allerdings verzichten können. Vier Flaschen Champagner und zehn Flaschen Wein. Na und? Dachte sie, wir würden uns jeder an einem Glas Sprudel festhalten? Derjenige, der behauptet hat, weniger sei mehr, muss ein miserabler Gastgeber gewesen sein.

Jetzt ist es halb zehn. Warum bin ich überhaupt aufgestanden? Die Sonne scheint furchtbar grell, und sechseinhalb Stunden Schlaf waren auch nicht genug.

Ich drücke ein paar Orangen aus, setze Kaffee auf, fülle eine Schale mit Müsli und vermeide ruckartige Bewegungen, damit die Glocke in meinem Kopf nicht zu dröhnen anfängt.

Irgendwie bin ich nicht gut drauf. Ich frage mich, ob das nun mein Leben sein soll und ob es sich wirklich lohnt, dafür einen derartigen Aufstand zu machen. Zu welchem Zweck? Um Samstagmorgens mutterseelenallein zu frühstücken? Nach einem Abend mit Kollegen, von denen es mir bei den meisten nichts ausmachen würde, sie nie mehr wiederzusehen? Das Einzige, was Nancy und mich verbindet, ist, dass wir beide atmen. Was Leon und Manfred anbelangt, besteht unsere Gemeinsamkeit darin, dass wir am selben Tisch arbeiten.

Und trotzdem bleibt mir nichts anderes übrig, als dieses Leben zu retten, selbst wenn es nicht perfekt ist, und ich außer einer Liebesbeziehung und einem Haufen Eintagsgeschichten nicht viel vorzuweisen habe. Das hatte ich mir als Kind mal anders vorgestellt. Damals ging ich noch davon aus, im hohen Alter von achtundzwanzig Jahren verheiratet zu sein und tagsüber mit meinen Kindern zu spielen. Dass ich mal arbeiten gehen würde, hätte ich auch nicht gedacht. Dort, wo ich aufwuchs, gingen die Frauen nicht zur Arbeit. Sie kümmerten sich um Haushalt und Kinder, und ihre Männer verdienten das Geld.

Erst als ich mein Studium begann, lernte ich plötzlich Leute kennen, deren Mütter berufstätig waren. Julies Mutter zum Beispiel arbeitete als Rechtsanwältin, was ich ziemlich imponierend fand. Infolgedessen erweiterte ich meine ursprüngliche Gleichung um einen Faktor, den ich »meine Karriere« nannte. Mit achtundzwanzig Jahren würde Trixie also eine erfolgreiche Laufbahn mit einer glücklichen Ehe, einem entzückenden Krabbelkind und einem süßen Baby verbinden. Wenig später erfuhr ich von den verlockenden Aussichten in der City. Nichts wie hin, sagte ich mir. Dort würde ich meinen Märchenprinzen treffen. Tat ich ja auch. Nur dass der Prinz die Märchen verwechselt hatte und sich plötzlich in einen Frosch verwandelte.

Dabei habe ich meinen Job mal richtig geliebt. Er war mir wie auf den Leib geschneidert. Kunden zu verhätscheln, sie zum Essen und anderen tollen Anlässen einzuladen und sie dabei zu Geschäften zu überreden, ist eigentlich prima. Und wie gut sie sich überreden ließen! In Scharen. Was für ein schönes Gefühl das war, sich mit jemandem zu treffen, der wusste, dass er Kapital brauchte, aber nicht, wie er daran kommen sollte oder wie viel ihn der Spaß kosten würde! Das tüftelte ich für ihn aus. Wenn beispielsweise jemand Schweizer Franken brauchte, um eine Fabrik in der Schweiz zu errichten, rechnete ich die Zinskurse durch, um herauszufinden, ob er nicht vielleicht japanische Yen aufnehmen sollte, um sie danach in Schweizer Franken umzutauschen.

Es war wie früher beim Murmeln spielen. Zuerst versuchte ich das Kind abzuchecken, das die Murmel besaß, die ich haben wollte. Anschließend spielte ich so lange mit anderen Kindern, bis ich eine Murmel gewonnen hatte, die ich als Tauschobjekt einsetzen konnte. Später in der Bank checkte ich statt Kindern Erwachsene und Unternehmen ab. Anschließend arbeitete ich ihnen Angebote aus und tauschte hinter den Kulissen die Gelder, bis mein Angebot stimmte und alle glücklich und zufrieden waren. Natürlich war das nicht so leicht, wie es sich anhört. Um bei so etwas erfolgreich zu sein, muss man über ein untrügliches Zeitgefühl verfügen. Kaum zu glauben, aber damals war mein Zeitgefühl noch unschlagbar.

Tja, und dann tauchte Sam auf. Wir zogen ein paar fantastische Deals durch, daran gibt es nichts zu rütteln. Mit seiner Kenntnis des Zins- und Währungsmarktes und meinem Gespür für den Kundenmarkt wurden wir ein echtes Killerpaar. So lange jedenfalls, bis ich feststellte, dass wir eigentlich ein Trio gewesen waren.

Ob mein Job mir vielleicht doch wieder Spaß machen könnte? Die große Geheimnistuerei vor einem guten Deal ist eigentlich nicht übel, und der gelungene Abschluss löst Gefühle aus, die mit kaum etwas zu vergleichen sind. Ich kannte mal einen Journalisten, der mir erzählte, wie er sich vorkommt, wenn er an einer Exklusivstory arbeitet. Es beginne mit einem Gerücht, sagte er. Danach kommt die Recherche, in deren Verlauf man auf die Personen stößt, die einem die notwendigen Puzzlestücke liefern, und dann macht man sich an den Text. Zum Schluss prüft man noch mal die Fakten, geht die Einzelheiten durch und feilt an den Worten. Das Beste sei allerdings der Abend vor der Veröffentlichung. Da würde einem wie verrückt das Adrenalin durch die Adern schießen und man würde kein Auge zutun, weil vom nächsten Morgen an irgendetwas für immer anders sein würde. Und man selbst sei der Urheber dieser Veränderung gewesen. Ich konnte das ohne weiteres nachvollziehen.

Dieses Gefühl würde ich eigentlich ganz gern mal wiedererlangen. Berichtigung. Ich *werde* es wiedererlangen. Das erste Kribbeln überkam mich ja schon kurz vor Dr. Norikos Besuch. Ich wusste, ich hatte das, was er brauchte. Na gut, im ersten Anlauf vielleicht nicht ganz das, was er sich vorgestellt hatte, das gebe ich zu. Aber es war trotzdem ein toller Nervenkitzel. Genau. Und wegen diesem Kitzel will ich meinen Job behalten. Eigentlich geht es mir gar nicht ums Geld, obwohl ich dagegen auch nichts einzuwenden habe. Aber in erster Linie bin ich hinter dem Kick her. Das war zumindest mal so. Jim hat das erkannt. Meinen Kollegen würde ich das allerdings nicht auf die Nase binden. Die würden mich glatt für idealistisch halten. Sie sollen ruhig weiterhin glauben, Trixie rackert sich für teure Klamotten und anderen Luxus ab.

Ich räume gerade das Geschirr aus meiner funkelnagelneuen Spülmaschine, um Platz für kommende Ladungen schmutziger Tassen und Weingläser zu schaffen, als das Telefon klingelt.

»Hallo«, sage ich leicht atemlos, weil ich eine Weile nach dem Teil gesucht habe.

»Guten Morgen. Wie geht es dir?« Es ist Ciaran. Was fällt ihm denn ein, um diese Uhrzeit schon in der Gegend herumzutelefonieren? Die meisten Menschen schlafen doch noch! »Störe ich?«

»Ach wo. Mir geht's gut.« Toll, Trixie, man könnte meinen, du wärst Nancy. »Und dir?« Prickelnd. Bestimmt ruft er jetzt jeden Tag an.

»Auch gut.« Da soll mir noch einer kommen und sagen, es gäbe keine interessanten Gespräche mehr. Und jetzt bleib einfach weiter stumm, Trixie, so ist's recht! Anschließend gibst du dir die Kugel. Dann hast du's wenigstens hinter dir.

»Bist du schon auf dem Weg zum Fußballplatz?«, gelingt es mir schließlich zu fragen.

»Machst du Witze? Hast du zufällig mal aus dem Fenster geschaut? Es regnet Bindfäden.« Eigentor. »Wir spielen nicht. Deshalb rufe ich dich an. Das heißt« – ja bitte, schwör mir ewige Liebe und Treue – »mir ist aufgefallen, dass du dein Prada-Kostüm noch nicht wieder trägst. Ich wollte dir doch ein neues kaufen, wenn der Fleck nicht rausgeht.« Oh, er will mit mir einkaufen gehen! Wie romantisch! Liebespaare machen so was. Arbeitskollegen nicht. Wäre für mich kein Problem. Ich müsste nur vorher rasch Julie anrufen und unsere Verabredung absagen. Das wird sie verstehen. Schließlich geht es um ein kostenloses Kostüm. »Ich habe gestern Abend gehört, dass du dich mit Julie triffst. Ihr wollt sicher einkaufen gehen.« Ja, ja, worauf wartest du noch? Ich werde Julie vertrösten. Wann sollen wir uns treffen? Zuerst ein eleganter, kleiner Lunch und hinterher ins Kino? Zwischendurch ein Gläschen Champagner? Wäre doch gelacht, wenn wir uns im Laufe des Tages nicht näher kämen! »Also, ich wollte nur sagen, wenn du etwas siehst, was dir gefällt, dann nimm es ruhig. Die Summe bekommst du von mir erstattet.« Oh!

Ich sage nichts, weil ich nicht will, dass er mir meine Enttäuschung anhört. Wieso ich mich niedergeschlagen fühle, wo ich mir doch gerade die Vorzüge meines Jobs vor Augen gehalten habe und nun wieder weiß, warum ich ihn retten muss, ist mir schleierhaft. Erinnere dich an deinen Schlachtplan, Trixie. Denk an Punkt vier.

»Das finde ich ausgesprochen großzügig von dir«, sage ich schließlich. »Aber eigentlich wollte ich es dir letzte Woche schon sagen, nur, da warst du auf dem Seminar – also der Kaffeefleck ist rausgegangen. In der Reinigung. Problemlos. Du brauchst mir kein neues Kostüm zu kaufen.«

»Dann komme ich eben für die Reinigung auf. Wie viel hat das gekostet?«

»Oh, nein, das ist wirklich nicht nötig. Nicht der Rede wert.« Ich kann doch von dem Mann meiner Träume keinen Scheck über ein paar lumpige Pfund annehmen! Wie kleinlich sähe das denn aus? Das Kostüm musste sowieso in die Reinigung. Zwischen uns entsteht ein Schweigen, das man gemeinhin wohl als unbehaglich bezeichnet. Es dauert Ewigkeiten. Zuletzt rafft Ciaran sich zu einer Antwort auf.

»Bist du sicher?«

»Absolut.« Bitte, leg noch nicht auf! Ich muss schnell weiterreden. »Schönen Dank übrigens, dass du gestern Abend gekommen bist. Hat es dir eigentlich gefallen? Du hast so einen seltsamen Eindruck gemacht.«

Ich höre Ciaran lachen. »Der Grund dafür war Liz. Was, glaubst du, hat dieses Luder getan?«

»*Was?*«

»Sie hat unterm Tisch meinen Schenkel befummelt.«

»*Nein!*« Wie kann sie es wagen? Ich denke, sie geht mit Sam! Na, das ist ja ein nettes Pärchen.

»Doch. Ich wollte nichts sagen, aber leider konnte ich mich auch nicht bewegen, weil ich nicht wusste, was Liz sich dann eingebildet hätte. Nur deshalb war ich so steif.«

»Fällt dir dafür kein anderes Wort ein?« Wir müssen beide lachen.

»Ich sage dir, Liz ist eine Schlampe. An Nathan hat sie sich auch rangemacht, nachdem sie erfahren hatte, dass er erfolgreich ist. Ist dir das nicht aufgefallen?«

»Nein«, lüge ich. »Ich kann nicht glauben, dass sie so oberflächlich ist.«

»Ich glaube, da hat sich Sam was Schönes eingehandelt. Aber nach dem, was ich gehört habe, passen die beiden ja gut zusammen. Ich verstehe bloß nicht, wie *du* dich mit ihm einlassen konntest.« Er hält inne, ehe er hastig hinzusetzt: »Tut mir Leid, Trixie, das war ziemlich taktlos von mir. Vielleicht empfindest du ja noch etwas für ihn.« War das nun eine Frage oder nicht?

»Oh, Sam lässt mich total kalt. Glaub mir, mich ekelt es sogar bei seinem Anblick. Ich weiß auch nicht mehr, wieso ich mich mit ihm abgegeben habe.«

»Liebe macht blind.«

»Dummheit auch. Ich habe ihm übrigens einen kleinen Streich gespielt.« Ich muss kichern, als ich mich an Liz' versteinerte Miene erinnere. Als ich Ciaran meine Tat gestehe, pfeift er durch die Zähne. Anschließend prustet er los.

»Sam wird toben«, sage ich. »Vielleicht sollte ich mich am Montag krankmelden und erst wieder auftauchen, wenn er sich abgeregt hat.«

»Tu das nicht. Dann würdest du ja Sams Reaktion verpassen«, antwortet Ciaran, ehe er in warnendem Ton hinzufügt: »Außerdem tickt da ja auch noch eine Uhr. Wie viel Zeit bleibt dir noch? Einunddreißig Tage? Stell dir mal vor, dir würde gekündigt! Du kannst doch nicht verschwinden, nachdem ich gerade erst angefangen habe! Das darfst du mir nicht antun. Was denkst du denn, wie das nach außen wirken würde? Willst du, dass ich vollkommen unmöglich dastehe?«

»Nein. Eigentlich nicht. Na ja, ich habe sowieso alle Hände voll zu tun, um die ganzen Tipps –« Ich breche abrupt ab.

»– von gestern Abend in die Tat umzusetzen. Ich weiß.«

»Woher?«

»Weil ich dasselbe getan hätte. Glaub mir, so oft muss kein Mensch aufs Klo, es sei denn, er zieht sich Koks rein.« Er wird doch wohl nicht mitgezählt haben!

»Das habe ich nicht getan.«

»Ist mir schon klar.«

»Du verpetzt mich aber nicht, oder?«

»Ich schweige wie ein Grab. Vielleicht« – er zögert – »solltest du dich vor Montag noch ein wenig ablenken.«

»Wie soll ich das verstehen?«

»Na, wie wäre es zum Beispiel, wenn wir Sonntagabend essen gingen? Wenn ich dir schon die Reinigung nicht bezahlen darf, könnte ich dich doch wenigstens zum Essen einladen. Nichts Großartiges. Irgendwo bei dir um die Ecke. Falls du das möchtest.«

Ich tue absichtlich unschlüssig, ehe ich antworte: »Wäre nicht schlecht.«

»Prima. Dann hole ich dich gegen acht Uhr ab. Gibt es etwas, das du nicht isst?« Hilfe, ich will nicht mehr an meine Albtraumgäste erinnert werden.

»Ich esse alles. Ich trinke nur keinen Alkohol.«

»Das ist mir gestern Abend auch aufgefallen. Also, dann bis morgen.« Er legt auf. Verdammt. Wie soll ich bis morgen fünf Kilo abnehmen? Oh, ich weiß. Ich werde Julie fragen. Sie wechselt ihre Diäten wie andere Leute das Hemd.

Allerdings zeigt sich Julie nicht sehr entgegenkommend, als

ich ihr drei Stunden später mein Problem erläutere. Na gut, ich bin zu spät erschienen. Schon beim Eintreten habe ich gesehen, wie sauer sie die Fotos von Jeremy Irons, die bei Joe's an der Wand hängen, anstarrte.

»Was glaubst du eigentlich, wie viel Uhr es ist?«, herrscht sie mich zur Begrüßung an.

»Mann, ist ja schon gut! Mir ist halt Verschiedenes dazwischen gekommen, unter anderem eine süße, kleine Armani-Jacke, die ich unbedingt haben musste.« Während wir Luftküsse austauschen, fällt mein Blick auf Julies Teller. »Was um alles in der Welt ist das denn?«

»Obstsalat.«

»Brauchst du Vitamine? Bist du krank?« Ich lege meine Hand auf Julies Stirn, doch sie schüttelt sie unwillig ab.

»Lass das. Ich wusste ja nicht, wie lang ich hier noch rumhocken musste, und allein trinken wollte ich nicht. Wo ist die Jacke?«

Ich greife in die Armani-Tüte und ziehe eine leuchtend rote Kaschmirjacke hervor. Das Abendkleid zeige ich Julie lieber nicht. Nicht, nachdem ich ihr tagelang in den Ohren gelegen und erklärt habe, ich müsse anfangen, meinen Schuldenberg abzutragen.

»Ich finde, die Jacke passt prima zu meiner schwarzen Wildlederhose. Was meinst du? Vielleicht mit einem einfachen schwarzen Pulli darunter?« Ich warte gespannt auf Julies Antwort, obwohl ich jetzt schon weiß, dass sie mir nicht gefallen wird. Julie hat bisweilen einen eigenartigen Geschmack und richtig auskennen tut sie sich auch nicht. Sie hat schon Oasis für Versace gehalten, um nur mal ein Beispiel zu nennen. Das habe ich danach Lily erzählt, die sich kaputtlachte, dass jemand zwei Flegel wie die Gallaghers mit dem feinen Herrn Liberace verwechseln konnte.

»Warum hast du dir eine zweite rote Jacke zugelegt? Du

hast dir doch erst letzten Monat eine rote Jacke gekauft.« Ist das die Stimme meiner Mutter?

»Ja, aber die vom letzten Monat hat einen langen, klassischen Schnitt und die hier ist modisch und kurz. Sag bloß, du erkennst den Unterschied nicht.«

»Doch, vielleicht. Ich verstehe nur nicht ...« – Julie seufzt – »ich dachte, du wolltest deine Finanzlage stabilisieren, Trixie.« Es *ist* die Stimme meiner Mutter.

»Hm. Ich brauchte aber eine neue Jacke. Ich bin morgen Abend mit Ciaran verabredet.«

»*Was?*«

»Es ist nicht so, wie du denkst«, beschwichtige ich Julie hastig. »Er hat mich nur zum Abendessen eingeladen, sonst nichts. Warum schaust du mich so an? Ich dachte, du freust dich für mich. Erzähl mir nicht, er hätte dir nicht gefallen.« Ich verstumme. Julies Miene ist eisern geworden.

»Schon, aber darum geht es nicht. Es geht um deine Karriere. Wenn mich nicht alles täuscht, wolltest du dich ausschließlich darauf konzentrieren und dich von niemandem ablenken lassen.« Hallo, Großmama, bist du auch aufgetaucht?

»Liebe Güte, Julie, was ist denn schon dabei? Ich finde ihn ganz nett, das ist alles. Als er anrief, dachte ich zuerst, er wollte mit mir einkaufen gehen. Ich war schon drauf und dran, dir abzusagen ...« Meine Stimme versickert.

»*Wie bitte?* Du wolltest *mir* absagen? Ich dachte, wir hätten eine Abmachung, nach der wir nie einen Mann zwischen uns kommen lassen! In meinem Alphabet steht die Verabredung mit Typen jedenfalls nicht vor dem Mittagessen mit Freundinnen.« Tja, ich fürchte, in *meinem* Alphabet ist die Reihenfolge andersrum, doch ich halte lieber den Mund. »Zuerst kommt die Freundin«, wiederholt Julie streng. Stimmt: ein guter Liebhaber kommt danach.

Gereizt scheucht Julie den Kellner fort. Sie gestattet mir aber, ihm nachzurufen, dass wir gern zwei Gläser Champagner hätten. Offenbar bin ich mit dem Bezahlen an der Reihe.

»Du hast Recht, tut mir Leid, Julie. Das war falsch. Na, komm schon, Freundin.« Ich beuge mich vor und ergreife ihre Hand. »Mit wie vielen Männern habe ich mich denn seit Sam eingelassen? Mit keinem, oder? Das wird auch so bleiben. Für mich zählt jetzt nur noch mein beruflicher Erfolg.« Ich mache eine Pause, um Luft zu holen, ehe ich sanft hinzusetze: »Ich weiß, du meinst es gut, aber ich kann wirklich allein auf mich aufpassen. Eine Lektion hat mir gereicht.« Ich lasse Julies Hand los und schnappe mir die Speisekarte. »Sollen wir uns jetzt was zu essen bestellen? Ich sterbe vor Hunger. Ich glaube, zum Schluss hatten wir einiges intus. Wie fandest du übrigens die anderen?«

Julie studiert ihre Karte. »Ich esse dasselbe wie immer. Und du?«

»Ich nehme eine der Spezialitäten. Vielleicht die Pasta mit Pinienkernen und Rucola. Du hast meine Frage nicht beantwortet.« Ich winke den Kellner herbei.

Julie wirkt nachdenklich. »Du zuerst«, fordert sie mich schließlich auf. »Wen von denen kannst du leiden? Für mich war's ja irgendwie so, als würde ich die andere Verwandtschaft kennen lernen.« Hilfe! Ich würde mich erschießen, wenn ich solche Verwandte hätte. Oder besser, ich würde die Verwandten erschießen. Ich stoße einen gepeinigten Seufzer aus.

»Wenn ich ehrlich bin, würde ich mit den meisten nicht mal ein Brot teilen, geschweige denn ein Abendessen. Sie sind total bescheuert. Es ist ein Hammer, dass Jim glaubt, ich wäre das schwache Glied in der Kette. Die anderen sind einfach ...« – ich suche nach dem richtigen Wort – »tödlich. Der beknackte Manfred ist in einer Volkstanzgruppe. Dabei muss ich unwillkürlich an die Trapp-Familie denken, und ich sehe ihn in einer entsetzlichen Bundhose aus geblümten Vorhängen herumhüpfen und Schellenglocken schwingen.«

»Oder sein Alphorn.«

»Julie, bitte!« Ich schüttele mich. »Aber weißt du, was komisch ist?« Ich trinke einen großen Schluck Champagner, ehe ich mich vorbeuge und so leise, dass die alten Damen am Nebentisch nichts hören, fortfahre: »Jemand hat in meiner Unterwäsche gewühlt.«

»Spinnst du?« Julie schaut mich entgeistert an.

»Nein, ich sage die Wahrheit. Normalerweise leere ich die Schublade aus, ehe ich fremde Leute in meine Wohnung lasse, aber ich dachte, bei Kollegen könnte ich mir das sparen. Trotzdem weiß ich genau, dass jemand in meinen Sachen gekramt hat. Meine La-Perla-Schlüpfer lagen kreuz und quer zwischen den normalen Höschen, und meine alten, ausgeleierten Unterhosen, die –«

»Das ist pervers. Ich will nichts mehr hören«, fällt Julie mir ins Wort und fuchtelt mit den Händen. Ich lasse mich dennoch nicht beirren.

»– die Lily schon immer als Putzlappen verwenden wollte, waren von hinten nach vorn gezogen worden. *Jetzt* kann Lily damit machen, was sie will, darauf kannst du dich verlassen.« Ich genehmige mir einen weiteren Schluck Champagner.

Bei Julies entsetztem Gesichtsausdruck muss ich lachen. Die netten alten Damen am Nebentisch scheinen sich ebenfalls köstlich zu amüsieren.

»Na gut«, sagt Julie schließlich. »Das bestätigt lediglich meinen Eindruck. Du hast grauenhafte Kollegen, Trixie. Bis auf Chris natürlich – entschuldige, Bluthund. Der ist in Ordnung.« Ich ziehe ein Gesicht. »Er ist nett, glaub mir, auch wenn er nicht besonders gut aussieht. Außerdem mag er dich.«

»In der Tat. Ich komme gleich nach seinen Fischen.«

»Sei nicht so gemein. Gib dem Jungen eine Chance. Ich kapier gar nicht, warum du ihn immer so niedermachst. Stürz dich da lieber auf Nancy, Leon und Manfred. Die sind nämlich wirklich das Letzte. Wie kann man solche Typen auf Kunden loslassen?« Julie buttert ein Stück Ciabatta, schiebt es sich in den Mund und kaut genüsslich darauf herum. Ich kann mir nicht helfen, ich muss an die Kalorien denken, die sie verschlingt. »Von der Zunge direkt auf die Hüften«, würde ich sie am liebsten ermahnen, doch ich schweige. Es ist ja bekanntlich das Los ehemaliger Dicker, auf gierige Esser neidisch zu sein.

»Ich bin froh, dass wir einer Meinung sind.«

Julie greift nach dem nächsten Stück Ciabatta. »Was Nathan anbelangt, bin ich mir noch nicht sicher. Er hat was, ich weiß nur noch nicht was. Irgendwas Seltsames ist an ihm. Na ja – und Liz? Frauen wie die sorgen wahrscheinlich dafür, dass das Geschäft mit Kondomen blüht.«

Ich erzähle Julie, dass Liz Ciaran befummelt hat und was ich ihr zum Abschied mit auf den Weg gegeben habe. Igitt, es gibt echt eine Sauerei, wenn jemand Ciabatta über den ganzen Tisch spuckt! Ich wünschte, Julie würde sich bessere Manieren zulegen.

»Ciaran ist in Ordnung«, erklärt sie, nachdem sie sich wieder beruhigt hat. Sie versucht, die feuchten Ciabattakrümel vom Tischtuch zu fegen, ehe der Kellner kommt. »Jetzt zeig mir noch mal die rote Jacke«, sagt sie anschließend. »Was wolltest du morgen Abend dazu anziehen?«

Sonntag, 15. Oktober

(Noch 30 Tage Galgenfrist – zum Teufel mit dem Schlachtplan.)

Bis halb acht habe ich mich dreimal umgezogen und meine Zähne auf Spinatreste hin untersucht, obwohl ich schon seit Jahren keinen Spinat mehr esse. Jetzt sitze ich in einem Sessel, den ich in einem geschickten Winkel ans Fenster gerückt habe, um Ciarans Ankunft nicht zu verpassen. Ich komme mir wieder wie ein Teenager vor. Mein Magen ist ein bleischwerer Klumpen. Als vorhin das Telefon läutete, befürchtete ich schon, Ciaran würde anrufen, um mir abzusagen. (Leider kommen auch jede Menge unschöner Erinnerungen aus meinen Teenagerzeiten hoch.) Es war aber nur Julie, die mir Waidmannsheil wünschen wollte. Der nächste Anruf stammte von Lily, die glaubt, ihre Monatskarte für den Bus bei mir liegen gelassen zu haben. Sie hat mich gebeten, sie, falls ich sie finde, an einem sicheren Ort aufzubewahren.

Ich hoffe, Ciaran und ich gehen nirgendwohin, wo es Ledersitze gibt, denn das könnte, wenn ich mich in meiner ledernen Hose daraufsetze, zu peinlichen Geräuschen führen. Ich werde die Hose trotzdem anlassen, weil ich darin nämlich nicht nur irre, sondern einfach supergeil aussehe. Ehrlich. Die vielen Sit-ups und Kick-ups, die mein Fitnesstrainer mir aufgezwungen hat, machen sich jetzt bezahlt. Bei meinem Anblick werden Ciaran die Sinne schwinden. (Außerdem kann ich in der Hose meine Waden verstecken.)

Schnell noch mal das Make-up im Spiegel checken. Also, von mir aus könnte es losgehen. Leider ist es noch zu früh.

Was nun? Am besten öffne ich eine Flasche Wein, höre ein wenig Musik und schaue angelegentlich drein. Nicht das Geringste darf auf die Stunden und Rasierklingen hinweisen, die ich in mein supergeiles Aussehen investiert habe. Das mit der Musikberieselung lasse ich vielleicht doch lieber bleiben, aber die Flasche Wein mache ich auf. Die brauche ich. Ich drapiere mich in den Sessel und stelle den Fernseher an. Toll, ein irischer Spielfilm. Vielleicht kann ich noch ein paar wichtige Hinweise aufnehmen.

Ich werde wahnsinnig. Draußen fährt ein Jaguar XKR Cabrio vor. Eine Karosse für über siebzigtausend Pfund! Das ist doch wohl nicht sein Wagen, oder? Doch, ist es. Ciaran steigt aus. Wow, ich liebe schneidige Autos! Dagegen sieht mein Toyota Celica Coupé echt alt aus, und dabei hat er noch nicht mal ein Jahr auf dem Buckel. Oh, Mist! Bestimmt hat der Jaguar Ledersitze. Ich bin jetzt schon erledigt. Ciaran ist reichlich freizeitmäßig gekleidet, finde ich. Die schwarzen Jeans und die braune Wildlederjacke sehen zwar scharf aus, aber eigentlich hätte er sich ein bisschen mehr Mühe geben können, wenn er mit mir ausgeht. Mist, er hat mich entdeckt und winkt. Es gibt Momente, da wünschte ich wirklich, ich hätte auf Lilys Rat gehört und »ein paar hübsche Netzgardinen« angebracht, um meine Wohnung »gemütlicher« zu machen. Ich hebe Ciaran lässig mein Glas entgegen und rappele mich aus dem Sessel hoch. Auf dem Weg zur Haustür atme ich mehrmals tief durch. Dann spurte ich zurück, um den Fernseher auszuschalten. Ciaran soll mich nicht für niveaulos halten. Ich dekoriere die Armstütze des Sessels rasch mit einem Buch.

»Hallo«, sage ich, als Ciaran die Diele betritt und mir einen kurzen Schmatz auf die Wange drückt. »Doch schon so früh. Ich hatte vergessen, welche Zeit wir ausgemacht hatten.« Lügnerin. »Ich genehmige mir gerade einen Schluck Sauvignon. Möchtest du auch ein Gläschen?«

»Danke, Trixie, aber sonntags rühre ich keinen Alkohol an. Das ist eine Regel, die ich streng einhalte. Einen Tag in der Woche bekommt meine Leber frei.« Super. Großartig. Sehr rücksichtsvoll. Wird heute Abend bestimmt sehr lustig werden. »Das soll dich aber nicht hindern.« Ciaran zwinkert mir zu. »Was ist? Können wir los? Ich bin kurz vorm Verhungern.« Er macht auf den Hacken kehrt und öffnet die Haustür, die gerade erst zugefallen ist.

»Du führst«, sage ich und schnappe meine Handtasche, Schlüssel und die einen Tag alte Jacke. »Wohin gehen wir?«

»Wart's ab. Das wird eine Überraschung. Ich habe auf der Upper Street nämlich was entdeckt, das genau das Richtige ist.«

Wir lassen den Wagen stehen. Ich weiß nicht, ob ich erleichtert oder enttäuscht sein soll. »Deine Jacke gefällt mir«, sagt Ciaran. »Neu?«

»Dieses uralte Ding? Du liebe Zeit, ich weiß überhaupt nicht mehr, seit wann ich die schon habe.«

Wir schlendern auf die Upper Street zu und plaudern über nichts Besonderes. Ich lüge Ciaran vor, wie toll ich es fand, Nathan kennen zu lernen. Das Thema scheint ihm jedoch nicht zu behagen. An der Kreuzung biegt Ciaran rechts ab. Hm. Demnach gehen wir also weder zu Granita noch ins Euphorium. Wir durchqueren die Camden Passage, in der sich außer den Antiquitätenläden auch Frederick's befindet, ein alteingesessenes, teures Restaurant, das im *Harden's Guide* als »ideales Ambiente für besondere Gelegenheiten« beschrieben wird. Leider lassen wir auch Frederick's hinter uns. Das Angel desgleichen. Allmählich mache ich mir Sorgen, dass Ciaran die Orientierung verloren hat.

»So, da wären wir.« Ciaran strahlt wie ein Schneekönig.

»Wo?« Ich blicke mich suchend nach dem Michelin-Stern um, der mir als Hinweis dienen könnte.

Ciaran deutet auf eine Spiegelglasscheibe, durch die ich Menschen auf grellbunten Plastikstühlen sitzen und – *Pizza* essen sehe. *Quelle horreur!*

»Der gute alte Pizza Express«, sagt Ciaran zufrieden. »Du hast keine Ahnung, wie sehr ich den in New York vermisst habe!« Er hält mir die Tür auf. »Na, worauf wartest du noch?« Vielleicht auf die Pointe. Auf den Moment, wo er sagt »War nur ein Witz« und mit mir zu einem der angesagten Restaurants zurückgeht, an denen wir vorbeimarschiert sind. Keine Chance. Wir betreten den Pizza Express.

»Es gibt eigentlich nur einen Ort, an dem ich Pizza esse«, flunkere ich. »Und das ist eine entzückende kleine Trattoria etwas außerhalb von Florenz.« In Wirklichkeit befindet sich in meiner Gefriertruhe ein hübsches Trio von Schinken- und Ananas-Pizzen, die Lily in der vergangenen Woche angeschleppt hat. »Ein Superangebot, Schatz. Ich habe alle drei zum Preis für eine ergattert, weil heute schon ihr Verfallstag ist. Macht aber nichts. In der Gefriertruhe werden sie nicht schlecht. Haben nur vierhundert Kalorien pro Portion.«

»Ach ja? Wo denn da?« Ciaran macht dem Kellner ein Zeichen und wir werden an einen Tisch für zwei Personen geführt. »Ich dachte immer, Pizza ist in Florenz gar nicht so beliebt! Jedenfalls nicht so wie in den anderen italienischen Städten. Ich wüsste echt nicht, wo dort eine tolle Pizzeria sein sollte. Oder meinst du die am Borgo San Lorenzo?« Wo bitte? »Vielleicht verwechselst du sie aber auch mit der in Fiesole – oder mit der Trattoria in Maiano, drei Kilometer hinter Fiesole.« Wahrscheinlich gibt er mir als Nächstes den Längen- und Breitengrad an.

»Nein, die, die ich meine, kennst du nicht.« Ich glaube, es ist besser, das Gespräch in eine andere Richtung zu lenken, denn sonst lande ich in einer Sackgasse.

»Das bezweifle ich. Als Student habe ich in Florenz drei

Monate lang als Kellner gejobbt, und ich kenne die Stadt in- und auswendig. War es eventuell die Trattoria Le Cave?« Allmählich habe ich den Verdacht, das Thema macht Ciaran Spaß.

»Ich verrate es nicht«, sage ich mit Nachdruck. »Es ist ein Geheimtipp, und das soll auch so bleiben. Ich will nicht, dass ich dort zukünftig Touristen begegne. So, und nun bin ich gespannt, was es hier zu essen gibt.« Ich ergreife die Speisekarte und bete, dass keine leuchtend roten Schwaden aus meinen Wangen aufsteigen.

Nachdem Ciaran eine Pizza Fiorentina, einen Salat Niçoise ohne Kartoffeln, eine Flasche Mineralwasser und ein großes Glas Frascati bestellt hat (er hätte besser eine ganze Flasche bestellt, das kommt auf Dauer billiger), richtet er seine blauen Augen auf mich und schlägt vor, ich solle ihm etwas mehr von mir erzählen.

»Da gibt's nicht viel zu erzählen. Ich bin achtundzwanzig Jahre alt und habe als Trainee in der Bank angefangen. Vorher habe ich in Birmingham Anthropologie studiert. Ich gehe gern auf Partys, liebe tolle Kleidung und Champagner. Meine beste Freundin heißt Julie. Die hast du Freitagabend kennen gelernt. Ende der Geschichte.«

»Hm. Ich mag Julie. Was ist mit deiner Familie?« Ciaran macht eine kurze Pause, ehe er hinzusetzt: »Meine Mutter und ich stehen uns sehr nahe. Sie hat mir bis heute nicht verziehen, dass ich Irland verlassen habe.«

Ich habe keine Lust, über meine Familie zu reden. »Warum hast du Irland denn verlassen? Ich dachte, das ist ein neuer Tigerstaat und der Dreh- und Angelpunkt der Europäischen Gemeinschaft. Angeblich will doch jeder dahin.«

»Oh, versteh mich nicht falsch, ich liebe meine Heimat. Ich will nur nicht mehr zurück. Natürlich gibt's in Irland tolle Möglichkeiten, wenn auch nicht gerade in der Finanzwelt …

Also gut, wenn ich ehrlich bin, ging mir die Enge auf die Nerven. In Dublin kennt jeder jeden, ständig triffst du bekannte Gesichter – nichts bleibt verborgen.«

»Hattest du denn etwas zu verbergen?« Liebe Güte, Trixie, was Anzüglicheres ist dir wohl nicht eingefallen! Warum zwinkerst du ihm nicht auch noch zu und leckst dir über die Lippen? Das kommt davon, wenn man mit Lily zu viele Seifenopern glotzt.

»Das verrate ich nicht. Außerdem sind wir noch bei dir. Woher hast du zum Beispiel Lily? Du weißt, dass sie ein Schatz ist, nicht wahr?« Wieso löchert er mich mit solch dämlichen Fragen? »Sie hat mir erklärt, wie man Kerzenwachs aus dem Teppich entfernt. Hat prompt geklappt. Mit Packpapier und Bügeleisen, falls es dich interessiert.«

»Ja, das hört sich nach Lily an. Sie schneidet solche Tipps aus der Beilage der Sonntagszeitung aus. Woher ich Lily habe, weiß ich nicht mehr.« Ich picke die Anchovis aus meinem Salat und sortiere sie auf den Brotteller. »Sie kümmert sich schon seit ewigen Zeiten um meinen Haushalt. Morgens kommt sie vorbei, spült und macht mein Bett. Wenn's sonst noch was zu tun gibt, tippe ich ihr eine Liste in den Computer. Ich nehme an, sie macht sich gern nützlich und hat nichts gegen ein Taschengeld einzuwenden. Sie lebt allein. Ihr Mann ist schon vor Jahren getürmt.«

»Sie scheint dich sehr zu mögen.« Ciaran macht sich über seine Pizza her. Ich hoffe, sie ist ohne Knoblauch.

»Kann sein.«

»Bluthund sagt, deine Familie wohnt in Gloucestershire.« Was soll das? Bin ich hier bei der Inquisition? Als Nächstes leuchtet er mir noch mit einer Lampe in die Augen.

»Mehr oder weniger«, murmele ich.

»Bestimmt ist deine Mutter Mitglied in einem Club.«

»Ist sie. Sogar ziemlich engagiert. Ich fürchte, es kommt

noch so weit, dass sie Kalender für die Wohlfahrt bastelt, solche, in denen sie nackt posiert und ihre heiklen Stellen unter Sonnenblumen verbirgt.«

»Was gibt's da denn zu fürchten? Der Zweck würde die Mittel doch heiligen, oder nicht?« Ciaran schaufelt sich Pizza rein. Dann klopft er sich auf den Magen. »Mann, tut das gut. Möchtest du noch etwas trinken?« Ich nicke eifrig. Sagte ich nicht, er hätte eine ganze Flasche bestellen sollen?

»Meine Mutter hat eine Sonnenblumenallergie.«

»Ja und?« Ciaran wirkt konfus, während er den Kellner herbeiwinkt und meinen Wein bestellt.

»Nun, sie müsste sich unter anderen Blumen verstecken, und ich weiß nicht, ob es noch welche gibt, die ebenso groß sind. Womöglich entblößt sie sich vor aller Welt. Könnte sein, die Welt verkraftet das nicht.«

»Meine Güte, Trixie, sei doch nicht immer so bissig. Deine Mutter könnte Kiefern- oder Lorbeerzweige verwenden, die sind schön buschig – das sollte übrigens keine Anspielung sein. Na gut, lassen wir das. Wie war deine Kindheit? Pony, Balett, Internat?«

»Mehr oder weniger.«

»Also zu hochgestochen für einen armen Jungen aus dem Ringsend.« Ciaran macht einen geknickten Eindruck, was aber auch daran liegen kann, dass ihm Spinat auf die Jacke getropft ist.

»Wie ist das Ringsend?«

»Na, halt eine Hafengegend. Vielleicht ist sie inzwischen saniert worden, aber früher ging's da ziemlich rau zu. Möglicherweise finde ich Lily deshalb so sympathisch. Ich glaube, wir haben vieles gemeinsam.«

»Wenn sie hier wäre, würde sie dir empfehlen, den Spinatfleck mit kaltem Wasser zu betupfen.« Ciaran taucht die Serviette in sein Wasserglas und rubbelt an dem Fleck.

Ein gehorsamer Mensch. »Warum hast du in Bristol studiert?«

»Das war die Idee eines Paters in meiner Schule. Er fand, ich hätte ein Gespür für Zahlen und Bristol sei die beste Universität für BWL und Mathematik.« Ciaran schiebt seinen Teller beiseite. Er hat sogar die Kruste gegessen. »Ich glaube aber, ich sollte dir etwas anderes … warte mal …«

Hurra! Mein Herz macht einen Satz. Er will mir sagen, dass er mich liebt. Ich strahle ihn an. Ciaran fährt mit der Hand in die Innentasche seiner Jacke – sag bloß, er hat den Verlobungsring schon dabei – und zieht … mehrere Papierseiten hervor. Oh.

»Ich habe eine Liste zusammengestellt«, erklärt er, während er die Seiten überfliegt. »Eine Liste potenzieller Kunden, die ich in New York kenne.« Er lächelt mich erwartungsvoll an.

Ich lächele zurück und rede mir ein, dass ich dankbar sein sollte, doch in Wirklichkeit bin ich niedergeschlagen. Das war also gar keine richtige Verabredung. Ich bin einfach nur eine nette Kollegin, der er aus der Patsche helfen will. Ist vielleicht besser so. Ich habe wirklich zu viel um die Ohren, um auch noch nächtelang wach zu liegen und mich zu fragen, ob er anruft, oder mir den Finger wund zu wählen, um zu hören, ob er mir eine Nachricht auf der Mailbox hinterlassen hat, oder dauernd zum Anrufbeantworter zu rasen, um nachzusehen, ob das rote Lämpchen blinkt.

»Am besten, du fliegst selbst rüber«, fährt Ciaran fort. »Du musst das Vertrauen dieser Leute gewinnen, und das schafft man nur im persönlichen Gespräch.« Schlagartig hebt sich meine Laune. Vor meinen Augen tauchen Barney's, Sak's Fifth Avenue, Calvin Klein und Donna Karan auf. Wozu brauche ich einen Mann, wenn ich große Schränke und leere Koffer habe?

Ciaran tippt auf einen Namen. Ich sehe, dass das dazugehörige Büro im Rockefeller Center liegt. Wie war das gleich? Wer hat dort kürzlich einen neuen Laden eröffnet? Was bei uns ein Pfund ist, ist drüben ein Dollar – das heißt, ich könnte noch Geld sparen und alle wären glücklich, einschließlich Brenda.

»Sag mal, hörst du mir überhaupt zu?«, unterbricht Ciaran meine Kalkulationen.

Er zeigt noch immer auf den ersten Namen. »Der hier wird wahrscheinlich eine halbe Milliarde benötigen.« Tja, wer nicht? »Aber er hat was gegen Banker. Wenn du ihn aber nett behandelst« – Ciaran zwinkert mir zu – »kommt ihr vielleicht ins Geschäft.« Er deutet auf den nächsten Namen. »Der hier hat mir vor kurzem erst eine Mail geschickt. Er will sein Vermögen neu anlegen. Zieht sich in eine Kommune zurück. Ich schätze ihn auf dreihundert Millionen.« Ciarans Finger rutscht eine Zeile tiefer. »Sie ist kreativen Ideen gegenüber sehr aufgeschlossen.« *Sie?* Was für eine Sie und was für kreative Ideen? Was sind denn das für eigenartige Schlampen, mit denen Ciaran verkehrt? Er reicht mir die Liste.

»Das ist echt nett von dir«, sage ich, während ich nach dem Namen des Flittchens suche. »Ich rufe sie morgen an.«

»Das wäre immerhin ein Anfang. Du weißt, dass ich dir eigentlich gar nicht helfen dürfte, nicht wahr? Die Leute in meiner Abteilung wären ziemlich eifersüchtig. Aber ich kann doch einen Kumpel nicht hängen lassen.« Ich schüttele den Kopf. Gibt es eigentlich auch Kumpel, die miteinander ins Bett gehen, oder ist so etwas immer nur platonisch? »Das sind natürlich nicht die ganz großen Namen«, entschuldigt sich Ciaran. »Die meisten Banken würden sich dort wahrscheinlich nicht mal telefonisch melden. Ich sage das, damit du nicht denkst, das wären Adressen wie die, von denen Manfred geredet hat. Andererseits werden die Giganten von Bankern überrannt, deshalb kommt man bei denen kaum weiter, und am

Ende regst du dich womöglich nur auf.« Ich und mich aufregen? Was für eine komische Vorstellung! Ich komme bei *niemandem* weiter, das ist mir schon zur zweiten Natur geworden. Ciaran wirft einen Blick auf seine Armbanduhr.

»Verdammt. Schon so spät? Ich mach mich mal besser auf die Socken. Einmal pro Woche geh ich früh schlafen. Das ist in der Regel sonntags.« Toll. Wir passen prima zusammen.

Ich falte die Liste zusammen und verstaue sie in meiner Handtasche.

»Vielen herzlichen Dank«, sage ich so aufrichtig wie möglich. Es ist ja auch nicht so, dass ich *nicht* dankbar wäre. Ich bin halt nur enttäuscht. Reiß dich zusammen, Trixie. Erst das Geschäft und dann das Vergnügen. »Ich werde Jim morgen mal auf die Reise nach New York ansprechen. Vielleicht gibt er ja seine Einwilligung. Ich glaube, er hat erkannt, dass ich mich gebessert habe.«

Ciaran wirft ein paar Scheine auf den Tisch, winkt ab, als ich ihm die Hälfte zurückzahlen will und brummelt was von der Reinigungsrechnung. Wir verlassen den Pizza Express und wandern zu meiner Wohnung zurück. Als wir an seinem Wagen angelangt sind, lehnt Ciaran meine Einladung, noch auf eine Tasse Kaffee mit reinzukommen, ab.

»Darf ich mir das für einen anderen Abend aufheben? Ich will nicht, dass es zu spät für mich wird.« Ciaran küsst mich auf die Wange, und zwar so förmlich und flüchtig, wie ich es bei Kunden tue. »Bis morgen. Ich bringe dir deinen Becher Caffè Latte mit.« Er steigt in sein Auto und fährt los. Drückt noch mal auf die Hupe und winkt mit einem Arm aus dem Fenster. Wie die Leute im Film. Und mit einem Mal bin ich echt todunglücklich, selbst wenn er mir womöglich eben den Schlüssel zu meiner Zukunft in die Hand gedrückt hat.

Montag, 16. Oktober

(Noch 29 Tage Galgenfrist – verschmäht, aber gestärkt.)

Ich bin früh zu Bett gegangen. Vielleicht hatte ich mir die Umstände anders vorgestellt, doch, wie Lily sagen würde, es hat mir mächtig gut getan. Nach drei Tassen Kaffee mit irischer Milch (irgendwie war mir nach der Grünen Insel zumute) bin ich hellwach und fühle mich gestärkt. Wem liegt schon was an Ciaran? Ich bin eine Frau, und wie wir wissen, hat Gott die Männer nur erschaffen, um zu üben. Ich brauche Ciaran nicht. Ich finde mich sogar reichlich albern, wenn ich an das Ausmaß der Enttäuschung denke, die mich gestern Abend überwältigt hat. Fast wäre ich zu einer dieser Heulsusen geworden, die ich total verachte. Deshalb werde ich jetzt alle gefühlsduseligen Gedanken verbannen und Julies Rat folgen. Von jetzt an zählt für mich nur noch der Schlachtplan.

Als ich in der Bank ankomme, stelle ich fest, dass mir Punkt drei, nämlich Sam aus dem Weg zu gehen, ziemlich leicht fallen dürfte, denn seine Arbeitsstation ist an den Rand der Börsenabteilung gerückt worden, und von ihm selbst ist kein Stück zu sehen. Lediglich an der Fahne auf dem Tisch erkennt man noch, dass es Sams Platz ist. Es ist eine ziemlich große Fahne, mit Totenkopf und gekreuzten Gebeinen.

Beim Mantelausziehen gebe ich ein paar Töne in Richtung Bluthund von mir, lege meine Handtasche auf den Tisch und stelle nacheinander die Computer an. Ich frage mich, ob die Elektrizitätswerke morgens, wenn die Banker ihre Arbeit aufnehmen, einen ähnlichen Stromverbrauch verzeichnen wie in den Werbepausen zwischen Fernsehkrimis. Oder bei einem Elfmeterschießen zwischen England und Deutschland.

»Nochmals vielen Dank für Freitagabend.« Bluthund lächelt mir zu. Ich schaue hastig in die Runde, um zu sehen, ob jemand seine Worte gehört hat und womöglich falsche Schlüsse daraus zieht.

»Keine Ursache«, erwidere ich gnädig. »Was ist denn da hinten los?« Ich deute mit dem Kopf erst auf Sams Tisch und dann auf seinen ehemaligen Platz, wo mehrere Kollegen zusammenstehen. »Gibt es einen neuen Bankenskandal? Warum fuchteln die alle so aufgeregt mit den Armen durch die Luft?«

»Hast du's denn noch nicht gehört?« Bluthund macht einen besorgten Eindruck. »Es geht um Sam.« Er verstummt.

»Was ist mit ihm?« Komm schon, raus mit der Sprache. Hat Sam einen Unfall erlitten? Ich merke, wie sich mein Magen umdreht – immerhin habe ich den Mann mal geliebt. Ob Sam einen Spenderausweis hat? Ich muss sofort im Krankenhaus anrufen. Nicht, dass die irrtümlich ein Herz entnehmen, das gar nicht funktioniert.

»Liz hat herausgefunden, dass er …« Bluthund beugt sich zu mir herüber und flüstert mir etwas ins Ohr, das nach »Gonorrhö« klingt. O Scheiße! Jetzt wär's mir fast lieber, Sam *hätte* einen Unfall gehabt. Er wird mich umbringen. »Fehlt dir was?« Bluthund mustert mich prüfend. Was soll mir denn fehlen? Kann sein, dass mir mein harmloser, kleiner Scherz zu schaffen macht, doch sonst geht's mir bestens, danke der Nachfrage.

»Wo steckt Liz?«, erkundige ich mich mit einer zaghaften Geste in Richtung ihres leeren Tisches.

»Beim Betriebsarzt. Hat sich heute gleich als Erstes einen Termin geben lassen«, berichtet Bluthund, noch immer im Flüsterton. »Sam kommt frühestens heute Nachmittag zurück.

Er ahnt noch nichts. Liz hat gesagt, sie hätte keinen seiner Anrufe beantwortet.« Himmel, ich hoffe, er bringt seine Golfschläger nicht mit. Wie würde ich denn aussehen, nachdem er mir eins mit dem Eisen übergezogen hat?

»Ja, aber warum ist denn Sams Tisch weggerückt worden? So was ist doch nur ansteckend, wenn man, ähm, allzu engen zwischenmenschlichen Kontakt hatte, und die meisten Leute an seinem Tisch sind doch Männer. Oder gibt's da noch etwas, was ich wissen müsste? Sind Sams Teamsitzungen ausgeartet?« Ich gebe mir große Mühe, die Sache auf die leichte Schulter zu nehmen.

»O nein, die Männer machen sich keine Sorgen«, antwortet Bluthund. »Die haben sich halb totgelacht und die Totenkopffahne an Sams Stange gehisst.« Ich finde, dass hätte er nun wirklich ein wenig anders ausdrücken können. »Die *Frauen* wollten, dass sein Tisch fortgerückt wird. Im Krankenzimmer ist der Teufel los. Der Arzt kann sich vor Terminanfragen kaum noch retten. Angeblich sind ihm jetzt schon die Gummihandschuhe ausgegangen, und dabei ist es noch nicht mal neun Uhr. Apropos: Jim hat sich beim Morgenmeeting nach dir erkundigt. Ich habe dich zwar gedeckt, aber er würde doch ganz gern erfahren, wie dein Gespräch mit Dr. Noriko verlaufen ist.«

»Hm.« Ich frage Bluthund, ob er auch einen Becher Kaffee will, und mache mich auf den Weg zum Getränkeautomat, um mich mit einer weiteren Dosis Koffein zu stärken. Kaum bin ich am Tisch zurück, steht Jim schon da und blickt mich erwartungsvoll an. Ich erkläre ihm ernst und überzeugend, dass ich mich leider verspätet habe, weil ich mein Angebot für Dr. Noriko noch mit dem letzten Schliff versehen musste. Als Jim schweigt, versichere ich ihm, dass ich das stets zu Hause in der Abgeschiedenheit meines Arbeitszimmers (sprich Bettes) erledige, weil mich dort niemand stört.

Wie zur Bestätigung springen die Händler an den Nachbartischen hoch und brüllen wie verrückt in ihre Telefone. Junge, Junge, sieht aus, als hätten sie die Indizes falsch eingeschätzt und versuchten nun auch verzweifelt, ihre Jobs zu retten. Ich beobachte, wie Ciaran zu ihnen eilt.

»Ich treffe mich morgen Abend mit Dr. Noriko«, erkläre ich Jim. »Im Übrigen habe ich noch weitere Tipps, denen ich in dieser Woche nachgehen werde. Ich hoffe, dich trifft nicht der Schlag, wenn du meine Spesenabrechnung siehst.« Mir sind gerade die Berge von alten Taxiquittungen eingefallen, die sich zu Hause in meinen Schubladen stapeln. »Billig wird das nicht. Oh, da fällt mir ein, ich wollte noch ein paar Kunden in New York aufsuchen. Was hältst du davon?« Ich stelle fest, dass Jim mir kaum zuhört, sondern stattdessen auf die Totenkopffahne stiert. »Jim«, sage ich mahnend, »ich rede von New York. Geht das klar?«

»Hm.« Zerstreut wendet er sich zu mir um. »Ja. Was auch immer. Geh und besuch deine Kunden. Bring ein paar Geschäfte mit.« Jim macht auf dem Absatz kehrt und marschiert in sein Büro. Ich glaube, im Weggehen hat er noch gemurmelt, ich könne erster Klasse fliegen. Kein Problem, sein Wille ist mir Befehl. Niemand soll mich umsonst Lady Gehorsam nennen. Ich werde mich doch jetzt nicht mit Jim anlegen! Wenn er findet, ich müsse Kunden in New York besuchen, dann besuche ich eben Kunden in New York, auch wenn ich nicht weiß, wie sie heißen.

Ich rufe die Leute in unserer Reiseabteilung an und bitte sie, mir für die kommende Woche einen Flug erster Klasse nach New York zu buchen. Anschließend ziehe ich unauffällig meinen Palm aus der Handtasche und durchsuche ihn nach den Tipps, die ich Freitagabend eingespeichert habe. Ich bin bereits im Begriff, jemanden namens Helmut anzurufen, der offenbar der Chef eines Frankfurter Telekomunternehmens ist, als Kate zu mir gestürzt kommt. Sie scheint sich heute nicht mit Kunden zu treffen, denn sie trägt ein schlabberiges T-Shirt auf dem *Ich schlafe nicht … ich denke nach* steht. Ich muss sie eines Tages wirklich mal mit zum Einkaufen nehmen.

»Hallo, Trixie! Ich wollte mich für Freitag bedanken. Das Essen war einsame Spitze. Die Reste habe ich Samstagmorgen zum Frühstück verdrückt. Und Lilys Tipp gegen Badezimmerschimmel war so wirksam, dass ich mich inzwischen in meinen Kacheln spiegeln kann.« Das stelle ich mir lieber nicht vor. »Hast du das mit Sam schon gehört?« Ich nicke. »Ist bei dir alles … in Ordnung?«

»Vollkommen. Damals war er noch gesund. Vielleicht hat nur Liz die Ladung abbekommen.« Hm. Vielleicht hätte *ich* das etwas anders ausdrücken können.

»Na, dann bin ich ja beruhigt. Ich will dich auch nicht weiter stören. Wie ich sehe, bist du sehr beschäftigt.« Kate wirft einen Blick auf den Kopfhörer in meiner Hand, murmelt: »Also dann, noch mal vielen Dank«, und verschwindet. Ich wähle Helmuts Nummer. Er ist nicht da. Seine Sekretärin erklärt mir, er sei geschäftlich unterwegs und würde erst in zwei Wochen zurückerwartet. Sie klingt nicht sehr freundlich. Vielleicht habe ich sie auf dem falschen Fuß erwischt. Bestimmt war sie gerade dabei, ihre Krallen zu feilen.

»Könnte ich denn für später einen Termin vereinbaren?«, frage ich höflich.

»Aus welchem Anlass?«, fragt die Schreckschnepfe zurück. Kein Wunder, dass Helmut so lange verreist ist. Wahrscheinlich fürchtet er sich vor ihr.

»Nun, ich hätte da mehrere Ideen, wie Ihr Unternehmen Kapital aufnehmen könnte.« Oder besser, ich werde sie haben, wenn Helmut zurück ist. Vorher müsste ich mir wahrscheinlich erst mal ein Bild von dem Unternehmen machen. Keine

Ahnung, was die Leutchen produzieren. Irgendetwas Telekomartiges. Vielleicht kann ich für mich eins dieser ultramodernen, stimmaktivierten Telefone herausschlagen.

»Hm. Und wie, sagten Sie, heißt Ihre Bank?« Die Schreckschnepfe lacht unangenehm auf, als ich ihr den Namen nenne. »Nanu? Dort ist doch Manfred unser Ansprechpartner. Warum tragen Sie Ihre Ideen nicht ihm vor? Er soll entscheiden, ob sie etwas taugen oder nicht, und sich anschließend mit uns in Verbindung setzen.« *Ob sie etwas taugen oder nicht?* Das ist ja wohl der Gipfel! Hält sie mich außerdem für blöd? Glaubt sie, ich ließe Manfred meine Lorbeeren ernten?

»Natürlich – aber manchmal tut eine neue Sichtweise gut. Ein frischer Wind und so. Wobei ich nichts gegen Manfred sagen will.« Ich hole tief Luft. »Er ist einer unserer besten Banker. Mit der Zeit läuft aber jedermann Gefahr, zu einseitig zu denken. Wenn man einen Kunden zu lange kennt, sieht man oft den Wald vor Bäumen nicht.« Ich bin kurz davor, mir selbst zu glauben, so überzeugend klinge ich.

»Manfred nicht. Er hat uns immer hervorragend bedient. Und jetzt müssen Sie mich bitte entschuldigen, ich habe zu tun.« Die Schreckschnepfe knallt den Hörer auf. Grauenhafte Manieren. Na gut, dann hat sie eben Pech gehabt.

Ich durchforste meinen Palm nach dem nächsten Namen. John Harrison. Führt ein Internetunternehmen im Norden von England. Nach Liz' Worten ist seine Tochter in Bedales zur Schule gegangen. Wie hieß sie gleich? Mary, richtig. Nun, wenn Mary nach Bedales gehen konnte, dann konnte ich das auch.

Ich wähle die Nummer und bitte die Dame in der Telefonzentrale, mich mit Mr. Harrisons Büro zu verbinden.

»Einen Moment, bitte.« Nach zweimaligem Tuten wird bereits abgenommen. John Harrison meldet sich persönlich.

»Mr. Harrison«, sprudele ich hervor, »mein Name ist Trixie Thompson-Smythe. Ich bin mit Ihrer Tochter Mary zur selben Schule gegangen. Tja, und als ich sie letzte Woche traf und ihr sagte, ich würde jetzt in der City arbeiten und Unternehmen bei der Kapitalbeschaffung helfen, empfahl sie mir, Sie anzurufen.«

»Was Sie nicht sagen.«

»Ja, toller Zufall, nicht? Mary war der Ansicht, Sie wollten etliche hundert Millionen aufnehmen. Du *musst* Dad anrufen, sagte sie.« Ich halte kurz inne, ehe ich fortfahre: »Na, und hier bin ich. Hat sie Ihnen nichts erzählt? Typisch Mary. Sie hatte schon immer ein lausiges Gedächtnis. Was glauben Sie, was sie früher alles vergessen hat! Huch, wie ungeschickt! So etwas sollte man einem Vater eigentlich gar nicht erzählen. Sie verraten mich aber nicht, oder?« So, das müsste eigentlich reichen.

»Miss Thompson-Smythe –«

»Trixie«, unterbreche ich ihn. »Trixie Trader. Das ist gewissermaßen mein Markenname. Nur kleinliche Menschen nennen mich Miss Thompson-Smythe.« Wie die im Finanzamt, hätte ich fast noch hinzugefügt.

»Sie arbeiten in der City, sagten Sie? Meine Güte, das ist wirklich sehr beeindruckend, das muss der Neid Ihnen lassen. So rasant entwickeln die Leute sich selten.«

»Sehr freundlich«, erwidere ich. »Was hielten Sie von einem persönlichen Treffen?«

»Nein, wirklich, ich bin noch immer ganz baff! Wenn ich daran denke, dass Mary noch von Lala redet –«

»Wie bitte?« Hilfe, da scheint was schief gelaufen zu sein. Wo ist der Notausgang? Ich glaube, es wird Zeit sich zu verdrücken.

»Lala heißt eins der Teletubbies. Das ist Marys Lieblingssendung. Doch als ihre beste Freundin werden Sie das ja wissen. Lala und Miss Jones, ihre Kindergartentante, sind Marys große Lieben.« Zu spät. Voll erwischt.

»Oh.« Ich suche fieberhaft nach einer Ausrede. Keine Chance. Liz muss sich verhört haben. Schreck lass nach.

»Wie sagten Sie, heißt die Bank, für die Sie arbeiten, Miss Thompson-Smythe?« Ich drücke blitzschnell die Austaste und werfe einen verstohlenen Blick zu Bluthund hinüber, um zu checken, ob er etwas mitbekommen hat. Zum Glück scheint er sich gerade telefonisch über seine Engelhaie auszulassen. Ich entdecke Ciaran, der die Börsenabteilung in Richtung Aufzüge durchquert. Zur Abwechslung sieht er mal wieder richtig gut aus. Was soll das, Trixie, warum gestehst du dir nicht ein, dass er *immer* gut aussieht? Er dreht sich um, bemerkt, dass ich ihn beobachte, und winkt. Ich verspüre ein Zucken im Herzen, und nicht nur da. Dennoch schaffe ich es, gleichgültig zu nicken und mich anschließend meinen Bildschirmen zuzuwenden. Wen könnte ich noch anrufen? Das, was mir bisher geglückt ist, war ähnlich erfolgreich wie Kates Diätversuche.

»Trixie?« Ich schaue hoch. Manfred ragt hinter seinen Computern auf. Sie grenzen direkt an meine.

»Oh, hallo, Manfred. Ich hoffe, Freitagabend ist dir gut bekommen.« Ich strahle ihn an. »War es nicht schön, die Kollegen mal näher kennen zu lernen?«

»Und vor allem deren Kunden, nicht wahr?« Mit einem Mal kommt er mir riesig und bedrohlich vor.

»Ich weiß nicht, wovon du sprichst.« Wenn's brenzlig wird, stellt man sich am besten dumm. Ich hoffe, meine Miene wirkt entsprechend.

»Ich habe gerade mit meiner Mutter telefoniert.«

»Mit deiner Mutter?«

»Genau. Sie ist die Dame, die du vorhin angerufen hast. Sie arbeitet als Chefsekretärin in einem der Unternehmen, die ich Freitagabend erwähnt habe.«

»Ich kann dir alles erklären«, versichere ich, indem ich mich erhebe. Es nutzt nichts. Manfred überragt mich immer noch beträchtlich und versucht, mich auf diese Weise einzuschüchtern. Klar doch, uralter Trick.

»Gib dir keine Mühe«, entgegnet Manfred verächtlich. »Betrachte meine Worte als Warnung.« Er hebt seinen Zeigefinger. »Wenn ich dich noch einmal dabei erwische, dass du dich ohne meine ausdrückliche Genehmigung an meine Kunden heranmachst, werde ich mich höheren Ortes über dich beschweren. Hast du das kapiert?« Ich nicke und lasse mich auf meinen Stuhl sinken. Ich fühle mich wie ein Schulkind, das dabei erwischt wurde, wie es einem anderen Kind die Schokolade wegnascht. Gleich darauf stelle ich mir Manfred in der geblümten Bundhose vor und, siehe da, schon geht es mir wieder besser.

Ich rufe Julie an, doch sie hat zu viel zu tun und kann sich nicht mit mir unterhalten. Sie zögert kurz, ehe sie zugibt, dass sie an einem Riesenangebot arbeitet, von dem sie mir bis jetzt nichts sagen wollte, weil ihr das vorgekommen wäre, als würde sie Salz in meine Wunden reiben. Hm. Damit hat sie richtig gelegen. Vor allem, weil sie keinen Deal mehr nötig hat, denn sie hat in diesem Jahr schon jede Menge Abschlüsse getätigt.

Ich knipse meinen Palm Pilot aus und verfrachte ihn in meine Handtasche. Mist. Die schöne Schweinelende hätte ich mir sparen können. Als ich aufschaue, steht Ciaran neben mir, zwei Styroporbecher in den Händen.

»Ich bin gerade bei Starbucks vorbeigesprungen und habe uns Caffè Latte besorgt. Tut mir Leid, dass ich nicht schon früher aufgetaucht bin, aber heute Morgen ist der Teufel los.« Er lässt sich auf der Kante meines Schreibtisches nieder. Ich nehme ihm einen Becher ab. »Ist das dein Verdienst?«, fragt er in Richtung der Totenkopffahne.

»Ich glaube schon«, gebe ich kleinlaut zu. »Sam bringt mich um, wenn er davon erfährt. Ich bin jetzt schon so gut wie tot. Liz' Miene war es mir aber wert.«

Ciaran trinkt ein paar Schlückchen Kaffee. »Wie kommst du denn so voran? Hast du mit den Tipps von Freitagabend was anfangen können?« Ich schüttele den Kopf und erzähle ihm von meinen Resultaten. Wenigstens lacht er nicht. »Halte dich an die Namen, die ich dir genannt habe«, sagt er in tröstendem Ton. »Im Gegensatz zur Schweinelende sind sie absolut koscher.«

»Mach ich. Jim hat sogar meiner Reise nach New York zugestimmt, und ich habe mir auch schon einen Flug reservieren lassen. Heute Nachmittag rufe ich drüben an und lege die Termine fest. Außerdem treffe ich mich morgen Abend mit Dr. Noriko, und am Mittwoch gehe ich mit einem weiteren Kunden essen. Irgendetwas wird schon klappen.«

»Hört sich an, als ob du diese Woche ziemlich beschäftigt wärst.«

»Was bleibt mir anderes übrig? Die Uhr tickt ja noch, bis ich etwas Endgültiges vorzuweisen habe.« Ciaran hat seine Hemdsärmel aufgerollt, und ich sehe die Muskelstränge auf seinen Unterarmen. Keine Frage, der Junge geht fleißig ins Fitnessstudio.

»Dann hat es sicher wenig Zweck, dich zum Essen einzuladen.« Ich halte mich an meinem Styroporbecher fest. »Ich fand es gestern nett und dachte, wir könnten das bei Gelegenheit mal wiederholen.«

»Sag bloß, du kennst noch einen Pizza Express. Richtig, es gibt ja noch einen am London Wall.« Sei still, Trixie! Du klingst wie der letzte Snob. Wenn du ihn beleidigst, zieht er seine Einladung wieder zurück.

»Meinst du, ich hätte nicht gemerkt, dass es dir dort nicht gefallen hat? Du hättest mal dein Gesicht sehen sollen! Was hältst du davon, wenn ich dich als Wiedergutmachung ins Ivy ausführe?«

»Im Ernst? Glaubst du, da kriegst du noch einen Tisch? An

welchem Tag denn?« Unter den Umständen habe ich jeden Abend Zeit. Von mir aus kann Dr. Noriko mutterseelenallein essen.

»Wie wär's mit Freitag? Und ja, ich bekomme noch einen Tisch. Sie haben uns bereits einen Platz reserviert.« Oh! Ich hoffe, er hat mir auch schon einen Platz reserviert, und zwar in seinem Herzen. »Die Zeit machen wir noch ab, okay?« Ciaran berührt flüchtig meinen Arm und kehrt zu seinem Tisch zurück. Himmel hilf, jetzt habe ich noch eine Galgenfrist zu bewältigen. In vier Tagen muss ich unwiderstehlich aussehen! Ich rufe den Aveda-Salon bei Harvey Nicks an und mache eine Reihe Termine aus. Ob ich das Schicksal zu arg herausfordere, wenn ich auch eine Bikinizonen-Enthaarung einplane?

Dienstag, 17. Oktober

(Noch 28 Tage Galgenfrist – im Gegensatz zu Dr. Noriko bin ich so gut wie am Ziel.)

Dr. Noriko sitzt bereits am Tisch, als ich ein paar Minuten nach acht erscheine. Er wirkt nicht mehr ganz so entschlossen wie am Flughafen, als er die beiden Nutten auf dem Rücksitz entdeckte. Stattdessen ist er unrasiert und hat dunkle Ränder unter den Augen. Er bemerkt mich zuerst gar nicht, sondern nippt gedankenverloren an einem beschlagenen Glas Sake, auf dem ein goldenes Blättchen schwimmt. Wahrscheinlich hat er sich Hokusetsu Honjozo Kinpaku-iri bestellt, die teuerste Marke, die es gibt. Lässt mich aber kalt, weil die Rechnung diesmal die Bank bezahlt.

Der Kellner zieht meinen Stuhl zurück. Dr. Noriko schreckt hoch. »Oh – da sind Sie!« Er erhebt sich höflich, und ich schüttele ihm die Hand. Die Show mit den Visitenkarten lasse ich aus. Ich weiß sowieso nie, ob ich die Karte mit den richtigen Fingern und an den richtigen Enden festhalte, oder ob ich Mist baue und mein Gegenüber schwer beleidige. Ich finde überhaupt: Dafür, dass sie so klug und fortschrittlich sind, haben die Japaner ziemlich kindische Probleme. Ist aber auch egal, weil wir dieses Mal ja nach meinen Regeln spielen. Dr. Noriko ist auf *mich* zugekommen. Mein Angebot hat ihm gefallen und deshalb wollte er mich sehen. *Ich* bin diejenige, die an den Schalthebeln sitzt.

Ich nehme Platz. Der Kellner wedelt die Leinenserviette auf und breitet sie auf meinem Schoß aus. Das gehört zu den Dingen, die ich am Essen im Restaurant liebe. Noch schöner wäre, er würde mir die Serviette wie ein Lätzchen um den Hals feststecken.

»Wie geht es Ihnen?«, erkundige ich mich, nachdem ich ein Glas Champagner bestellt habe. Ich mache mir nichts aus Sake, Goldblättchen hin oder her. »Ehrlich gesagt war ich ein wenig überrascht, wieder von Ihnen zu hören. Immerhin hat es am Flughafen doch ein kleines Missverständnis gegeben.«

»Nicht nur am Flughafen, Miss Trader.« Dr. Noriko trinkt einen großen Schluck Sake. Auf seinen Lippen bleibt ein Stück Goldblättchen kleben. Er deutet auf unseren Tisch. »Auch was den heutigen Abend angeht, fürchte ich, gab es schon wieder Missverständnisse, denn wie ich sehe, haben Sie lediglich für zwei reservieren lassen. Ich hatte eigentlich gehofft, wir wären zu viert.« Also wirklich! Manche Leute lernen einfach nicht dazu.

»Bedaure. Sie fordern da leider etwas ganz Unmögliches von mir. Erstens waren die Damen nicht mehr frei, und zweitens habe ich beschlossen, diesen Weg nicht noch einmal zu beschreiten. Nach unserem letzten Debakel bin ich vor Angst, meinen Job zu verlieren, fast wahnsinnig geworden. Sollten Sie auf derlei Gefälligkeiten bestehen, müssen Sie sich wohl oder übel einen anderen Geschäftspartner suchen.« Ich werfe meine Serviette auf den Tisch und mache Anstalten aufzustehen.

»Nicht doch, Trixie, bitte setzen Sie sich.« Dr. Noriko zeigt auf meinen Stuhl und schaut mich bittend an. Das heißt, eigentlich ruhen seine Blicke auf meinem Busen. »Sie haben ganz Recht. Ich hätte mir die Lektion zu Herzen nehmen sollen.« Ich verschränke meine Arme vor der Brust und lasse mich wieder nieder.

»Wie sind Sie denn nun mit Ihrer Frau verblieben? Ich habe gehört, sie ist gleich am nächsten Tag zurückgeflogen.« Dr. Noriko nickt und hält dem vorbeigehenden Kellner sein leeres Glas entgegen.

»Ja. Die Zeit, Reisen zu unternehmen, sei für sie vorbei, sagte sie. Dabei hatte sie noch gar nicht richtig angefangen.«

»Ihr plötzlicher Aufbruch hatte doch hoffentlich nichts mit dem kleinen Missverständnis zu tun, oder?« Blöde Frage. Womit denn sonst?

»Nicht nur«, erwidert Dr. Noriko. »Wenngleich es natürlich dazu beigetragen hat. Meine Frau glaubt inzwischen, in London wimmele es vor Prostituierten, und es sei kein Ort, an dem sich eine anständige Frau mit ihren Kindern aufhalten kann.«

»Na, na, ist das nicht ein wenig übertrieben?«, murmele ich, während ich die Speisekarte studiere. Ich glaube, ich nehme den schwarzen Dorsch mit Miso und Sashimi.

»Auf dem Weg vom Flughafen in die Stadt hat sie überall Prostituierte gesehen – an jeder Straßenecke und vor jedem Gebäude. Zuletzt sogar vor dem Tower Hotel. Alles, was ich einwendete, war vergebens.«

»Und deswegen ist sie nach Tokio zurückgeflogen? Also, ich will mich ja nicht abfällig über Ihre Frau Gemahlin äußern, aber das ist doch nun wirklich übertrieben. Außerdem gibt es in der Innenstadt keine Prostituierten. Spitalfields und Commercial Road, das ist etwas anderes, aber –«

»Ich weiß.« Dr. Noriko winkt ab. »Sie wollte trotzdem nicht glauben, dass die Frauen auf der Straße stehen, um zu rauchen. Sie hatte sich nun mal in den Kopf gesetzt, dass die Damen auf Kunden warteten.«

»In dem Fall dürfen Sie Ihre Frau aber nie nach Amsterdam einladen«, sage ich. »Es sei denn, Sie nähmen mich als Anstandsdame mit.« Dr. Noriko fängt an zu kichern. Dabei werden seine Augen erst recht zu Schlitzen, und seine Knollennase beginnt zu bibbern. Ich glaube, er ist im Begriff, sich zu entspannen und seine Enttäuschung wegen der fehlenden Nutten zu verkraften. Wenn er noch ein paar Gläser

Sake kippt, wird er mich ohnehin bald doppelt und dreifach sehen.

»Sollen wir bestellen?«, frage ich, als sich der Kellner nähert. Dr. Noriko nickt und erklärt dem Kellner etwas auf Japanisch. Dann fragt er mich nach meinen Wünschen. Ich sage meinen Spruch auf und suche uns einen spritzigen kalifornischen Wein aus, der den Namen Au Bon Climat trägt. Dr. Noriko wirkt zufrieden, und ich glaube, die erste Runde kann ich für mich verbuchen.

Anschließend lehnt sich Dr. Noriko zurück. »Nun, Trixie, nachdem Sie mich über mein Privatleben ausgefragt haben, werden Sie sicher nichts dagegen haben, wenn ich Ihnen auch einige persönliche Fragen stelle, oder? Wie läuft es denn zum Beispiel so zwischen Ihnen und Sam?« Durch das Fenster hinter ihm sehe ich die Laternen, die entlang des Hyde Parks aufleuchten. London bei Nacht ist einfach unvergleichlich. »Das letzte Mal, als wir zusammensaßen, waren Sie doch ein Paar, oder nicht?«

Ich leere mein Glas Champagner in einem Zug und kläre Dr. Noriko über Sam und mich auf. Auch die jüngsten Entwicklungen verschweige ich ihm nicht. Ich berichte, aus welchem Grund Sam an den Rand der Börsenabteilung verbannt wurde, und dass die meisten von uns ihn inzwischen wie einen Aussätzigen behandeln. Meinen Beitrag zu dieser Entwicklung unterschlage ich. Den kennt glücklicherweise nicht einmal Sam, denn Liz weigert sich noch immer, mit ihm zu reden.

Dr. Noriko kichert vergnügt vor sich hin, als ich ihm schildere, dass eine Kollegin vor Ekel ausgerastet ist, als Sam seinen Arm um ihre Schultern legte. Als ich die E-Mail erwähne, die Sam für alle Kollegen abgefasst hat, kennt seine Heiterkeit jedoch keine Grenzen mehr. Er, Sam, hätte keine »Konnorö«, hatte er mitgeteilt. Lediglich Filzläuse hätte er mal gehabt, aber die sei er mithilfe eines Puders losgeworden.

Dummerweise hatte Sam in seiner Aufregung dem Computer die falschen Befehle gegeben, sodass er seine Botschaft irrtümlich an seine Kunden versandte. Wir, die Kollegen, erhielten hingegen eine interessante Nachricht über den zu erwartenden Kursverlauf des Dollars.

»Trotzdem kann Sam froh sein«, fahre ich fort. »Mit seiner Dollarprognose lag er nämlich voll daneben. Seine Kunden hätten ihn gevierteilt, wenn sie sich danach gerichtet hätten. Stattdessen rufen sie ihn jetzt an und wollen wissen, mit welchem Puder man sich von Filzläusen kuriert. Sam kommt kaum noch dazu, den Hörer aus der Hand zu legen. Ich glaube, erst eine Kundin hat sich bei ihm beschwert. Offenbar hat Sam sie in der Vergangenheit ein wenig zu eindringlich zu einem Geschäft überredet.« Jetzt fällt mir auch wieder ein, dass Sam im vergangenen Jahr für eine Woche irgendeine Firmenfahne gehisst hatte.

»Ist denn so etwas bei Ihnen üblich?«, erkundigt sich Dr. Noriko mit glitzernden Augen, während er anzüglich an seinem Sushi nuckelt und lüstern sein Essstäbchen abschleckt.

»Ich dachte, das hätten wir schon geklärt«, rüge ich ihn. »Unsere Beziehung ist rein geschäftlicher Natur. Ich werde weder persönlich noch über Dritte für Ihre Abendunterhaltung sorgen.« Als er etwas einwenden will, winke ich energisch ab. »Nein, Dr. Noriko! Wir sind hier, um über mein Kapitalangebot zu reden, sonst nichts.« Mal sehen, ob das zieht. Ich versuche Dr. Norikos Miene zu ergründen. Ziemlich schwierig, denn die Japaner wissen echt gut, wie man ein Pokerface macht. Hm. Vielleicht sollte ich mir die Sache mit den Nutten noch mal überlegen. Immerhin steht mein Job auf dem Spiel. Ich will gerade etwas in dieser Richtung äußern, als ich feststelle, dass Dr. Norikos Blick über mich hinweggewandert ist. Ich drehe mich um und sehe eine vollbusige Blondine, die am Arm eines Wahnsinnstyps hängt. Ihr Kleid ist megatief ausgeschnitten. Unglaublich, was sich manche Frauen erlauben! Dr. Noriko schaut ihr wie hypnotisiert nach. Leider nimmt sie hinter ihm Platz. Wenn ich gemein wäre, würde ich sagen, sie und ihr Begleiter könnten einen Tisch für vier gebrauchen.

»Dr. Noriko«, sage ich, »könnten wir uns vielleicht wieder dem Wesentlichen zuwenden?« Ich schenke ihm Wein nach und entnehme meiner Tasche eine Kopie des Angebots, die ich vor ihn lege, nachdem ich ein paar der unzähligen Porzellanschälchen beiseite geschoben habe. »Am Telefon hatten Sie Zweifel geäußert, dass unsere Bank meine Ideen umsetzen kann«, sage ich. »Möchten Sie das vielleicht näher erläutern?«

Er zuckt mit den Schultern. »Nun, wir reden hier von einem sehr umfangreichen Projekt. Andere und größere Banken wären nicht in der Lage, dergleichen zu realisieren. Wie kommt es, dass Sie sich das zutrauen? Zugegeben, die Summe, von der Sie sprechen, und der attraktive Tausch von Dollar in Yen klingen vielversprechend. Es ist auch genau die Art von Transaktion, die mein Unternehmen braucht. Nur kann ich leider kein grünes Licht geben, solange noch die leiseste Gefahr einer Fehlkalkulation besteht.« Verständlich. Mir wird bei dem Gedanken auch ganz schlecht.

»Ich kann Ihnen fest versprechen, dass nichts schief läuft.« Ich greife nach meiner Aktentasche und ziehe abermals Papiere hervor. »Ich habe mir erlaubt, ein Dokument abzufassen, das vergleichbare Abschlüsse unserer Bank enthält.« Dr. Noriko nimmt meine Unterlagen entgegen und studiert eine Liste nach der anderen.

»Ich entdecke nirgendwo Ihren Namen.« Er schaut mich fragend an.

»Wie soll ich das verstehen?«

»Nun, welchen dieser Abschlüsse haben Sie getätigt? Ihr Name wird an keiner Stelle erwähnt.«

»Oh, ich habe mich in letzter Zeit vorrangig auf Verwaltungsaufgaben konzentriert«, flunkere ich. »Erst mit diesem Angebot kehre ich an die Front zurück.«

»Und Sie sind sicher, dass Sie das Projekt auf die Beine stellen können? Zu den angegebenen Konditionen?«

»Hundertprozentig. Ich habe die Märkte in den letzten Tagen genau unter die Lupe genommen. Wenn wir rasch vorgehen, besteht sogar die Chance – deutlicher darf ich da im Moment leider nicht werden –, dass wir Ihnen noch weiter entgegenkommen können.«

»Abgemacht.« Dr. Noriko streckt mir seine Hand entgegen, wobei er ein leeres Glas umstößt. »Das Geschäft gilt.«

»Wirklich? Oh, Dr. Noriko, vielen Dank.« Ich schüttele inbrünstig seine Hand. Mein Ziel ist erreicht. Mein Job ist gerettet. Auf der Kündigungsliste wird statt meines Namens ein anderer erscheinen. Wenn ich nicht fürchten müsste, dass Dr. Noriko das erneut falsch verstehen könnte, würde ich ihn küssen. »Sollten wir das nicht mit ein paar Gläschen Champagner feiern?«, frage ich.

»Mit ein paar Gläschen?«, kichert Dr. Noriko, während ich einen vorbeieilenden Kellner anhalte. »Als wir mit Sam essen waren, hatte ich den Eindruck, dass Sie normalerweise ein paar Fläschchen trinken.«

»Bringen Sie uns Ihren besten Champagner«, trage ich dem Kellner auf. An diesem Deal werde ich mich dumm und dämlich verdienen, denn die Attraktivitäten, die Dr. Noriko so gut gefallen, haben einen saftigen Preis. Im Geist überschlage ich schnell mal die Gebühren. Mit dem Bonus werde ich mir einen Wagen leisten können, wie Ciaran ihn fährt. Nicht so hastig, Trixie! Genieße den Augenblick. Schnapp nicht gleich über. Und trink vor allem nicht zu viel, denn Dr. Norikos Augen glitzern noch immer ziemlich verdächtig.

Mittwoch, 18. Oktober

(Noch 27 Tage Galgenfrist – bald ist mir alles egal.)

Letzte Nacht konnte ich vor Aufregung lange nicht einschlafen. Nicht mal Halbzeit, dachte ich, und ich habe bereits einen Abschluss in der Tasche. Und zwar nicht irgendeinen Abschluss, sondern einen Knüller. Ein regelrechtes Kracherpaket mit haushohen Gebühren. Die alte Trixie ist wieder am Ball. Meine Kollegen werden in den Schatten gestellt. Sie werden die Köpfe einziehen. Mein Telefon wird nicht still stehen. Am anderen Ende sind die großen Finanzhäuser, die mich abwerben wollen. Unsere Presseabteilung wird Einladungen an alle einschlägigen Journalisten versenden, um sie von diesem bahnbrechenden Deal zu unterrichten. Man wird mir zu Ehren Partys geben. Wer weiß, ob ich nicht in Talkshows auftreten muss. Ich werde natürlich befördert. Jim weint vor Glück. Der Vorstand kommt und drückt mir die Hände.

Als ich schließlich eindöste, träumte ich von einer Preisverleihung. Im hautengen, bodenlangen Donna-Karan-Kleid betrat ich die Bühne des Großen Saals im Grosvenor House Hotel, um vor Hunderten von Kollegen meine Ehrung entgegenzunehmen. Reden wurden nicht gehalten. Stattdessen wurde geraunt: »Das ist Trixie Trader. Eben stand sie noch kurz vor dem Absturz. Wegen einem Mann. Alle hatten sie aufgegeben. Und dann – wie Phönix aus der Asche gestiegen! Was für ein Geschäftsabschluss! Und wie toll sie aussieht! Wie schafft sie das nur? Sie muss die neue Überfrau sein.« Ich schritt zu meinem Platz zurück, wobei ich darauf achtete, dass sich die spitzen Absätze meiner Jimmy-Choo-Pumps nicht im Saum meines Kleides verhedderten. Huldvoll nickend lächelte ich ins Publikum. Meine Kollegen in Smoking und Fliege brachten mir Standing Ovations dar. Anschließend tauchte eine ganze Heerschar von Kellnern auf, die Jahrgangsflaschen Krug vor sich hertrugen, Flaschen, die von den Vorständen anderer Banken gestiftet worden waren, um mich für ihr Haus zu gewinnen. Ich war echt sauer, als ich aufwachte, denn ich war gerade dabei gewesen, meinen Bonus auszuhandeln und hatte das Angebot der Amerikaner noch nicht gehört.

Als ich sah, wie spät es war, wurde ich noch saurer. Noch nicht mal sechs, wie die Leuchtzahlen auf meiner Uhr bewiesen. Seit kurzem werde ich laufend vor dem Wecker wach. Wenn das so weitergeht, sollte ich mir ernsthaft überlegen, der Mannschaft der britischen Langstreckenläufer beizutreten und morgens mit ihnen zu trainieren. Erstaunlich, was ein Adrenalinschub alles bewirken kann. Schade, dass die Krankenkassen so was nicht umsonst verteilen. Ich springe aus dem Bett, begebe mich ins Bad und gieße eine halbe Flasche Jo-Malone-Badelotion in meine Wanne, während ich mir vorstelle, wie ich Jim die gute Nachricht überbringe. Ich werde total cool sein und so tun, als sei das Ganze nichts Besonderes. Allerdings wird er dann gleich fragen, wieso ich nicht mehr solcher Deals durchgezogen habe. Ich kleide mich sorgfältig an, lasse die Kostüme, die in meinem begehbaren Kleiderschrank hängen, eins nach dem anderen durch die Hände gleiten, ehe ich mich für ein rotes von Max Mara entscheide. Es passt zu meiner überschwänglich guten Laune – und nach dem ganzen Champagner der letzten Nacht ehrlich gesagt auch zu meiner Augenfarbe.

Logischerweise hatte Dr. Noriko nach dem Essen keine Lust, in sein Hotel zurückzukehren. Er wollte noch einen Zug durch die Nachtbars machen, behauptete er, doch ich wusste, dass in Wahrheit von Nacktbars die Rede war. Um ein Uhr schaffte ich es schließlich, ihn in ein Taxi zu verfrachten. Damit sollte er fahren, wohin er wollte.

Als ich in der Bank ankomme, sitzt Jim in seinem Büro und blättert Unterlagen durch, um sich auf das Morgenmeeting vorzubereiten. Die Börsenabteilung ist noch halb leer, doch alle paar Minuten öffnen sich die Stahltüren der Aufzüge und spucken Menschengruppen aus, die bereit sind, sich ins Vergnügen beziehungsweise in die Arbeit zu stürzen. Ich platze ohne anzuklopfen in Jims Büro. Glücklicherweise ist Mary, der Höhlendrache, noch nicht da, um mich aufzuhalten.

»Jim, Jim – ich hab's!«, rufe ich ungeachtet meiner geplanten Coolness-Strategie. Jim lässt seine Unterlagen fallen und blickt mich entsetzt an.

»Mein Gott, Trixie, seit wann weißt du das?«

»Seit gestern Abend. Es hat eine Weile gedauert, doch jetzt steht es fest.« Vor Aufregung wippe ich auf den Zehen. Jim starrt mich fassungslos an. »Ja«, bestätige ich, »am Anfang hat's mich selbst umgehauen, doch inzwischen finde ich, ich habe es verdient.«

»V-v-verdient?«, stottert Jim. »So etwas hat niemand verdient! Warum hast du nicht aufgepasst?«

Tickt er nicht mehr richtig? Ich betrachte Jim argwöhnisch, bis bei mir allmählich der Groschen fällt.

»Jim«, beginne ich vorsichtig, »wovon reden wir eigentlich?«

»Das weißt du doch.« Jim steht auf und schließt die Tür, ehe er leise hinzusetzt: »Du hast es eben gesagt. Du hast dir eine Gonorrhö eingehandelt.«

Ich seufze. »Nein, Jim, das habe ich nicht. Ich bin hier, um dir zu verkünden, dass Dr. Noriko das Angebot unterschreibt, das ich ihm letzte Nacht unterbreitet habe.« Ich reiche Jim eine Kopie.

»Was? Um Himmels willen, Trixie, entschuldige bitte – ich bin wohl noch nicht ganz da. Habe im Moment ein bisschen viel um die Ohren.« Verlegen nimmt Jim die Kopie entgegen. Kurz darauf hellt sich seine Miene auf, und er streckt seine Hand aus, um die meinige zu schütteln. »Das ist großartig. Einfach genial! Und das in gerade mal drei Wochen. Wenn ich gewusst hätte, dass du dich so ins Zeug legen kannst, hätte ich dir schon vor einem Jahr einen Tritt in den Hintern gegeben.«

»Vor einem Jahr hätte der Markt ein derartiges Geschäft noch gar nicht zugelassen.«

»Setz dich mit der Kreditabteilung in Verbindung. Sie sollen Dr. Noriko auf Herz und Nieren prüfen und herausfinden, ob er noch weitere Gelder aufgenommen hat.«

»Mach ich.«

»Und knöpf dir den neuen Typ vom Vertrieb vor – diesen Iren, Ciaran oder so ähnlich. Er soll testen, für welche Investoren dein Paket sich eignet.«

Ich verspreche Jim, auch das umgehend zu erledigen. Anschließend verlasse ich sein Büro und begebe mich still und unauffällig zu meinem Platz, wo Bluthund mir schon erwartungsvoll entgegenblickt. Ich ignoriere sein heimliches Schielen auf die Uhr und teile ihm die gute Nachricht mit. Er freut sich sichtlich und schlägt vor, dass wir uns beim Lunch darauf einen genehmigen. Das muss ich leider ausschlagen, weil ich bereits mit Frederick Kane verabredet bin.

»Überleg mal«, sage ich, »vielleicht glückt mir heute noch ein Deal. Nach dieser langen Durststrecke wäre das nur gerecht, findest du nicht?«

Ich glaube, das ist heute mein Tag, denn als Nächstes entdecke ich Ciaran. Er durchquert die Börsenabteilung in meine Richtung.

»Hi«, begrüßt er mich, indem er sich auf die Kante meines Schreibtisches schwingt. »Was treibt dich denn schon so früh aus dem Bett? Ich habe den Tisch übrigens für Freitag neun Uhr gebucht. Früher wäre albern gewesen, denn dann müssten wir ihn um neun schon wieder räumen, und dieses Mal würde ich gern die ganze Nacht auskosten.« Ich spüre, dass ich knallrot werde, während Ciaran sich rasch erhebt, um sich zum Morgenmeeting zu begeben. Ich schnappe mir einen Papierstapel und fächele mir kühlende Luft zu, ehe ich Ciaran in den Konferenzraum folge.

Das Meeting ist elend langweilig. Ich stehe zwischen meinen Kollegen eingekeilt in der stickigen Luft und höre zu, wie ein Analyst nach dem anderen die Auswirkungen der jüngsten Tagesereignisse auf die verschiedenen Märkte interpretiert. Danach tritt Manfred vor, um sich mit einem Geschäft zu brüsten, das er gerade abgeschlossen hat. Zu dumm, dass ich vorhin die Einsätze verpasst habe. Normalerweise wetten wir nämlich, für wie lang sich Manfred in den Vordergrund spielt, um sich über seine Erfolge zu verbreiten. Ich habe schon mal mit vierundzwanzig Minuten gewonnen. Nachdem ich allerdings erfahren hatte, dass meine Kollegen auch wetten, wann ich morgens im Büro aufkreuze, fand ich die Sache nicht mehr so komisch. Das war wohl auch eine von Sams Ideen gewesen. Dabei verfügte er damals noch über Insiderinformationen. Heute Morgen hält Manfred allerdings nur einen knappen Vortrag, wobei er mir pausenlos Blicke zuwirft, als ob er checken wollte, ob ich mir Notizen mache. Reg dich ab, Mamajunge, würde ich ihm am liebsten erklären. Ich habe längst einen eigenen Deal in der Tasche. Einer, der zehnmal besser ist als deiner. Hilfe! Ich klinge schon wie Sam.

Trotzdem würde ich mich gern zu Wort melden und das Verkaufsteam auffordern, Anleihen im Wert von Hunderten von Millionen Pfund auf Dr. Norikos Unternehmen auszustellen. Den Zinsmanagern möchte ich verkünden, sich auf das größte Swapgeschäft aller Zeiten vorzubereiten, und die

Typen aus der Kreditabteilung sollen schon mal anfangen, mit den Zinssätzen zu jonglieren. Ich halte aber den Mund, denn jetzt schon draufloszureden wäre ziemlich riskant. Normalerweise muss nämlich die Kreditabteilung jeden einzelnen Punkt eines Geschäfts absegnen, ehe man anfängt, darüber in der Gegend herumzuposaunen, und ich will das Schicksal nicht herausfordern – diesmal nicht.

Das Morgenmeeting dauert über eine halbe Stunde. Anschließend kehre ich zu meinem Arbeitsplatz zurück und rufe in der Kreditabteilung an, um die Kollegen dort entsprechend zu informieren. Danach stecke ich eine Kopie meines Angebots in einen Umschlag und werfe ihn in das Körbchen für die Hauspost. Jetzt gibt's für mich eigentlich nur noch eins zu tun, nämlich zu warten. Moment mal. Da war doch noch was? Wollte Jim nicht, dass ich mich mit Ciaran in Verbindung setze, um mein Paket flächendeckend zu vertreiben? Ich seufze. Was ich für diese Bank nicht alles auf mich nehme!

Ciaran wirkt zerstreut, als ich ihn anrufe. Ich erkläre ihm, dass er den Investoren den Mund wässrig machen soll. Ich lasse sogar durchblicken, dass seine Erfolge unserem Freitagabend zugute kommen könnten, weil ich dann vielleicht die Rechnung übernehme. Ciaran verspricht, sich mit den Ergebnissen seiner Bemühungen bei mir zu melden.

Vielleicht findet er ja heraus, dass sich seine Investoren mit Heißhunger auf mein Paket stürzen, dass ich womöglich das Volumen erweitern muss, um den Markt zu sättigen. Ich lehne mich zurück und male mir meinen Kaufrausch aus. Meinen Schlachtplan lege ich jetzt ad acta. Nach dem Geschäftlichen kommt nun der Mann an die Reihe. Und was für ein Mann! Schwarzer Wollzweireiher, fliederfarbenes Hemd und passende Krawatte. Eine Herausforderung, die Vergnügen ohne Ende verspricht.

Mit einem Kribbeln im Bauch wende ich mich den Bildschirmen zu. Reiß dich zusammen, Trixie! Mit frischem Marktinteresse wendest du dich den Bildschirmen zu. Ich hoffe, die Kreditabteilung sputet sich, um ihr Okay zu geben. Sollten sie Einwände erheben, wäre das aber auch kein Problem. Dann würde ich eben rasch noch mal die Kalkulationen nachrechnen. Bis es so weit ist, rufe ich einige der Kunden an, die ich seit kurzem reaktiviert habe. Macht Spaß, mit ihnen zu plaudern und den neuesten Klatsch zu erfahren, doch Geld borgen wollen sie sich leider nicht. Zwischendurch meldet sich Frederick Kane und will wissen, ob unsere Verabredung noch gilt. In meiner Gier nach dem nächsten Geschäft willige ich ein, mich früher mit ihm zu treffen. Punkt zwölf in One Lombard Street an der Bar der Brasserie. Wir werden uns mit ein bis drei Cocktails stärken und anschließend an dem Tisch im Restaurant Platz nehmen.

Kurz vor zwölf treffe ich am vereinbarten Ort ein und schwinge meinen süßen, kleinen Hintern auf einen der Barhocker, die die kreisrunde Theke umstehen. Ich bestelle ein Glas Champagner und lasse meine Blicke schweifen. Die Nachbarhocker sind kaum besetzt, doch die Tische der Brasserie füllen sich rasch mit Bankern, die nach fünf Stunden am Schreibtisch offenbar am Verhungern sind. Ich vertreibe mir die Zeit mit Berufe raten. Die alten Cityhasen sind leicht zu erkennen, denn ihre roten Knollennasen und die geplatzten Äderchen im Gesicht heben sich krass von den gedämpften Farben der Umgebung ab. Im Übrigen verrät sie die Art, in der sie ihre Stühle vom Tisch abrücken, um ihre Bäuche unterzubringen. Ebenso leicht kann ich die amerikanischen Banker ausmachen, die in Freizeitkluft erscheinen und grünen Salat und ein Mineralwasser bestellen. Ich entdecke ein paar Leute aus unserer Bank, auf deren Tischen jeweils drei Flaschen stehen, von denen keine Mineralwasser enthält. Ich winke ihnen zu.

Kurz darauf blicke ich starr vor Entsetzen auf die Erscheinung, die die Brasserie betritt. Keine Ahnung, in welche Kategorie sie gehört – sofern es sich überhaupt um einen Banker oder gar um ein menschliches Wesen handelt.

Die Erscheinung reicht ihren Fuchspelz an einen Kellner weiter und steuert auf mich zu. Guck sofort weg, Trixie! Lass dir eine Zeitung geben. Ich mache dem Barmann ein Zeichen, doch er schüttelt den Kopf. Nein, er hat keine Zeitung zu verleihen. Herrgott, dann soll er mir *Krieg und Frieden* geben, ist mir auch egal! Ich bin sicher, der Wälzer liegt irgendwo unter der Theke zwischen den Cocktailshakern. Es heißt doch immer, Barkeeper wären Studenten. Wie wär's mit Thackeray? Auch nicht vorhanden? Mein Güte, zur Not nehme ich auch den *Ulysses.* Fehlanzeige? Na, dann bin ich aber hier die längste Zeit Stammkundin gewesen. Der Barmann reicht mir hastig etwas zu lesen. Das ist ja wohl die Höhe! Sehe ich wie jemand aus, der sich für Klatschblättchen interessiert? Na gut, her damit. Jetzt bräuchte ich nur noch einen *Daily Telegraph*, um das Schundblatt zu tarnen.

Aus dem Augenwinkel studiere ich die unmögliche Gestalt, die sich mit gespreizten Beinen auf einen der Barhocker hievt. Sie ist riesig, trägt einen kurzen Rock und eine Rüschenbluse. Ihr braunes Haar ist zu einem kurzen Bob geschnitten. Die Schminke im Gesicht ist zentimeterdick aufgetragen, und der dicke Adamsapfel macht sich auch klasse. Er hüpft aufgeregt auf und ab, während sich seine Besitzerin umständlich zurechtrückt. (Die Marke der Stöckelschuhe kenne ich nicht. Bei den Riesenfüßen wird es sich vermutlich um eine Sonderanfertigung handeln.) Also ehrlich, ich dachte, ich hätte schon alles gesehen. Die Gruselerscheinung bestellt sich einen Wodka Tonic. Mit einem Mal ertönt aus ihrem Mund ein schrilles: »Trixie! Da bist du ja schon!«

Über die Schulter werfe ich einen hoffnungsvollen Blick

nach hinten und bete, dass noch jemandes Mutter so albern war, ihre Tochter nach ihrer Lieblingstante, die in den zwanziger Jahren Furore gemacht hat, zu benennen. Pech gehabt. Niemand merkt auf. Das heißt, alle merken auf, aber nicht, weil sie Trixie heißen. Jetzt kann ich nur noch so tun, als wäre ich taub. Ich vertiefe mich in einen Artikel über Calista Flockhart und wünsche, ich hätte ihre Waden.

»Oh, du böses, böses Mädchen! Erkennst du mich nicht oder spielst du nur den Schelm?« Der Champagner schießt wie Sprühregen aus meinen Nasenlöchern, und ich röchele, als stünde ich kurz vorm Ersticken. Die Gestalt rutscht von ihrem Hocker herunter und klopft mir auf den Rücken. »Mach langsam, Schätzchen, gleich geht's wieder. Ich weiß, es war sehr unartig von mir, vorher nichts zu sagen. Es sollte aber eine Überraschung werden.« Eine Überraschung? Na, die ist geglückt!

»Frederick?«, stammele ich. Ich bitte den Barkeeper um einen Scotch. Einen doppelten. »Was ist passiert? Wo ist dein Bart?« Oh – jetzt, wo Frederick direkt vor mir steht, erkenne ich den dunklen Bartschatten unter seiner Theaterschminke.

»Ich heiße jetzt Frederika, Liebes. Ich wollte dich am Telefon schon korrigieren, doch dann dachte ich, nein, besser macht man so was persönlich und nicht am Telefon, wo die Leute einen automatisch für eine Schießbudenfigur halten, und das fände ich in meinem Fall äußerst ungerecht.« Jetzt verschlucke ich mich fast an meinem Scotch. Frederika berührt mein Knie mit feuerroten Krallen. »Ich kann dir gar nicht sagen, wie sehr ich mich freue! Das ist mein erster Lunch unter Mädels. Die Einzelheiten erzähle ich dir beim Essen. Was für ein Make-up benutzt du eigentlich? Es wirkt so unauffällig! Ich bräuchte auch einen kleinen Tipp, was den Lidschatten angeht.« Das kann sie ruhig laut sagen. Selbst Waschbären wirken um die Augen dezenter. »Und außerdem musst du mir erklären, wie man das mit dem Hüfthalter macht. Meiner kringelt sich immer wieder nach oben.« Bitte noch einen Scotch. Einen dreifachen.

Als der Oberkellner auf uns zutritt, könnte ich schwören, dass er verstohlen grinst. Während er mir vom Hocker hilft, murmelt er, für uns sei im Restaurant ein unauffälliger Ecktisch reserviert, sodass wir nicht gesehen würden. Zu spät. Als wir die Brasserie in Richtung Restaurant durchqueren, entdecke ich Sam, der mit Leuten aus seinem Team an einem Tisch sitzt. Dummerweise entdeckt er mich ebenfalls.

»Hallo, Trixie!«, ruft er. »Hast du deine Schwester mitgebracht?« Die anderen prusten los. Sie verstummen jedoch, als Frederika auf Sam zustöckelt und ihm einen Kuss auf die Wange gibt.

»Sam, du böser, böser Bube! Erkennst du mich nicht mehr? Trotz der vielen schönen Abende, die wir zusammen verbracht haben?« Sam ist wie gelähmt. Wahrscheinlich rasen ihm gerade die unzähligen Nächte durch den Kopf, in denen er jede Menge Hirnzellen verloren hat. »Na, hör mal, jetzt bin ich aber doch ein bisschen beleidigt. Ich bin's! Frederick. Ab sofort Frederika.« Frederika zwinkert Sam zu, reicht ihm ihre Visitenkarte und folgt mir anschließend die Treppe hinunter ins Restaurant. Auf halbem Weg dreht sie sich noch mal um und flötet Sam über die breite Schulter zu: »Ich warte auf deinen Anruf, Süßer!«

Als wir uns auf unseren Ecktisch zubewegen, läuft ein Raunen durch das Restaurant. Der Tisch steht in einer Nische. Der Oberkellner zieht meinen Stuhl zurück, legt eine Leinenserviette auf meinen Schoß und entfernt den Platzteller, der von einem breiten Band geziert wird. Wozu diese Teller gut sein sollen, ist mir schon von jeher ein Rätsel gewesen. Vielleicht gibt es ein Gesetz, nach dem in einem Restaurant so und so viele Teller beschmutzt und so und so viele

Leute zum Spülen eingestellt werden müssen. Unschlüssig verharrt der Oberkellner mit der Serviette neben Frederika. Schließlich hat sie Erbarmen und breitet die Serviette selbst auf ihrem Schoß aus.

»Trixie, dein Gesicht ist zum Schießen«, bemerkt sie danach amüsiert. Mag sein. Aber so etwas wie *ihr* Gesicht habe ich bis jetzt nur auf Gemälden von Picasso gesehen. »Sollen wir das Geschäftliche zuerst erledigen? Chris sagte, du bräuchtest dringend einen Abschluss. Ich bin schon sehr gespannt, was du anzubieten hast.«

Ich lächele entgegenkommend. Vielleicht ist das Geschäft die Blamage wert. Ich hole tief Luft, wobei ich mich bemühe, nicht allzu viel von dem süßlichen Parfum einzuatmen, das mir entgegenweht.

»Nun, *dringend* brauche ich den Abschluss nicht«, erwidere ich. Ich will nicht, dass Frederika mich für verzweifelt hält. »Unsere Bank erweitert lediglich ihr Geschäft, und wir haben eine Reihe innovativer Ideen, die wir zuerst unseren treuesten Kunden anbieten. In diesem Zusammenhang hat Chris mir zugeflüstert, dass du Kapital aufnehmen willst. Aber lass uns zuerst etwas bestellen. Für das Geschäftliche ist später noch Zeit.«

Ich wähle den in Meersalz gebackenen und mit aromatischen Kräutern gewürzten Seebarsch, während sich Frederika das Steak mit den überbackenen Artischocken aussucht. Typischer Männergeschmack. Da nutzt auch die Rüschenbluse und der Lippenstift nichts. Ich wette, als Nächstes wird er/sie um die Ketchupflasche bitten. Ich suche uns einen trockenen Bordeaux aus und hole tief Luft.

»Also, Frederika, was gibt's Neues? – Ich meine, außer dem Offensichtlichen.«

»Außer dem gibt es nichts Neues. Ich habe mich in der letzten Zeit mit nichts anderem beschäftigt.« Frederika hebt entschuldigend die schweren Achseln. Mit einer ihrer roten Krallen deutet sie auf ihren Schritt und flüstert laut und vernehmlich: »Ich bin noch nicht ganz – fertig.« Unwillkürlich folgt mein Blick dem Fingerzeig, um etwaige Ausbuchtungen festzustellen. »Im Moment bin ich noch bei der Hormonbehandlung. Der entscheidende Eingriff wird erst später durchgeführt.« Am Nebentisch sitzen zwei Männer, die mit schmerzverzerrten Mienen Messer und Gabel sinken lassen.

Während wir unsere Suppe löffeln, erzählt Frederika mir ihre Geschichte. Ich nicke verständnisvoll, als sie mir berichtet, wie schockiert ihre Mutter war, als sie den Sohn in ihrem Babydoll ertappte. Kein Wunder, die werden auch damals schon nicht mehr in Mode gewesen sein. Dass Frederika ihr Leben lang verwirrt gewesen ist, kann ich auch gut nachempfinden. Ebenso wie die Geschichte, dass sie ihren Körper gehasst hat, weil sie wusste, dass sich darin ein anderer verbirgt. Als sie zu den Einzelheiten der Operation übergeht, schalte ich ab.

Nur halb bekomme ich mit, dass sie ein Jahr lang als Frau leben muss, ehe die entscheidende Operation vorgenommen wird. Die Leute in ihrem Unternehmen stünden voll hinter ihr, behauptet sie, doch im Verlauf der zweiten Flasche Wein beginnt sich eine neue Version herauszuschälen – eine, die sich um Vorurteile, Heuchelei und Gehässigkeiten dreht.

»Meine Situation hat sich drastisch gewandelt, Trixie. Zuerst wurde mein Bonus gekürzt, und danach wurden meine Machtbefugnisse eingeschränkt.« Na bitte, jetzt weiß sie wenigstens, wie man sich als Frau in der Berufswelt fühlt. »Hm, das Steak ist wundervoll. Möchtest du kosten?« Frederika reicht mir einen Bissen auf ihrer Gabel. Ich schüttele panisch den Kopf und behaupte, ich würde kein Fleisch anrühren. »Da versäumst du was«, sagt sie. »Das Einzige, was noch fehlt, ist ein Schuss Ketchup.«

»Das klingt alles höchst interessant, Frederick …« – die sorgfältig gezupften Brauen wandern vorwurfsvoll in die Höhe – »… ka. Dein Machteinfluss kann jedoch nicht allzu stark beeinträchtigt worden sein, wenn du noch hier sitzt, um mit mir über ein Geschäft zu reden.« Die beiden Männer am Nebentisch machen dem Kellner Zeichen. Sieht aus, als wollten sie zahlen.

»Nun«, hebt Frederika an, indem sie ihr Haar hinter die Segelohren streicht, »ehrlich gesagt erwarte ich, dass unser Deal meine Rettung ist. Findest du das selbstsüchtig?« Ich verneine. Unsere beiden Nachbarn haben unterdessen die Flucht ergriffen. »Ich befinde mich nämlich ein wenig in Verlegenheit«, fährt Frederika fort. »Meine privaten Reserven sind erschöpft, wie du dir denken kannst, und dieses hier« – sie deutet abermals auf ihren Schritt – »muss so lange warten, bis ich wieder zu Geld gekommen bin.«

Frederika nippt an dem Bordeaux, ehe sie mit verschämt gesenkten Lidern hinzufügt: »Deshalb möchte ich etwas feilbieten.« Feilbieten? Was ist das denn für ein Wort? Will sie anschaffen gehen? Dabei wird außer hochgezogenen Brauen kaum etwas für sie rausspringen. Leicht verlegen nestelt Frederika an ihrer Serviette. »Kurz und gut, du kannst unser gesamtes Geschäft haben … wenn du mir eine Gegenleistung garantierst.«

»Kein Problem, Frederika. Ich zeige dir, wie man sich schminkt und wie man sich ohne die Beine zu spreizen auf einen Barhocker setzt.« Ein Klacks. Womit mir in zwei Tagen zwei Abschlüsse gelungen wären. Mein Job wird mir auf Jahre hinaus sicher sein. »Ich habe auch eine erstklassige Adresse, wo du dich enthaaren lassen kannst. Glaub mir, das wirkt Wunder. Ich lade dich sogar dazu ein.«

Der Kellner kommt, um unsere Teller abzuräumen. Da der amerikanische Markt gleich eröffnet, beginnt sich das Restaurant zu leeren. Neben der Treppe steht ein riesiger Bildschirm, über den pausenlos Börsennachrichten tickern. Ich überlege, ob es auf Frederika Eindruck machen würde, wenn ich aufstehe und mir ein paar Zahlen notiere, doch als der Kellner die Digestifs anbietet, entscheide ich mich stattdessen für einen Kümmel.

»Ich glaube, du verstehst mich nicht richtig, Trixie. Ich brauche Geld.«

»Klar verstehe ich das.« Ich wedele lässig mit der Hand. »An welche Summe hattest du denn gedacht?«

»Na, ungefähr an zwanzigtausend.«

»Wie bitte?« Fast fällt mir mein Kümmelglas aus der Hand. »Dafür bin ich nicht die richtige Bankerin, Frederika. Ich schließe Geschäfte über mehrere Millionen oder mehrere hundert Millionen ab.«

»Siehst du, du verstehst mich nicht. Das Geschäft für *mein Unternehmen* würde sich auf einhundert Millionen belaufen. Die zwanzigtausend sind für *mich*. Als kleine Anerkennung gewissermaßen.« Frederikas Gesicht hat sich verdunkelt, und das liegt nicht nur an dem Bartschatten, der inzwischen noch sichtbarer geworden ist. »Ich brauche das Geld für meine Operation.« Sie trinkt ein Schlückchen Portwein. »Die Summe bedeutet nicht einmal einen Bruchteil von dem, was deine Bank einstreichen wird. Ich finde den Betrag fair, vor allem, wenn man die möglichen Folgesummen bedenkt.«

»Folgesummen für dich oder für uns?«, erkundige ich mich spitz. »Für welche Art von Bank hältst du uns eigentlich? Wir zahlen keine Anerkennungen oder wie immer du das nennst.«

»Ich glaube, das solltest du dir noch mal durch den Kopf gehen lassen. Im Endeffekt geht es schließlich um Millionen.« Frederika öffnet ihre Schlangenledertasche, entnimmt ihr eine Visitenkarte und überreicht sie mir. »Hier findest du meine private Telefonnummer und meine private E-Mail-Adresse.

Niemand wird etwas erfahren, nichts wird aufgezeichnet. Sag mir Bescheid, wenn du dich entschieden hast.« Sie trinkt den Portwein aus und erhebt sich. »Du solltest dich aber beeilen, denn meine Geduld währt nicht ewig. Wenn ich mich nackt im Spiegel betrachte, komme ich mir wie ein Zirkusfreak vor.«

Das bist du auch, wenn du angezogen bist, denke ich. Frederika streckt mir ihre Hand entgegen, und ich schüttele sie benommen. Ich glaube, dieser Deal ist mir durch meine makellos manikürten Hände gerutscht. Zu Schmiergeldern wird Jim niemals seine Zustimmung geben. Das wäre ja Bestechung! Und das wäre so gefährlich wie die Nutten für Dr. Noriko, die ja genaugenommen nicht einmal gefährlich wurden. Mist, jetzt habe ich nur noch Dr. Noriko – will sagen, sein Geschäft. Ich winke den Kellner herbei, bitte um die Rechnung und um einen zweiten Kümmel. Ich glaube, nach diesem Lunch kann ich den gebrauchen.

Mittwoch, 18. Oktober

(Noch 27 Tage Galgenfrist – hick, mir iss alles scheißegal, hick.)

Als ich zu meinem Tisch zurückschleiche, liegt auf meinem Stuhl ein riesengroßer Strauß Sonnenblumen. Ich glaube, es ist schon nach vier. Genau kann ich das nicht erkennen. Der kleine Zeiger steht zwar auf der Vier, doch der große ist in der Mitte gespalten. Das war meine letzte Uhr von Gucci. Die Italiener können einfach nichts richtig machen.

»Trixie!«, flüstert Bluthund, als ich an ihm vorbeistolpere und mehrmals nach der Karte grabsche, die an dem Blumenstrauß steckt. »Was glaubst du eigentlich, wie spät es ist?«

»Hick! – Keine Ahnung.« Ich blinzele auf meine Uhr. »Scheißuhr iss kaputt.« Meine Hand fährt durch die Luft. »Werde nie mehr Guschi kaufen. Kann nich sehn, isses halb füf oder viertel vor füf.« Ich zucke mit den Schultern.

»Sag mal, bist du blau?« Bluthund blickt sich hastig um und checkt, ob die anderen etwas merken. »Hast du sie noch alle? Das ist der Tropfen, der das Fass zum Überlaufen bringt!«

»Schsch!«, mache ich und lege meinen Zeigefinger an die Lippen. »Schsch!« Das Geräusch gefällt mir. Ich will damit in einer Musikband auftreten. Ich sehe schon die Anschlagtafeln. *Trixie Trader und ihre erstaunlichen Lippen. Ohne Collagen. Spezialitäten: Hochzeiten, Bar-Mizwas und Beerdigungen.* Bluthund sieht mich an, als hätte ich was verbrochen. »Schwill nichs hörn!«, warne ich. »Sons krieng die annern was mit.« Ich spüre, dass ich schwanke, was an der Mischung aus vier großen Kümmeln und dem Schwall kalter Luft aus der Klimaanlage liegt. »Schwerde nie mehr Schebasch essn. Bekommirnich.«

»Setz dich sofort hin!«, knurrt Bluthund drohend, als ich um ein Haar vornüberkippe.

»Kann nich«, entgegne ich auf wackligen Stöckelschuhen.

»Das ist keine Bitte. Das ist ein Befehl. Los! Sitz! Du nuschelst und du sabberst.« Bluthund deutet auf meinen Stuhl. Was glaubt er eigentlich, wer er ist? Kann ja sein, dass ich nuschele und sabbere, aber, wie Churchill schon sagte, morgen früh bin ich wieder nüchtern. Das heißt, wenn ich heute Abend nicht ausgehe.

»Kann nich«, wiederhole ich, indem ich mit dem Fuß aufstampfe. Von den Nachbartischen werden die ersten Blicke zu uns herübergeworfen.

»Herrgott noch mal, Trixie, die Leute schauen schon«, flüstert Bluthund böse. »Zieh jetzt nicht die Nummer des verzogenen Görs ab.« Mistkerl! Ich schleudere ihm einen wütenden Blick zu.

»Kann nich sissn. Lieng Blumen.« Das intensive Gelb und Grün der großen Blütenköpfe tut meinen Augen weh. Ich beginne, in der Handtasche nach meiner Sonnenbrille zu wühlen.

»Heiliger Strohsack!« Bluthund rollt mit seinem Stuhl bis auf meine Seite, hebt den Blumenstrauß hoch und legt ihn auf den Fußboden. »Lass sie da liegen!«, herrscht er mich an. »Jim hat nach dir gesucht, die Leute aus der Kreditabteilung wollen dich sprechen, und Dr. Noriko hat schon zweimal angerufen. Glaubst du eigentlich, ich bin dein Sekretär? Jetzt reiß dich zusammen, Trixie, bevor du auffällst.« Bluthund steht auf, geht zu seinem Tisch und kommt mit einer Flasche Wasser zurück. »Los, trink das! Wie ist dein Lunch mit Frederick gelaufen? Oder brauche ich das gar nicht erst zu fragen?«

»Ka«, erwidere ich.

»Wunderbar, Trixie. Wisch dir endlich den Mund ab.« Er durchforstet seine Jackentasche nach einem Taschentuch. Ist er verrückt geworden? Eher würde ich Sandpapier benutzen.

»Schteck das ssurück! Will ich nich!«, erkläre ich Bluthund. »Heiss jetz Federika. Iss jetz eine Frau. No nich ganz.« Ich zeige mit zwei Fingern auf Bluthunds Schritt und tue so, als wären meine Finger eine Schere. »Schippschapp. Federika will Geld ham un alles abschnein.« Ich lache hell auf, doch Bluthund behält trotz der Tränen, die ihm in die Augen treten, seine steinerne Miene. »Schwanss ab für schwanssigtausend, un dann krieg ich das gansse Geschäf.« Ich kann nicht aufhören zu kichern. »Schwahnssinnich, nich?« Hm, das Wort gefällt mir auch. Ich grinse Bluthund an. Leider muss ich meinen Blick sofort wieder abwenden, denn ich sehe ihn dreifach, und das hält mein Magen nicht aus.

»Sam hätte auch schippschapp machen solln«, vertraue ich Bluthund an. »Aber er liebt sein Schwanss. Nenn ihn Prinss Eisenherss, weil er so treu, hick, un schtak iss. Soll ihn lieber, hick, Prinss Hasenfuß nenn, weil er so klein iss, hick, und sich immer verdrück, hick.« Ich könnte schwören, irgendwo lacht jemand schrill und ausgelassen. Ich will aufstehen und nachsehen, wer das ist, doch Bluthund krallt seine Hand in meine Schulter und hält mich fest.

»Ich besorge dir einen Kaffee«, sagt er. »Du rührst dich nicht vom Fleck. Und lass die Finger vom Telefon. Ich bin gleich wieder da.«

Ich nicke, doch als er verschwindet, rufe ich »schtehnbleim« hinter ihm her.

Bluthund fährt herum. »Was willst du?«, knurrt er böse. »Halt den Mund und tu, was ich dir sage, Herrgott noch mal!« Er rudert mit den Armen durch die Luft und kommt zurück.

»Von wem sinn die Blum?«, frage ich. »Gimir die Karte!« Sichtlich ungeduldig folgt Bluthund meinem Befehl. Ich warte, bis er wieder davontrabt. Dann reiße ich den Umschlag auf. Die Blumen stammen von Ciaran. Oh, Ciaran! Schon beim Anblick seines Namens stoße ich einen zittrigen Seufzer aus. Anschließend lese ich, was er geschrieben hat. Schlimme Handschrift, lässt sich kaum entziffern. Ein Wort fängt mit ›Herz-‹ an, und das nächste mit ›Glück-‹. Mir wird ganz warm, und meine Finger fangen an zu kribbeln. Kann aber auch sein, dass dies am Kümmel liegt. Ich sacke in mich zusammen. Vor meinen Augen leuchten drei Telefonnummern auf. Wer will da was von mir? Was hat Bluthund gesagt? Pah, seit wann höre ich auf seine Befehle? Ich hangele nach dem Kopfhörer und versuche, eine Taste zu drücken. Ich drücke zwei. Warum liegen die so dicht nebeneinander? Ist doch bekannt, dass Banker mittags zur Pulle greifen. Beim Lunch mit Transsexuellen. Obwohl das nicht in ihrer Stellenbeschreibung steht.

»Hallo. Hier Trixie Trader. Was kannich für Ssie tun?«

»Trixie, mein Schatz, du kannst alles tun«, schmalzt Sam in meine Ohren. Offenbar bin ich an die falsche Taste geraten. »Wie wär's mit einem –?«

»Hau ab«, brummele ich, bevor ich die Austaste drücke. Die drei Telefonnummern flackern noch immer auf. Oder sind es sechs? Ich beantworte zwei von ihnen auf einmal.

»Hallo? Bist du das, Trixie?« Ich erkenne die Stimme von Charlotte aus der Kreditabteilung. Ich richte mich auf. Werd nüchtern, Trixie! Jetzt geht es um die Wurst!

»Richig. Ähm. Geht das mit dem Kredit klar?« Puh. Das war schwierig. Ich glaube aber, es hat geklappt. Charlotte schöpft keinerlei Verdacht. Gut, dass es noch keine Riech-Telefone gibt.

»Noch nicht ganz.« Charlotte macht eine Pause. »Da wären noch ein paar kleinere Probleme. Kann sein, dass es ein, zwei Tage dauert, bis wir endgültig entschieden haben.« Noch ein, zwei Tage? Auf Kreditbankerisch bedeutet das ein, zwei

Wochen! Oder Monate! Bis dann ist meine Galgenfrist um! Und das wegen diesen Knausersäcken, die sich an ihren hunderttausend Regeln festklammern?

»Ach, komm schon«, dränge ich. »Ich werde auch für immer und ewig dein Freunnin sein.« Dem Angebot wird Charlotte nicht widerstehen können. Na gut, vielleicht ist es weniger großzügig, als es sich anhört, denn sie ist schon über sechzig. Sie könnte sich aber einreden, ich käme sie füttern, wenn sie im Altersheim sitzt.

»Das ist sehr lieb, Trixie, aber –«

Sie hat ihren Satz noch nicht beendet, als ich mit meiner ganzen Überredungskunst loslege. »Bittebittebitte, gib dir ein Schtoß! Schgeh auch auf die Knie!« Ich mache Anstalten, mich vor meinen Schreibtisch zu knien, als sich zwei starke Hände unter meine Achseln schieben und mich auf den Stuhl hieven. »Solln das?«, beschwere ich mich. Bluthund reißt mir den Kopfhörer ab, setzt sich ihn auf und murmelt etwas von einer seltsamen Stimmung, in der ich mich befände. Ich höre auch »prämenstruell«. Gleich darauf reicht er mir einen Becher mit Kaffee und befiehlt mir, ihn langsam auszutrinken.

»Ich glaube, es ist besser, du verziehst dich nach Hause«, sagt er dann. Ich schlürfe den Kaffee geräuschvoll in mich hinein. »Wenn Jim dich in dieser Verfassung antrifft, dann gute Nacht. Ich lasse mir was einfallen, wenn er noch mal nach dir fragt. Kundenbesuch oder so.« Bluthund drückt ein paar Tasten und beantwortet die eingegangenen Anrufe. Er faselt was von externen Terminen und Präsentationen und vertröstet die Leute auf den nächsten Morgen, wobei er mich eindringlich anschaut.

»Okay.« Bluthund wendet sich zu mir um. Ich lege den Kopf zurück und lasse den letzten Tropfen Kaffee in meine Kehle rinnen. »Ist Lily in deiner Wohnung?« Ich nicke. »Ich rufe sie jetzt an und sage ihr, sie soll auf dich warten und dich ins Bett verfrachten.«

»Erssähl ihr von dem Sonnerangebot, das ich geschehn hab. Sess für vier. Un ruf Julie an. Sie iss mein besse Freunin. Treffe sie heut Amd inne … inne Met Bar.«

»Ich kümmere mich darum«, antwortet Bluthund barsch. Er hilft mir auf die Beine, reicht mir meine Handtasche und hebt den Blumenstrauß auf. »Schaffst du es allein bis nach Hause?« Als ich nicke, stützt er mich und begleitet mich bis zum Aufzug. Auf dem Weg versuche ich krampfhaft, mein Gleichgewicht zu bewahren. Ich glaube nicht, dass jemand argwöhnisch wird. Warum auch? Jeder kann mal auf einem Stück Papier ausrutschen und sich den Knöchel verstauchen. Es war ja auch fahrlässig, ein Fax einfach so auf dem Boden liegen zu lassen. Werde mich offiziell beschweren. Bluthund drückt auf einen Knopf, um einen Aufzug herbeizuholen.

»Bis morgen, Trixie. Bau jetzt keinen Scheiß mehr! Du hast noch wie viele Tage übrig? Siebenundzwanzig? Du willst deinen Job doch nicht wegen solch einer Dusseligkeit verlieren, oder?« Vorsichtig schüttele ich meinen Kopf. »Vergiss Frederick oder wie immer sich die Tante nennt. Denk an Dr. Noriko! Diese große Chance willst du dir doch nicht versauen, oder?« Ich schüttele abermals den Kopf. Oh, oh, ich glaube, mir kommt alles hoch. Tief einatmen, Trixie. Bluthund redet immer noch. »Du hast noch ein paar Asse im Ärmel, denk daran. Sieh mal, da kommt dein Aufzug. Fahr jetzt schön nach Hause – und mach unterwegs bloß keine Abstecher in irgendwelche Kneipen.« Bluthund gibt mir einen kleinen Schubs. Ich stolpere in den Aufzug hinein, der zum Glück leer ist. »Ich rufe Lily und Julie an!«, ruft Bluthund hinter mir her.

Ehe sich die Türen schließen, deute ich mit dem Finger auf ihn. »Du biss mein Freund«, sage ich. »Nich mein besser, aber fass.« Ich glaube, Bluthund errötet.

Donnerstag, 19. Oktober

(Noch 26 Tage Galgenfrist – und am achten Tag erschuf Gott einen mordsmäßigen Kater.)

Ich muss meine Meinung über Gott ändern. Kann jemand, der angeblich allwissend ist, gleich zwei Fehler auf einmal machen? Reicht die Sache mit den Zeitzonen nicht? Bereitet mir das nicht schon genug Kopfzerbrechen? Musste Gott nach übermäßigem Alkoholgenuss auch noch für einen Kater sorgen? Als ER sich das ausgedacht hat, muss ER sehr schlecht gelaunt gewesen sein, oder aber, ER hat nicht genau überlegt, was ER tat. Trotzdem. Unterm Strich muss man schon ziemlich ekelhaft sein, wenn man sich Strafen ausdenkt, die den Menschen erst erfassen, wenn er auf die dreißig zugeht. Da wiegt Gott einen jahrelang in Sicherheit, und peng, mit einem Mal haut es einen um. Das ist nicht gerecht. Gerade wenn man sich was Besseres als eine Flasche Lambrusco leisten kann, lässt ER einen seinen Zorn spüren. Und nicht einmal damit ist es genug. ER hat auch dafür gesorgt, dass andere Leute es sehen, wenn man Säufer ist.

Trink immer nur den besten Champagner, hat mir mal ein älterer Freund empfohlen, dann bekommst du nie einen Kater. Einsichtig wie ich bin, habe ich mich daran gehalten. Leider hat dieser Freund vergessen zu erwähnen, dass es trotz allem gewisse Mengenbeschränkungen gibt. Ich dachte, das sei wie bei Aspirin. Alle vier Stunden nimmt man zwei Flaschen auf einmal, überschreitet nie die Menge von acht Stück in einem Zeitraum von vierundzwanzig Stunden und sucht einen Arzt auf, wenn die Beschwerden anhalten.

Derselbe Freund hat mir auch geraten, nie durcheinander zu trinken, woraufhin ich den Alkohol anfänglich sorgsam voneinander schied. Erst als ich mir im Savoy die Zutaten eines Manhattans in einzelnen Gläsern bestellte, erkannte ich an der Miene des Barmanns, dass ich einen Fehler gemacht hatte.

Gestern habe ich allerdings gegen alle Regeln verstoßen. Ich habe nicht nur zu viel geschluckt, sondern auch wild durcheinander getrunken, und heute Morgen fühle ich mich SCHEISSE. Anders lässt sich das beim besten Willen nicht beschreiben. Es ist noch nicht lange her, da hätte ich an einem solchen Morgen im Büro angerufen und weitschweifig etwas von rutschigem Laub, ausgefallenen U-Bahn-Zügen, menstruellen Beschwerden oder Stromausfall erzählt – das Stromnetz ist nämlich auch nicht mehr das, was es mal war. Aber heute habe ich mir das verkniffen. Heute sitze ich an meinem Schreibtisch und leide stumm vor mich hin. Hier und da knabbere ich an einem Sandwich mit Rührei und Schinken und trinke dazu jede Menge Lucozade. Die aufleuchtenden Telefonnummern auf dem Bildschirm sind die Hölle. Bluthund grunzt jedes Mal missbilligend, wenn ich aufschreie, weil die grellen Zahlen in meine schmerzenden Augen stechen.

»Du bist so hoffnungslos dämlich«, sagt er schließlich, nachdem ich meine Sonnenbrille aufgesetzt habe. »Willst du, dass jeder auf den ersten Blick sieht, wie verkatert du bist? Warum borgst du dir nicht Sams Totenkopffahne und stellst sie auf deinen Tisch? Soll Jim doch sehen, dass seine Drohung dich nicht schert. Vielleicht erlöst er dich dann aus deinem Elend.« Will er damit andeuten, dass Jim extrastarke Aspirin in seiner Schublade hat?

»Ich interessiere mich sehr wohl für Jims Drohung«, verteidige ich mich. »Der gestrige Tag hatte sehr gut angefangen.

Erst als dieses Monstrum mit Schniedel und Frauenklamotten meinen Weg kreuzte, ist die Sache aus dem Ruder gelaufen. Warum siehst du das nicht ein? Meine Hoffnungen wurden zunichte gemacht. Ich wollte mehr erreichen, als Jim erwartet hat. Ich wollte zwei Deals statt einem abschließen. Jim sollte erkennen, dass ich mich geändert habe. Aber dann ist alles …« – ich zucke mit den Schultern – »ins Wanken geraten. Und das ist deine Schuld.«

»*Meine* Schuld?« Bluthund wirkt verblüfft, geht aber vorsichtshalber schon mal in Deckung. »Du kannst mir doch nicht Fredericks Verwandlungskünste in die Schuhe schieben!«

»Du hast ihn auf mich gehetzt.«

»Weil ich wusste, dass sein Unternehmen Geld braucht. Von Fredericks persönlichen Ambitionen hatte ich keine Ahnung«, wehrt Bluthund ab. »Aber wenn du willst, werde ich dir in Zukunft keine Tipps mehr geben. Ich habe es satt, den Sündenbock zu spielen.« Gekränkt kehrt er mir den Rücken zu und konzentriert sich auf seine Computer.

Insgeheim gebe ich zu, dass er Recht hat. Bluthund mag zwar eine Nervensäge sein, aber ich weiß inzwischen, dass er nicht hinterhältig ist. Wahrscheinlich liegt es an meinem Kater, dass ich so schlecht gelaunt und argwöhnisch bin. Offenbar sieht das auch Bluthund ein, denn nachdem er mich zwanzig Minuten lang ignoriert hat, fragt er, ob ich einen Kaffee haben will. Er erklärt sich sogar bereit, mir zwei Muffins aus der Cafeteria im Erdgeschoss zu besorgen. Ich bin versöhnt. Zehn Minuten später knabbern und schlürfen wir einträchtig vor uns hin. Bluthund ergreift als Erster das Wort.

»Hat Lily gestern auf dich gewartet und sich um dich gekümmert?«, erkundigt er sich.

»Klar, warum nicht? Sie ist das gewohnt.« Ich erzähle Bluthund jedoch nicht, dass Lily solche Vorkommnisse dermaßen gewohnt ist, dass sie, als ich nach Hause kam, bereits eine

Wegwerfschürze übergestreift, links und rechts an meinem Bett Eimer aufgestellt und das teure Ralph-Lauren-Bettzeug durch einfache Woolworth-Laken ersetzt hatte. (Ich hoffe, dass ich davon keinen Ausschlag bekomme.)

Genaugenommen stand Lily bei meiner Ankunft bereits auf der Straße bei dem Eismann, aus dessen Wagen »Greensleeves« dudelte. Diese grauenhafte Melodie suchte mich noch nachts in meinen Träumen heim, wo sie jedoch auf einer Laute gespielt wurde. Ich war die schöne Genoveva. Tizianrote Locken ergossen sich über meinen Rücken. Ciaran war Lancelot. Er trug eine glänzende Rüstung und war im Begriff, mich aus der gähnenden Langeweile meines Hoflebens zu erlösen.

»Lily hat mir eine Kanne mit starkem Kaffee gekocht und gewartet, bis ich sie ausgetrunken hatte. Anschließend bin ich ins Bett gewankt und gegen acht eingeschlafen oder ohnmächtig geworden, was genau, weiß ich nicht mehr. Heute früh habe ich einen Zettel von Lily vorgefunden. Darauf stand, du hättest gestern Abend noch mal angerufen – danke übrigens – und im Brotfach lägen zwanzig Croissants, die im Sonderangebot waren. Wenn ich sie nicht essen will, wird Lily daraus Kuchen für Obdachlose backen.«

Bluthund grinst. »Ich habe mit Julie telefoniert«, erzählt er. »Und Jim habe ich gesagt, du wärst mit einem Kunden zum Tee im Ritz.«

»Nochmals danke.« Ich befeuchte den Zeigefinger und stippe die Krümel auf meinem Schreibtisch auf. »Tut mir übrigens Leid, was ich eben gesagt habe. Ich glaube, das hat an meinem Kater gelegen.« Bluthund nickt verständnisvoll. »Warum hat Julie mich denn nicht angerufen?«, erkundige ich mich. »Weißt du, ob sie jemand anderen gefunden hat, der mit ihr in die Met Bar gegangen ist? Hat sie irgendetwas in der Art verlauten lassen?«

»Keine Ahnung. Es hat sich aber so angehört, als wollte sie sich bei dir melden.« Bluthund zieht die Stirn kraus und scheint über etwas nachzugrübeln. Dann dreht er sich abrupt zu seinen Bildschirmen um. »Ende der Kaffeepause«, verkündet er. »Das nächste Mal darfst du die Muffins holen.«

Ich sehe, dass Julies Telefonnummer auf meinem Bildschirm aufleuchtet.

Tut mir Leid, aber ich werde noch für eine Weile schmollen. Wo war sie letzte Nacht, als ich ihren Trost brauchte? Ich nehme einen anderen Anruf entgegen. Es ist Lily, die sich erkundigt, ob ich gut zur Arbeit gekommen bin. Ich hasse es, wenn Leute kein Vertrauen zu mir haben. Nach Lily meldet sich Dr. Noriko. Ich versichere ihm, bis auf ein paar allgemeine Einzelheiten sei alles im grünen Bereich. Das Zögern der Kreditabteilung verschweige ich. Ich will nicht, dass er uns für Amateure hält. Anschließend rufe ich ein paar Kunden an, um sie bei Laune zu halten.

Zwischendurch flackert immer wieder Julies Telefonnummer auf. Na gut, dann will ich mal nicht so sein.

»Hallo«, sage ich so frostig, wie es nur geht. »Nett, dass du dich auch mal meldest. Wo warst du letzte Nacht? Ich habe dich gebraucht.«

»Wo ich war? Ich war in der Met Bar. Das habe ich dir doch gesagt.« Julie klingt pikiert.

»Und wann bitte soll das gewesen sein?«, erkundige ich mich in dem gleichen Tonfall.

»Na, gegen zehn gestern Abend. Ich habe dich angerufen. Du hast dich ziemlich verschlafen angehört und irgendeinen Blödsinn von einer Ritterrüstung gefaselt, die du nicht aufkriegst, und von einem Dosenöffner. Weißt du das nicht mehr?«

»Das musst du geträumt haben«, erwidere ich hastig. »Sag mir lieber, wen du so kurzfristig für die Met Bar aufgetrieben hast. Existiert da etwa jemand, von dem ich nichts weiß?«

»Red keinen Stuss«, antwortet Julie. »Ich wollte mich eigentlich nur erkundigen, wie es dir geht. Fühlst du dich besser?«

»Jedenfalls besser als gestern. Leider habe ich einen mordsmäßigen Kater. Jedes Mal, wenn ich den Kopf drehe, denke ich, mir würde ein kleines Männchen mit dem Stock eins überziehen. Es zielt genau auf meine Schläfen. Fühlt sich an, als würden die Augenbrauen von innen gezupft.«

»Herrgott, Trixie, stell dich doch nicht so an! Willst du immer noch, dass ich später vorbeikomme, um dir bei der Klamottenauswahl für den großen Abend beizustehen?«

»Will ich. Könntest du mir auch deinen Paschmina mit den Silberfransen mitbringen? Wenn's dir nichts ausmacht, würde ich mir den für Freitag gern ausborgen.«

»Kein Problem. Hör mal, ich muss Schluss machen. Mein Bildschirm leuchtet wie London bei Nacht. Ich bin gegen acht bei dir.« Julie legt auf. Zu spät fällt mir ein, dass sie mir nicht gesagt hat, mit wem sie in der Met Bar war. Gut, dann muss ich Bluthund deswegen noch mal ausquetschen. Ich wende mich um und sehe, dass er nicht auf seinem Platz sitzt. Ich lasse den Blick durch die Börsenabteilung wandern und entdecke ihn neben der Totenkopffahne. Der gemeine Verräter unterhält sich mit Sam. Bluthund ist so wankelmütig wie die Finanzmärkte, finde ich.

Jedes Mal, wenn ich auf meine Bildschirme schaue, blinken mir neue Währungskurse entgegen. Wenn die Kreditabteilung den Deal mit Dr. Noriko nicht schleunigst absegnet, stimmen meine Berechnungen hinten und vorn nicht mehr. Dann kann ich das Geschäft entweder vergessen oder wieder bei null anfangen. Angesichts meiner Galgenfrist lockt mich weder das eine noch das andere. Ich glaube, ich stelle mich schon mal auf meine New Yorker Kontakte ein.

»Trixie.« Jim ist neben mir aufgetaucht. Er muss sich in

großer Hast angekleidet haben, denn das Goldmuster auf seiner Krawatte beißt sich grässlich mit dem grün gestreiften Hemd. Die roten Hosenträger will ich lieber gar nicht erst erwähnen. »Wollte nur mal hören, wie es so läuft. War da nicht etwas mit einer Amerikareise? Eine Reise erster Klasse, wie ich inzwischen vernommen habe.«

»Läuft alles bestens«, erwidere ich. »Montagmittag starte ich und in der Nacht von Dienstag auf Mittwoch fliege ich wieder zurück. Eigentlich wollte ich Sonntag schon aufbrechen, doch ich fürchte, dringende Familienangelegenheiten …« Ich lasse das Satzende offen.

»Selbstverständlich«, pflichtet Jim mir bei. »Die Familie kommt immer vor dem Geschäft. Selbst wenn man unter Erfolgsdruck steht.« Auf seinen Wangen bilden sich zwei hektische rote Flecken, die exakt zu seinen Hosenträgern passen. »Wie viele Kunden triffst du drüben eigentlich? Ich hoffe, dass sich die erste Klasse rentiert.« Ich finde seine Pfennigfuchserei widerlich. Er tut ja gerade so, als ob es sich um sein Geld handeln würde!

»Ich treffe mich mit acht Kunden, mit zweien davon zum Abendessen und mit einem zum Lunch«, erkläre ich eingeschnappt. Um ihn zu beschämen, füge ich hinzu: »Meine beiden Frühstückstermine sind leider geplatzt.« Ich gebe mir Mühe, betrübt auszusehen. Keine leichte Übung, weil ich an meine zahlreichen Termine in den New Yorker Kaufhäusern denken muss. Immer nur Arbeit ist ungesund.

»Wie war der gestrige Nachmittag im Ritz? Hat das was gebracht?« Was soll das? Will er mir eine Falle stellen? Er wird doch wohl keinen Verdacht geschöpft haben?

»Leider, leider nein«, erwidere ich bekümmert. »Außer Spesen nichts gewesen.« Ich richte meine Aufmerksamkeit auf die Bildschirme vor mir.

»Tja, wie ich sehe, bist du sehr beschäftigt«, bemerkt Jim. Er macht Anstalten zu gehen. Dann hält er noch einmal inne und sagt: »Charlotte aus der Kreditabteilung hat mich gestern Nachmittag angerufen.«

»Ich weiß«, entgegne ich seufzend. »Sie brauchen noch ein, zwei Tage, um mein Angebot freizugeben. Sie sind im Moment unterbesetzt.«

»Das sind sie keineswegs«, antwortet Jim. »Charlotte hat außerdem erkannt, wie wichtig die Sache für dich ist. Du musst dich ja am Telefon mächtig ins Zeug gelegt haben. Das war ausgesprochen überzeugend.« Im Weggehen ruft er über die Schulter zurück: »Sie ist doch deine besse Freunnin, oder nicht?«

Ich glaube, ich brauche dringend einen Schnaps.

Freitag, 20. Oktober

(Noch 25 Tage Galgenfrist – der Schlachtplan? Welcher Schlachtplan?)

Ich komme zehn Minuten zu spät im Ivy an. Ich habe Ciaran gesagt, dass ich mich dort mit ihm treffen würde, denn ich wollte nicht, dass er mich in meiner Wohnung abholt und womöglich noch mitbekommt, wie ich rumrase, Lockenwickler aus den Haaren reiße und Lidschattenpaletten auf den Fußboden pfeffere, während ich nach dem richtigen Farbton suche.

Ciaran sitzt bereits an unserem Tisch, der sich am äußeren Rand des Speisesaals befindet. Auf dem Weg dorthin taxiere ich ihn unauffällig. Es ist nicht zu fassen! Nicht die leiseste Spur von Unruhe zu erkennen. Ich dachte, er wirft längst besorgte Blicke auf seine Armbanduhr und befürchtet, seine Traumfrau hätte ihn sitzen lassen. Aber Pustekuchen. Ciaran hält ein Glas Champagner in der Hand, hat sich locker zurückgelehnt und plaudert angeregt mit den beiden Frauen am Tisch nebenan.

»Da bist du ja«, sagt er, als er mich erblickt. Den beiden blonden Flittchen gegenüber zuckt er entschuldigend mit den Schultern. Sie wenden sich beleidigt ab. Grauenhaft, wie sie aussehen! Ich glaube, ich will an einem anderen Tisch sitzen. »Wow!«, bemerkt Ciaran, als er sich vorbeugt, um mir einen Kuss auf die Wange zu drücken. »Du siehst umwerfend aus.« Kein Wunder. Ich habe ja auch drei Stunden im Kosmetiksalon verbracht (für Jim bei der European Investment Bank), eine beim Frisör (für Jim bei Standard & Poor's) und danach habe ich mich stundenlang geschminkt. Dazu rechne man noch die Investition eines superscharfen Kleides von Versace, Gina-Sandalen und Julies Paschmina mit den Silberfransen. Gesamtkosten: schätzungsweise zweitausendfünfhundert Pfund. Ergebnis: »umwerfend«. Schlussfolgerung: prima Preis-Leistungs-Verhältnis.

»Du siehst auch nicht übel aus«, erwidere ich. Und das ist nicht gelogen. Ciaran trägt einen schwarzen Dolce&Gabbana-Anzug und ein weißes Hemd mit weitem, offenen Kragen. Seine Manschettenknöpfe bestehen aus kleinen Silberherzen.

»Ein Glas Champagner?«, fragt er, während er den bernsteinfarbenen Nektar bereits in die zarte Kristallflöte vor mir gießt. Wirklich ein Mann nach meinem Geschmack. Er füllt das Glas, bis die Schaumbläschen oben am Rand zerplatzen. Klasse. Halb volle Gläser kann ich nicht leiden. »Prost.« Wir stoßen an. Danach verrenke ich mir den Hals, um zu sehen, ob irgendwelche Promis anwesend sind.

»Bist du zum ersten Mal hier?«, erkundigt sich Ciaran. Huch, schnell wieder umdrehen. Er soll nicht denken, ich sei keine Nobelrestaurants gewohnt. Dann starre ich den Schauspieler aus der Fernsehserie eben nicht mehr an.

»Ach woher! Ich lade Lily zu ihren Geburtstagen hierher ein. Sie mag den Laden. Beim letzten Mal haben Tom und Nicole dort drüben gesessen.« Ich deute auf einen Ecktisch. »Bei ihrem Anblick hat Lily allerdings die Nase gerümpft und erklärt, Tom sei ein ziemlich schmuddeliger Wicht.«

Ciaran lacht. Die Flittchen vom Nebentisch werfen mir finstere Blicke zu. Ich schaue noch ein letztes Mal in die Runde. »Heute scheint aber niemand Berühmtes hier zu sein«, murmele ich leicht enttäuscht. Ich höre jedoch, dass der Name »Liam Neeson« geraunt wird, und registriere zufrieden, dass die anderen uns angaffen.

Mit einem Mal leuchtet das Buntglasfenster am anderen Ende des Raumes in allen Regenbogenfarben auf.

»Hast du das gesehen?«, frage ich Ciaran. »Was war das? Sah aus wie ein Gewitter.«

»Das sind Paparazzi. Offenbar ist irgendein Star vorgefahren.«

Wie auf Stichwort betritt Madonna das Restaurant. Sie schreitet auf ihren Platz zu, der drei Tische von uns entfernt liegt, setzt sich und springt sofort wieder auf, um auf uns zuzueilen.

»Liam!«, ruft sie Ciaran entgegen, ohne von mir die geringste Notiz zu nehmen. »Ich wusste ja nicht, dass du auch in der Stadt bist! Sehe ich dich Samstag bei Elton?«

»Dieses Mal nicht«, erwidert Ciaran. »Außerdem musst du mich im Moment bitte entschuldigen. Du siehst ja …« Mit dem Kopf macht er eine leichte Andeutung in meine Richtung. Madonna mustert mich kalt, ehe sie wortlos kehrtmacht und zurück an ihren Tisch stolziert. Ich sehe schon die Schlagzeilen in den Frühausgaben: *Liam Neeson und tizianrote Schönheit.* In der darauf folgenden Ausgabe wird es bereits heißen: *Liam Neeson – Scheidung?*

»O Mann«, sage ich. »Passiert dir das häufig?«

»Nur bei Madonna«, grinst Ciaran. »Wie wär's, wenn wir uns jetzt etwas zu essen bestellen?« Er reicht mir die Speisekarte.

Wie aus dem Nichts taucht unser Kellner auf. Als Hauptgericht wähle ich einen Salat mit Roquefort-Dressing und die Seelachsküchlein. Ciaran entscheidet sich für ein Steak. Dazu suchen wir uns eine sagenhafte Flasche Wein aus. Zwei, wenn ich ehrlich bin. Eine zur Vorspeise und eine zum Hauptgericht. Ciaran weiß eben, was sich gehört.

Tja, was soll ich sagen? Wir kommen prima klar. Die Zeit vergeht wie im Flug, während wir über die Arbeit, das Leben und das Universum sprechen. Na gut, über das Universum sprechen wir nicht. Wer will das schon? Es kam mir nur gerade in den Sinn, weil es Zeitschriften gibt (*Vogue* ausgenommen), die das Thema fortwährend abhandeln. Passt immer, dachte ich.

Zwischendurch erzähle ich Ciaran die neueste Geschichte von Liz. Seit der Sache mit Sam hat sie sich bedeckt gehalten, doch heute kam sie auf mich zugerauscht und reckte mir ihren Busen entgegen. Erstaunlich, was so ein Wonderbra alles kann. Jedenfalls erzählte sie Bluthund und mir von einem neuen Kunden, den sie an Land gezogen hat.

»Wie heißt er?«, fragte ich ganz harmlos. Man weiß ja nie, ob man nicht nebenbei einen Hinweis erhält.

»Er ist kein *er* sondern eine *sie*«, erwiderte Liz.

»Na gut. Wie heißt sie?«

»Frederika.« Ich kicherte los, als würde Kate mich mit einer der Straußenfedern kitzeln, die auf ihrem Schreibtisch stehen und ihr als Mahnung dienen. Kate hat nämlich mal eine katastrophale Investition in Straußenfleisch getätigt. Dabei sollte man meinen, dass sie mehr als jeder andere hätte wissen müssen, dass an diesen Vögeln nichts dran ist.

»Kennst du sie?«, erkundigte sich Liz interessiert. Natürlich war sie scharf auf einen guten Tipp. Liz geht nämlich über Leichen, wenn es darum geht, Kollegen auszustechen.

»Flüchtig. Ich glaube, ich habe da was läuten gehört.« Ich machte eine geschickte Pause. »Das ist doch die Kundin mit diesem komischen Tick, oder nicht?«

»Weiß ich nicht. Was ist das für ein Tick?«

Ich schaute mich verstohlen um und tat so, als sei ich im Begriff, Liz ein kostbares Geheimnis anzuvertrauen. »Sie mag es, wenn man ihr erklärt, sie sähe aus wie ein Mann.«

Ciaran ist auch nicht besser als Julie. Er prustet den roten Bordeaux auf das weiße Tischtuch. »Meine Güte, Trixie«, keucht er, »du kennst wirklich keine Grenzen.« Danach wirft er einen beschämten Blick auf das Tischtuch. »Entschuldige bitte, aber …« Er prustet abermals los. »Wie kannst du nur so grausam sein und ein wehrloses Opfer quälen?« Wehrlos? Offenbar ist er schon seit geraumer Weile nicht mehr in Liz' Nähe gewesen. Ihr Parfum ist eine chemische Keule. »Meine Güte, jetzt schau dir die Schweinerei auf dem Tischtuch an. Tut mir echt Leid.«

»Das macht doch nichts«, erwidere ich großzügig. Der Kellner, der herbeieilt, um das Tischtuch auszuwechseln, ist ein schnuckeliger Typ. Das finden offenbar auch die Flittchen von nebenan und werfen sich aufdringlich in Positur. »Weißt du, es war sowieso eine seltsame Woche. Habe ich dir erzählt, dass die Kreditabteilung das Angebot für Dr. Noriko noch nicht freigegeben hat? Ich verstehe das nicht! Was hat sich denn bei deinen Umfragen ergeben?«

»Sag mal, können wir nicht mal das Thema wechseln? Fällt dir nichts Romantischeres ein?« Hat er gerade »romantisch« gesagt? Ich taxiere ihn vorsichtig. Er zwinkert mir mit seinen blauen Augen zu, woraufhin sich all meine Zweifel in Luft auflösen. Ich finde es sehr reizvoll, dass er kleine verheißungsvolle Worte in unser Gespräch einstreut, um mich zu ködern. Ich hoffe nur, er zieht mich irgendwann auch mal an Land. Was heißt hier irgendwann? Je eher, desto lieber!

»Natürlich«, erwidere ich so gelassen wie möglich. »Such dir etwas aus. Worüber möchtest du sprechen?«

Ciaran wünscht sich das Thema Musik. Zum Glück weder Klassik noch Oper, denn damit wäre ich ziemlich überfordert gewesen. Offenbar gefällt ihm *Riverdance,* denn er schüttelt fassungslos den Kopf, als ich kundtue, ich fände es gruselig, vierzig Männern beim Stechschritt zuzusehen.

Doch selbst der wunderbarste Abend geht leider irgendwann einmal zu Ende, und schließlich kommt der furchtbare Moment, an dem wir auf der Straße stehen, und ich mich frage, wie ich nach Hause komme. Beziehungsweise, wie *wir* nach Hause kommen. In der Ferne leuchtet eine Taxiampel auf. O nein, wir sind doch noch gar nicht so weit! Warum müssen Taxis immer dann auftauchen, wenn man sie absolut nicht braucht? »Da hinten kommt ein Taxi«, murmele ich. »Ich glaube, das nehme ich.« Ciaran nickt zustimmend, woraufhin mir mein Herz in die Schuhe rutscht, und ich vor Enttäuschung wimmern will. Ciaran winkt das Taxi herbei.

»Es geht nach Islington«, erklärt er dem Fahrer. Anschließend öffnet er die Tür und sagt: »Ich hoffe, es macht dir nichts aus, wenn ich mitkomme. Meine Mutter würde es mir nie verzeihen, wenn ich eine Dame allein durch die Nacht fahren ließe.« Gott segne Sie, Mrs. Ryan. Ich finde es zudem schön, als Dame bezeichnet zu werden, vor allem angesichts der Fantasien in meinem Kopf.

Wir sitzen schweigend auf dem Rücksitz, Ciaran an die linke und ich an die rechte Seite des Wagens gepresst. Du liebe Zeit, wenn wir nicht solche abgebrühten Typen wären, könnte man annehmen, wir wären nervös! Unterdessen beschwert sich der Fahrer erst mal ausgiebig über den Verkehr und erzählt uns anschließend seine Lebensgeschichte. Offenbar hat auch er einmal in der City gearbeitet, allerdings noch in den alten Zeiten, als die Geschäfte per Telefon und Handzeichen abgewickelt wurden. Ciaran und ich lauschen und nicken, als sei das alles ausgesprochen spannend.

»Das war ein sehr schöner Abend«, bemerke ich, als das Taxi in die Upper Street einbiegt.

»Das finde ich auch«, antwortet Ciaran, und noch ehe ich sagen kann, ich hätte mir nach dem Essen die Zähne noch nicht geputzt, küsst er mich auf den Mund. Oh. Als er sich von mir löst und mich anschaut, sehe ich, dass mein Lippenstift tatsächlich kussecht ist. »Das wollte ich schon den ganzen Abend lang tun«, murmelt Ciaran. »Ich hatte nur Sorgen wegen der Schlagzeilen.«

Ich drücke auf den Knopf, der die Sprechverbindung zu unserem Fahrer unterbricht. »Zum Glück sind gerade keine Reporter in der Nähe«, sage ich. Ciaran ergreift meine Hand und zieht mich an sich. Ich schmelze dahin und bin selig, weil es zu keinem ungeschickten Aufeinandertreffen unserer Zähne kommt. Unsere Lippen passen perfekt zusammen, genau so, wie ich es mir immer ausgemalt habe.

»He, Sie da hinten!« Dem Fahrer tun wahrscheinlich schon die Stimmbänder weh, denn ich glaube, es hat eine Weile gedauert, bis wir aufgemerkt haben. »Steigen Sie nun aus, oder nicht?« Ich befreie mich aus Ciarans Armen und spähe durch die Fensterscheibe. Da steht tatsächlich mein Toyota, was bedeutet, dass ich unweigerlich zu Hause angelangt bin. Jetzt kommt der nächste furchtbare Augenblick. Lily hat das Licht im Flur angelassen, doch meine Wohnung kommt mir trotzdem entsetzlich kalt und einsam vor. Ich kann die Nacht dort nicht allein verbringen.

Ich räuspere mich. »Ich steige jetzt aus.« Ich setze mich auf, ziehe Julies Paschmina enger um meine Schultern und schnappe mir meine silberne Abendtasche. »Ähm, dann gute Nacht«, sage ich. »… es sei denn, du möchtest noch auf einen Schlummertrunk mit reinkommen.« Das Angebot mit dem Kaffee wiederhole ich lieber nicht. Ciaran soll mich nicht für einfallslos halten.

»Was hättest du denn anzubieten?« Das ist ja wohl die Höhe! Auch noch wählerisch sein! Ich glaube fast, Ciaran möchte tatsächlich etwas *trinken.* In dem Fall sollte ich ihn bitten, weiterzufahren, denn eine zweite Niederlage verkrafte ich nicht. Vielleicht ist er ja auch nur verständnisvoll und kommt lediglich mit, um mich in meiner Wohnung mit den entsprechenden Erklärungen abzuwimmeln.

»Portwein«, sage ich. »Einen alten Jahrgang.«

»Großartig.« Ciaran versetzt mir einen kleinen Stoß. »Worauf warten wir dann noch?« Er steigt aus, überreicht dem Fahrer einen Zehnpfundschein und kommt hinter mir her. »Der alte Jahrgang hat den Ausschlag gegeben«, murmelt er an meinem Ohr, während ich nach meinem Schlüsselbund krame. »Wenn du nur normalen Port gehabt hättest, wäre ich nach Hause gefahren.« Da er anschließend an meinem Nacken knabbert, glaube ich, dass das gelogen war.

Im Wohnzimmer schalte ich die kleinen Fußbodenlampen ein. Ciaran wirft sein Jackett auf eine Sessellehne und folgt mir ins Esszimmer, wo ich dem Barschrank die Flasche Portwein entnehme.

»Ich wollte dich schon neulich nach diesen Bildern fragen«, sagt er, indem er auf die Ölgemälde an der Wand deutet. »Sie heben sich sehr auffällig von deiner modernen Einrichtung ab.«

Ich ergreife die Flasche und zwei Gläser und trete neben ihn, um die strenge Miene des Herrn zu betrachten, der mir aus dem schweren Goldrahmen entgegenstarrt. Der Künstler hat sogar die Stelle gemalt, an der die steife Krause den Hals des Herrn aufgescheuert hat.

»Ach, das ist einer meiner Vorfahren«, erkläre ich. »Lass uns ins Wohnzimmer gehen. Dort sitzt sich's bequemer.«

»Oh, tatsächlich?«, fragt Ciaran interessiert. »Mütterlicher- oder väterlicherseits? Was weißt du über ihn? Meine Großmutter hat mir alles über meine Familie erzählt. Sie wollte, dass ich erfahre, von wem ich abstamme.«

»Das hat meine auch gewollt, aber ich habe ihr nie richtig zugehört.« Ich zeige auf das Bild eines jungen Mädchens mit Haube und langem, bauschigem Rock. »Das war seine Frau.«

»Ich glaube, da irrst du dich«, murmelt Ciaran. »Das Bild gehört zu einer ganz anderen Epoche. War sie denn so viel älter als er?«

»Kann sein. Was weiß ich? Willst du nun ein Glas Portwein,

oder nicht? Wenn du möchtest, lege ich uns etwas Musik auf. Wie wär's mit Nina Simone?«

»Was du magst.« Ciaran zuckt die Achseln. Er nimmt mir ein Glas ab. Im Wohnzimmer lässt er sich zu meinem maßlosen Entsetzen auf dem Sessel nieder, auf den er sein Jackett geworfen hat. Fast fällt mir der Portwein aus der Hand. Offenkundig hat seine Mutter vergessen, ihm beizubringen, dass es äußerst flegelhaft ist, eine Dame allein auf dem Sofa Platz nehmen zu lassen. Es wirkt so aufdringlich, wenn man den Mann bitten muss, sich zu einem zu setzen! Ich bin sehr beleidigt. Wenn er glaubt, ich tue den ersten Schritt, hat er sich geschnitten. Ich schenke ihm stumm Portwein ein.

»Ich fand deine Wohnung letztens schon toll. Du hast sie super eingerichtet.« Ciaran wirft einen bewundernden Blick in die Runde.

»Nicht ich, sondern ein Innenarchitekt hat das getan. Hier sind die Schlüssel und da ist das Geld, habe ich gesagt, und bingo, schon stand alles so, wie du es jetzt siehst.«

»Hat er dir von Blumen abgeraten?« Ciaran nippt an seinem Portwein, wobei er mich nicht aus den Augen lässt.

»Keineswegs.«

»Wo sind denn dann die Sonnenblumen gelandet, die ich dir geschenkt habe? Ich sehe sie nirgendwo.«

»Oh, das tut mir Leid. Du musst mich für sehr undankbar halten ... Ich musste deine Blumen leider Julie schenken. Lily hat eine Sonnenblumenallergie. Du hättest sie sehen sollen, als ich deinen Strauß mit nach Hause brachte! Ich habe mir aber eine kleine Erinnerung aufbewahrt.« Ich zeige auf die zwei blütenlosen Stängel, die ohne ihren leuchtenden Kopfschmuck ziemlich verloren und kümmerlich in einer Vase stehen.

»Ich dachte schon, ich hätte die Situation vielleicht falsch eingeschätzt.« Die Situation falsch eingeschätzt? Was gibt's denn da noch falsch zu verstehen? Ich hocke hier wie die schmachtende Heldin eines Romans aus dem vorletzten Jahrhundert, die darauf wartet, dass ihr quer durch den Salon ein heißer Blick zugeworfen wird!

»Ganz bestimmt nicht.« Ich wähle meine Worte mit Bedacht. »Deine Blumen waren das einzig Nette, was mir in dieser Woche widerfahren ist.«

»Das *einzig Nette*?« Ciaran stellt sein Glas ab und erhebt sich. Bitte, bitte, geh nicht weg! Tu mir das nicht an! Ich werde auch umgehend nach einem besseren Ausdruck suchen.

»Ja«, flüstere ich.

»Netter als das, was eben im Taxi geschah?« Er macht ein paar Schritte auf mich zu.

»Ich weiß nicht …«, murmele ich hilflos. Ich spüre, dass die Hitze in mir aufsteigt. Ciaran steht vor mir und zieht mich zu sich hoch. Meine Hände zittern.

»Auch netter als das?« Er küsst mich auf den Hals. »Oder das?« Mein linkes Ohr. »Oder das?« Mein rechtes Ohr. »Oder das?« Seine Lippen streichen über mein Ohr und nähern sich meinem Nacken. Ich werde ihn Columbus taufen müssen, denn er hat eben eine neue erogene Zone entdeckt. Gerade als ich befürchte, dass meine Beine unter mir nachgeben, nimmt er meine Hand und führt mich in Richtung Schlafzimmer.

»Wir lassen uns aber Zeit, nicht wahr?«, flüstere ich.

»So viel Zeit wie du willst«, flüstert er zurück. »Vergiss nicht, dass ich Katholik bin, mein Schatz. Wir wissen, was Andacht bedeutet.«

Samstag, 21. Oktober

(Noch 24 Tage Galgenfrist – Schalter vorübergehend geschlossen.)

Ich werde von einem Türschlagen wach. Durch die Vorhänge, die ich gestern Abend noch blitzschnell zugezogen habe, flimmert Sonnenlicht. Ich reiße die Augen auf und schaue auf das Kopfkissen neben mir. Es ist leer. Ist er etwa weg? Mein Magen verkrampft sich. Ich werfe einen Blick auf den Fußboden, wo Ciaran letzte Nacht seine Sachen fallen gelassen hat. Auch weg. Mit einem Schlag sitze ich senkrecht im Bett. In meiner Panik will ich laut schreien, doch da öffnet sich die Schlafzimmertür und Ciaran tritt mit einem Tablett herein.

»Guten Morgen«, begrüßt er mich, stellt das Tablett auf dem Nachttisch ab und gibt mir einen Kuss. Die Leuchtzahlen auf meinem Wecker zeigen zehn Uhr an. Das heißt, dass wir vier Stunden geschlafen haben. »Ich dachte, ich springe kurz runter und besorge uns ein paar frische Croissants. Und natürlich deinen heiß geliebten Caffè Latte.« Er nimmt meinen Morgenmantel vom Türhaken und hält ihn mir hin. »Zieh dir was über, sonst schaffe ich es nie, von hier fortzukommen.« Er lächelt und betrachtet meine Brüste. »Zu viel Ablenkung.«

Fortkommen? Wohin?

»Musst du weg?«, frage ich so beiläufig wie möglich, während ich ein Croissant aufbreche. Mein Gaumen ist extrem trocken geworden. Was hat er vor und wie soll ich das verstehen? War die letzte Nacht lediglich eine einmalige Angelegenheit?

»Dummerweise ja. Ich bin zum Wochenende bei Freunden

eingeladen, die ich seit New York nicht mehr gesehen habe. Sie wohnen in Sussex. Ich hatte ihnen versprochen, bis Mittag bei ihnen zu sein, was ich jetzt schon nicht mehr schaffe.« Er wirft mir einen forschenden Blick zu. »Ich möchte sie nicht enttäuschen, zumal ich der Patenonkel ihres Jungen bin. Ich vergesse das Kind schon häufig genug. Das verstehst du doch, oder?«

Ich nicke stumm und versuche zu lächeln. Bleib ganz ruhig, Trixie. Zeig ihm nicht, wie elend du dich fühlst.

»Sieh mal«, fährt Ciaran fort, »das mit letzter Nacht war nicht eingeplant.« Was soll denn das schon wieder heißen? »Es ist einfach so passiert. Versteh mich nicht falsch – ich bin froh, dass es so gekommen ist. Ich wollte das von Anfang an – seit ich den Kaffee auf deinen Rock geschüttet habe.« Das hat er schön gesagt. Ich spüre, wie mein Lächeln sich erwärmt und sich auf meinem Gesicht ausbreitet. Er haut also nicht einfach ab. Ich glaube, seine Entschuldigung kann ich gelten lassen.

»Das geht in Ordnung«, erkläre ich schließlich. »Ich habe selbst auch schon was vor.« Mist. Das war die falsche Antwort. Ciarans Miene bewölkt sich. Ich muss die Scharte auswetzen. »Ich hätte natürlich abgesagt, wenn du keine eigenen Pläne gehabt hättest.« Ich zupfe die Bettdecke zurecht, woraufhin wie durch Zufall mein nackter Schenkel aufblitzt.

»Tu das nicht«, bittet Ciaran. »Du machst mich sonst verrückt, Trixie! Ich kann nicht noch später ankommen.«

»Ich habe eine Idee! Ich stelle einfach die Uhr zurück. Dann schaffst du es pünktlich.« Ich lehne mich aus dem Bett und drücke den Knopf auf dem Wecker, bis er auf neun Uhr springt. Dabei enthülle ich ein großes Stück nackten Rücken.

»Hm. Interessant«, murmelt Ciaran. Die Sache scheint ihm einzuleuchten.

»Wir könnten uns auch nach amerikanischer Uhrzeit richten.« Die Zahlen huschen zurück. »Die Umstellung dauert zuweilen länger als man denkt.«

»Drüben ist es fünf Stunden früher.« Ciaran tritt näher ans Bett. Als der Wecker auf fünf Uhr steht, ziehe ich ihn zu mir herunter. »Tja, wenn ich nun schon mal hier bin«, sagt er, »sollte ich den Zeitunterschied vielleicht lieber nutzen.« Und das tut er dann auch ausgiebig.

Anschließend liegen wir umschlungen da und reden einfach nur. Ich erfahre, dass er Geschwister hat, wir plaudern über vergangene Beziehungen, erzählen uns, was wir auf eine einsame Insel mitnehmen würden und was unsere Lieblingsspeisen sind. Drei Stunden später machen sich bei Ciaran jedoch eindeutig Gewissensbisse bemerkbar. Er muss definitiv los. Er verspricht, sich am nächsten Tag zu melden, doch ich winke großmütig ab und ermuntere ihn, sich auf seine Freunde und sein Patenkind zu konzentrieren. Ciaran soll erkennen, dass ich keine lästige Freundin bin. Freundin! Hm. Ciarans Freundin. Klingt schön. Leider weiß ich auch, dass eine Liebesnacht noch keine Beziehung bedeutet.

Ich schaue zu, wie Ciaran seine Sachen einsammelt und sich ankleidet. Ich genieße das Gefühl der Intimität, das mir die Situation vermittelt. Zum Schluss reiche ich ihm seine Armbanduhr, die er als Mahnmal an die wirkliche Zeit auf dem Nachttisch liegen gelassen hat. Ciaran küsst mich sanft, wünscht mir einen erfolgreichen Aufenthalt in New York und verspricht, mich anzurufen.

»Ich wünschte, ich müsste nicht fort«, seufzt er. »Aber ich rufe dich an. Ehrlich.« Er küsst mich erneut. »Und nicht nur einmal.« Er reißt sich los und verschwindet. Ich höre, wie die Haustür mit einem lauten Knall ins Schloss fällt. Es kommt mir vor, als würde ich anschließend stundenlang reglos daliegen. Jeden gemeinsamen Augenblick lasse ich noch einmal Revue passieren und denke über das nach, was Ciaran gesagt hat und was ich daraufhin geantwortet habe, bis ich zuletzt wieder einschlafe.

Ich träume von Ciaran. Dieses Mal trägt er keine Ritterrüstung, sondern liegt auf der Couch eines Psychiaters. Er versucht, sich über Beziehungen klar zu werden, und debattiert über die uralte Frage, wann der richtige Zeitpunkt ist, eine Frau nach einer gemeinsam verbrachten Nacht wieder anzurufen.

Der Psychiater sieht Sigmund Freud täuschend ähnlich. (Für Träume, finde ich, sollte man sich immer die besten Kandidaten auswählen. Außerdem verlangen geträumte Leute kein Honorar.) Sigmund Freud sitzt steif und aufrecht auf einem schwarzen Ledersessel und betrachtet Ciaran nachdenklich.

»Tja«, beginnt Freud schließlich, »wann rufen Sie denn Frauen nach einem ersten Date normalerweise an?«

»Das hängt davon ab, wie scharf ich auf sie bin«, erwidert Ciaran. »Wenn ich echt scharf bin, warte ich eine Woche und lasse sie solange zappeln.«

»Hm«, macht Sigmund Freud. »Und was ist, wenn die Frau Sie anruft?«

»Kann ich nicht leiden. Dann habe ich Angst, dass sie als Nächstes Kinder bekommen will.«

»Aha. Sie haben davor Angst, obwohl Sie mit ihr im Bett waren.«

»Gerade dann muss man höllisch aufpassen. Frauen glauben dummerweise, dass beim Sex Gefühle eine Rolle spielen. Sie gehen davon aus, dass danach etwas Dauerhaftes entsteht.«

»Und was ist mit Trixie?«

»Tolle Frau! Wunderschön und sehr klug. Ich bin furchtbar gern mit ihr zusammen.«

(Das ist immerhin *mein* Traum.)

»Werden Sie sie anrufen?«

»Weiß ich noch nicht. In der Bank sehe ich sie ja sowieso.«

»Diese Woche ist sie aber nicht in der Bank, sondern in New York.«

»Ja, aber hinterher sehe ich sie automatisch wieder. Sie kommt ja zurück.«

»Haben Sie ihr denn nicht versprochen, Sie anzurufen? Sogar in New York? Sie werden Trixie wehtun, wenn Sie sie hängen lassen. Finden Sie das richtig? Glauben Sie nicht, Trixie hätte etwas Besseres verdient?«

(Klasse Typ, dieser Sigmund Freud.)

»Keine Ahnung. Trixie kennt das Spiel genauso gut wie ich. Außerdem geht es ihr zurzeit lediglich um ihre Karriere. Mal sehen, wie sich die Dinge so entwickeln, wenn sie wieder in London ist.«

(Wie bitte???)

Mit einem Schlag bin ich wach. Auf meinem Wecker ist es eins, aber ich bin mir nicht mehr sicher, nach welcher Zeitzone er sich richtet. Vermutlich ist es bereits sechs. Im Zimmer ist es dunkel, und durch den Spalt im Vorhang erkenne ich, dass es draußen Nacht geworden ist. Ich ziehe meinen Morgenmantel enger um mich und greife nach dem Telefon.

»Julie«, sage ich. »Ich habe gerade einen Albtraum gehabt. Du musst sofort herkommen. Das wird ein Zwei-Flaschen-Gespräch.«

»Sag bloß nicht, es geht um Ciaran, und du hast wieder deinen Sigmund-Freud-Traum gehabt!« Wie gut sie mich kennt! »Na, okay, in einer Stunde bin ich da.«

Die Stimme der Vernunft erscheint in einer neuen Wolljacke und einer neuen Lederhose, was den Beginn unserer Unterhaltung leicht verzögert. Ich muss Julies Outfit erst auf seine Qualität hin überprüfen und mir die Einzelheiten ihres Einkaufsbummels schildern lassen.

»Ich habe mir schon so was gedacht«, behauptet Julie anschließend. »Spätestens, als du nicht bei Joe's aufgetaucht bist.« Sie scheint jedoch nicht sauer zu sein, denn ihre Augen funkeln fröhlich. »Los«, drängt sie, »spuck's aus.«

Ich erzähle Julie alles haarklein. Mittendrin fängt sie an, *Que sera, sera* zu summen.

»Was habe ich mit Doris Day zu tun?«, frage ich gekränkt. »Ich wüsste nicht, dass ich sie irgendwann erwähnt hätte.«

»Kam mir einfach so in den Sinn. Ich finde, es passt. Wenn aus euch was wird, geschieht das nämlich von allein, Trixie. Oder glaubst du, dass du auf die Liebe Einfluss nehmen kannst? Meine Güte, du weißt doch selbst, wie solche Geschichten verlaufen.« Besänftigend fügt sie hinzu: »Allerdings sind nicht alle Männer wie Sam. Ciaran ist bestimmt nicht so. Er ist keine Ratte. Wenn du dir so was ausmalst, würdest du Sam erlauben, dein ganzes Leben zu ruinieren, und das willst du doch nicht, oder? Ciaran ruft bestimmt an. Aber er wird das von sich aus tun, nicht weil Sigmund Freud ihn dazu ermuntert hat.«

Julie hat Recht. Ich komme mir ziemlich albern vor.

»Ich werde vollkommen gelassen sein«, verspreche ich Julie. »Es ist nur – weißt du, es ist das erste Mal seit Sam, dass ich wieder etwas für jemanden empfinde, und deshalb will ich nicht, dass es schief läuft.«

»Es wird nur schief laufen, wenn du ein Drama draus machst, glaub mir.« Wie habe ich es nur geschafft, an eine dermaßen kluge Freundin zu geraten? Es stimmt hundertprozentig, was sie sagt, ich habe mir gänzlich unnötig Sorgen gemacht. Aber damit ist jetzt endgültig Schluss.

»Jetzt raus mit der Sprache«, fährt Julie fort. »Ich will alles wissen. Hat er was getaugt?«

O Gott, o ja – und wie er was getaugt hat!

Montag, 23. Oktober

(Noch 22 Tage Galgenfrist – wie ich mich auf den Weg mache, den Big Apple zu erobern.)

Ich widerstehe allen Versuchungen, meine Reise nach New York abzusagen, wobei ich mir zwei ausschlaggebende Faktoren vor Augen halte. Erstens, sage ich mir, macht Distanz die Sehnsucht größer, und zweitens mögen die Straßen von London zwar ganz nett sein, aber in New York gibt es mir noch unbekannte Läden.

Punkt elf hält das Taxi vor meinem Haus. (Ich habe Jim weisgemacht, ich müsste bereits um neun aufbrechen, weshalb es wenig Sinn machen würde, vorher noch in der Bank aufzutauchen.) Der Taxifahrer verfrachtet mein Gepäck, meinen Laptop und mich zum Terminal drei des Flughafens Heathrow, wo ich ruckzuck einchecke, um anschließend noch ein Ründchen durch die zollfreien Einkaufspassagen zu drehen. Danach begebe ich mich zur Lounge für die Passagiere der ersten Klasse.

Dort steuere ich schnurstracks die Bar an und schwinge mich auf einen der cremefarbenen Hocker. Ich bestelle mir ein Glas Champagner. Danach lasse ich meine Blicke über die Wartenden schweifen, um festzustellen, ob noch weitere Citybanker unterwegs sind. Ich nicke zwei Typen zu, die ich vom Sehen kenne. Sie arbeiten für eine deutsche Bank und sind auf dem Weg zu den kleinen Arbeitsnischen. Ich studiere die Gesichter der anderen Passagiere. Vielleicht befinden sich ja potenzielle Kunden darunter. Igitt, wie eklig! Auf einem roten Sessel hockt ein Kerl, der sich mit seinem kleinen

Finger in der Nase bohrt. Nie im Leben würde ich mit so jemandem Geschäfte abschließen, da könnte er der Sultan von Brunei sein. Wenn der im Flugzeug neben mir sitzt, werde ich ihm weder die Hand reichen noch irgendetwas anrühren, das er angefasst hat. Im Falle eines Unglücks werde ich nicht einmal die Sauerstoffmaske mit ihm teilen, lieber sterbe ich.

Ich nippe an dem Champagner und knabbere an einem der Sushi-Röllchen, die auf der verchromten Theke angerichtet worden sind. Hm. Ich glaube, da sitzt ein Mensch mit Kundenpotenzial. Der Bursche hat strähniges, langes Haar, trägt dicke Brillengläser und ist mit ausgebleichten Jeans, Turnschuhen und einem schmuddeligen T-Shirt bekleidet. Sieht echt unmöglich aus. Wie besessen rasen seine Finger über die Tasten seines Laptops, den er an eine Steckdose im Fußboden angeschlossen hat. Internet-Freak, New-Economy-Kandidat. Braucht vielleicht Geld, um sich selbstständig zu machen. Ich werde mich mal unauffällig an ihn ranschleichen.

Ich wühle in der Handtasche, um meine Brille hervorzukramen. Es ist zwar nur eine Fensterglasbrille, doch die Leute finden, dass sie mir einen intellektuellen Anstrich verleiht und mich jüngferlich erscheinen lässt. Na ja, so jüngferlich halt, wie eine Frau mit meinem Aussehen überhaupt wirken kann.

Gerade habe ich den blassrosa Lippenstift gefunden, als ein Fettsack auf mich zugeschwabbelt kommt und sich ächzend auf den Hocker neben mir hievt. Ich fasse es nicht. Solche Typen erblickt man sonst nur auf Ferienpostkarten aus Badeorten, wo sie mit belämmerter Miene auf einer Waage stehen, die ihrerseits um Hilfe ruft. Während er sich auf dem Hocker zurechtrückt, rinnt ihm der Schweiß von der Stirn. Schwer atmend bestellt er sich einen doppelten Gin Tonic.

»Prost«, sagt er anschließend und hebt mir das Glas entgegen. An seinen Wurstfingern prangen peinliche Siegelringe, und unter der Manschette blitzt ein schweres Goldarmband mit breiter Namensplakette auf. Wenn er durch die Sicherheitskontrolle geht, schrillen wahrscheinlich tausend Alarmanlagen.

Ich nicke ihm stumm zu und gebe der Bardame ein Zeichen, mir ein zweites Glas Champagner auszuschenken.

»Na, junge Frau, wohin soll die Reise denn gehen?«, fragt der Typ. Mist. Er hängt mir so dicht auf der Pelle, dass ich beim besten Willen nicht so tun kann, als wüsste ich nicht, dass er mit mir redet. Ihn einfach zu ignorieren ist auch nicht drin. Wie denn, wenn ich das Gefühl habe, dass unter ihm der Fußboden nachgibt und ich auf meinem Hocker um Gleichgewicht kämpfen muss?

»New York. Manhattan. Geschäftlich.«

»Sieh an, genau wie ich. Und in welcher Branche, wenn ich fragen darf?«

»Bank. Ich arbeite in der City.« So, und nun rutsch mir den Buckel runter. Ich habe keine Lust, mich zu unterhalten.

»Na, so was! Ich bin in der Lebensmittelbranche.« Ach wirklich? Darauf wäre kein Mensch gekommen. »Will mal sehen, ob ich drüben an die großen Konzerne rankomme, saftige Geschäfte abschließe und so weiter.« Er winkt eine der Kellnerinnen herbei und bestellt sich einen Nudelteller mit Eiern, Pilzen und Kastanien. »Hab heut Morgen das Frühstück verpasst«, erklärt er. »Bin schon ganz wacklig auf den Beinen.« Logisch, wenn man so wenig zuzusetzen hat. »Jimmy Munroe«, fügt er hinzu und hält mir seine Hand hin.

»Trixie.« Ich reiche ihm meine Hand, die in seiner verschwindet.

»Trixie, und wie weiter?«

»Ach, das ist eine längere Geschichte. Meine Kollegen nennen mich Trixie Trader, doch in Wirklichkeit heiße ich Trixie Thompson-Smythe.«

»Trixie Trader? Klingt nach Aktienhandel.«

»Eigentlich nicht. Der Name bot sich nur so an. Aus Gründen der Alliteration.« Ich sehe, dass sein Blick leer wird. »Ich helfe Unternehmen, Kapital aufzunehmen. Durch Obligationen.«

»Also doch Aktien.« Mann, bleib bei deinen Lebensmitteln und nerv mich nicht.

»Nicht ganz. Ich berate Unternehmen und erkläre ihnen, wie man Geld über Eurobonds aufnimmt. Das ist so ähnlich, wie wenn der Staat Geld über Prämienanleihen erhält. Allerdings variiert die Verzinsung der Prämienanleihen nicht, sodass sie zu einem festgelegten Zeitpunkt als fixe Beträge ausgezahlt werden. Andererseits bedeuten natürlich auch Eurobonds eine fixe Verzinsung und werden nach einer vorgeschriebenen Laufzeit fällig, doch in ihrem Fall sind hinter den Kulissen gewisse Varianten möglich.« Ich hole Luft.

»Wie viel können die aufnehmen?« Jimmy legt seinen Kopf zurück und wirft sich eine Hand voll Cashewnüsse in den Mund. »Die Unternehmen, meine ich.«

»Das hängt davon ab. Ein solides Unternehmen kann Milliarden aufnehmen. Unter Umständen auch mehr.« Jimmys Brauen wandern in die Höhe. Er betrachtet mich mit neuem Respekt. Ich glaube, ich muss ihm nicht unbedingt auf die Nase binden, dass ich noch kein einziges Milliardengeschäft abgewickelt habe. »In der Regel handelt es sich jedoch um Millionenbeträge.« Warum verklickere ich diesem Fresssack das? »Alles, was darunter liegt, ist für mich nicht attraktiv und wird zu kompliziert. Die meisten Investoren interessieren sich für große Kapitalvolumen, um über entsprechende Handlungsspielräume zu verfügen.«

»Aha. Vielleicht sollten Sie mir mal Ihre Visitenkarte geben.« Jimmys Augen glitzern begierig. Hilfe! Er wird sich doch nicht etwa an mich ranmachen wollen?

Ich fahnde in meiner Handtasche nach dem Etui mit meinen Visitenkarten und überreiche ihm eine. Er studiert sie beflissen, ehe er sie in seiner Jackentasche verstaut.

»Das heißt, wenn ich Geld aufnehmen will, wende ich mich einfach an Sie, richtig?«

»Richtig. Möchten Sie Geld aufnehmen?«

»Ich nicht. Aber vielleicht mein Freund, dem die Firma gehört, für die ich arbeite. Eigentlich sollte er hier sitzen und nach Amerika fliegen, doch dummerweise leidet der Knabe unter Flugangst. Deshalb muss ich mich wohl oder übel auf die Socken machen. Ich bin sozusagen seine rechte Hand.«

Jimmy reckt seine fette rechte Hand in die Luft. »Na ja«, setzt er hinzu, »auf die Patschhand kann man sich ja auch verlassen.« Ich lache höflich.

»Apropos verlassen«, sage ich, »da fällt mir ein, dass ich noch einen Termin bei der Flughafenkosmetikerin habe.« Ich werfe einen Blick auf meine Armbanduhr. »Ach du liebe Zeit! Und das in genau zwei Minuten. Leider, leider muss ich mich verabschieden.« Jimmy schmollt ein wenig, doch da erscheint der Nudelteller, und Jimmys Blick wird wieder fröhlich. »Ich hoffe, wir sehen uns später im Flugzeug«, lüge ich.

»Na, wer weiß, vielleicht sitzen wir ja sogar nebeneinander«, erwidert Jimmy, während er seine Gabel in die Nudeln sticht und zu drehen beginnt. »Ich habe Sitz 1A. Und Sie?«

»Keine Ahnung. Tut mir Leid – ich muss mich sputen. Kosmetikerinnen werden sehr ungehalten, wenn man sie warten lässt. Bis nachher.« Ich flitze in Richtung Schönheitssalon. Hoffentlich kann ich mich irgendwo dazwischendrängen. Vorher muss ich aber unbedingt noch meinen Boarding Pass checken und mir im Notfall einen neuen Platz geben lassen.

Montag, 23. Oktober

(Noch 22 Tage Galgenfrist – jetzt tickt die Uhr nach amerikanischer Zeit.)

Ich lande auf dem Kennedy-Flughafen, ohne Jimmy, dem Michelin-Mann, noch einmal begegnet zu sein. Das heißt, vor dem Start habe ich ihn auf dem Weg zu meinem Sitzplatz gesehen, doch da war er bereits dabei, den Inhalt einer Erdnusspackung in seine Patschhand zu schütten, und nahm von mir keinerlei Notiz.

Ich glaube, ich sollte das an dieser Stelle einmal klarstellen: Ich habe nichts gegen Dicke. Sie bedrücken mich lediglich, weil sie schlimme Erinnerungen in mir wachrufen. Wahrscheinlich mache ich sie nur wie in einer Abwehrreaktion madig. Trotzdem, sieben Stunden neben einem fetten Unbekannten zu sitzen, ist eindeutig zu viel verlangt. Ich weiß nicht, wer von uns beiden am Ende unglücklicher gewesen wäre, der Dicke oder ich.

Bereits eine Stunde nach meiner Landung komme ich im New Yorker Palace Hotel an, das sich an der Ecke Madison Avenue und Fünfzigste Straße befindet. Ich marschiere durch den Haupteingang und biege nach rechts ab, um zu dem exklusiveren The Towers zu gelangen, dem »Hotel im Hotel«, wie es in der Werbebroschüre heißt.

Julie hat mir dieses Hotel empfohlen. Sie hat hier während ihrer letzten Geschäftsreise gewohnt und geschworen, dass es ganz nach meinem Geschmack sein wird. Wahrscheinlich hatte sie wieder mal Recht, denn zum einen gehört das Hotel zur Weltspitzenklasse und zum anderen liegen die schärfsten

Modeläden nur wenige Minuten davon entfernt. Julie hat mir ebenfalls geraten, mir ein Zimmer in einem Stockwerk mit ungerader Zahl reservieren zu lassen, was ebenfalls ein Supertipp war. Dort sind die Suiten nämlich nach Art-Déco eingerichtet, während die an den anderen Fluren langweilig-uralt möbliert und plüschig sind.

Ich fange gerade an, mich in meiner »exquisit ausgestalteten« Suite breit zu machen, als der Türsummer ertönt. Als ich die Tür öffne, habe ich eine Vision. Sie besteht aus einem blonden Adonis in Hoteluniform. Er verspricht, während meines Aufenthaltes alles für mich zu tun, um selbigen so angenehm wie möglich zu machen. *Alles?* Werden die Einzelheiten später mit auf meine Gesamtrechnung gesetzt? Ich weiß nicht, ob Brenda mir »intime Dienstleistungen« durchgehen lassen würde.

Der Adonis holt mich jedoch rasch auf den Boden der Tatsachen zurück, denn er fügt hinzu, sein Name sei Sebastian und seine Funktion die eines Butlers. Damit dürfte die Sache geklärt sein, denn so toll ich es finde, einen eigenen Butler zu besitzen, so weiß ich doch vom Fernsehen, dass es jemandem wie ihm an zwischenmenschlicher Wärme gebricht. Schade. Du solltest dich schämen, Trixie! Denk an Ciaran. Das ist der Mann, mit dem du die Nacht von Freitag auf Samstag verbracht hast. Wobei mir einfällt, dass dieser Mann mich anrufen wollte.

»Sind schon irgendwelche Nachrichten für mich eingegangen?«, erkundige ich mich bei Sebastian. Er öffnet eine schwere Ledermappe und entnimmt ihr mehrere Hotelformulare, die er mir mit einer kleinen Verbeugung überreicht. Ich überfliege hastig die Seiten. Anrufe von Jim, von Julie – eine ausführliche Notiz über einen dringenden Anruf von Lily, in der mir die Vorzüge einer Kundenkarte aus dem Supermarkt erklärt werden (darüber wird sich die Telefonistin sehr gefreut haben, vermute ich), und eine Nachricht von Candice. Candice ist die erste Kundin, mit der ich verabredet bin. Sie gehört zu Ciarans Empfehlungen.

»Oh!« Ich bin maßlos enttäuscht und werfe Sebastian einen betrübten Blick zu. »Ich muss den Tisch im Le Cirque stornieren. Offenbar möchte meine Kundin woanders essen gehen. Sind in Amerika Diners wieder angesagt?« Sebastian verneint und bedauert, dass mir nun ein einzigartiges Speiseerlebnis entgeht. Tja, aber was soll ich machen, wenn meine Kundin mir ausrichten lässt, dass ihr ein Hamburger genügt?

»Serviert man in Diners alkoholische Getränke?«, erkundige ich mich.

»Das ist unterschiedlich«, erwidert Sebastian. »In der Regel jedoch nicht.«

Wie bitte? Ich trage ihm auf, mir einen Flachmann mit Wodka zu besorgen. Damit werde ich unauffällig meinen Orangensaft mixen. Sebastian nickt mit unbewegter Miene und beginnt anschließend mit einer Führung durch mein Boudoir. Hier die Minibar. Dort das Telefon mit dem Doppelanschluss. Die Minibar. Faxgerät. Minibar. Drucker und Scanner. Minibar. Safe für den Laptop. Minibar. Ich weiß nicht recht, was es mit der Minibar auf sich hat. Ob Sebastian mir damit etwas Bestimmtes sagen will? Oder konzentriert sich mein Verstand von allein auf das Wesentliche?

Sebastian macht Anstalten, sich zu verabschieden. Zuvor überreicht er mir jedoch noch einen kleinen Stapel persönlicher Visitenkarten, auf denen die Hoteladresse mit Telefon- und Faxnummer steht. Klasse. Auf diese Weise werden meine New Yorker Kontakte wissen, wie und wo ich zu erreichen bin. Sebastian verspricht, binnen einer Stunde mit meinem gefüllten Flachmann zurück zu sein. Das lässt mir gerade genug Zeit, um auszupacken, meine Garderobe im Bad aufzuhängen und zu duschen, damit der Dampf die Knitterfalten aus den Stoffen entfernt. Danach werde ich mich auf die Socken machen, um mich mit Candice zu treffen. In Soho. Hm. Da ist man nun tausend Meilen von London entfernt und trotzdem bleibt alles beim Alten.

Als das Taxi vor der Adresse hält, die Candice angegeben hat, bitte ich den Fahrer, sich noch einmal zu vergewissern, ob wir tatsächlich richtig sind. Vor mir liegt nämlich eine absolut grauenhafte Spelunke. Durch die schmierigen Scheiben erkenne ich Resopaltische und rote Papierservietten. Die Kellnerinnen laufen mit großen Kaffeekannen umher, tragen rosafarbene Nylonkittel und weiße Söckchen. Der Taxifahrer ist leider felsenfest davon überzeugt, dass es sich um die gesuchte Adresse handelt. Resigniert steige ich aus und steuere auf die Eingangstür zu. Als ich Candice unseren Termin am Telefon bestätigte, erklärte sie, sie würde einen roten Blazer tragen und eine Ausgabe von Kerouacs *Unterwegs* in der Hand halten. Ich sagte ihr, sie solle auf jemanden im Armani-Kostüm achten.

Als ich eintrete, wenden sich alle Köpfe zu mir um. Das bin ich zwar gewohnt, doch angesichts dieser Blicke läuft es mir kalt über den Rücken. Da lugen nämlich kleine, stechende Augen aus einem Gewirr von zotteligen Bärten und karierten Holzfällerhemden hervor. Fehlt nur noch Grizzly Adams. Allerdings kann ich weiter hinten im Raum noch eine zweite, ein wenig anders gestylte Gästegruppe ausmachen. Dort werden die rotgesichtigen Typen von bleichen Schwarzgewandeten abgelöst, die statt struppigem Haarwuchs glatt gegelte Haare tragen und die im Gegensatz zu den Fettsäcken ziemlich ausgemergelt sind.

Im Weitergehen glaube ich fast, bei der zweiten Gruppe handelt es sich um eine Schar Tuberkulöser. Doch anstatt unter glatten weißen Laken in eisernen Gitterbetten zu liegen, sitzen sie an wackligen Tischen mit abblätterndem Belag, schlürfen schwarzen Kaffee und ziehen fortwährend die Nase hoch.

Schlimm, die Sache mit den Nasen. Ein einziger Schniefchor. Wenn ich mir da mal bloß nichts einfange! Vorsichtshalber werde ich mir vor dem Schlafengehen noch einen heißen Rumpunsch mit einem großen Schuss Echinacin genehmigen. An einem Ecktisch entdecke ich einen roten Blazer. Ich nehme an, das ist Candice. Sie winkt mit einem Buch. Meine Güte, die hat es aber arg erwischt. Ihre roten Augen laufen wie Wasserhähne, und vor ihr auf dem Tisch sieht man noch die Spuren eines weißen Pulvers. Die Ärmste hat sich wahrscheinlich ein Grippemittel in den Kaffee gerührt. Kein Wunder, dass sie nicht ins Le Cirque gehen wollte, denn mit einem solchen Schnupfen hätte sie dort wahrscheinlich gar nichts geschmeckt. Ich an ihrer Stelle würde mich allerdings in einer etwas gesünderen Umgebung aufhalten.

Ich versuche, mich schnell noch mal daran zu erinnern, was Ciaran mir über Candice erzählt hat. Sie ist Finanzmanagerin und vor nicht allzu langer Zeit von einem zweijährigen Aufenthalt in Kolumbien zurückgekehrt. Letzteres erklärt vermutlich ihre Klamotten, die definitiv nicht den jüngsten Kollektionen entstammen. Candice erhebt sich und streckt mir eine knochige Hand entgegen. Igitt, sie hat ihre Fingernägel bis fast an die Wurzeln abgekaut. Und das in New York, wo man die billigsten Maniküren der Welt bekommt!

»Trixie?«, fragt sie. Ich nicke stumm. Liebe Güte, muss sie meine Hand denn unbedingt ewig drücken? Anschließend verstaut sie die abgegriffene Kultbibel in ihrer Handtasche. Ich hätte ihr sonst angeboten, sie in die Mülltonne zu tragen.

»Freut mich, Sie kennen zu lernen, Candice«, sage ich schließlich. »Ich habe schon viel von Ihnen gehört.« Mehr will ich mich nicht einschleimen, sonst hole ich mir noch den Tod.

»Wie wär's mit einem Kaffee?« Candice winkt eine Kellnerin herbei.

»Was darf's denn sein?«, fragt die mich gelangweilt, wobei sie nur kurz mit dem Kaugummikauen aufhört.

»Orangensaft«, antworte ich. »Frisch ausgepresst, wenn's geht.«

»Schätzchen, ich habe den Karton vor einer Stunde geöffnet. Frischer geht's nicht.« Sie lacht schrill, macht kehrt und stiefelt wieder fort.

»Möchten Sie etwas essen?«, erkundigt sich Candice. Hier? Ist sie wahnsinnig? »Die Omelettes sind prima. Von den Hamburgern würde ich heute abraten. Patsy« – sie zeigt auf die Kellnerin – »sagt, sie wären noch nicht ganz aufgetaut. Ich glaube, ich brauche noch einen Kaffee.« Sie hebt ihren leeren Becher hoch und wedelt damit in Patsys Richtung. »Mann«, sagt sie anschließend, »Sie sind also wirklich aus London hierher gekommen?« Ich nicke. »Junge, Junge, echt mutig.«

»Wieso? Leiden Sie etwa an Flugangst? Ciaran erzählte mir, Sie wären noch nicht lange aus Kolumbien zurück. Etwas Derartiges finde ich sehr viel mutiger, nach dem, was man von dort so alles hört.«

»Ciaran!«, seufzt sie. »Unser süßer Ire. Ist er noch immer nur mit seinem Job verheiratet?« Sie seufzt abermals und erzählt mir lang und breit, wie die Frauen sich Ciaran an den Hals geworfen haben, als er in Amerika war. »Leider hatte er kein Interesse«, sagt sie kichernd. »Eine Zeit lang dachte ich, er wäre schwul, doch er behauptete, schöne Frauen lägen ihm nicht, für ihn sei vor allem der Charakter wichtig. Glauben Sie, dass das eine das andere ausschließt?«

»Darüber habe ich mir noch nie Gedanken gemacht.«

»Hat er sich inzwischen mit jemandem eingelassen?«

»Das weiß ich nicht«, schwindele ich. »So gut kenne ich Ciaran nun auch wieder nicht. Er hatte lediglich erfahren, dass ich nach New York fliege, und mir daraufhin einige Kundennamen genannt. In Ihrem Fall wusste er allerdings nicht mehr genau, für wen Sie arbeiten.«

»Ach du liebe Zeit, da ist er aber wirklich nicht mehr auf dem Laufenden. Nach meiner Rückkehr habe ich bei einer Firma als Finanzdirektorin angefangen, doch irgendwie hat das nicht geklappt. Im Moment bin ich dabei, mich neu zu orientieren.«

So eine Scheiße. Mein erstes Kundenmeeting, und die Kundin ist Schrott. Ich schraube den Flachmann auf und kippe den Inhalt in meinen Orangensaft.

»Ciaran wusste demnach nicht, dass Sie arbeitslos sind?«, frage ich.

»Offenbar nicht. Wir haben schon seit geraumer Zeit keinen Kontakt mehr zueinander. Ich habe mich gewundert, dass er überhaupt meine Telefonnummer hat. Warum? Ist das wichtig, ob ich arbeitslos bin oder nicht?«

»Wichtig?«, wiederhole ich ungläubig und stelle meine Aktentasche auf den Tisch. »Na, immerhin habe ich Ihnen ein erstklassiges Angebot ausgearbeitet. Warten Sie, ich zeige es Ihnen.« Ich krame nach den von mir eigenhändig erstellten Unterlagen, aus denen hervorgeht, dass ich wie kein anderer in der Lage bin, jedes erdenkliche Geschäft abzuwickeln.

»Mann, seien Sie vorsichtig«, flüstert Candice. »Stellen Sie Ihre Aktentasche wieder auf den Boden! Jerry schaut bereits her.« Sie deutet auf einen bleichgesichtigen Typen in schwarzer Kluft, der zwei Tische weiter sitzt. »Man kann nie wissen, ob er sich für Charley interessiert oder ob er ein Ziviler ist.«

»Wer ist Charley? Sollte ich den kennen? Außerdem tue ich ja nichts Verbotenes.«

»Oh, ihr Briten! Ihr habt Nerven!« Candice entreißt mir meine Aktentasche und versteckt sie unter dem Tisch. »Ich halte es nicht mehr aus«, stöhnt sie. »Ich muss dringend zur

Toilette.« Sie fischt ihr Buch aus der Handtasche, springt auf und hastet von dannen. Typisch amerikanisch! Diese Leute müssen aus allem ein Drama machen. Ich werfe einen Blick in die Runde. Was Jerry betrifft, hat Candice jedoch Recht. Er beäugt mich zweifellos mit Interesse. Wahrscheinlich hat er noch nie jemanden in einem Armani-Kostüm gesehen. Nach einer Weile, in der ich Patsy mindestens hundert Mal erklärt habe, dass ich nichts mehr bestellen möchte, fange ich an, mir um Candice Sorgen zu machen. Schließlich begebe ich mich zur Damentoilette.

»Candice!«, rufe ich und klopfe an die verschlossene Tür der einzigen Kabine. Die Tür öffnet sich, ein klapperdürrer Arm fährt heraus, krallt mich und zerrt mich rein. »Aua!«, sage ich und reibe meinen Ellbogen. »Was soll das?« Das gibt bestimmt einen blauen Fleck. Candice kann von Glück sagen, dass es Herbst ist, und ich eine langärmelige Bluse trage, denn sonst würde ich jetzt ziemlich sauer reagieren. Ciaran wird mir einiges zu erklären haben, was diese durchgeknallte Tussi betrifft.

»Ich will nicht, dass uns jemand sieht. Haben Sie das Zeug dabei?«

»Selbstverständlich habe ich das«, erwidere ich kühl, greife in meine Aktentasche und ziehe die Unterlagen hervor. Ich drücke sie Candice in die Hand. »Hier. Meine Referenzen. Ich weiß zwar nicht, ob sie Ihnen unter den gegebenen Umständen etwas nutzen, doch für den Fall finden Sie dort alle notwendigen Einzelheiten.«

»Spinnen Sie?«, kreischt Candice. »Soll ich etwa was aus einem beschissenen Katalog bestellen?«

»Wie bitte?« Also wirklich. Die Lady mag ja eine Bekannte von Ciaran sein, aber trotzdem glaube ich langsam, dass sie nicht mehr ganz dicht ist. »Ich glaube, ich verstehe Sie nicht.«

»Dasselbe könnte ich behaupten. Wo ist die Ware? Sie haben gesagt, Sie wären an einem Deal interessiert.« Candice nestelt ihren Blazer auf und enthüllt einen Geldgürtel, der um ihren nackten Oberkörper geschlungen ist. Er macht einen prall gefüllten Eindruck. »Sie haben zwar keine Summen erwähnt, aber ich bin vorsichtshalber von ein paar Tausendern ausgegangen.«

»Ich weiß leider immer noch nicht, worum es hier geht«, erkläre ich dieser Verrückten, wobei ich verstohlen den Ring begutachte, den sie im Bauchnabel trägt. Sie muss ziemlich viel Zeit im Fitnessstudio verbringen, denn ihr Bauch ist flach wie ein Brett. Scheinbar sind hier auch stark hervortretende Rippen wieder modern.

»Sie haben gesagt, Sie kommen wegen eines Deals nach New York«, zischt Candice mich an. »Warum lassen Sie mich jetzt zappeln?«

Rums. Endlich fällt bei mir der Groschen. Kolumbien. Charley, Triefaugen, Deal ... Jetzt rattert und scheppert es in meinem Kopf sogar. Volltreffer, Jackpot, alle neune! Candice ist Junkie! Prima, toll – und ich stehe mit ihr im Klo, und draußen vor der Tür lauert Jerry. Raus hier! Hilfe! Wie konnte ich bloß so dusselig sein? Das muss am Jetlag liegen.

Panisch mache ich einen Schritt rückwärts und taste nach der Türverriegelung.

»Ich glaube, das war ein Missverständnis«, murmele ich. »Weiß Ciaran von Ihrer ...« – ich zögere, um den politisch korrekten Ausdruck zu finden – »Neuorientierung?« Candice schüttelt den Kopf. »Hm. Also, ich dachte, Sie würden sich noch immer auf dem Finanzmarkt bewegen.« Erneutes Kopfschütteln. »Da bin *ich* nämlich zu Hause. Ich deale mit Obligationen, nicht mit Charley.«

Candice starrt mich wortlos an, während ihre Augen überfließen. Sie ist wirklich klapperdürr. Für einen Moment überlege ich, ob ich mir ebenfalls eine Kokskur verordne, doch bei näherer Betrachtung kommen mir Zweifel. Ich glaube, es ist doch besser, sich mit Alkohol voll zu dröhnen.

»Alles klar?«, frage ich Candice freundlich. Sie nickt. »Es tut mir Leid, dass wir aneinander vorbeigeredet haben.«

Ich sperre die Tür auf. Candice ist auf dem Klodeckel zusammengesunken und schluchzt in ihre Hände. Ich würde ihr ja gern helfen, aber ich weiß beim besten Willen nicht, wie. Durch die Schluchzer hindurch höre ich, dass sie mich bittet, Ciaran nichts zu erzählen. Das verspreche ich. Anschließend durchquere ich eiligen Schrittes den Diner und winke mir auf der Straße ein Taxi. Höchste Zeit, mich zurück in die Zivilisation zu begeben. Höchste Zeit für einen Schluck aus der Minibar.

Dienstag, 24. Oktober

(Noch 21 Tage Galgenfrist – kann mir mal jemand erklären, wieso die Amerikaner als Finanzasse gelten?)

In der Zeit, in der ich mich mit der Drogensüchtigen abgab, hat Ciaran angerufen und Nachrichten auf meinem Anrufbeantworter hinterlassen. Den leuchtenden Signalknopf auf dem Telefon nahm ich jedoch erst wahr, als ich bei meinem Butler anklingelte, um mir ein doppelstöckiges Sandwich de Luxe zu bestellen. Vielen Dank, Sigmund Freud. Du hast prima Arbeit geleistet. Ciaran hörte sich nett an – glaube ich.

»Hallo, Trixie. Offenbar bist du nicht da. Okay. Ich wollte mich nur mal melden. Wie versprochen. Mir geht's gut. Ich hatte eine Menge zu tun. Die neuen Inflationsraten haben den Markt ziemlich aufgemischt. Bestimmt hast du das auch mitgekriegt. Oh, mein Gott! Was ich sage, hört sich total bescheuert an. Dabei wollte ich eigentlich nur sagen, dass es mir am Freitagabend gefallen hat. Okay?« Seine zweite Nachricht ist wenige Sekunden später eingegangen. »Das war ich übrigens. Ciaran. Tut mir Leid. Ich glaube, das hätte ich gleich am Anfang sagen sollen. Bisschen überheblich anzunehmen, das sei von vornherein klar gewesen. Ciao.«

Als ob ich beim ersten Anruf nicht gewusst hätte, um wen es sich handelte! Glaubt er, ich hätte ihn schon wieder vergessen? Inzwischen habe ich mir Ciarans Nachrichten unzählige Male angehört. Und zwar ganz genau. Ich habe auch seinen Tonfall analysiert. War da nicht ein tiefer Atemzug, ehe er loslegte? Klang er enttäuscht, weil ich nicht da war? »… wollte mich nur mal melden. Wie versprochen.« Wie soll ich das verstehen? War das nichts weiter als ein Pflichtanruf? Oder war es ihm ein Bedürfnis, mit mir zu sprechen? Hm. Am Freitagabend hat es ihm gefallen. Heißt das, dass es ihm am Samstagmorgen nicht mehr gefallen hat?

Nach einer Weile weiß ich wieder, weshalb ich ernsthaften Beziehungen aus dem Weg gehe. Das liegt nicht an Sam, wenngleich er dabei auch eine Rolle gespielt hat. In erster Linie hängt es jedoch mit diesem Paarungsritual und seinen seltsamen Vorschriften und Verhaltensnormen zusammen. Ich hasse es, in Ruhe abzuwarten, dann die Schritte und Taktiken meines Gegenspielers auszuwerten, mich vor der Umsetzung spontaner Einfälle zu hüten und weiß der Kuckuck was noch alles zu berücksichtigen. Ehrlich gesagt, empfinde ich das Ganze als eine reichlich qualvolle Prozedur.

Außerdem habe ich den Bogen trotz jahrelanger Übung noch nicht raus. Im Gegensatz zu Ciaran und allen anderen Mitgliedern der männlichen Spezies. Kann es denn wahrhaftig sein, dass Ciaran von Inflationsraten faselt und sich für einen netten Abend bedankt? Wie wär's mit einem kleinen »du fehlst mir« gewesen?

Zum Schluss übertrug ich seine Nachrichten Wort für Wort auf den Block meines Hotelbriefpapiers und studierte sie ausgiebig. Es half nichts. Derartige Botschaften kann man nur mit einer anderen Frau diskutieren. Ich rief Julie an. Wir brachten eine geschlagene Stunde damit zu, Ciarans Gestammel zu ergründen. (Jim wird hoffentlich nichts gegen die Rechnung einzuwenden haben. Es kann ja nicht in seinem Interesse liegen, dass ich nachts einsam und allein Nervenkrisen durchmache.) Julie schlürfte unterdessen mehrere Black Russians, während ich mein Sandwich verschlang, mich kreuz und quer durch die Minibar trank und eine Toblerone verputzte. Was soll's? Immerhin handelte es sich um eine Notsituation. Wir brachten dennoch kein klares Urteil zustande. Die Klägerseite (ich) machte geltend, dass für echte Zuneigung keine Beweise vorlagen, während die Verteidigung (Julie) dafür plädierte, dass der Anruf als solcher wie auch die Erwähnung des Freitagabends und der zögernde, unsichere Tonfall des Angeklagten als Zeichen der Zuneigung gewertet werden müssen. Der richterliche Beschluss steht noch aus.

Heute Morgen bin ich sehr stolz auf mich. Während ich den frisch gepressten Orangensaft trinke und ein Croissant esse, lese ich Ciarans Nachrichten nur ein einziges Mal durch. In der restlichen Zeit konzentriere ich mich auf meine Notizen für die anstehenden Kundengespräche. Ich habe insgesamt vier geplant. Fast wären es fünf geworden, aber ein Kunde hat letzte Woche abgesagt, und ich hatte keine Gelegenheit, mich um einen Ersatzmann zu kümmern. Das ist aber nicht so schlimm, denn meine Panik hat sich sowieso gelegt, seit ich das Geschäft mir Dr. Noriko in der Tasche habe. Trotzdem will ich einen guten Eindruck hinterlassen, sodass ich auch andernorts als zukünftige Geschäftspartnerin in Frage komme. Ich will zeigen, was in mir steckt. Genau.

Ich werde ein amerikanisches Netzwerk aufbauen, das mir einen stetigen Auftragseingang garantiert. Es wird verhindern, dass ich noch einmal in eine Situation gerate, in der man mir von einem Tag auf den anderen den Boden unter den Füßen wegziehen kann. Mein Londoner Netzwerk ist offenbar wieder intakt. Meine alten Kunden haben sich richtig gefreut, als ich mich bei ihnen meldete, und ein paar neue habe ich auch aufgetan. Leider werden sie in diesem Jahr keine Aufträge mehr vergeben, doch das ist nur logisch, wenn man bedenkt, dass das Jahr so gut wie zu Ende ist. Was das nächste Jahr angeht, bin ich äußerst zuversichtlich. Jims alte Trixie ist eindeutig wieder zum Vorschein gekommen.

Das erste Treffen läuft dummerweise nicht so gut. Bereits beim Betreten des Vorstandsbüros entdecke ich in einer

Silberschale jede Menge Visitenkarten. Bei den sechs Männern, die sich um den großen, ovalen Tisch gruppiert haben, scheint es sich außerdem um eine Jury zu handeln, die über einen Schlagerwettbewerb entscheidet. Ich bin nur eine von vielen Interpreten und Interpretinnen, die der Reihe nach antanzen, um ihr Liedchen vorzusingen. Wir werden alle unser Bestes geben. Anschließend zieht sich die Jury zurück und bestimmt, wer der glückliche Sieger ist. Schade. Ich hatte gehofft, den Leuten wäre an der Ausweitung ihrer Bankkontakte gelegen. Das scheint aber nicht der Fall zu sein. Offenkundig sucht man nur einen großen Star. Angesichts der missbilligenden Blicke, die auf meinen vielleicht ein ganz klein wenig zu kurz geratenen Rock fallen, ahne ich, dass ich für diese Rolle nicht in Frage komme. Die sechs Dinosaurier, die ihr Monogramm auf dem Hemd tragen und wahrscheinlich Ivy-League-Universitäten absolviert haben, schließen ihre Geschäfte mit Männern ab, so viel steht für mich fest. Am liebsten mit einem Mann mittleren Alters. Jemand, der sie am Wochenende auf ihrem Landsitz in Long Island besucht und seine Frau Gemahlin mitbringt. Dagegen sehe ich natürlich blass aus. Ich kann mir richtig gut vorstellen, wie ihre Ehefrauen sich über mein Erscheinen freuen würden. Mann, die würden mich mit offenen Armen empfangen.

Nachdem ich zwanzig Minuten lang mein erstklassiges Angebotspaket vorgestellt habe, unterbricht mich der Älteste in der Runde.

»Vielen Dank, Miss Thompson-Smythe. Sehr interessant.« Er spricht mit dem gedehnten Akzent der Südstaatler und pafft unterdessen an seiner Pfeife. Wirklich heldenhaft! Wagt es sogar, in New York in einem geschlossenen, öffentlichen Raum zu rauchen. Als Nächstes verrät er vermutlich, dass auch er ab und zu seine Krawatte ablegt. »Haben Sie eine Kopie für unsere Akten?«

»Nun ja, im Prinzip schon, aber –« Ich zögere. Ich habe lange an meinem Superpaket gebastelt und ich will nicht, dass ein Haufen alter Knacker meine Ideen klaut und sie nachher dem siegreichen Kandidaten schenkt. Es mag überheblich klingen, wenn ich das sage, aber ich weiß, dass ich etwas Ausgefallenes und dennoch Seriöses anzubieten habe. »Nein«, sage ich schließlich. »Ein Teil meiner Präsentation gilt als Eigentum unseres Hauses. Den kann ich Ihnen leider nicht überlassen. Ich könnte Ihnen unseren Geschäftsbericht geben und einen Überblick über die Daten meiner Laufbahn.« Ich zucke bedauernd die Achseln, um anzudeuten, dass mir tatsächlich die Hände gebunden sind. Vorschrift ist Vorschrift.

»Ich vermute, dieser Überblick ist recht kurz geraten, oder?« Dämlicher Sack!

»Ich glaube, das ist ein Überblick bereits per Definition«, entgegne ich schnippisch. Was soll's? Ich habe nichts mehr zu verlieren. Diese Gruftis legen ohnehin keinen Wert auf meine Dienste. Ich blättere in meiner Präsentation, sortiere die entsprechenden Seiten aus und verstaue den Rest in der Aktentasche. Als der heldenhafte Südstaatler die Unterlagen entgegennimmt, blitzt an seiner Manschette ein Klotz von einem Brilli auf. Ich wäre im Paradies, wenn dieser Brilli in Platin gefasst über meinen Ringfinger gestreift würde. Allerdings nicht von diesem Tattergreis.

Ich knöpfe meinen Blazer zu, klemme die Aktentasche unter den Arm und schüttele jedem Vorstand zum Abschied die Hand. Anschließend deponiere ich meine Visitenkarte mit großer Geste in der Silberschale. Meine Hand berührt bereits den schweren Türknauf, als hinter mir die gedehnte Südstaatenstimme ertönt.

»Ach übrigens – richten Sie Ihrem Vorstandsvorsitzenden meine besten Grüße aus. Wir waren zusammen in Harvard.« Hey, gut gemacht, Trixie. Du hast zwar eine dicke Lippe riskiert, aber sonst kann niemand meckern. Du hast auch einen tollen Vorstandsvorsitzenden. Der kennt echt jeden.

Das anschließende Meeting verläuft auch nicht viel besser. Gleich auf den ersten Blick wird mir klar, dass die drei Typen, die vor mir sitzen, nicht im Entferntesten daran denken, Geld in Form von Obligationen aufzunehmen. Sie unterbrechen mich laufend, um sich nach Aktien zu erkundigen oder um mich zu fragen, ob sie mit ihrem Unternehmen an die New Yorker oder an die Londoner Börse gehen sollen. »Warum lesen Sie nicht, was auf meiner Karte steht?«, möchte ich sie am liebsten ankeifen. »Steht da irgendetwas vom Aktienmarkt? Nein. Da steht Anlageberaterin für Obligationen. Oder können Sie nicht lesen? Haben Sie deshalb meine Empfehlungsschreiben nicht kapiert?«

Plötzlich kommt mir eine Idee. Ich bin fest davon überzeugt, dass die drei Hillbillys in ihrem ganzen Leben noch nicht im Ausland waren. Im Urlaub fahren sie wahrscheinlich nach Florida. Europa ist für sie ein Buch mit sieben Siegeln und London bestenfalls die Stadt, in der die Queen und Tony Blair zu Hause sind. Im Buckingham Palast, wo sie beide wohnen. Womöglich kennen sie noch Fergie, die Frau, die jetzt im Tower sitzt. Wegen Hochverrat. Weil sie einen Amerikaner an ihren Zehen hat lutschen lassen. Davor war sie mit einem Kerl verheiratet, der die Haferflocken erfunden hat oder so ähnlich. Prima. Ich werde ihnen zeigen, wie sie ihren Horizont erweitern können.

»Entspricht genau meiner Meinung«, unterbreche ich den größten Langweiler des Trios, als er sich in epischer Länge und Breite über die übersteigerten Konjunkturanalysen für Internet-Gesellschaften auslässt, die die Bewertungen von Unternehmen wie der hauseigenen Flaschenabfüllfirma verzerren. »So was kann Ihnen bei Obligationen nicht passieren. Gerade deshalb sollten Sie Ihre Gelder über diesen Kanal aufnehmen. Das ist günstiger, als sich auf dem Aktienmarkt zu bedienen.« Die drei raunen sich aufgeregt etwas zu. Ich weiß, ihr Interesse ist geweckt, und hole zum nächsten Schlag aus. »Sicherlich muss ich nicht betonen, dass Ihr Unternehmen und Ihr Produkt nur wenigen europäischen Investoren bekannt ist. Ich würde den Start einer Werbekampagne empfehlen. Selbst wenn nur einer von Ihnen Europa bereist, könnte das den Ausschlag geben. Natürlich würde ich mich persönlich als Begleiterin zur Verfügung stellen. Was die Londoner Investoren betrifft, kann ich Ihnen versprechen, dass sie einen derartigen Schritt sehr begrüßen würden.« Bravo, Trixie. Offenbar haben sie den Köder geschluckt. Ich spüre förmlich, wie sie im Geiste bereits Termine verschieben, um auf Spesen durch Europa zu gondeln. Auch das nachfolgende Gerangel um die Wahl des Reisenden kann ich mir lebhaft vorstellen. Dummerweise sehe ich auch schon Jims langes Gesicht, während er sich umständlich dazu durchringt, mir meinen Job als Reisebegleiterin zu genehmigen. Ich werde ihm schwören müssen, meine Ausgaben in der Gebührenabrechnung unterzubringen. Diskret, versteht sich.

Ich verabschiede mich unter ihren tausend Zusicherungen, dass sie im kommenden Jahr bezüglich eines umfangreichen Geschäfts auf mich zukommen werden. »Darauf geben wir Ihnen unser Wort, Madame«, erklären sie überschwänglich. »Wir denken an eine Zeit im Frühjahr, wenn das Wetter bei Ihnen wieder angenehmer ist.« Das ist doch mal was anderes, oder nicht? Mein Erfolg wird vom Wetter abhängig gemacht. Vielleicht sollte ich gleich auf Ballonfahrerin umsatteln.

Zum Lunch bin ich mit Carol, einer weiteren Kundin aus Ciarans Liste, verabredet. Da ich inzwischen ein gebranntes Kind bin, melde ich mich vorher noch mal telefonisch, um zu erkunden, ob sie drogensüchtig ist. Weil ich nicht mit der Tür ins Haus fallen will, frage ich vorsichtig, ob es sein kann, dass sie jemanden namens Charley mitbringt. Carol stutzt. Nein, erwidert sie verwundert. Bis auf ihren Großvater kenne sie keinen Charley, und der alte Herr lebe auf dem Land im Altersheim und käme zum Essen nicht mehr in die Stadt.

Carol arbeitet in einem Büro an der Wall Street. Sie hat vorgeschlagen, dass wir uns dort am Empfang treffen. Wenig später stehe ich in einer marmornen Eingangshalle und warte auf Carols Erscheinen. Was die Wall Street anbelangt, bin ich enttäuscht. Sie ist düster und schmuddelig und sieht nach allem anderen aus als nach einem der größten Finanzzentren der Welt. Wo ist die fieberhafte Atmosphäre, die ich in der Umgebung der Hochfinanz erwarte? Da wäre allenfalls der Strom blutjunger Bürschchen zu verzeichnen, die aus den Aufzügen auf die Straße quellen, um ihren Chefs Kaffee zu besorgen. Ich schätze mal, das ist die verantwortungsvollste Tätigkeit, die sie in diesem Kalenderjahr verrichten. Während sie an mir vorbeihasten, höre ich sie ihre Aufträge wiederholen. »Drei Caffè Latte mit Magermilch, zwei große Filterkaffee, einen doppelten Espresso.«

Carol sieht auf unauffällige Art nett aus. Gefällt mir, denn das ist die Sorte Frau, mit der ich mich am liebsten umgebe. Sie wirkt auch so lange freundlich, bis ich ihr vorschlage, dass wir uns auf ein Sandwich und einen Drink in das nächste Restaurant begeben. Daraufhin erbleicht sie nämlich und erklärt frostig, in ihrem Unternehmen halte man sich strikt an das Alkoholverbot, weswegen sie jedes Etablissement, das auch nur entfernt nach Alkoholausschank aussähe, von vornherein meide, da man ihr allein nach einem Aufenthalt in einem solchen fristlos kündigen könne.

»Außerdem ist hier weit und breit nichts los«, setzt sie hinzu. »Hier gibt es kein Restaurant. Ich schlage vor, wir gehen irgendwohin einen Kaffee trinken.« Großartig. Kommt mir wie gerufen. Aber Kaffee? Ist das nicht ein wenig ausschweifend? Darf ich dazu einen Schuss Sirup nehmen? Oder wäre das bereits zügellos?

Ich weiß nicht, woran es liegt, aber trotz des Kaffees werden wir nicht recht warm miteinander. Allerdings erfahre ich noch ein wenig mehr über Ciaran, denn Carol plaudert ausgiebig über die Zeit, in der er in der Wall Street tätig war.

»Er war besessen«, beginnt sie. »Morgens der Erste im Büro und abends der Letzte, der nach Hause ging. Und niemals einen Tag krank. Klar, jemand, der die Messlatte bei sich dermaßen hoch legt, erwartet dasselbe auch von anderen. Ciaran konnte ausgesprochen unangenehm werden, wenn er jemanden für einen Drückeberger hielt. Aber weshalb erzähle ich Ihnen das? Sie arbeiten mit ihm zusammen, Sie werden das ja aus eigener Anschauung kennen.« Ich nicke unverbindlich. »Allerdings habe ich gehört, dass er inzwischen eine Freundin hat«, fährt Carol fort. Ich spitze die Ohren und hoffe, das, was kommt, wird mich für meine Enthaltsamkeit entschädigen. »Jemand, der gerade in London war, hat mir erzählt, dass es Ciaran voll erwischt hat. Aber was will das bei Männern schon heißen? Eine Frau namens Tracy oder so ähnlich. Sagt Ihnen der Name was?«

Ich bedauere sowohl, dass ich keine Frau namens Tracy kenne, als auch, dass Carol keinen Kapitalbedarf hat (sie hat durchblicken lassen, dass sie sich nur mit mir getroffen hat, um dem lieben Ciaran einen Gefallen zu tun). Anschließend werfe ich einen Zehndollarschein auf den Resopaltisch, um für unsere zwei Tassen Kaffee zu bezahlen. Nachdem ich mich von Carol verabschiedet habe, laufe ich für eine Weile ziellos durch die Wall Street. Mit einem Mal mache ich einen Luftsprung und rufe: »Juhu! Voll erwischt!«. Wie albern von mir, das nicht klar und deutlich aus Ciarans Telefonnachrichten herausgehört zu haben!

Das anschließende Meeting fällt komplett aus. Mein potenzieller Kunde hat Grippe und ist leider verhindert. Seine Sekretärin schlägt vor, dass wir den Termin auf den kommenden Mittwoch verschieben. Zu schade, dass ich dann nicht mehr verfügbar bin. Ich danke Gott zum wievielten Mal für Dr. Noriko. Tja, wer hätte gedacht, dass ich und mein kleiner, sexhungriger Japaner zum Schluss doch noch ein Paar geworden sind? Ach, was sage ich, wir sind das Traumpaar schlechthin! Wenn er nicht so unansehnlich wäre, würde ich ihn pausenlos küssen und umarmen. So hebe ich mir das lieber für Ciaran auf.

Hm. Was fange ich nun aber mit meiner unverhofften Freizeit an? Oh, ich glaube, ich habe eine Idee. Die Geschäfte sind geöffnet, und auf meiner Kreditkarte befindet sich noch ein Spielraum von mehreren tausend Pfund … Am besten nehme ich mir ein Taxi und fange mit Saks Fifth Avenue an.

Mittwoch, 25. Oktober

(Noch 20 Tage Galgenfrist – Hochmut kommt vor dem Fall.)

Vollkommen umsonst war die Reise nach New York eigentlich nicht. Sollten mir Zweifel an dieser Behauptung kommen, müsste ich lediglich in den Kleiderschrank in meiner Suite schauen und schon bräuchte ich mir deswegen keine Sorgen mehr zu machen. Auch mein Kosmetikkoffer ist wieder prall gefüllt und enthält noch einige zusätzliche Dachshaarpinsel und zig neue Lidschattentöpfchen. Okay, in geschäftlicher Hinsicht war der Trip vielleicht nicht der ganz große Treffer, da will ich ehrlich sein. Lediglich einem Kunden gefiel, was ich anzubieten hatte, aber ich glaube, das hatte mit meinem Dekolleté beim gestrigen Dinner zu tun. Abgesehen davon war auch er nicht bereit – oder nicht in der Lage, sich auf ein geschäftliches Angebot einzulassen.

Ich werde meinen Aufenthalt unter Zukunftsinvestitionen abhaken. *Ein* Geschäft müsse ich auf die Beine stellen, hatte Jim gesagt. Das habe ich hingekriegt. Deshalb will ich mich auch nicht weiter beklagen. Habe ich nicht allen Grund, zufrieden zu sein? Ach richtig, auch Ciaran hat letzte Nacht noch mal angerufen. Leider war ich schon wieder nicht da. Dieses Mal klang er um einiges liebevoller. Zwar hat er anfänglich erneut über den Job geredet und gejammert, sein Team mache ihn wahnsinnig, und er könne sich jedes Haar einzeln ausreißen, doch die Worte »du fehlst mir« sind ebenso gefallen. Im Gegenzug habe ich mich dazu hinreißen lassen (dank einer Flasche Wein und zwei Gläsern Cognac), eine

Nachricht auf seine Mailbox zu sprechen, aber ich habe nur »dito« gesagt. Kurz und bündig. Auch irgendwie rätselhaft, fand ich. Diesen Eindruck habe ich dummerweise gleich darauf wieder zunichte gemacht, indem ich abermals anrief und hinzufügte: »Ich war das übrigens. Trixie.« Wann und mit welchem Flug ich in Heathrow lande, behielt ich für mich. Das hätte sonst so ausgesehen, als erwartete ich ihn am Ausgang, mit Blumen und gierigen Blicken.

Es war gut, dass ich mich zurückgehalten habe. Meine Maschine wird nämlich schon in aller Herrgottsfrühe landen, und die Fluggesellschaft stellt mir eine Limousine zur Verfügung, die mich anschließend direkt zur Bank fahren wird. Demnach bliebe für »Firlefanz« sowieso keine Zeit.

Nachdem ich mir heute Morgen bei drei Telefonterminen drei Bescheide nach dem Motto: »Sie brauchen uns nicht mehr anzurufen, wir melden uns bei Ihnen« eingeholt habe, beschließe ich, mich im Fitnesscenter meines Hotels für den Rückflug mit Energie aufzutanken. Einiges davon werde ich jedoch schon vorher wieder verbrauchen, wenn ich nämlich meinen Bericht für Jim abfasse. Denn wie ich meine Reise offiziell erklären soll, ist mir noch immer rätselhaft. Jim wird wahrscheinlich mehr als das Stichwort »Zeitverschwendung« erwarten. Schließlich muss er meinen Bericht an unsere Controller weiterleiten.

Seltsamerweise verflüchtigen sich die Fitnesspläne in meiner Suite, nachdem mein Blick auf die Minibar und den Rufknopf für den Zimmerservice gefallen ist. Dennoch steige ich unverdrossen in den Trainingsanzug. Anschließend entnehme ich dem Safe meinen Laptop und der Minibar eine Miniflasche Champagner.

Ich schalte den Laptop an. Wow! Sechzehn E-Mails! Ich bin richtig wichtig. Die erste Mail stammt von unserer IT-Abteilung, die vor einem langweiligen Virus warnt. Ihr folgen mehrere Nachrichten von Julie, Bluthund und eine von Jim. Zehn Mails stammen von Lily, obwohl sie erst seit kurzem weiß, wie man ins Internet kommt. Was sie nicht bedacht hat, ist die Zeitverschiebung zwischen London und New York.

Von: Lily
Datum: 25. Oktober 2000, 09.05 Uhr
An: Trixie
Hallo, Trixie. Bist du da?

Von: Lily
Datum: 25. Oktober 2000, 09.07 Uhr
An: Trixie
Kannst du mich hören?

Von: Lily
Datum: 25. Oktober 2000, 09.08 Uhr
An: Trixie
Liest du das jetzt? Ende.

Von: Lily
Datum: 25. Oktober 2000, 09.11 Uhr
An: Trixie
Melde mich in zehn Minuten noch mal. Staubsauge erst noch dein Schlafzimmer.

Von: Lily
Datum: 25. Oktober 2000, 09.26 Uhr
An: Trixie
Sag mal, was war denn da los? Sah aus, als wäre eine Bombe eingeschlagen. Schaden inzwischen behoben. Habe auch das Bett frisch bezogen.

Von: Lily
Datum: 25. Oktober 2000, 09.28 Uhr
An: Trixie
Passt dir das mit der Bettwäsche nicht? Warum antwortest du nicht?

Von: Lily
Datum: 25. Oktober 2000, 09.50 Uhr
An: Trixie
Was habe ich verbrochen? Warum redest du nicht mit mir?

Von: Lily
Datum: 25. Oktober 2000, 11.00 Uhr
An: Trixie
Bist du ohnmächtig geworden? Antwortest du deshalb nicht? Ich glaube, ich rufe besser mal an.

Aha! Deshalb also der Anruf vom Empfang heute früh um sechs. Ich hatte mich schon gewundert, weshalb sie wissen wollten, ob mit mir alles in Ordnung ist. Das ist eben Amerika, sagte ich mir. Die Leute sind selbst in Bezug auf ihre Dienstleistungen fanatisch.

Von: JimK@bankmail.com
Datum: 25. Oktober 2000, 12.15 Uhr
An: TrixieT@hotmail.com
Erbitte sofortigen Rückruf. Probleme mit Kreditzusage für Noriko.

Welche Probleme? Meine Güte, Dr. Norikos Unternehmen gehört zu den besten Adressen Japans! Wo soll es da Schwierigkeiten geben? Jim macht wohl einen Scherz.

Ich wähle seine Nummer. Mary knurrt etwas von einer unmöglichen Uhrzeit, bevor sie mich zu Jim durchstellt.

»Sag mal, machst du Witze?«, frage ich. »Du willst mir doch nicht etwa weismachen, Noriko wäre bis über beide Ohren verschuldet oder so was in der Art!«

»So was in der Art«, antwortet Jim leise.

»Das hast du dir ausgedacht, nicht wahr?« Mir wird übel, weil mir noch eine Person einfällt, die bis über beide Ohren in Schulden steckt. Dieser Person gehört mein Bankkonto. Ich spüre, wie die Panik in mir hochsteigt. Vielleicht ist es aber auch nur die Kohlensäure des Champagners. »Du machst doch Spaß, oder?«

»Tut mir Leid, Trixie«, sagt Jim mit sanfter Stimme. Ich kenne diese Stimme. Er spricht so, wenn er einen Schlag abmildern will. »Ich wünschte, es wäre so. Doch bei der Überprüfung haben unsere Kreditleute festgestellt, dass Noriko einen Schuldenberg hat, den er in diesem Leben ganz bestimmt nicht mehr abtragen wird.« Jim wartet kurz, damit seine Nachricht bei mir einsickert. »Unter diesen Umständen lässt sich das Geschäft mit ihm wirklich nicht rechtfertigen.«

»Ziehst du mich auch wirklich nicht auf?«, frage ich ein weiteres Mal. Mir wird plötzlich klar, wie idiotisch mein Griff zum Champagner war. Genauso idiotisch wie mein lässiger Umgang mit Ciarans New Yorker Kontakten. Jetzt habe ich nichts mehr in der Hand, absolut gar nichts. Ich komme mir vor wie ein Zauberer, der nach dem Kaninchen im Hut sucht und feststellt, dass es definitiv nicht da ist, woraufhin er krampfhaft Witze reißt und sich mit schlaffen Uralt-Tricks über Wasser hält, bis der Vorhang fällt. Anschließend bleibt es im Publikum mucksmäuschenstill. Kein Applaus, kein zweiter Vorhang, nichts dergleichen. Alles aus und vorbei. Finito. Wie ein geprügelter Hund schleicht sich der Zauberer durch den

Bühnenausgang fort, nachdem man ihm wortlos seine letzte Gage in die Hand gedrückt hat.

»Bist du noch dran, Trixie?«, unterbricht Jim meine Gedanken. »Wann kommst du zurück?«

»Morgen«, murmele ich. »Ich nehme den Nachtflug. Gegen zehn bin ich im Büro.«

»Okay. Dann reden wir weiter. Ich muss jetzt leider Schluss machen. Denise hat Karten für die Oper besorgt. In einer Viertelstunde geht der Vorhang hoch.« Ich erschaudere unwillkürlich. »Am besten kommst du morgen gleich in mein Büro. Ciao.«

Für einige Minuten hocke ich wie benommen da und halte den Telefonhörer in der Hand. Dann lege ich ihn langsam auf die Gabel zurück. Ich weiß nicht, wie lange ich so verweile. Erst als mein linker Fuß einschläft, rappele ich mich hoch und wandere in der Suite auf und ab. Zwischendurch werfe ich einen Blick aus dem Fenster auf die Madison Avenue unter mir. Ich sehe die Menschen, die dort entlanglaufen. An ihren Schultern hängen Einkaufstüten. Wie lange werde ich es ihnen noch gleichtun können? Wie oft werde ich noch losrennen und einkaufen, wonach mir der Sinn steht? Blindlings einer zarten Botschaft aus der *Vogue* folgend, die flüstert: »Kauf dir diese Klamotten. Sofort. Darin wirst du ultrascharf aussehen.« Ich starre auf die St. Patrick's Kathedrale und frage mich, wie viele Menschen wissen, dass dieses gotische Meisterwerk von oben wie ein Kreuz aussieht. Wahrscheinlich nicht viele, denn kein Mensch ist größer als die Kirche, und nur wenige können sich mein Hotel leisten.

Plötzlich weiß ich, was ich zu tun habe. Ich springe in meine Tod's, schnappe den Zimmerschlüssel, die Handtasche und stürze hinaus, in den Aufzug, durch das Foyer, raus auf die Straße, über die Straße und die Stufen hoch, die mich in die Kathedrale führen. In der Eingangshalle bleibe ich stehen, um zu verschnaufen. Anschließend dränge ich mich durch die

Touristenmassen bis zu der offiziell aussehenden Dame vor, die hinter einem Klapptisch steht. Er ist mit Faltblättern bedeckt, die das Leben aller möglicher Heiliger zum Thema haben. Beinahe niete ich eine Japanerin um, die Texte über die Heilige Bernadette und die Heilige Theresa studiert, ehe ich auf ein Regal voller Kerzen deute und einen Zettel, auf dem *Für Ihre Gebete* steht.

»Wie viel kosten die?«, keuche ich.

»Nur einen Dollar das Stück«, erwidert die Dame, deren Schild auf der Brust mir erklärt, dass sie *Wächterin* ist. »Sie brauchen ihn nur in die Geldkiste zu werfen.« Die Japanerin schubst mich beiseite und hält der Dame einen Geldschein hin. Sie hat sich für beide Texte entschieden.

»Ich brauche alle«, erkläre ich noch immer atemlos. »Wie viel kosten sie insgesamt?«

»Sie können nicht alle Kerzen auf einmal kaufen. Das dürfen Sie nicht. Nur eine Kerze pro Person ist gestattet.«

»Wo steht das geschrieben?«, will ich wissen. »Kaufbeschränkungen müssen, so viel ich weiß, immer noch deutlich gekennzeichnet werden.« Ist doch so, oder? Klingt jedenfalls nach Gesetz, finde ich, und die Amerikaner hassen Anwälte. Ich murmele etwas von gerichtlichen Schritten und unfairen Verkaufspraktiken vor mich hin.

»Das steht nirgendwo geschrieben«, erklärt mir die eiserne Wächterin. »Es ist jedoch bekannt, dass man nur eine Kerze pro Kopf erwerben kann.«

»War Ihnen das bekannt?«, frage ich die Japanerin.

»Ich solly. Ich nichts wissen«, entgegnet sie, ehe sie sich an die Wächterin wendet. »Wal Heilige Thelesa Amelikanelin?«

»Es heißt ›Theresa‹ und ›Amerikanerin‹«, verbessere ich sie.

»Solly?« Meine Zeugin macht empört auf dem Absatz kehrt und eilt der Schar japanischer Touristen nach, die einem hocherhobenen Schirm folgen.

»Was ist nun?« Ich schaue der Wächterin knallhart in die Augen. »Wie viel kostet der Spaß?«

»Nun, alles in allem dürften das an die hundert Kerzen sein«, sagt sie grimmig.

»Das wären dann hundert Dollar.«

»In etwa.«

»Wie wäre es mit einem Rabatt?« Oha, ihr Blick ist auch nicht gerade von Pappe. »Ich müsste außerdem wissen, wann die beste Zeit ist.«

»Die beste Zeit wofür?«

»Na, für die Gebete. Könnte ja sein, dass die Kerzen sonntags mehr wirken als an anderen Tagen. Wann ist ihr Einfluss am stärksten?«

»Madame, wir befinden uns in einem Haus Gottes und nicht in *Krieg der Sterne.* Die Kirche operiert nicht nach dem Saisonprinzip. Gebete können jederzeit und an jedem Ort erfolgreich sein. Möchten Sie die Kerzen nun kaufen oder nicht?«

»Möchte ich. Was glauben Sie – würde sie jemand für mich abbrennen, wenn ich noch einen Zehner drauflege?« Junge, Junge, wenn Blicke töten könnten! Gut, dass ich mich in einem Haus Gottes befinde, denn sonst würde ich wetten, dass der Leibhaftige vor mir steht. »Na gut, dann eben nicht. Dann bräuchte ich noch einen von den langen, dünnen Stäben da hinten zum Anzünden.«

Zum Schluss bete ich gemeinsam mit den japanischen Touristen für mich und meinen Job. Ihr Gejammer, dass es für sie keine Kerzen mehr gibt, lässt mich kalt. Sie können mir ruhig helfen, die Suppe auszulöffeln, die ihr Landsmann mir eingebrockt hat.

Donnerstag, 26. Oktober

(Noch 19 Tage Galgenfrist – hau noch mal zu, lieber Gott, der erste Schlag hat nicht richtig gesessen.)

Mein Gepäck ist schwerer geworden. Es wird noch schwerer, als ich die Eingangshalle der Bank durchquere, den Sicherheitskräften meinen Ausweis zeige und mich auf die Aufzüge zu schleppe. Das kann nicht nur an meinen Einkäufen liegen. Das muss auch etwas mit mir zu tun haben. Ich fühle mich müde und bleiern. Es ist aber keine Jetlag-Müdigkeit, sondern das Ergebnis meiner Depressionen. Ähnlich kaputt habe ich mich gefühlt, als wegen Sam meine Welt zusammenbrach. Da war ich genauso am Boden zerstört und konnte mir auch nicht vorstellen, jemals im Leben wieder fröhlich zu sein.

Natürlich muss Sam das erste vertraute Gesicht sein, auf das ich stoße. Er lümmelt am Empfangstresen herum und baggert eine der Tussis an, deren Job es ist, die Gäste zu begrüßen, sie in ein Buch einzutragen und ihnen die Wege zu den Räumen zu erklären, in denen ihre Meetings stattfinden. Die, die er gerade am Wickel hat, scheint neu zu sein. Jung, blond und schön. Sie muss sich bestimmt keine Sorgen um ihre Waden machen. Sam sagt was, und sie prustet los, wirft den Kopf in den Nacken und die Haare aus der Stirn. Sie erinnert mich an ein Pferd. »Warum stellst du statt der Fahnenstange keine Mistgabel auf?«, würde ich Sam am liebsten zurufen, dann kannst du ihr ab und zu frisches Heu in den Rachen schaufeln.

Als ich in der Börsenabteilung den Aufzug verlasse, winkt Jim mir bereits von seinem Glasverschlag aus zu. Ich lade mein Gepäck und den Laptop neben meinem Schreibtisch ab, murmele links und rechts ein paar Begrüßungen und mache mich auf, um meinem Schicksal ins Auge zu sehen.

»Schließ die Tür«, befiehlt Jim, nachdem ich sein Büro betreten habe. »Setz dich.«

Ich tue sowohl das eine als auch das andere. Ist das jetzt der Moment? Wird Jim nun sagen, ich solle meine schwarzen Mülltüten packen und verschwinden? Mich nirgendwo mehr aufhalten, sondern einfach nur abzischen? Und zwar dalli? Ohne Aufsehen? Er werde auch dafür sorgen, dass ich eine faire Abfindung erhalte?

»Tut mir Leid, dass ich dir die schlechte Nachricht bereits mitteilen musste, als du noch drüben warst«, beginnt Jim. »Ich weiß, wie viel dieses Geschäft dir bedeutet hat.« Das ist die Untertreibung des Jahrhunderts. »Möchtest du, dass *ich* Dr. Noriko unsere Entscheidung übermittle?« Ich nicke. »Tja«, fährt Jim fort, »was bedeutet das nun für dich? Hast du Alternativen in der Pipeline?«

Ich brauche eine Weile, um zu antworten. Ich muss meine Worte mit Bedacht auswählen, um Jim klar zu machen, dass ich noch jede Menge Eisen im Feuer habe, das Feuer aber leider erst im neuen Jahr angezündet wird.

»Viele Kunden haben ihr Aufnahmepotenzial für dieses Jahr bereits erschöpft«, hebe ich an, während ich meine Hände fest zusammengefaltet auf meinen Schoß drücke. »Eine beträchtliche Anzahl von ihnen hat jedoch signalisiert, dass sie das, was ich zu bieten habe, äußerst attraktiv finden und im nächsten Jahr davon Gebrauch machen möchten.«

»Das heißt, dass du im Moment nichts Konkretes vorzuweisen hast.« Ich nicke. Jim seufzt. »Hast du mir vor drei oder vier Wochen nicht richtig zugehört, Trixie? Unsere Entscheidungen werden nächste Woche gefällt. Mir bleibt keine andere Wahl, als dich auf die offizielle Liste zu setzen.«

»Aber ich habe es doch *versucht*! Es war halt nicht so leicht, wie ich mir das vorgestellt hatte. Merkst du nicht, dass die alte Trixie trotz allem wieder zum Vorschein gekommen ist? Los, frag mich, was du willst, über den gesamten Markt, du wirst sehen, dass ich dir jede Auskunft geben kann.«

»Darum geht es nicht.« Jim schließt gequält die Lider. »Du hattest eine klare Zielvorgabe und die hast du nicht erreicht. Du hast dich auf deinen Lorbeeren ausgeruht, nachdem du Dr. Noriko unter Dach und Fach zu haben glaubtest. Ist doch so, warum gibst du es nicht zu?«

»Das ist nicht wahr!« Ich finde Jims Verdacht widerlich. Ich habe mich hier und da ein wenig entspannt, das stimmt, doch das geschah nur, nachdem ich zu viel getrunken hatte. »Ich habe jede erdenkliche Möglichkeit verfolgt, doch niemand scheint zurzeit Geld aufnehmen zu wollen. Außerdem war damals von sechs Wochen die Rede, und die sind noch nicht um. Ich werde etwas zustande bringen. Das verspreche ich dir. Mir bleiben noch zwei ganze Wochen.«

»Nein, Trixie, ich hatte dir erklärt, die Entscheidungen würden Anfang November getroffen – das wäre nächste Woche – und bekannt gegeben würden sie Mitte des Monats. Es tut mir Leid, aber du stehst bereits auf der halb offiziellen Liste, und ich kann wegen dir keine Extrawurst braten, selbst wenn ich das wollte.« Die nachfolgende Stille wird nur von den Piepsern der eingehenden E-Mails unterbrochen. »Wenn du bis nächsten Donnerstag keinen Deal in der Tasche hast«, setzt Jim unbarmherzig hinzu, »bleibt mir keine andere Wahl als – du weißt schon was. Alles andere wären unfair gegenüber den anderen.«

Jim greift nach einem Bericht, der auf seinem überfüllten Schreibtisch liegt, womit er signalisiert, dass unsere Unterredung beendet ist. Ich erhebe mich und streiche mit gesenktem Kopf meinen Rock glatt. Ich muss mehrmals schlucken, um nicht loszuflennen. Dann straffe ich entschlossen die Schultern, verlasse wortlos Jims Büro und marschiere zu meinem Tisch zurück.

Ich kann mich kaum auf meine Bildschirme konzentrieren. Im Geiste lasse ich die Kundengespräche der letzten drei Wochen Revue passieren. Hat nicht doch jemand angedeutet, zu einem bestimmten Preis noch in diesem Jahr Geld aufnehmen zu können? Korrektur. Noch in dieser Woche. Nein, niemand.

Bluthund scheint zu wissen, was mit mir los ist, obwohl ich ihm nichts gesagt habe, und Jim hat das bestimmt auch nicht getan. Bisweilen taucht jedoch wie aus heiterem Himmel ein Pappbecher mit Kaffee vor mir auf. Ich bin so tief in Gedanken versunken, dass ich nie mitkriege, wann er ihn abstellt. Er fragt nicht ein einziges Mal, was Jim von mir gewollt hat, obwohl er diesbezüglich bestimmt schon etliche Anfragen von unseren Kollegen vorliegen hat.

Nach und nach dringt eine Mail in mein Unterbewusstsein, die wohl schon seit einer Weile auf meinem Bildschirm steht. Sie stammt von Ciaran. Er will wissen, ob ich Lust habe, um elf mit ihm eine Tasse Kaffee zu trinken. Jetzt ist es zwölf. Verdammt. Er wird denken, dass ich mich ziere. Bestimmt habe ich jetzt auch das letzte Gute, das es in meinem Leben gibt, verspielt. In diesem Fall war ich aber ausnahmsweise mal unschuldig.

Ich antworte Ciaran umgehend und tue mein Bestes, nicht panisch zu wirken. Ich flunkere etwas von einem fehlerhaften Computer, der die Nachrichten nicht sofort auf den Bildschirm transportiert, und frage, ob wir uns in zehn Minuten auf der anderen Straßenseite in der Coffee Republic treffen sollen. In *fünf* Minuten, kommt die Antwort zurück. Oh!

Fünf Minuten später frische ich mein Make-up auf, verdrücke mich und flitze über die Straße in die Coffee Republic.

Vor der Theke steht eine lange Schlange an, die fast ausschließlich aus City-Leuten besteht. Den zwei oder dreien, die ich kenne, nicke ich zu. Ciaran sitzt mit dem Rücken zu mir an einem Tisch. Neben ihm stehen zwei große Pappbecher, die vermutlich Caffè Latte enthalten. Lautlos schleiche ich mich näher. Während ich mir den Mantel ausziehe, tippe ich ihm auf die Schulter.

Ciaran fährt zu mir herum. »Mann, bin ich erleichtert!«, sagt er, als er mich erblickt.

»Warum?«, frage ich, während ich auf den Sitz neben ihm gleite. Er sieht wieder mal großartig aus. Schwarzer Mantel über grauem Anzug. Ein echter Armani-Mann.

»Du hast mir eine Nachricht hinterlassen, die nur aus ›dito‹ bestand.«

»Hm«, mache ich und werde bei der Erinnerung ein wenig rot.

Ciaran grinst. »Hätte ja sein können, dass sich das auf meine ausgerissenen Haare bezog.« Er streicht mir eine meiner Locken hinters Ohr. »Ist aber noch alles da.« Anschließend murmelt er: »Ich würde dich aber auch mit Glatze vernaschen.«

Was soll frau da machen? Ich erröte abermals zart. Hoffe ich. Fühlt sich nämlich so an, als ob ich eine knallrote Birne bekäme. Ich weiß zwar nicht, ob meine Mutter sich gefreut hätte, wenn sie dieses Kompliment gehört hätte, aber mich macht es ausgesprochen selig. Wenn es nach mir ginge, könnten wir direkt losziehen. LosZIEHEN habe ich gesagt! Weiter nichts!

»Keine Sorge«, sage ich. »Mit meinem Haar ist alles in Ordnung.« Ich wickele eine Locke um den Finger und zupfe daran. »Alles noch dran und alles echt.« Ciaran greift nach meinem Finger. Für die anderen im Café sieht es wahrscheinlich so aus, als teste er die Festigkeit meiner Locken, doch in Wirklichkeit benutzt er die Gelegenheit, um zärtlich über meine Wange zu streicheln.

»Du hast mir gefehlt«, flüstert er.

»Dito«, entgegne ich. Wir lachen.

»Wie ist es gelaufen? Haben meine Kontakte etwas genutzt?« Ich schüttele den Kopf und erzähle ihm die Geschichte von Candice. Sie hat mich zwar gebeten, es für mich zu behalten, doch ich finde, so wie Ciaran und ich zueinander stehen, darf es zwischen uns keine Geheimnisse geben.

Ich nippe an meinem Kaffee. »Hast du das mit Dr. Noriko gehört?«

Ciaran zögert. Dann nickt er.

»Menschenskind, das war echt ein Schlag aus heiterem Himmel. Was sagst du dazu?«

Abermaliges Zögern. Ciaran wirft sich eine Strähne aus dem Gesicht. »Für mich kam das nicht so überraschend. Trixie, ich muss …« Seine Stimme klingt mit einem Mal ganz anders. Der schäkernde Ton ist weg. Fast könnte man glauben, er wäre nervös und unsicher geworden.

»Du musst *was?*« Was ist denn los? Warum starrt er seinen Kaffeebecher an? Er soll mich ansehen! »Na los, heraus mit der Sprache.«

»Trixie, das hört sich jetzt schlimmer an, als es ist.« Mein Magen zieht sich schmerzhaft zusammen. Was soll das? Warum verhält er sich so merkwürdig? »*Ich* habe der Kreditabteilung die Sache mit Dr. Norikos Schulden erzählt.«

»Was?« Meine Stimme klingt fremd in meinen Ohren. Sie hört sich böse und vorwurfsvoll an. Seltsam. Dabei habe ich doch noch gar nicht kapiert, was Ciaran gesagt hat. *Er* hat mir doch nicht mein Geschäft verdorben, oder? Verschwommen nehme ich wahr, dass das Paar vom Nebentisch zu uns schaut. »Warum?«

»Nun, du hattest mich doch gebeten, dein Angebot anderen Investoren vorzulegen, nicht wahr?« Ich erwidere nichts, sondern schaue Ciaran kalt und unbewegt an. Mal sehen, ob er meinem Blick standhalten kann. Kann er. »Das habe ich getan. Sie waren begeistert.« Ciaran durchforstet meine Miene. Offenbar erwartet er, dass ich jetzt vor Glück und Dankbarkeit zerfließe. »Leider war keiner von ihnen bereit, darauf einzugehen. Sie waren alle schon bis über die Halskrause mit Norikos Anleihen eingedeckt. Zuerst habe ich mir dabei noch nicht viel gedacht. Es ist ja bekannt, dass Noriko große Summen aufnimmt.« Ciaran wirft mir einen neuerlichen Blick zu. Jetzt möchte er wahrscheinlich, dass ich verständnisvoll nicke. »Also habe ich weiter herumtelefoniert. Nichts zu machen. Irgendwann bin ich stutzig geworden. Schließlich ging ich mit einer ziemlich guten Idee hausieren und fand trotzdem niemanden, der zugreifen wollte. Also habe ich genauere Erkundigungen eingeholt und erfahren, dass Noriko auch jede Menge kleinerer Privatanleihen aufgenommen hat, von denen wir nichts wussten. Sein Unternehmen hat Milliardenschulden.« Ciaran macht eine Pause. »Der Betrag kann niemals zurückgezahlt werden. Ich *musste* diese Information weitergeben, Trixie, das verstehst du doch, oder?«

Ich brauche eine Weile, um Ciarans Geschichte zu verdauen. Ich trinke den Schaum, der sich am Boden meines Bechers abgesetzt hat. Um Zeit zu gewinnen, schabe ich den Rest mit meinem Plastiklöffel heraus. Ciaran rutscht unbehaglich auf seinem Stuhl hin und her.

»Wann hast du mit deinen Schnüffeleien begonnen?«, frage ich, während ich den Löffel sorgsam ablecke.

Nun versucht Ciaran, Zeit zu gewinnen. Die Mühe kann er sich sparen.

»Wann?«, wiederhole ich scharf.

»Ich glaube, das war …« Kunstpause. Grübeln. Klar, er muss ja auch ganz furchtbar in seinem Gedächtnis wühlen. Gut, wie er das macht. Der Typ ist ein klasse Schauspieler.

»Vielleicht ...« Er überlegt noch mal, um sicherzugehen, dass er nichts Falsches von sich gibt. Ich möchte Beifall klatschen. »Ich glaube, das war letzten Dienstag.«

Nun ist es heraus. Es gibt kein Zurück mehr. Ich ziehe den Löffel aus meinem Mund und richte ihn auf Ciaran.

»Und wann hattest du den Fall gelöst?«

Abermalige Kunstpause. Überflüssig, würde ich sagen. Er hat sich sein Grab bereits geschaufelt. »Donnerstag.« Das kam ein bisschen wacklig, finde ich.

»Einen Tag vor unserem Date?«

»Ja.«

»Einen Tag bevor du mit mir ins Bett gegangen bist?« Unsere Nachbarn hören gebannt zu. Sie haben zwar nicht alles von Anfang an mitbekommen, doch dass es gleich Ärger gibt, ist ihnen bewusst.

»Ja.« Ciaran rührt angelegentlich in seinem leeren Becher. Er kommt mir wie ein ertappter Schuljunge vor.

»Hast du mir deshalb den Blumenstrauß geschickt? Als eine Art Vorab-Wiedergutmachung?«

»Nein. Da hatte ich mich ernsthaft für dich gefreut und kannte das Ergebnis meiner Nachforschungen noch nicht.«

»Aber du wusstest bereits, dass es Schwierigkeiten geben würde.«

»Ja.« Ciaran hält den Kopf gesenkt und betrachtet die Tischplatte.

»Du wusstest auch, dass ich Probleme bekommen würde.«

»Ja«, gibt er betreten zu.

»Trotzdem dachtest du, wir könnten noch in aller Ruhe essen und trinken gehen.«

»Das war etwas anderes. Das war privat. Du bist mir nicht mehr aus dem Sinn gegangen. Seit unserer ersten Begegnung.« Noch vor nicht allzu langer Zeit hätten diese Worte mich in den siebten Himmel befördert.

»Und du dachtest, wir könnten auch ruhig noch miteinander ins Bett steigen.«

»Das war nicht geplant. Außerdem war da alles schon ins Rollen geraten. Ich konnte nicht mehr zurück.«

»Und deshalb hast du dich selbst als Trostpreis eingesetzt, vermute ich, oder?« Ich stehe abrupt auf, übergehe seine gestammelten Entschuldigungen und krame drei Pfundstücke aus meinem Portemonnaie hervor. Die knalle ich vor ihn auf den Tisch. Sie sind für meinen Caffè Latte. Anschließend werfe ich mir den Mantel über.

»Du bist widerwärtig«, sage ich. »Du bist genauso eine Ratte wie Sam. Der Unterschied ist nur, dass du es nicht weißt.«

Danach schreite ich hocherhobenen Hauptes aus dem Café, überquere die Straße, betrete die Bank und begebe mich zu meinem Tisch zurück.

Bluthund wirft mir einen verstohlenen Blick zu und macht den Mund auf, wie um etwas zu sagen, besinnt sich jedoch eines Besseren. Stumm verbringe ich die nächsten Stunden, drücke Tasten und starre auf die Charts, ohne etwas davon zu begreifen. Zwischendurch überreicht Bluthund mir wortlos einen Zettel, auf dem steht, ich hätte drei Nachrichten. Eine von Julie und eine von Lily. Als ich ihn frage, wieso ich drei Nachrichten, aber nur zwei Anrufe hätte, zuckt er die Achseln und erklärt mit verzerrtem Grinsen, das sei sein Sonderangebot. Drei für zwei. Ich lächele schwach und lasse den Zettel in meinen Papierkorb fallen. Ich muss mich wirklich stark zusammennehmen, um nicht auszurasten, aber die anderen sollen nicht merken, dass ich schon wieder vor einem Heulanfall stehe. Eins muss ich jedoch noch dringend erfahren.

»Hast du Bescheid gewusst?«, frage ich. Bluthund wirkt verlegen. Offenbar hat er die Frage erwartet. Bestimmt hat er fortwährend auf die Uhr geschaut und im Geiste den Countdown ausgeführt.

»Seit heute Morgen … seit dem Morgenmeeting. Da hat Ciaran es erwähnt.« Bei dem letzten Satz hat sich Bluthunds Stimme verändert und ist hart geworden.

»Hast du später was zu ihm gesagt?«

»O ja. Ich habe ihn mit all den Ausdrücken bedacht, die ich damals bei Sam versäumt habe.« Er grinst mich an. »Und noch mit ein paar neuen, die ich inzwischen von dir gelernt habe. Und von Julie.«

Freitag, 27. Oktober

(Noch 18 Tage Galgenfrist – beziehungsweise noch 10 Tage, seit Jim, der Henker, die Regeln geändert hat.)

Mein Headhunter heißt Brian. Er lehnt sich in seinem Stuhl zurück und überfliegt meine Karteikarten, die auf seinem Schoß liegen. Ich habe ihn gestern Abend von zu Hause aus angerufen, und er hat sich zu einem Krisenfrühstück bereit erklärt. Zuvor hatte ich noch mit mir darüber diskutiert, wie hoch meine Chancen stünden, in sieben Tagen ein Geschäft auf die Beine zu stellen. Die Gegenstimmen hatten gesiegt. Gut für sie. Herzlichen Glückwunsch.

Das Treffen ist verheerend. Ich hätte geschworen, meine Headhunting-Firma wäre froh, mich in ihrer Kartei führen zu dürfen. Demzufolge war ich davon ausgegangen, dass am Ende mehr dabei rumkommt als ein angeschlagener Becher lauwarmen, löslichen Kaffees. Aber Pustekuchen. Ich werde nicht mal in einen der edlen Clubräume gebeten. Stattdessen geleitet Brian mich in ein fensterloses Kabuff, in dem weder Bilder noch Farbe die Wände aufhellen. Dort greift er zu einem uralten Telefon, um der Empfangsdame seinen Aufenthaltsort mitzuteilen, falls der Mensch, dessen Name nur geflüstert werden kann, weil er so wichtig ist, früher auftaucht. Derjenige möge sich dann bitte für einen Moment gedulden und es sich unterdessen im Monetzimmer gemütlich machen. Brian würde sich unverzüglich zu ihm gesellen.

»Wie heißt denn *dieser* Raum?«, erkundige ich mich liebenswürdig, während ich auf einem zerschlissenen Bürostuhl Platz nehme. Vielleicht gibt es ja einen neuen, mir unbekannten Maler. Es müsste sich allerdings um einen sehr modernen Künstler handeln. Um jemanden wie Tracey Emin.

»Dieser Raum?« Brian wirft einen verwunderten Blick in die Runde. »Dieser Raum hat keinen Namen. Das ist nur eine Art Abstellkammer.« Er reibt sich die Hände. »Also, dann wollen wir mal. Was macht denn eigentlich unser lieber Christopher? Von dem habe ich ja schon ewig nichts mehr gehört. Äußerst sattelfest, der Knabe.«

Brian kichert los. Warum, weiß kein Mensch. Er klingt wie eine heisere Hyäne. »Und der gute alte Manfred? Nach wie vor erfolgreich, vermute ich. Toller Kerl, wenn man bedenkt, dass er Deutscher ist. Wenn man mich fragt, könnte er fast schon als Engländer durchgehen. Er ist so … tja, wie soll ich das beschreiben?« Brian kramt in seinem geistigen Wörterbuch.

»Verklemmt?«, frage ich. »Analfixiert?«

»Das ist nicht sehr freundlich, Trixie.« Brian runzelt die Stirn. »Nicht, wenn man bedenkt, was er über Sie erzählt.«

»Tatsächlich?« Das macht mich neugierig. Netter Bursche, dieser Manfred. War schon immer meine Meinung. »Was erzählt er denn so?«

»Tja, ich bin mir nicht sicher, ob ich das weitergeben darf.« Brian lehnt sich noch weiter zurück und bewundert sich in dem verschmutzten Spiegel, der ihm gegenüberhängt. »Na gut, von mir aus. Verraten Sie mich aber nicht.« Ich schüttele den Kopf, damit er sieht, dass ich die Spielregeln akzeptiere. »Nach Manfreds Worten verdienen Sie, was auf Sie zukommt, weil es hundertprozentig Ihrem Einsatz entspricht.« Er lächelt vergnügt. »Da haben Sie's. Falls Sie befördert werden, dürfen wir nicht vergessen, das auf Ihrer Karteikarte zu vermerken.«

Ich bin erschüttert. Wenn Manfred Bescheid weiß, bedeutet das, dass jeder Bescheid weiß. Demnach warten auch schon alle darauf, dass ich meinen Job verliere, und finden obendrein noch, dass mir das recht geschieht. Ich muss mich zwingen, nicht hysterisch zu werden, und nehme mir vor, Manfred nie mehr zum Essen einzuladen. Ach was. Ich werde nie mehr ein Wort mit ihm wechseln!

»Nun ja«, bringe ich schließlich hervor. Ich räuspere mich. »Trotzdem bin ich hier, um mich über neue Möglichkeiten zu informieren. Wer weiß, vielleicht wechsle ich dennoch zu einer anderen Bank. Ich wollte mir vorab schon mal ein Bild verschaffen. Ich glaube, es ist unklug, zu lange bei ein und demselben Unternehmen zu verweilen. Wer rastet, der rostet. Ha-ha.«

»Ach herrje, das ist wirklich zu dumm. Da hätten wir uns dieses Treffen eigentlich sparen können.« Wie bitte? Was glaubt er denn, warum ich gekommen bin? »Da hätte ich Ihnen nämlich schon am Telefon sagen können, dass wir nichts anzubieten haben.«

»Was soll das heißen? Es wird doch wohl noch die eine oder andere Stelle geben, die für mich in Frage kommt.« Die meisten Banken würden sich die Finger nach Trixie Trader lecken! »Immerhin habe ich einmal einen Preis für den innovativsten Geschäftsabschluss gewonnen. Mir eilt ein Ruf voraus!«

»Tja, sehen Sie –« Brian schaut verstohlen auf seine Armbanduhr. »Da liegt das Problem. Um es behutsam auszudrücken, Ihr Ruf entspricht nicht ganz unseren Voraussetzungen. Es geht das Gerücht, Sie wären … nun ja, nachlässig geworden und würden nichts mehr tun, außer Unfrieden zu stiften. Sagen Sie, stimmt es denn, dass Sie schlecht über Ihre Kollegen reden?« Nur, wenn es solche Sackgesichter wie du sind. »Und was Ihren Preis betrifft, Trixie, bin ich mir nicht sicher, ob der Ihnen zuträglich ist. Natürlich war es beeindruckend, dass Sie einen neuen Markt erschlossen haben, doch wer rührt heute noch die albanische Währung an?«

»Brian«, beginne ich, »Sie sind mein Headhunter. Ich beanspruche Ihre Dienste. Also bedienen Sie mich.« Scheiße, so war das nicht gemeint. »Beschaffen Sie mir ein paar Vorstellungstermine. Ich möchte eine Chance, damit ich meine Fähigkeiten unter Beweis stellen kann.«

»Das geht nicht«, wendet Brian ein.

»Das geht wohl. Sie müssen sich lediglich einen Ruck geben.« Ich lächele ihn aufmunternd an.

»Tut mir Leid, Trixie. Das ist ausgeschlossen.«

»Warum?«, frage ich aufgebracht. »Warum ist das ausgeschlossen?«

»Weil wir von Ihrer Bank gebeten wurden, neue Mitarbeiter anzuwerben. Es wäre unmoralisch, wenn wir gleichzeitig ihren Hausbestand plündern würden. Ich möchte es mir mit Ihren Vorgesetzten nicht verderben. Auch ich besitze einen Ruf, den es zu wahren gilt.«

»Das heißt, Sie können nichts für mich tun?«

»Tja, ich fürchte, genau so sieht es aus.«

Ich glaube, ich spinne! »Könnten Sie mir denn einen anderen Headhunter empfehlen?«

»Wozu? Sie würden Ihnen alle dasselbe erzählen. Wenn Sie nicht bereit sind, beträchtliche Abstriche zu machen, werden Sie in der City keine Anstellung mehr finden.« Auch Brian hat seine Berufung verfehlt und hätte wie Ciaran zur Bühne gehen sollen. Ich werde ganz traurig, als ich seine bekümmerte Miene sehe. Er stößt einen kleinen Seufzer aus. Kommt auch gut. »Tja, Sie müssen mich nun entschuldigen, fürchte ich. Ich erwarte jemanden, dessen Lebenslauf ich noch prüfen muss.« Brian erhebt sich und streckt mir seine feiste Hand entgegen. Ich stehe auf, überwinde mich, die Hand zu ergreifen, und verabschiede mich, um meine letzte Woche in der City anzutreten.

Wieder einmal bin ich die Letzte, die eintrifft. Macht mir nicht das Geringste aus. Wen sollte ich jetzt noch beeindrucken wollen? Bluthund hängt wie üblich am Telefon, nickt mir zu und mimt »hallo«, während ich mich niederlasse. Ich stelle meine Computer an. Die Märkte verhalten sich ruhig. Keine ruckartigen Bewegungen, die mir einen kühn strukturierten Deal ermöglichen würden. Bluthund beendet sein Gespräch und wendet sich mir zu.

»Lily hat schon dreimal angerufen.« Er hält mir einen Stapel Post-It-Zettel hin. »Es sei dringend. Sie macht sich Sorgen, weil du gestern Abend nicht ans Telefon gegangen bist.«

»Lass mich raten. Im Supermarkt hat es ein Sonderangebot gegeben. Drei Wischtücher für den Preis von zweien. Ruf du sie für mich an, ja? Erklär ihr, ich hätte mein Geld schon für zwanzig Paletten Marmelade ausgegeben und könnte mir keine Wischtücher mehr leisten. Bitte.«

Bluthund mustert mich abwägend, ehe er sagt, es sei gemein, sich über Lilys Marotte lustig zu machen. »Sie tut damit doch niemandem weh, oder? Sie will einfach nur aufmerksam sein. Übrigens hat auch Julie angerufen. Sie macht sich ebenfalls Sorgen um dich.«

»Okay, ich rufe sie zurück. Vielleicht hat sie ja Lust, mit mir essen zu gehen.« Ich mache Anstalten, Julies Nummer zu wählen.

»Sie ist nicht im Büro.«

»Was ist los?«

»Julie besucht einen Kurs. Ich habe gerade mit ihr telefoniert. Sie hat aus der Kaffeepause angerufen.«

»Warum hast du mich denn nicht mir ihr verbunden?«

»Weil …« Bluthund zögert. Er zieht die Stirn so kraus, als wäre er dabei, eine schwierige Rechenaufgabe zu lösen. Langsam steigt ihm die Röte ins Gesicht. »Weil sie nicht dich angerufen hat.«

»Sondern?« Julie kennt hier doch kaum jemanden!

»Mich.«

»Um sich nach mir zu erkundigen?«

»Nein.« Er verstummt. »Um sich nach *mir* zu erkundigen.« Neuerliches Schweigen. »Um zu hören, wie ich mich nach dem gestrigen Abend fühle.«

»Wie bitte?« In meinen Ohren ebbt das Gebrüll um mich her schlagartig ab. Nur ganz entfernt höre ich noch, dass die anderen sich zurufen, der Yen stürze wie ein Kamikaze-Flieger ab.

»Wir hatten unser drittes Date.«

»Machst du Witze?« Hat er drittes Date gesagt? Ein drittes Date bedeutet, dass es etwas Ernstes ist.

»Nein, ich mache keine Witze.« Wie geschrumpft die Welt plötzlich ist! Wohin soll man sich wenden, wenn links und rechts Granaten einschlagen? Meine beste Freundin gibt sich mit meinem Tischnachbarn ab. Ich gehe unter, und die Menschen, die mir nahe stehen, denken unterdessen an ihr Vergnügen. »Wir wussten nicht, wie wir dir das beibringen sollten«, murmelt Bluthund. Kein Wunder, dass sie sich so für ihn ins Zeug gelegt hat. Wahrscheinlich war er auch mit ihr in der Met Bar, als es mir so dreckig ging. Warum dauert es immer so lange, bis bei mir der Groschen fällt? Muss an den Groschen liegen. Sie sind auch nicht mehr das, was sie mal waren.

»Oh, keine Sorge. Das ist dir jetzt prima gelungen. Tolles Timing. Vielen Dank.« Ich wende mich meinen Bildschirmen zu. Der Yen sackt schneller als eine Flasche Krug zum Mittagessen. Es ist grotesk. Das ganze Theater um Dr. Noriko war umsonst. Bei einem solchen Wechselkurs wäre daraus ohnehin nichts geworden. Das hätte selbst ich nicht mehr schönrechnen können. Ist das nun auch höhere Gerechtigkeit, oder nennt man das irgendwie anders? Ich spüre, dass Bluthund mich noch immer mustert. Zuletzt bemerkt er mit sanfter Stimme, Ciaran hätte mich gesucht. Um zu reden. Wo ist das

Problem? Soviel ich weiß, gibt es jede Menge Chatlines, die ihm weiterhelfen können. Ich habe weder Lust noch Zeit dazu. Ich habe Arbeit für sieben Tage vor mir liegen.

Zwei Stunden später, als ich noch immer in die Betrachtung meiner Bildschirme versunken bin, erreicht mich ein Gespräch über die Hausleitung. Eine der Empfangsdamen teilt mir mit, eine Mrs. Lily Smith stünde unten und warte auf mich. Was ist denn nun schon wieder los?

Ich verspreche, in fünf Minuten im Foyer zu sein. Ich bräuchte mich nicht zu beeilen, versichert die Dame. Mrs. Smith sei gerade dabei, ihr zu erklären, wie man fettige Fingerabdrücke von einer Glasoberfläche wischt.

Kurz darauf durchquere ich die Sicherheitssperren. Lily ist inzwischen dazu übergegangen, den versammelten Empfangsdamen einen Vortrag über Blumengestecke zu halten.

»Dieses exotische Zeug ist doch Blödsinn«, trompetet sie gerade und zeigt verächtlich auf die Papageienblumen, die in prächtigem Gold und Purpur aufrecht aus hohen Glasvasen ragen. »Da ist mir eine Nelke oder eine Chrysantheme allemal lieber. Die halten wenigstens. Mein Dutzend rosa Nelken von vor einer Woche ist immer noch so frisch wie am ersten Tag.« Sie hält inne, als sie mich erblickt, beschließt jedoch, noch eins draufzusetzen. »Und wissen Sie, wie viel der Spaß mich gekostet hat? Noch nicht einmal zwei Pfund.« Sie wirft den Papageienblumen einen letzten vernichtenden Blick zu und schüttelt angesichts des Ausmaßes menschlicher Dummheit bekümmert ihr Haupt.

Lily trägt den schwarzen Bouclémantel. Das ist ihr bestes Stück von Marks & Spencer und stammt aus den Zeiten, als man dort noch Wert auf Qualität legte. Die Handtasche hält sie wie einen Schild vor ihre Brust, und ihre Hände umklammern das Paar Lederhandschuhe, das ich ihr vor langer Zeit einmal zu Weihnachten geschenkt habe. Sie ist sichtlich nervös. Irgendetwas muss vorgefallen sein. Lily ist noch nie so mir nichts, dir nichts in der Bank vorbeigeschneit.

»Trixie.« Lily lächelt gezwungen.

»Hallo«, antworte ich. »Was machst du hier?« Ich weiß nicht, was es ist, aber irgendetwas stimmt nicht. Unabhängig von Lily. Es hat etwas mit der Bank zu tun, doch ich komme nicht dahinter, bis mir mit einem Mal dämmert, dass es die Musik im Hintergrund ist. Dudelmusik. So, als wäre ich in einem Hotel. Ich wende mich zu der Empfangsdame um. »Woher stammt die Musik?«

Sie legt den Kopf auf die Seite und horcht. Ein dünner, blecherner Ton erfüllt das Foyer und hallt von den marmornen Wänden wider. Man könnte glauben, von irgendwoher erklänge … *Greensleeves.* Mein Gott, der Eiswagen!

Ich werfe einen Blick nach draußen. Na bitte, ich habe mich nicht geirrt. Direkt vor dem Portal hat der Eiswagen geparkt. Toll. Diese Musik wird jede Menge Kunden anlocken. Ich trete an die Glasscheiben und entdecke eine lange Schlange Banker, die an dem Eiswagen ansteht. Allen voran Kate.

Lily beobachtet mich wachsam aus den Augenwinkeln. »Junge, Junge«, sage ich. »Wer hätte das gedacht? Ich glaube, ich habe noch nie einen Eiswagen in der City gesehen. Der Eismann muss sich verfahren haben. Vielleicht hat er aber auch gedacht, wir wären eine Schule. Banker und Kinder sehen sich ja schließlich so täuschend ähnlich.« Ich schweige für einen Moment. »Was tust du hier?«

Lily tritt unbehaglich von einem Fuß auf den anderen. Ihr Mantel klafft auf. Wenigstens hat sie sich für ihren Besuch kein weißes Spitzenschürzchen umgebunden. Während ich sie taxiere, fällt mir auf, dass auch an ihr etwas anders ist. Ich mustere sie genauer.

»Du hast Make-up aufgelegt.« Es klingt wie eine Anschuldigung. Lily läuft rot an und murmelt, dass sie nur alte Reste aufgebraucht hat, die zum Wegwerfen zu schade gewesen wären. Von wegen. Bei mir gibt es keine alten Reste. Ich winke ungeduldig ab. Seit wann stört es mich, dass Lily sich an meinen Kosmetikartikeln bedient? Hoppla, jetzt erkenne ich eine weitere Veränderung! Es ist etwas, das an ihrem linken Ringfinger blitzt. Sieht nach Brillanten und Rubinen aus. Die Rubine passen gut zu Lilys Nagellack. Moment mal! Nagellack? Seit wann lackiert Lily sich die Fingernägel? Sie posaunt doch ständig herum, wenn Gott gewollt hätte, dass wir rote Fingernägel trügen, hätte er sie von sich aus so gemacht. Mir kam der Spruch seit jeher idiotisch vor, weil rote Fingernägel beileibe nicht zu allen Frauen passen. Lilys Logik zufolge hätte Gott uns genauso gut eine französische Maniküre verpassen können. Ich zwinge mich jedoch, mich auf das Nächstliegende zu konzentrieren: Lily trägt einen Ring, und bei diesem Ring handelt es sich zweifellos um einen Verlobungsring.

»Du trägst einen Verlobungsring! Warum?«

Lily kichert albern und beginnt in ihrer Handtasche zu kramen. Zuletzt zieht sie ein Walkie-Talkie hervor.

»Romeo. Romeo, bitte kommen!«

»Ich höre dich, Julia. Laut und klar«, krächzt es zurück. Im Hintergrund vernehme ich schwach *Greensleeves.*

»Trixie entdeckt. Bitte kommen, Romeo. Julia wartet.« Ich glaube, ich träume. Diese Frau ist fernsehgeschädigt.

»Zehn, zehn«, krächzt es aus dem Walkie-Talkie. Was soll das denn nun wieder bedeuten?

Als ich mich umschaue, entdecke ich Kate, die mit einer Riesenladung Eis durch die Drehtür stürmt. Wie dem Rattenfänger von Hameln folgen ihr die Kollegen, die ihre Mittagspause beendet haben. Sie scheinen in Eile zu sein. Macht Sinn. Könnte gut sein, dass sie, während sie seelenruhig Wein konsumierten, ihren Job verloren haben. Wie ich sehe, befindet sich auch Ciaran darunter. Er sieht abgespannt aus, doch vielleicht bilde ich mir das nur ein.

Als Kate uns entdeckt, kommt sie auf uns zugelaufen.

»Hallo, Trixie!« Sie schenkt mir ein breites Lächeln. Falls sie weiß, was mir widerfahren ist, versteht sie es glänzend, ihr Wissen zu verbergen. »Hallo, Lily. Wie geht es Ihnen?« Kate begrüßt Lily mit einer herzhaften Umarmung. »Sie hatten Recht«, flüstert sie anschließend. »Die Idee mit dem Bleichmittel war genial.« Sie breitet glücklich die Arme aus. »Habt ihr den Eiswagen gesehen? Ist das nicht wundervoll? Ein Eiswagen mitten in der City!«

Lily antwortet etwas, doch ich bekomme ihre Worte nicht mit. Meine Blicke haften auf Ciaran. Lily verstummt, dreht sich um und fängt an zu winken.

»Guten Tag, mein Lieber«, flötet sie Ciaran entgegen, der langsam auf uns zukommt. Er schüttelt Lily die Hand und nickt mir zu, wobei er meinem Blick ausweicht. Ich reagiere nicht auf sein Nicken.

Kate scheint zu begreifen, dass etwas nicht stimmt, doch noch ehe sie sich verziehen kann, ertönt ein lautes Rufen.

»Ich bin hier, Lily! Wo steckst du?« Ich fahre herum und entdecke einen großen Mann in weißem Overall und weißem Hütchen. Das Hütchen sieht wie ein umgedrehtes Papierschiffchen aus. Der Mann kommt auf uns zu. In seinen Händen befindet sich ein Walkie-Talkie. Er bleibt vor uns stehen. Auf der Brusttasche seines Overalls steht *Larrys Lutschleckereis.* Kate beginnt, ihr Eis schneller zu schlecken. Vielleicht hofft sie, dass er noch ein paar Extraportionen in der Tasche hat. Ciaran steht einfach nur da. Offenbar weiß er nicht, was er tun soll. Die Empfangsdame, an die Sam sich neulich herangemacht hat, betrachtet unsere kleine Gruppe mit großem Interesse. Eine Spionin aus dem feindlichen Lager.

»Oh«, sagt Larry, »ich wusste ja gar nicht, dass wir so viele sind.« Er strahlt Lily an und ergreift ihre Hand.

»Trixie«, sagt Lily, »das ist Larry. Mein zukünftiger Mann.« Larry gibt ihr einen Schmatz auf die Wange. »Larry«, fährt Lily fort, »das ist Trixie. Deine zukünftige Stieftochter.«

Kate stößt vernehmlich den Atem aus, ehe sie Beifall spendet, mich in die Seite stupst und mich als stilles Wasser bezeichnet. Ich werde sie bestimmt nie mehr los. Sie wird mich ab sofort ständig bitten, ihr Eis mitzubringen. Ciaran bleibt für einen Moment stumm. Danach gratuliert er Lily und Larry, verabschiedet sich und macht sich auf den Weg zu den Aufzügen. Ich wette, er ist froh, dass aus uns beiden nichts geworden ist. Wer will sich schon mit der Stieftochter eines Eismannes abgeben?

Und ich? Mir hat es die Sprache verschlagen. Ich höre, dass meine Mutter hell auflacht, als Larry ihr einen zweiten Schmatz auf die Wange gibt, und ich möchte vor Scham im Boden versinken. Doch zum ersten Mal in meinem erwachsenen Leben schäme ich mich nicht für meine Mutter. Ich schäme mich auch nicht für ihren Verlobten, sondern ich schäme mich ausschließlich für mich. Nachdem Larry mich an sich gedrückt hat, stammele ich etwas, das man vielleicht als Glückwunsch durchgehen lassen könnte, und murmele, ich könne meine Computer nicht zu lange allein lassen und müsse wieder an meinen Tisch zurück. Anschließend erkläre ich mich noch bereit, die beiden später auf einen Drink im Old Parr's in Islington zu treffen. Dann mache ich auf dem Absatz kehrt und flüchte zu den Aufzügen.

Samstag, 28. Oktober

(Noch 9 Tage Galgenfrist – es ist doch nur eine kleine Notlüge gewesen.)

Ich erinnere mich nicht mehr im Einzelnen an das, was gestern Nachmittag sonst noch geschah, doch das hatte ausnahmsweise nichts mit einem ausgedehnten Lunch zu tun. In meinem Kopf herrschte ein einziges Durcheinander. Jedes Mal, wenn ich eine Gruppe Leute zusammenstehen sah, dachte ich, jetzt reden sie über mich. Über Trixie Thompson-Smythe, die Hochstaplerin. Sie werden sich erzählen, dass ich nur Smith heiße, und weiter nichts. Genau wie Lily. Ich entstamme auch keiner betuchten Familie, wie ich immer behauptet habe. Ich bin nur das Produkt einer Verbindung aus Lily und Alfred, wobei es sich bei Letzterem um einen Totalversager handelte, der sich aus dem Staub gemacht hat, als ich drei Jahre alt war. Ich erinnere mich nicht mehr an ihn, doch angeblich sehe ich ihm ähnlich. Wahrscheinlich habe ich seine Waden geerbt.

Lily hat sich mit mir durchgeschlagen, indem sie bei anderen Leuten putzte. Manchmal begleitete ich sie. Ich denke, dass ich da auf den Geschmack gekommen bin. Zumindest weiß ich noch, dass ich mir, wenn ich in den feinen Häusern über die Möbel, die Pelzmäntel und die Luxusgarderobe strich, vornahm, eines Tages genauso reich zu werden. Mädel, sei auf Draht, sagte ich mir, als ich mich in der City bewarb. Jetzt geht es um die Wurst. Wenn du schlau bist, öffnen sich dir bald die Pforten des Paradieses. Wie hießen noch gleich die Losungsworte? Name, Herkunft, Stammbaum und Familie. Kein Problem. Merkt doch niemand, wenn ich lüge. Ich werde nicht die Erste sein, die das tut. Und bestimmt nicht die Letzte.

Ein Problem gab es natürlich. Das war Lily. Wie sollte ich meine Mutter den anderen erklären? Julie war die Einzige, der ich die Wahrheit anvertraute. Klar fand sie es unmöglich, dass ich Lily als meine Putzfrau ausgab. Vielleicht *war* es ja auch unmöglich. Die Hauptsache war aber, dass Julie dicht hielt. Sam kam nie hinter meine Geschichte. Er entstammte einer ausgesprochen noblen Familie. Seine Mutter hätte der Schlag getroffen, wenn sie gewusst hätte, dass er sich mit einer Frau aus einfachsten Verhältnissen abgab. Andererseits war Sam auch nicht gerade ehrlich, was sein Elternhaus betraf, denn er machte ständig einen auf Unterschicht und streute pausenlos Cockney-Brocken in seine Sätze ein. Ich glaube, er wollte damit beweisen, dass er ein knallharter Bursche war.

Lily habe ich über meine Lügen im Unklaren gelassen. Sie verstand, dass ich was Besseres werden wollte, und sie ließ mich gewähren. Natürlich war sie nicht glücklich, dass ich sie mit einem Mal Lily nannte. Sie schluckte aber meine Erklärung, dass feine Leute ihre Eltern und Verwandten nur beim Vornamen nennen, dass es eine Art Tick von ihnen sei. Sie stutzte lediglich, als sie mitbekam, dass Prinz Charles die Königin mit Mutter anredet, nicht mit Elizabeth, doch ich konnte ihr beibringen, Aristokraten würden eine Ausnahme bilden. Selbst Prinz Philip, behauptete ich, würde zur Queen nicht Elizabeth sagen. Im Übrigen tat ich mein Bestes, haarige Situationen zu vermeiden. Das Essen mit meinen Kollegen war gefährlich gewesen, doch selbst das hatte ich glatt über die Bühne bekommen.

Es war nicht Lilys Fehler, dass sie gestern alles ruiniert hat. Sie war aufgeregt. Verliebt. Konnte es nicht abwarten, ihrer einzigen Tochter, die sie in den Tagen zuvor nicht erreicht hatte, die gute Nachricht zu überbringen.

Inzwischen weiß ich, dass Larry Lilys Jugendliebe war, und dass sie ihn lange vor Alfred kannte. Irgendwie haben ihre Wege sich aber getrennt, und nachdem Lily Alfred heiratete, haben sie sich ganz aus den Augen verloren. Bis vor zwei Monaten, als Lily den Eiswagen sah und plötzlich Heißhunger auf ein Vanilleeis verspürte. Tja, und mit einem Mal schaute ihr Larry aus dem Wagen entgegen, lächelte und überreichte ihr drei Kugeln, obwohl sie nur um zwei gebeten hatte. Das wird den Ausschlag gegeben haben, vermute ich.

Es hat offenbar nicht lange gedauert, bis die beiden feststellten, dass sie noch immer etwas füreinander empfanden, und sich abermals zusammentaten. Sonntagnachmittags fuhren sie mit dem Eiswagen raus nach Primrose Hill – natürlich mit *Greensleeves*-Gedudel – und freuten sich über die Kinder, die ihnen entgegengerannt kamen. Und wenn sie abends noch einen Becher Himbeereis übrig hatten, gab es für Lily nichts Schöneres, als ihn in den Kühlschrank ihrer einzigen Tochter zu stellen, die schon immer eine kleine Naschkatze gewesen war.

Das alles erfuhr ich, als wir abends im Old Parr's Head Wein tranken und Erdnüsse knabberten.

Larry ist ein netter Typ. Ich glaube, dass er verrückt nach meiner Mutter ist. Natürlich haben wir nicht drauflos geredet, als würden wir uns schon ewig kennen. Wie denn auch? Es war offenkundig, dass ich Larry einschüchterte, weil ich etwas aus mir gemacht hatte und mich inzwischen in einem anderen Milieu bewegte. Wir waren uns sympathisch, das gebe ich zu, doch unsere Unterhaltung stockte immer wieder und blieb leicht gezwungen. Was hätte ich denn auch groß sagen sollen? Die Speiseeisindustrie ist schließlich kein uferloses Thema, und von Larry konnte ich wohl kaum Interesse an der Hochfinanz erwarten. Ich hoffe nur, er wird gut für meine Mutter sorgen, wenn ich sie nicht mehr unterstützen kann. Ich muss ihm noch sagen, dass sie hin und wieder eine neue Schürze braucht und ein Fläschchen von dem Lavendelwasser, das sie sich hinter die Ohrläppchen tupft (oder das sie als Riechfläschchen benutzt, wenn ich üble Kraftausdrücke verwende).

Julie und Bluthund sind auch im Old Parr's gewesen. Lily hatte darauf bestanden. »Sag Julie, sie soll auf ein Gläschen Cinzano vorbeikommen«, hatte sie mir aufgetragen. »Und dieser nette Kollege, der Dackel oder Mops heißt, ebenfalls.« Sogar Kate hatte auf ihrer Gästeliste gestanden, doch diese hatte bereits etwas vorgehabt. Sie hat sich jedoch tausendmal entschuldigt und mich gebeten, Lily in ihrem Namen zu gratulieren (und sie noch einmal ganz fest zu drücken). Taktvollerweise hat sie die Tatsache, dass Lily meine Mutter ist, unerwähnt gelassen. Ciaran hat Lilys Einladung höflich ausgeschlagen und gesagt, er stünde zurzeit unter zu großem Stress. Ich kann mir gut vorstellen, wie seine Gedanken sich dabei überschlugen. *Trixie ist eine Betrügerin. Gut, dass ich noch früh genug abspringen konnte.* Larry bemerkte später, im Moment drohe offenbar jedermann die Arbeit über den Kopf zu wachsen. Sein Freund Jimmy würde auch in Papierkram versinken und hätte sich deshalb nicht freimachen können.

Alles in allem wurde es aber trotzdem noch ganz nett, fährt es mir durch den Kopf, als ich in meinem uralten karierten Schlafanzug eingerollt auf dem Sofa liege und eine Schale Obstsalat löffele. Dabei schaue ich mir eine Kindersendung im Fernsehen an und finde es äußerst erholsam, für eine Weile einmal keine Finanzcharts anstarren zu müssen. Das Telefon läutet. Julie ist dran.

»Hi.« Hm. Klingt ziemlich kurz angebunden.

»Hi«, antworte ich. Was sie kann, kann ich auch.

»Wie geht's?«

»Gut. Und dir?«

»Gut.« Macht richtig Spaß, sich mit ihr auszutauschen. Mit

einem Mal stürzen jedoch alle Dämme ein, und Julies Worte brechen sintflutartig über mir zusammen. »Hör zu, Trixie, es tut mir Leid, dass ich dir das mit mir und Christopher nicht gebeichtet habe, aber ich wusste ja nicht, wie das bei dir ankommen würde, und Christopher dachte, du würdest dich aufregen und uns verdächtigen, dass wir hintenrum über dich reden, und nachdem du wegen Ciaran schon so durcheinander warst, wollten wir dir erst recht nichts sagen, damit du nicht glaubst, wir wollten dir unser Glück unter die Nase reiben, und dann hast du es gestern von selbst herausgefunden, ausgerechnet, nachdem du gerade einen sehr schweren Schock zu verkraften hattest.« Herr im Himmel, wenn Julie sich was vom Herzen reden will, ist sie wirklich nicht zu bremsen.

»Habt ihr's getan?«

»Haben wir *was* getan? Also, ich bitte dich, Trixie! Gewisse Aspekte unserer Beziehung sind ja wohl eher privater Natur. Ich glaube, es wäre Christopher gegenüber nicht fair, wenn ich darüber sprechen würde.«

»Ich rede nicht von Sex, Liebes. Ich wollte wissen, ob ihr hintenrum über mich herzieht. Aber da du es nun schon mal erwähnt hast, scheiß auf ›fair gegenüber Christopher‹. Wenn er meine beste Freundin flachlegt, habe ich ja wohl das Recht, ein paar Einzelheiten zu erfahren, oder? Wie wär's mit gut, schlecht oder mittelprächtig und vielleicht noch mit der einen oder anderen Stellung?«

»Ich mag nicht, wie du darüber sprichst, Trixie. Wenn du mich fragst, hast du seit jeher eine Schwäche für ihn gehabt und versuchst auf diese Weise nur, deine wahren Gefühle zu kaschieren. Das war noch ein weiterer Grund, weshalb ich dir nichts sagen wollte. Ich hatte Angst vor deiner Eifersucht.« Mir fallen fast Hörer und Löffel gleichzeitig aus den Händen. Mist, jetzt habe ich mich mit Obstsaft bekleckert. Er sickert zwischen meinen Brüsten hindurch. Ich bräuchte ein Tuch, um ihn wegzuwischen.

»Julie«, sage ich müde, »ich kann dir versichern, dass ich in Bluthund nicht, ich wiederhole NICHT, verstehst du? – N wie niemand, I wie Idiot, C wie Champagner, H wie Hilfe, T wie Trixie – verliebt bin. Entschuldige, in Christopher.«

»Ich kann es nicht ausstehen, wenn du so komisch reagierst«, fährt Julie mich an. »Du musst immer alles abstreiten, das ist dir richtig zur Manie geworden.«

»Dieses Mal trifft es ausnahmsweise zu. Bluthund ist nicht mein Typ. Begreife das bitte ein für alle Mal! Obwohl – aber das sage ich nur ein einziges Mal und werde es nie mehr wiederholen – er mir in der letzten Zeit fast ans Herz gewachsen ist. Er hat mir wirklich beigestanden.« O Mann, das zuzugeben war total schwer. Aber besser rausgespuckt als runtergeschluckt, wie Lily immer sagt. »Deshalb habe ich ihm inzwischen auch die Sache mit Miss Hongkong verziehen.« Durch den Telefonhörer dringt ein tiefer Seufzer der Erleichterung. »Ich bin nur sauer, weil er mich angelogen hat.«

»Du hast ihn ebenfalls angelogen«, kommt es umgehend zurück. »Das gleicht sich aus.« Julies Stimme wird sanfter, als sie hinzusetzt: »Ich habe dir immer gesagt, dass sich niemand für deine Herkunft interessiert, Trixie, aber du wolltest ja nicht hören. Jetzt siehst du, was du davon hast.«

»Toll, Julie, das ist äußerst großzügig und zartfühlend von dir. Findest du nicht, du solltest der Heilsarmee beitreten?« Mit ihrer ewigen Rechthaberei macht sie mich rasend. Damit erinnert sie mich an kleinliche Mathematiklehrer und besserwisserische alte Tanten. Ich hole tief Luft. »Was sagt Bluthund denn zu der ganzen Geschichte?«, frage ich.

»Christopher«, verbessert Julie mich. »Er ist verwirrt. Er fragt sich, wo du während der ganzen Wochenenden warst, die du angeblich bei deinen Eltern auf dem Land verbracht hast.«

»Was hast du ihm geantwortet?«

»Dass du meistens bei mir warst, und dass wir kleine Landausflüge unternommen haben. Im Moment grübelt er allerdings noch darüber nach, was aus den Tombolalosen geworden ist, mit denen du ihn bombardiert hast, und er möchte gern wissen, wohin die Erlöse gewandert sind, wenn nicht in die wohltätigen Zwecke, für die deine Mutter gesammelt hat.«

»In dem Punkt habe ich nicht geschwindelt. Das Geld habe ich an meine Mutter weitergereicht. Sie hat es der Arbeiterwohlfahrt gespendet. Du glaubst mir doch, nicht wahr?« Es klingelt an meiner Wohnungstür. »Julie, ich muss auflegen, es hat jemand geläutet. Hör zu, ich bin froh, dass du glücklich bist und so weiter und so fort. Sag Bluthund, ich würde ihm die Einzelheiten Montag erklären.« Genau wie allen anderen Kollegen. »Bis später. Ciao.«

Ich lege den Telefonhörer auf. Auf dem Weg zur Haustür ziehe ich den flauschigen Bademantel aus dem New Yorker Hotel über meinen abgewetzten Schlafanzug. Es klingelt erneut. Ich komme ja schon! Wahrscheinlich irgendeine Expresssendung. Ich reiße die Tür auf. Ciaran steht vor mir. Mit Jeans, schwarzem Polohemd, Kalbslederjacke und Dreitagebart. Wahnsinn. Er passt eindeutig nicht zu mir. Ich will auch nicht, dass er da steht. Was mache ich jetzt? Ob ich ihm die Tür vor der Nase zuschlage? Oder loszetere und obszöne Flüche kreische, bis den Nachbarn Hören und Sehen vergeht? Soll ich ihn hereinbitten? Möchte ich das?

»Ich würde gern reinkommen.« Klasse, er nimmt mir die Entscheidung ab. Ich ziehe die Tür ganz auf und lasse ihn eintreten. Anschließend schließe ich die Tür und stehe stumm da. In meinem EKELHAFTEN Schlafanzug! Lieber Gott, ich danke dir, dass ich nicht auch noch eine Gurkenmaske aufgelegt habe.

Ciaran tritt von einem Fuß auf den anderen. Ich vermute, dass ihm seine funkelnagelneuen Patrick-Cox-Slipper noch ein wenig unbequem sind. Er wirft einen besorgten Blick auf meine Hand, die noch immer auf dem Türgriff liegt. Das würde mich an seiner Stelle auch nervös machen. Immerhin kann ich den Griff jederzeit wieder runterdrücken, die Tür aufreißen und ihn zum Teufel jagen.

»Du siehst klasse aus«, bemerkt Ciaran, wobei sich ihm ein Lächeln in die Augen stiehlt. Es verschwindet jedoch wieder, als er meinen steinernen Gesichtsausdruck registriert. »In Anbetracht der Umstände jedenfalls.«

»In Anbetracht welcher Umstände?«, erkundige ich mich kalt. »Weil ich einfachen Verhältnissen entstamme? Weil meine Mutter sich krumm und bucklig gearbeitet hat, um uns über Wasser zu halten? Weil mein Vater ein ehrloser Sack war, der mit einer Stripperin abgehauen ist, als ich drei war?«

»Weder noch. Ich meinte, in Anbetracht dieses ausgesprochen scheußlichen Schlafanzuges, den du anhast.«

Noch vor einer Woche wäre ich in schallendes Gelächter ausgebrochen (glaube ich jedenfalls, denn eigentlich ist es ja doch eine Beleidigung) und hätte ihm erklärt, dass ich an Wochenenden am liebsten in eben diesem Schlafanzug rumhänge, Junkfood in mich hineinstopfe und mir alte Filme reinziehe oder harmlose amerikanische Krimis, wie *Mord ist ihr Hobby*. Doch jetzt ist mir nicht nach Lachen zumute. Ciaran hat mir extrem geschadet und nun ist er offenbar gekommen, um sich an meinem Unglück zu weiden. Na, wenn er sich da mal nur nicht geschnitten hat.

»Wie charmant du bist!«, antworte ich giftig. Ciaran blickt mich betroffen an.

»Entschuldige, Trixie«, murmelt er. »Ich wollte nur nachsehen, ob alles in Ordnung ist. Das war gestern sicher alles ein bisschen viel für dich. Sag Lily bitte noch mal, dass ich ihr nur das Beste wünsche. Sie hat einen sehr glücklichen Eindruck gemacht. Weißt du …« Er hält inne. »Eigentlich wusste ich das schon länger.«

»Was? Dass sie Larry heiratet?«

»Nein, dass Lily deine Mutter ist. Na ja, vielleicht habe ich es nicht richtig gewusst, aber zumindest doch geahnt.« Er schwindelt, ohne rot zu werden. Eiskalt. Dabei kann er so heiß … nein, ich werde die Erinnerung an unsere gemeinsame Nacht nicht hochkommen lassen, sondern sie in die hinterste Ecke meines Gedächtnisses verbannen. In welchem Alter lernen Männer eigentlich, Schufte zu werden?

»Woher?«, frage ich. »Habe ich beim Essen die falsche Gabel benutzt?«

»Sei nicht albern. Selbst wenn, wäre mir das einerlei gewesen. Es wäre mir auch gar nicht aufgefallen. Ich hatte ja nur Augen für dich.« Mann, mir wird gleich übel. »Nein, es war etwas anderes. Du hast mir erzählt, Lily sei gegen Sonnenblumen allergisch und dasselbe hast du vorher von deiner Mutter behauptet, weißt du noch? Ein bisschen viel an Zufall, fand ich.«

»Hast du daraufhin die Blumen gekauft? Um mir eine Falle zu stellen?«

»Nein«, erwidert Ciaran. »Ich habe im Blumenladen gesagt, ich suche einen Strauß, der ebenso großartig ist wie die Frau, der ich ihn schenken will. Doch abgesehen davon war da ja auch noch die Sache mit den Gemälden, auf denen angeblich deine Vorfahren abgebildet sind.« O nein, nicht auch noch diese Geschichte! Wie rot kann ein Mensch eigentlich werden? Ich glaube nämlich, ich bin gerade dabei, den Weltrekord aufzustellen. »Ich habe sie danach in einem Kunstkatalog entdeckt. Du hast sie einfach bestellt, nicht wahr?« Ich nehme mir vor, mich bei dem Versandhaus zu beschweren. Ich schaue zu Boden. Ich möchte, dass er sich auftut, um mich zu verschlingen. Wie demütigend und wie peinlich! Ich fühle mich grauenhaft. Ciaran macht einen Schritt auf mich zu, legt seinen Finger unter mein Kinn und hebt meinen Kopf wieder dahin, wohin er gehört. Er lächelt ein wenig, als er sehr sanft hinzufügt: »Ausschlaggebend war jedoch, dass wir so gut zueinander passen. So was ist mir noch nie zuvor passiert. Es war einfach ideal. Unsere Chemie hat perfekt gestimmt. Das kann es nicht geben, wenn der andere völlig unterschiedlicher Herkunft ist. Ich glaube auch nicht, dass so was im Leben zweimal geschieht, Trixie.«

Aus meinem Augenwinkel kullert eine verräterische Träne. Ciaran wischt sie liebevoll fort. Seine Hand bleibt auf meiner Wange liegen und streichelt sie.

»Warum hast du mir denn dann ein Bein gestellt?«

»Das wollte ich nicht. Ich habe geschwiegen, weil ich Angst hatte, du würdest nicht mit mir ausgehen, wenn ich die Wahrheit sage. Ich wollte eine zweite Chance bekommen.« Er verstummt abermals. »Andererseits hatte ich aber auch eine Verpflichtung der Bank gegenüber. Normalerweise kommt die Arbeit bei mir an erster Stelle, doch dann kamst du plötzlich auch an erster Stelle … Herrgott, es war total verzwickt! Sieh mal, ich konnte doch das Vertrauen, das die Bank in mich gesetzt hat, nicht missbrauchen. Ich verdiene Unsummen im Jahr und –«

»Wieso konntest du denn *mein* Vertrauen missbrauchen?«

»Meine Güte, wer hätte denn gedacht, dass Jim bei seiner Drohung bleibt? Ich hielt das lediglich für eine Art – Schreckschuss, um dich wachzurütteln.«

»Das hat geklappt. Ich bin wach geworden.« Ich entziehe mich seiner Hand. »Es war nett, dass du vorbeigekommen bist, Ciaran. Wirklich.« Ich nicke sogar, um ihm zu demonstrieren, dass ich es ernst meine. »Trotzdem solltest du jetzt gehen.« Ciaran wird blass und studiert meine Miene. Vielleicht glaubt er, dass ich ihn zu weiß der Kuckuck was provozieren will. Ich stehe jedoch eisern und entschlossen da und ignoriere die Tränen, die der Spur der ersten Verräterin folgen.

»Gibt es denn gar keine Hoffnung mehr für uns?«, fragt Ciaran leise.

»Ich weiß es nicht«, antworte ich. »Was die Bank anbelangt, hast du dich richtig verhalten. Mehr kann ich dazu nicht sagen.«

Ciaran holt tief Luft und macht Anstalten zu gehen. Er bleibt allerdings noch einmal kurz stehen, nur für den Fall, dass ich es mir anders überlege und wie im Film in seine Arme sinke. Doch als das ausbleibt, gibt er sich einen Ruck und tritt in den strahlenden Herbsttag hinaus.

Ich schließe die Tür, lehne mich dagegen, spüre das kühle Holz an meiner Wange und schaue zu, wie noch jede Menge Verräterinnen auf den Fußboden tropfen.

Montag, 30. Oktober

(Noch 6 Tage Galgenfrist – Schultern gerade rücken, feste, kleine Brüste raus und vorwärts marsch, links, rechts, links, rechts.)

Sams Stimme tönt mir entgegen, als ich aus dem Aufzug trete. Sie dringt aus der großen Lautsprecheranlage, die die gesamte Börsenabteilung beschallt. »Auf los geht's los«, kommandiert er. »Eins, zwei, drei.« Alle stehen auf und singen: »Der Eismann ist da, der Eismann ist da. Er hat so schönes weißes Eis, darauf sind alle Kinder heiß, der Eismann ist da.« Das heißt, nicht alle singen mit. Kate und ihr Team bleiben sitzen und stecken sich die Finger in die Ohren. Wie kleine Kinder. Ich habe schon immer geahnt, dass Kate Sam nicht leiden kann. Ciaran und die Mitglieder seines Teams arbeiten ungestört weiter und tun so, als ginge nichts Ungewöhnliches vonstatten. Ich halte das für eine feine Geste, was aber nicht bedeutet, dass ich Ciaran in Gnaden wieder aufnehme.

Ich atme tief durch und marschiere entschlossen auf meinen Tisch zu. Bluthund hat die Hände auf seine Schlappohren gelegt.

»Sam soll bloß zusehen, dass er seinen Job nicht verliert«, murmelt er. »Als Dirigent wäre er nämlich eine Null. Die haben alle kreuz und quer durcheinander gesungen.«

»Erzähl mir bloß nichts von Jobs, die man verlieren kann«, erwidere ich. Ehrlich gesagt weiß ich nicht, wie ich mich Bluthund gegenüber verhalten soll. Ich bin noch immer sauer, weil er sich, ohne mir vorher etwas zu sagen, mit meiner besten Freundin eingelassen hat. Oder ohne mich überhaupt erst um Erlaubnis zu bitten. Auf Julie bin ich ebenso sauer. Seit wann erzählen wir uns nicht mehr, wie unsere Männer im Bett sind?

»Entschuldige«, sagt Bluthund verlegen. »Ist sonst alles in Ordnung?«

Ich nicke.

»Was sollte denn nicht in Ordnung sein?«, frage ich. Reiß dich zusammen, Trixie. Mach deine Computer an, verfolge die Charts auf den Bildschirmen und bete, dass dir etwas ins Auge springt, aus dem sich ein Geschäft entwickeln lässt. Genau. Warte auf ein Wunder.

»Warum hast du mir nicht die Wahrheit gesagt?« Typisch Bluthund. Beißt sich fest und kann nicht lockerlassen.

»Das Gleiche könnte ich dich fragen.«

»Wieso?«

»Warum hast *du* mir nichts gesagt? Von Julie? Sie ist immerhin meine beste Freundin. Die Frau, über die ich mich bei dir stets beschwert habe, was ich jetzt nicht mehr tun kann, oder?« Ich drücke auf ein paar Tasten, um neue Diagramme abzurufen.

»Tut mir Leid«, sagt Bluthund. »*Ich* habe mich bei ihr immer über *dich* beschwert, was ich jetzt wahrscheinlich auch nicht mehr tun kann. Du würdest das sicher als illoyal empfinden.«

»Illoyal? Pah! Du weißt doch gar nicht, was das Wort bedeutet. Warum suchst du dir nicht eigene Freunde und lässt die meinigen in Ruhe?« Apropos: Da kommt mir eine Idee! Nathan, der Trottel. Bluthunds Freund. Ob der vielleicht meine Rettung ist? »Hast du zufällig Nathans Telefonnummer dabei?«, frage ich.

»Wessen Telefonnummer?«

»Von Nathan. Deinem Freund. Das ist der Mann, den du zu meinem Essen mitgebracht hattest. Erinnerst du dich? Oder hattest du ihn für den Abend nur gemietet?« Im Hintergrund krakeelt Jim herum und fordert die Leute auf, sich mal ein bisschen plötzlich zum Morgenmeeting zu begeben. Da kann er bei mir lange warten. Wenn ich meinen Job verliere, wird das das Beste daran sein. In Zukunft muss ich mir nicht mehr anhören, wie meine Kollegen rumquatschen, was der Tag ihnen bringt, nur um am nächsten Tag zu erklären, warum alles anders gekommen ist und wie toll das ist und wie sie diesen Vorteil nutzen werden, und um dann am übernächsten Tag zu faseln, wie aus dem Vorteil ein Nachteil wurde, und dass sie von Anfang an Recht hatten, verfrüht zwar, aber trotzdem. Auf diesen Mist kann ich locker verzichten.

Bluthund sucht seine Unterlagen für das Meeting zusammen.

»Wozu brauchst du Nathans Telefonnummer?«, fragt er. »Du willst doch nichts von ihm, nur weil ich jetzt mit Julie zusammen bin, oder? Das wäre doch hirnrissig.«

»Tja, jetzt siehst du, wie sich das anfühlt«, entgegne ich. »Schön ist das nicht, wenn sich Kollegin und bester Freund zusammentun, nicht wahr? Stell dir mal vor, wie Nathan und ich über dich herziehen könnten!« Bluthund macht einen gequälten Eindruck. »Mach dir keine Sorgen«, beruhige ich ihn. »Ich bin nicht hinter Nathan her. Ich will ihn lediglich zu einem Geschäftsessen einladen.«

»Hör zu, Trixie«, sagt Bluthund. »Ich muss jetzt los, sonst komme ich zu spät zum Morgenmeeting. Was Nathan betrifft, glaube ich, es ist besser, wenn du dich nicht mit ihm triffst. Er ist ein wenig eigenartig.«

»Kein Wunder, wenn er ein Freund von dir ist.«

»Mann, Trixie – Nathan ist *total* eigenartig.«

»Weißt du«, sage ich, indem ich mich zurücklehne, »ich frage mich allmählich, ob du überhaupt willst, dass ich noch einen Auftrag erwische. Oder ist Nathan dein Eigentum? Hebst du ihn für deine persönlichen Zwecke auf?«

»Unsinn«, gibt Bluthund zurück. Manfred linst auf dem Weg zum Konferenzraum zu uns herüber. Wahrscheinlich würde er gern erfahren, warum wir uns jetzt schon wieder in die Wolle geraten sind. Bluthund beugt sich zu mir und senkt seine Stimme. »Nathan hat einfach seltsame Angewohnheiten. Ich habe da kürzlich was entdeckt, das … Herrgott, was soll's, es hat ja sowieso keinen Sinn. Es ist, als redete ich gegen die Wand. Hier hast du seine Scheißnummer.«

Er kramt eine Visitenkarte aus seiner Schublade hervor, überreicht sie mir und zischt ab.

Ich wähle Nathans Telefonnummer. Jemand nimmt schon nach dem ersten Klingeln ab.

»Nathan?«

»Bingo. Und mit wem habe ich das Vergnügen?«

»Trixie. Du bist auf meiner Dinnerparty gewesen, erinnerst du dich?« Ich werde es vorsichtig angehen. Er soll nicht glauben, ich sei aufdringlich oder hätte mich womöglich in ihn verknallt. Igitt, es hat mir schon gereicht, ihn an dem Abend zu erleben – wo ich nicht wusste, ob seine Haare fettig waren oder ob nur das Kerzenlicht sie so eklig glänzen ließ.

»Richtig. Ich entsinne mich. Die Rumtrixerin. Bist du bei jemandem zum Zug gekommen?« Hä? Soll das ein Witz sein?

»N-nein«, entgegne ich zögernd. »Die Kunden, die ich kannte, sind inzwischen im Ausland tätig. Deshalb rufe ich an.«

Am anderen Ende der Leitung herrscht Stille. Für einen millionenschweren Geschäftsmann ist Nathan ganz schön träge, finde ich. Mit einem Mal scheint bei ihm der Groschen zu fallen.

»Oh, gerade hat's gefunkt. War eben nur ein Witz. Ha-ha. Für einen Moment dachte ich, du wärst jemand anderes. Welchem Umstand verdanke ich denn die Ehre?«

»Na, ich hätte gern gewusst …« Meine Stimme versickert.

Ich hole tief Luft. Zum Teufel mit Bluthunds Warnung. »... ob du vielleicht mit mir essen gehen möchtest. Ich hätte da einige Ideen für dein Unternehmen.« Stimmt zwar nicht, aber ich bin sicher, mir fallen noch welche ein.

»In Ordnung. Wie wär's mit heute Abend? Da gibt's ein neues Internetcafé, das ich mir ohnehin mal anschauen wollte.« An einen Treffpunkt dieser Art hatte ich eigentlich nicht gedacht, aber von mir aus ...

»O toll, abgemacht«, entgegne ich fröhlich. Immerhin spreche ich mit einem potenziellen Kunden. Ich werde tun, was er verlangt. Was kümmert's mich, dass er fürchterliche Klamotten trägt, fettige Haare hat und vermutlich auch kein Deo benutzt? »Wo ist das Café? Wann würde es dir passen? Soll ich einen Tisch reservieren lassen?«

Nathan wiehert los. »Prima, klasse Witz. Ähm – also, das Café befindet sich in der Holloway Road.« Er brabbelt noch etwas von einem super Service Provider und schlägt vor, dass wir uns um sieben Uhr treffen. Dann wird er mit einem Mal hektisch und erklärt: »Ich muss jetzt Schluss machen. Ich habe einen neuen Film auf DVD, den ich dringend ansehen muss. Also bis dann.«

Als Bluthund vom Morgenmeeting zurückkehrt und ich ihm erzähle, ich würde mich am Abend mit Nathan treffen, seufzt er und schüttelt kommentarlos den Kopf.

Der Tag vergeht im Nu, ohne weitere Zwischenfälle. Allenfalls der Liederchor, der mich verfolgt, wenn ich aufs Klo oder zu einem der anderen Tische gehe, ist ein wenig störend. Die Sänger scheinen das ähnlich zu empfinden, denn gegen fünf ist Sam der Einzige, der noch singt, woraufhin jeder hört, wie unmusikalisch er ist. Die Eisfahne, die er gehisst hat, ignoriere ich. Erst am späten Nachmittag schleiche ich mich zu ihm und flüstere ihm ins Ohr, ich würde der Personalabteilung melden, dass er mich beleidigt hat.

Danach ist es aber auch schon Zeit, sich mit Nathan zu treffen, und ich mache mich auf die Socken.

Das Internetcafé liegt ganz am Ende der Holloway Road, zwischen einem Minitaxi-Unternehmen und einem Möbelladen, der, wie es auf dem Schaufensterschild heißt, »im Handumdrehen Wohnungen auflöst«. Ich vermute, dass im Internetcafé ein Teil der Ausbeute gelandet ist und frage mich, wer in solchen Möbeln freiwillig gehaust hat. Wahrscheinlich war das Noah auf seiner Arche, vorausgesetzt, dass es damals schon orangefarbene Plastikstühle gab.

Nathan hockt bereits vor einem Computer und hat sich in ein Spiel vertieft. Ich klopfe ihm auf die Schulter. Er zuckt zusammen, springt hoch und schüttelt meine Hand wie ein Geisteskranker. Er trägt wieder die Brille, deren Gläser wie Flaschenböden wirken, und sein Haar ist zweifellos fettig. Ich halte mir krampfhaft vor Augen, dass er Millionär ist, dass er ein Internetunternehmen besitzt und dass er vielleicht Kapital aufnehmen will. Das werde ich als Mantra benutzen.

»Schön, dich zu sehen, Trixie«, sagt er und zieht einen Plastikstuhl herbei. Oh, wie aufregend! Wir werden uns einen Computer teilen! Ich blicke mich nach dem Kellner um, doch so jemanden scheint es hier nicht zu geben.

»Wo ist der Service Provider?«, frage ich.

»Ähm«, macht Nathan. »Wie?«

»Na, der Service Provider.« Wieder nichts. Nathan glotzt mich an, als spräche ich chinesisch. »Der Kellner«, übersetze ich für ihn.

»Oh.« Nathan grinst und schlägt sich an die Stirn. Sagenhaft, wie schnell er kapiert. »Wahnsinn! Gefällt mir. Tolles Wortspiel. Leider gibt es keinen Kellner. Hier ist Selbstbedienung.« Er zeigt auf eine Nische im Hintergrund, wo ein Typ steht und etwas brät. Der Herd muss ebenfalls Noahs Arche entstammen.

»Gibt es denn wenigstens eine Speisekarte?« Nathan deutet auf eine kleine Tafel, die in der Nische hängt.

»Ich möchte Würstchen, Rührei, Weißbrot und Tee«, sagt er. »Was ist mit dir?«

»Ich trinke nur einen Wodka-Tonic.«

Nathan runzelt die Stirn. Nach einigem Grübeln schüttelt er den Kopf.

»Sag bloß, die haben keine Alkohollizenz.«

»Wozu? Die braucht man hier nicht.«

Ich seufze. »Na gut, dann eben Kaffee. Bestellt man bei dem Mann in der gestreiften Schürze?«

Nathan zögert und nickt dann.

Ich werfe einen kurzen Blick in die Runde. An den anderen Tischen sitzen Gestalten, die Nathan täuschend ähnlich sehen. Resigniert hieve ich mich hoch und begebe mich nach hinten. Der Küchenchef lässt den Pfannenheber sinken, ergreift einen schmierigen Lappen und wischt sich die Hände ab.

»Einen koffeinfreien Espresso, bitte«, sage ich.

»Was soll das sein?«, fragt er.

»Kaffee.«

»Nescafé oder Nescafé Gold?«

»Macht für mich keinen Unterschied. Schwarz, bitte.« Der Typ kippt einen Löffel Kaffeekörner in einen verfärbten Becher, auf dem die Adresse und die Telefonnummer des Internetcafés stehen. Er füllt ihn mit Wasser aus einem großen Boiler auf und hält mir einen Zuckerspender hin. Ich lehne dankend ab und bestelle Nathans Delikatessen.

»Rührei und Würstchen können Sie mitnehmen. Brot und Tee bringe ich.«

Nathan fällt wie ein Wolf über seine Cholesterinmahlzeit her und verkündet mit vollem Mund, er hätte den ganzen Tag noch nichts zwischen die Zähne bekommen.

»Prima, dass du angerufen hast«, sagt er, nachdem er alles in sich hineingeschaufelt hat. »Ich war gerade dabei, die Kosten für ein neues Projekt auszurechnen. Sieht aus, als würde ich das ohne Hilfe nicht schaffen.« Ich horche auf. Ha! Jim wird staunen. »Ich möchte eine Kette mit Internetcafés gründen. So was wie das hier.« Stolz macht er eine unfassende Handbewegung.

»Oh.« Meine Enttäuschung ist unüberhörbar. »Ich dachte, du wolltest richtig Geld aufnehmen. Nicht nur ein paar Hunderter.«

»Ein paar Hunderter ist gut! Natürlich schwebt mir etwas mit erstklassigen Service Providern vor. Für den Anfang bräuchte ich so etwa zehn bis zwanzig Millionen.« Hm. Das ist weniger, als ich erhofft hatte – aber ist das nicht immer so im Leben? Andererseits hat Jim keine bestimmte Größenordnung vorgegeben, und insofern kratzt es mich nicht.

Ich schalte auf Investmentbanker und erkläre Nathan, wir würden am besten mit Anleihen in traditionellen Märkten beginnen. Ich schildere ihm die Charts, die ich studiert habe, und beschreibe ihm die Möglichkeiten, die sich daraus ableiten lassen. Nachdem ich mich für etwa zehn Minuten über Zinssätze und Kapital ausgelassen habe, winkt Nathan ab.

»Mach mal halblang«, knurrt er. »Bis jetzt ist noch gar nicht raus, ob ich dir den Auftrag übergebe.« Ich schaue ihn perplex an. Was glaubt er eigentlich, weshalb ich hier bin und dieses so genannte Essen über mich ergehen lasse? »Das ist nämlich an gewisse Bedingungen geknüpft.« O nein! Ich werde definitiv keine Nutten mehr engagieren! Ich will gerade Einwände erheben, als er mir zuvorkommt. »Es ist bestimmt nicht das, was du denkst. Es ist auch nicht schwierig. Komm mit, ich zeige es dir.«

Nathan ergreift meinen Arm, zieht mich hoch und schiebt mich vor sich her durch den Raum. Vor einer Tür mit einem

Messingschild bleiben wir stehen. Auf dem Schild ist ein kleines Mädchen abgebildet, das auf einem Töpfchen sitzt. Hinter meinem Rücken wird gekichert. Nathan stößt die Tür auf und zerrt mich hinter sich her in eine Kabine. Der Geruch eines beißenden Kiefernsprays schlägt mir entgegen.

»Du besitzt etwas, das ich gern hätte«, sagt Nathan. Panik steigt in mir hoch. Er wird doch wohl nicht auch annehmen, dass ich mit Drogen deale? Dieses Hin- und Hergerede stehe ich nicht noch einmal durch. Dass er etwas anderes im Sinn hat, dämmert mir jedoch, als er seine Jeans aufzuknöpfen beginnt. Nein! So dringend brauche ich meinen Job nun auch wieder nicht. Oder doch? »Mach schon!«, befiehlt Nathan. »Es dauert nur eine Minute.« Wie bitte?

»Ich – ich bin mir nicht sicher«, erkläre ich, während meine Gedanken sich überschlagen und ich nicht weiß, ob ich den Job oder meine Selbstachtung bewahren soll. Nathan öffnet die Gürtelschnalle.

»Ich wette, du hältst mich jetzt für ziemlich pervers«, sagt er.

»Stimmt.« Schließlich ist der Kunde immer im Recht.

»Das finde ich aber nicht nett von dir.«

»Entschuldige.« Vielleicht ist es doch besser, dem Kunden gelegentlich zu widersprechen. »Hör zu, Nathan, ich halte das für keine gute Idee«, murmele ich matt. Ich weiß echt nicht, was ich tun soll. Soll ich mich einfach hinknien, die Augen schließen und an Prada denken? Prada, du bist in meinem Herzen und in meinem Schrank … Prada, du bist mein Leben und – »Du machst kein Theater, nicht wahr?«, sagt Nathan. »Was ist denn auch groß dabei? Du besitzt die Schönsten, die ich je gesehen habe.«

»Die schönsten *was?*«, frage ich.

»Die schönsten Schlüpfer.«

»Igitt!«, kreische ich auf. »Du warst der Typ, der in meiner Unterwäsche gewühlt hat?« Nathan wird rot.

»Tut mir Leid, Trixie, aber ich wusste sofort, dass du scharfe Sachen trägst, und da konnte ich einfach nicht anders. Okay, ich habe einen deiner Schlüpfer geklaut, aber was soll's? Ich tausche ihn gegen den, den du jetzt trägst.« Nathan lässt seine Jeans fallen und enthüllt MEINEN Schlüpfer. Ich kann nicht fassen, dass er ihm passt, und nehme mir vor, gleich am nächsten Tag ernsthaft mit einer Diät zu beginnen. »Ich habe ihn noch nicht wieder ausgezogen«, gesteht Nathan.

»O Mann, bist du widerlich!«, zische ich und reiße die Tür auf, damit die Trottel draußen sehen können, was aus einem wie sie wird. »Such dir eine andere Bankerin zum Schlüpfertauschen, mich kannst du vergessen!« Ich mache auf dem Absatz kehrt und stürme aus dem Café.

Dienstag, 31. Oktober

(Noch so und so viele Tage Galgenfrist – ich habe den Überblick verloren. Ich weiß aber, dass ich Freitag gefeuert werde, wenn kein Wunder geschieht.)

»Sag nichts«, warne ich Bluthund, während ich mich an meinem Platz niederlasse und die Computer einschalte. Die asiatischen Märkte scheinen sich beruhigt zu haben. Der Yen hat seine Talfahrt beendet und ist stabiler geblieben als erwartet. Die anderen Währungen haben sich ebenfalls erholt. Meiner Brust entringt sich ein schwerer Seufzer. Das sind die besten Voraussetzungen, um einen Deal durchzuziehen – sofern man einen Kunden hat.

»Habe ich dir nicht –«, beginnt Bluthund, doch ich falle ihm ins Wort.

»Ich will nichts hören«, warne ich erneut. »Das ist mein Ernst.«

»Tut mir Leid«, murmelt Bluthund. »Ciaran und ich sind erst nach deiner Dinnerparty dahinter gekommen. Im Taxi hat Nathan uns seine Trophäe gezeigt.« Bluthund wirkt bekümmert. »So war er an der Uni noch nicht.« Ich werfe ihm einen skeptischen Blick zu. »Wie dem auch sei«, fährt er fort. »Ich habe schon mehrere Anrufe für dich entgegengenommen.« Er überreicht mir einige Zettel. »Nichts Dringendes, glaube ich. Lily wollte wissen, ob du auf ihrer Hochzeit Blumen streust.« Ich werfe ihm einen drohenden Blick zu. »Tu mir nichts«, bittet er. »Ich bin unschuldig. Ich gebe die Nachrichten lediglich weiter.« Er räuspert sich. »Ich glaube, Lily hat auch schon einen Ballen Stoff erstanden, mit einem kleinen Webfehler, aber –«

»Das reicht«, unterbreche ich ihn ungeduldig. »Ich will auch davon nichts wissen.«

»Julie hat ebenfalls angerufen.«

»Dich oder mich?« Bluthund steigt die Röte ins Gesicht.

»Dich.«

»War sie gestern Abend bei dir?« Julies Anrufbeantworter hatte sich eingeschaltet, als ich sie nach meiner Begegnung mit Nathan vom Taxi aus anrief, um sie zu bitten, sich auf den Schock hin mit mir in der Met Bar zu treffen. Bluthund nickt verlegen, woraufhin ich gleichmütig mit den Schultern zucke.

»Da war noch jemand, der dich sprechen wollte«, bemerkt Bluthund. »Ein Typ namens Jimmy Munroe.«

»Wer?«, frage ich, während ich überlege, wo ich den Namen schon mal gehört habe.

»Er sagte, ihr hättet euch in der VIP-Lounge am Flughafen getroffen.« Ach, der! Der Michelin-Mann. Der Mensch, der sich keinen Schwimmring kaufen muss, da er bereits einen am Leib trägt. Vielmehr fünf davon. »Er möchte Kapital aufnehmen.«

»Sag bloß. Wahrscheinlich will er sich ein neues Auto kaufen.« Bluthund verneint kopfschüttelnd. »Was denn? Etwa ein Haus?« Neuerliches Kopfschütteln. »Dann fällt mir nichts mehr ein.«

»Er braucht Geld, weil das Unternehmen, für das er tätig ist, ein umfangreiches Expansionsprojekt plant.« Bluthund lehnt sich zurück, um seine Worte zu genießen. »Sie vertreiben europaweit die Produkte einer amerikanischen Kette. Oder umgekehrt. So ganz genau bin ich nicht dahinter gestiegen. Jedenfalls will er dich sprechen. Offenbar hast du einen tiefen Eindruck hinterlassen.« Bestimmt weniger tief als der, den der Typ auf seinem Barhocker hinterlassen hat.

Bluthund reicht mir einen Zettel, auf dem eine Telefonnummer steht. Die ersten drei Ziffern sehen nach Islington aus. Um welche Branche es sich handelte, weiß ich nicht mehr. Könnten Lebensmittel gewesen sein. Könnte aber auch sein, dass ich das verwechsle, weil der Bursche so verfressen war. Auf dem Flug nach New York waren bereits nach einer Stunde die Erdnüsse aus.

»Wer hat übrigens den Caffè Latte auf meinen Tisch gestellt?«, frage ich, während ich Jimmy Munroes Nummer wähle.

»Ciaran«, murmelt Bluthund. Ich ergreife den Becher und lasse ihn in den Papierkorb fallen.

»Triple L Foods«, meldet sich eine Stimme.

»Könnte ich bitte Jimmy Munroe sprechen?«

»Wen darf ich melden?« Ich hasse diesen halb singenden Tonfall, den die Leute immer für besonders toll und einladend halten. Er ist genau wie die schwachsinnigen Schilder in Kneipen, auf denen steht *Man muss nicht wahnsinnig sein, um hier zu arbeiten, aber es hilft.*

»Trixie Thompson-Smythe«, antworte ich. Bluthund wirft mir einen rügenden Blick zu. »Halt bloß die Klappe«, zische ich, indem ich die Hand über das Mundstück lege. »Das steht auf meiner Visitenkarte, und ich habe jetzt keine Lust, einem Fremden zu verklickern, warum ich plötzlich anders heiße.« Bluthund wendet sich achselzuckend ab. Aus dem Kopfhörer plätschert *Greensleeves.* Die Melodie wird mich noch um den Verstand bringen. Ich wette, Lily wählt sie auch anstelle eines Hochzeitsmarsches aus.

Ich höre gedämpfte Stimmen, und dann Jimmy Munroe, der außer Atem ist und schnauft: »Trixie, sind Sie's? Vielen Dank, dass Sie so schnell zurückgerufen haben.«

»Gern geschehen«, erwidere ich und überkreuze dabei Mittel- und Zeigefinger. »Was kann ich für Sie tun?« Ich bemühe mich um einen äußerst sachlichen Tonfall.

»Na, ich hoffte, wir könnten mal zusammen essen gehen. Ich lade Sie zum Dinner ein.« Klar, immer das Wichtigste zuerst. »Mein Chef würde sich ebenfalls freuen, Sie kennen zu lernen.« Kein Wunder, schließlich befindet sich ein Foto von mir auf meiner Visitenkarte. Jim war zwar dagegen, doch ich habe ihm klar gemacht, ein Bild ersetze tausend Worte. Meistens erwiderte er daraufhin, tausend Worte seien nicht nötig, ein kurzer Anruf würde den Kunden genügen. Man kann ihm eben nie etwas recht machen.

»Jederzeit«, erwidere ich höflich. »Können Sie mir vielleicht schon sagen, worum es geht?«

»Nun, wir möchten etwa 50 Millionen Pfund aufnehmen«, erwidert Jimmy. »Ich weiß, das ist weniger als Sie gewohnt sind, doch es wäre nur für den Anfang. Wenn die Sache sich so anlässt, wie wir hoffen, würde es anschließend jeden Monat um diesen Betrag gehen. Mindestens. Wir haben sehr ehrgeizige Pläne.« Mein Herz hämmert so laut, dass ich schwören könnte, er kriegt es am anderen Ende mit. Dieser liebe Mensch, dieser wonnige Fettsack, dieser wundervolle Michelin-Mann mit den schönen Siegelringen an den Fingern könnte mein Lebensretter sein. Ich möchte ihn küssen.

»Wann sollen wir uns treffen?«, frage ich so angelegentlich wie möglich. Ich höre Papierseiten rascheln. Abermals ertönen gedämpfte Stimmen. Der süße, herzige, etwas pummelige Jim nimmt den Hörer wieder auf.

»Ginge es morgen?« Warum denn so spät? Warum denn nicht heute Abend? Morgen reicht nicht mehr. Dann bleiben mir nur noch zwei Tage, um den Kopf aus der Schlinge zu ziehen. Ich reiße mich zusammen und erkläre mich einverstanden, schlage allerdings vor, dass wir uns bereits zum Mittagessen treffen. Dann hätte ich wenigstens noch den Nachmittag zur Verfügung. »Kein Problem«, sagt Jimmy. »Wie wär's mit Frederick's in der Camden Passage? Das liegt nicht weit von der Upper Street entfernt. Wissen Sie, welches Restaurant ich meine?«

»Ja, natürlich weiß ich das.«

»Sagen wir, um eins?«

»Zwölf wäre besser.« Bitte, bitte. Für mich bedeutet das noch eine Stunde Galgenfrist, und du könntest eine Stunde länger essen.

»Abgemacht. Bis dann. Auf Wiedersehen.« Jimmy legt auf.

»Bluthund!«, schreie ich. Bluthund schaut erschrocken hoch. Bestimmt hat er Angst, er hätte wieder was verbrochen. »Ich kann es tatsächlich noch schaffen«, sage ich schrill und wiederhole dann noch einmal leiser: »Ich kann es tatsächlich schaffen.« Bluthund strahlt. Ich rücke mich auf meinem Stuhl zurecht. Ich muss die Charts studieren, um herauszufinden, wie der Michelin-Mann am besten Kapital aufnimmt. Das wird ein langer Tag.

Mittwoch, 1. November

(Noch 3 Tage Galgenfrist – komisch, mit Kleidung habe ich Sie gar nicht erkannt!)

Kurz vor zwölf treffe ich bei Frederick's ein, um erst mal schnell die Lage zu sondieren und zu prüfen, wo der Fluchtweg ist, falls jemand Unterwäsche oder Drogen von mir verlangt. Für alle Fälle habe ich zudem preiswerte Schlüpfer von Marks & Spencer angezogen. Schlabberige, weiße Unterhosen, die ich fast bis unter die Arme ziehen kann.

Der Oberkellner schaut entsetzt, als er mich durch die Tür treten sieht. Für einen Moment überwältigt mich Panik. Habe ich versehentlich den Rock in die Unterhose gesteckt? Nein, jetzt fällt es mir wieder ein. Das letzte Mal war ich mit Julie hier. Zum Schluss waren wir ein wenig ausgelassen, glaube ich. Ich werfe einen verstohlenen Blick auf die cremeweißen Wände. Schau an, die Mousse-Spritzer sind abgegangen.

»Guten Tag«, begrüße ich den Oberkellner. Sein Lächeln wird milder. Er erinnert sich doch nicht, sondern lächelt bestimmt, weil ich nach viel Geld aussehe.

»Guten Tag, Madame«, grüßt er freundlich zurück.

»Ich möchte zu dem Tisch, der für zwölf Uhr auf den Namen Munroe reserviert wurde«, sage ich.

Der Oberkellner begibt sich hinter sein Pult, schlägt ein schweres Buch auf und fährt suchend mit dem Finger über eine Seite, bis er schwungvoll auf eine Zeile einsticht.

»Da haben wir ihn«, sagt er und nimmt eine Speisekarte auf. »Sie haben einen separaten Raum gebucht. Wenn Sie mir bitte folgen würden?« Er deutet auf eine Seitentür. Mit einem

Mal erinnere ich mich wieder an die Zeiten, als ich jedes Mal furchtbar nervös wurde, wenn ich vor einem Geschäftsessen stand. Beim ersten Mal habe ich allen Anwesenden die Hand geschüttelt, einschließlich des Oberkellners. Mann, hat der sich gefreut!

Als ich den Nebenraum betrete, erblicke ich einen großen runden Tisch, der für drei Personen gedeckt ist. Die überzähligen Stühle stehen aufgereiht an der Wand, wo die teuren Bezüge gut zur Geltung kommen. Ich nehme am Tisch Platz – auf dem Stuhl, der sich am nächsten zur Tür befindet.

»Darf ich Ihnen etwas zu trinken bringen?«, fragt der Oberkellner und überlässt mir die Speisekarte.

»Ja, gern. Einen Kir Royal.« Ich klappe die Speisekarte auf und überfliege die Seiten auf der Suche nach dem Gericht mit den wenigsten Kalorien.

»Auch ein Wasser?«

Ich nicke. »Mit Kohlensäure. Eine große Flasche.«

Der Oberkellner verneigt sich und verschwindet. Es ist bereits zehn nach zwölf, und weit und breit ist noch nichts von dem Michelin-Mann und seinem Chef zu sehen. Plötzlich werden draußen Stimmen laut. Daneben vernehme ich Geräusche, die so klingen, als ob Leute sich auf den Rücken schlagen würden. Ich erkenne die Stimme des Oberkellners und verstehe Satzfetzen wie »unsere Gäste sind ganz begeistert« und »vor allem das Himbeereis« und »hat sich auf unseren Umsatz ausgewirkt«. Danach wird noch etwas gemurmelt, das ich nicht mitkriege, und dann öffnet sich die Tür.

Als Erster tritt Jimmy ein, mit wogenden Fettmassen, und hinter ihm … hinter ihm … ich blinzele mehrmals … hinter ihm befindet sich Larry. Der Verlobte meiner Mutter. Der nun keinen weißen Overall trägt, auf dem sich rosafarbene Eisspritzer befinden, sondern einen Anzug von Armani. Die Schuhe sind eindeutig Church, das Hemd Thomas Pink, die

Krawatte Hermès. Jimmy wippt schwabbelnd auf den Zehenspitzen. »Überraschung geglückt?«, fragt er.

Es dauert eine Weile, bis ich meine Stimme wiederfinde, was immer das auch heißen mag, denn verloren hatte ich sie ja eigentlich nicht, sie kam nur nicht heraus, als ich was sagen wollte. Ich lasse die Speisekarte sinken und erhebe mich langsam.

»Nimmt mich hier jemand auf den Arm?«, frage ich krächzend.

»Aber wieso denn?«, antwortet Larry. »Setz dich ruhig wieder hin, Trixie.« Er wendet sich dem Oberkellner zu. »Eine Flasche Ihres besten Champagners«, trägt er ihm auf. Danach schaut er mich an. »Ich hoffe, deine Bank hat keine dieser lächerlichen Vorschriften erlassen, nach denen ihr mittags nichts trinken dürft, oder?« Ich verneine mit stummem Kopfschütteln, obwohl – ganz so eindeutig ist das nicht. Die Bank hat vor Jahren versucht, eine solche Vorschrift durchzusetzen, aber wir schworen, das entsprechende Memo nie zu Gesicht bekommen zu haben. Als die Sekretärin des Vorstandsvorsitzenden es abermals aufsetzen und rundschicken wollte, luden wir sie zum Mittagessen ein. Na, den Rest kann man sich ja wahrscheinlich denken. Jedenfalls hatte sie ziemlich einen in der Krone und hat die Sache nicht weiterverfolgt.

»Tja«, beginnt Larry, »jetzt fragst du dich bestimmt, was hier los ist, wie?« Als ich nicke, legt Larry einem strahlenden Jimmy den Arm um die Schulter. »Nun, Jimmy erzählte mir neulich von einer Bankerin, die er auf dem Weg nach New York in der Wartelounge kennen gelernt hat. Er war voll des Lobes. ›Nette Frau‹, sagte er, ›mit der könnten wir zusammenarbeiten.‹ Als er mir deine Visitenkarte zeigte, ahnte ich natürlich noch nichts, erst als Lily mir sagte, dass du –« Zum Glück muss er eine Pause einlegen, weil der Oberkellner den Champagner geöffnet hat, unsere Gläser voll schenkt und sich erkundigt, ob er uns die Tagesspezialitäten vorlesen darf. Ich bin ihm sehr dankbar, denn ich habe echt keine Lust, auf die Geschichte mit meinem Namen und meiner Mutter einzusteigen. Wie aus der Ferne höre ich den Oberkellner etwas von gedünsteter Scholle, Eierschaum und Safranrisotto erzählen. Erst nachdem er verkündet, das Mousse au chocolat sei leider aus, komme ich wieder zu mir und sehe, dass er mir einen letzten warnenden Blick zuwirft, ehe er den Raum verlässt.

»Also gut«, sagt Larry, »lasst uns zügig entscheiden, was wir essen wollen, damit wir anschließend gleich zur Sache kommen können.« Wir entscheiden uns zügig, woraufhin Larry zu seiner Erklärung ansetzt.

»Tja, Trixie, mir gehört Larrys Lutschleckereis oder Triple L Foods, wie wir inzwischen heißen. Neuer Markenname«, bemerkt er augenzwinkernd, »du kennt so was ja.« Ich nicke wortlos. »Für mich war der alte eigentlich gut genug«, fährt Larry fort, »doch eines Tages kam so einer junger Bursche vorbei, der Berater war und mir klar machte, dass wir einen neuen Namen brauchen. Die Leute in seinem Büro hatten eine Befragung durchgeführt und herausgefunden, dass man uns als *Larrys Lutschleckereis* nicht ernst nimmt. Offenbar hielt man uns für eine Firma, die Sexartikel produziert.«

»Und?«, frage ich, während ich an meinem Champagner nippe. »Tut ihr das?«

»Selbstverständlich nicht. Wir stellen ausschließlich Eisprodukte und andere kalte Speisen her. Ich glaube, unser Eiskonfekt mit Schokolade ist dir bestens bekannt.« Ich schüttele den Kopf. »Nanu? Lily behauptet aber das Gegenteil.«

»Bist du irgendwie pervers?«, erkundige ich mich.

»Wie bitte?«

»Nimmst du Drogen?«

»Sag mal –«

»Trägst du Damenunterwäsche?«

»Das reicht«, erwidert Larry und setzt sein Glas ab. Selbst Jimmy schaut vom Brotkörbchen auf und hält mit dem Kauen inne. »Du handelst sicher nur im Interesse deiner Mutter«, fügt Larry hinzu, »doch das geht entschieden zu weit.«

»Ich handele lediglich in *meinem* Interesse«, antworte ich. »Ich erklär es dir ein anderes Mal. Erzähl weiter.«

Als sich die Tür öffnet und der Oberkellner die Vorspeisen hereinträgt, streckt Jimmy seine Hände nach dem schwersten und fettesten Gericht aus. Als er meinen grünen Salat erblickt, weiten sich seine Augen vor Entsetzen. »Sie machen doch hoffentlich keine Diät?«, ruft er erschrocken. »Es ist ja so schon nichts an Ihnen dran.« Er streicht sich über seine Fettrollen. »Wer wird denn Kalorien zählen? Das macht doch keinen Spaß.«

»Vor fünf Jahren haben wir uns neu positioniert, wie man das heute wohl nennt«, fährt Larry fort. »Damals haben wir den ersten großen Vertrag mit einer Fast-Food-Kette abgeschlossen. Anschließend ging es Schlag auf Schlag, und inzwischen beliefern wir ich-weiß-nicht-wie-viele Restaurants. Hunderte. Stimmt doch, Jimmy, oder?« Jimmy nickt mit vollen Backen. Süß. Wie ein Hamster, der sich für den Winterschlaf voll stopft. »Dazu kommen natürlich noch unsere Eiswagen, die wir nach einem Franchise-System betreiben. Sie sind ebenfalls sehr lukrativ.«

»Ich kapier das immer noch nicht«, sage ich und schiebe meinen Salatteller zur Seite. »Wir haben uns vor fünf Tagen kennen gelernt. Da sahst du wie ein bekleckerter Anstreicher aus und fuhrst mit einem albernen Wagen durch die Gegend, aus dem *Greensleeves* gedudelt kam. Jetzt sitzt du hier in schicken Klamotten und redest von Verträgen und Ketten und Markennamen. Wie soll ich mir das zusammenreimen?«

»Tja, dir mag das seltsam vorkommen«, gibt Larry zu. »Mir

jedoch nicht.« Ich hätte es wissen müssen. Meine Mutter hat sich einen Verrückten geangelt, der an Realitätsschwund leidet. »Triple L ist *mein* Unternehmen. Es ist übrigens eins der größten Unternehmen dieses Landes, das sich noch in Privathand befindet.«

Wie bitte? »Bist du etwa Millionär?«, frage ich. Derselbe Mann, von dem ich noch vor wenigen Tagen dachte, dass er sich nicht für Finanzen interessiert?

Larry lacht belustigt auf. »So könnte man es auch nennen.«

Ich werde gleich ohnmächtig. Meine Mutter, die sich ihr Leben lang nicht für Geld interessiert hat, heiratet einen MILLIONÄR? Und ich, die ich den Film *Wie angelt man sich einen Millionär?* schon hundertmal gesehen habe, bin immer noch solo? Wie war das mit der höheren Gerechtigkeit?

»Warum hat meine Mutter mir denn nichts davon gesagt?«

»Weil sie davon nichts weiß.«

»Du machst Witze, oder?« Larry, den ich ehrlich gesagt gleich vom ersten Moment an sehr gemocht, nein, wie einen Vater geliebt habe, schüttelt den Kopf.

»Es gibt halt Tage«, entgegnet er, »an denen es mich reizt, noch mal dahin zurückzukehren, wo ich angefangen habe. Dann will ich mich an die Zeiten erinnern, in denen es nur mich und meinen Eiswagen gab. Ich will die lachenden Kinder erleben, die mit ihrem Taschengeld in der Hand zu mir gelaufen kommen.« Mir wird gleich schlecht. Wahrscheinlich meint er seinen lachenden Buchhalter, der die Taschengelder addiert. »An solchen Tagen schnappe ich mir einen Wagen und tingele wieder wie früher durch die Gegend. Und eines Tages, als ich gerade an der Columbia Road stand, tauchte deine Mutter auf. Lily. Wir konnten es beide nicht fassen. Lily hat sich so gefreut, dass ich meinen Traum verwirklicht hatte und einen eigenen Eiswagen fuhr, dass ich ihr den Rest nicht erzählen mochte. Ich wäre mir wie ein Angeber vorgekommen, und wahrscheinlich hätte sie es mir ohnehin nicht geglaubt. Na, und als wir dann einen kleinen Spaziergang unternahmen, erfuhr ich, dass Lily Geld verabscheut. Es würde die Menschen verändern, sagte sie.« Er wirft mir einen vorwurfsvollen Blick zu. »Daraufhin habe ich erst recht geschwiegen. Ich wusste ja nicht, wie sie auf die Wahrheit reagieren würde.« Larry wirft Jimmy einen Blick zu, als würde er sich von dort Beistand erhoffen, doch Jimmy hat sich längst wieder dem Brotkorb zugewandt. »Lily glaubt auch, mein Haus gehöre der Stadt und sei eine geräumige, schöne Sozialwohnung. Es ist ein sehr altes Haus, das gleich bei dir um die Ecke liegt. An der Duncan Terrace.«

Oh! Meine Lieblingsstraße in Islington. Wo sich Trauerweiden über Steingärten neigen und schmiedeeiserne Zäune die großen Rasenflächen umgeben.

»Und sie hat noch immer keine Ahnung?«, frage ich, während der Oberkellner unsere Hauptgerichte serviert.

»Nein. Du darfst ihr auch nichts verraten. Jedenfalls noch nicht. Ich werde es ihr erklären, wenn ich so weit bin. Zurzeit glaubt sie, ich führe mit dem Eiswagen durch die Stadt, um für mein Auskommen zu sorgen. Es stört sie nicht. Im Gegenteil. Du hast ja selbst erlebt, wie glücklich sie ist.«

»Aber ich möchte es ihr gern –«

»Nein, Trixie! *Ich* werde es Lily erzählen. Du wirst schweigen. Vor allem, wenn du willst, dass ich dir helfe, deinen Job zu retten.«

»Was soll das denn schon wieder heißen?«

»Das heißt, dass ich Bescheid weiß. Dein Freund Christopher hat mir im Old Parr's alles erzählt.« Ich hole Luft. Bluthund wird sein blaues Wunder erleben. »Er hat es nicht von sich aus getan«, fährt Larry fort. »Ich habe ihn dazu gedrängt. Du hast so unglücklich ausgesehen, als wir uns in der Bank trafen, dass nur etwas sehr Unangenehmes dahinter stecken konnte.« Larry deutet auf meinen Teller. »Fang an zu essen, Trixie. Es wird sonst kalt.«

Ich stochere geistesabwesend in meinem Essen herum. Das ist alles nicht zu verachten, fährt es mir durch den Sinn. Ich werde die Stieftochter eines Millionärs – ach was, eines Multimillionärs. Lieber Gott, ich danke dir. Da hast du richtig gute Arbeit geleistet.

»Andererseits ist es nur angemessen, wenn du von meinem Unternehmen profitierst«, setzt Larry hinzu, während er Erbsen auf seine Gabel häuft und den Mund wie ein Kind aufsperrt, das auf seinen Breilöffel wartet. Tja, so ist das nun einmal: Man kann den Menschen zwar aus seinem Milieu befreien, doch das Milieu nicht aus dem Menschen. »Immerhin hast du den Anstoß zu unserem jüngsten Geschäftserfolg gegeben.«

»Wie denn das?« Das wird ja immer toller. Jimmy öffnet seine Aktentasche und entnimmt ihr mehrere Papiere, die er vor uns auf den Tisch legt.

»Lily hat mir von deiner Dinnerparty erzählt und berichtet, dass mein Eis allen geschmeckt hat. Sie hat gar nicht verstanden, dass du lieber amerikanisches Eis angeboten hättest. Das hat mich auf den Gedanken gebracht. Die Fortsetzung der Geschichte kennst du eigentlich schon, oder zumindest doch teilweise. Jimmy ist nach Amerika geflogen und hat unser Eis drüben testen lassen, woraus ein schöner, dicker Auftrag entstand. Stimmt's, Jimmy?« Jimmy nickt mit vollen Backen. »Wir haben Großabnehmer für unser Speiseeis und für unsere Limonenmeringue gewonnen, und nun ...« – Larry macht eine dramatische Pause – »schließen wir uns mit dem größten amerikanischen Hersteller von Speiseeis zusammen, um gemeinsam eine neue Spezialsorte auf den Markt zu bringen. Zu diesem Zweck brauchen wir einiges an Kapital.«

Ich lege meine Gabel ab. Ich kriege keinen Bissen mehr runter, weil mein Magen damit beschäftigt ist, Purzelbäume zu schlagen. Vielleicht kann ich meinen Job jetzt hinschmeißen und Jims albernes Ultimatum vergessen. Ich werde von dem Treuhandkonto leben, das mein geliebter zukünftiger Stiefvater für mich einrichten lässt.

Jimmy unterbricht meine Traumvisionen.

»Ich habe unseren Geschäftsplan mitgebracht«, sagt er. »Da steht alles drin. Unsere Bilanz, unsere Prognosen, die Länder, in denen wir Betriebe errichten wollen und so weiter.« Er schiebt seine Unterlagen zu mir herüber. »Wie Sie sehen, benötigen wir Kapital in unterschiedlichen Währungen, japanischer, griechischer, albanischer ... ja, auch in albanischer Währung«, bestätigt er, nachdem er meinen ungläubigen Blick gesehen hat. »Die Albaner sind verrückt nach unserem Eis. Vor allem aber brauchen wir amerikanische Dollar. Fünfzig Millionen für den Anfang.«

Ich überfliege die Seiten. Ausgezeichnete Zahlen, überzeugende Prognosen. Dieses Unternehmen wird noch von sich reden machen.

»Wir haben Triple L bewerten lassen«, fährt Jimmy fort. »Von den beiden größten Agenturen.« Er überreicht mir zwei Gutachten. »Sie sind beide ziemlich ordentlich ausgefallen, finde ich.« Ich überfliege die Gutachten. Ziemlich ordentlich? Ich würde sagen, das sind erstklassige Bewertungen. Wunderbar. Umso leichter wird meine Aufgabe sein. Solche Bewertungen sind Gold wert, wenn man Investoren zum Kauf von Anleihen überreden will. Das ist wie bei Kundenkreditkarten, die man ja auch anstandslos erhält, nachdem die Bank einmal grünes Licht gegeben hat.

Als der Oberkellner kommt, um abzuräumen, halte ich ihm meine Firmenkreditkarte hin. »Noch eine Flasche dieses vorzüglichen Champagners«, trage ich ihm auf. »Ich erledige die Gesamtrechnung.« Er nimmt meine Anweisung mit knappem Kopfnicken zu Kenntnis und wieselt davon.

Ich lächele Larry und Jimmy an. »Also, meine Herren«, sage ich, »ich muss los. Die Märkte rufen.« Ich wende mich an Larry. »Du willst über dein Geld bestimmt lieber heute als morgen verfügen, oder? Ich werde dieses Geschäft so schnell wie möglich über die Bühne bringen, – und zwar zu einem fairen Preis.« Ich stehe auf. »Genießt den Champagner! Ich hoffe, wir können bald zu dritt auf einen gelungenen Abschluss anstoßen.«

Ich schüttele Jimmys Hand und drücke Larry einen Schmatz auf die Wange, woraufhin er errötet und nach einem Taschentuch fahndet, um die verräterischen Lippenstiftspuren zu entfernen. »Lily bringt mich sonst um«, erklärt er schmunzelnd. »Sag uns, wie's läuft, und wenn wir vorbeikommen sollen, um mit jemandem zu reden, lass es uns wissen. Deinen Vorstandsvorsitzenden kenne ich allerdings schon. Wir haben das Eis für die Hochzeit seiner Tochter geliefert. Tolle Angelegenheit. Riesenzelt. Hunderte von Gästen. Ich glaube, so was würde Lily auch gefallen.«

»Ganz bestimmt«, erwidere ich. »Es würde ihr ermöglichen, ganz neue Mengenrabatte wahrzunehmen.«

Mittwoch, 1. November

(Noch 3 Tage Galgenfrist – Lily hat einen tadellosen Geschmack, was Männer betrifft.)

Im Taxi versuche ich, den Wagen mit schierer Willenskraft zur Eile anzutreiben, um gleich mit meinem Jahrhundertgeschäft loszulegen. Ich vertiefe mich erneut in die Unterlagen, die Jimmy mir überlassen hat. Wie aus weiter Ferne höre ich, dass der Taxifahrer mir erzählt, wer vor einer Woche auf meinem Platz gesessen hat. Es interessiert mich nicht die Bohne.

In der Bank stürze ich auf Jims Büro zu, reiße die Tür auf und warte ungeduldig auf den Zehen wippend, dass Jim sein Telefonat beendet. Mary ist mir gefolgt. Sie steht im Türrahmen und meckert, dass ich nicht aufzuhalten war. Mann, sie soll sich verziehen.

»Was ist denn, Trixie?«, erkundigt sich Jim gereizt, während er hastig einen Bogen Papier in seiner Schreibtischschublade versteckt. »Die Antwort ist übrigens nein, falls du wissen willst, ob du die Bank schon zwei Tage früher verlassen kannst.«

»Unsinn«, sage ich und wedele ihm mit Jimmys Unterlagen vor der Nase herum. »Ich habe ein Geschäft in der Tasche. Für Triple L Foods, eins der größten Privatunternehmen Englands. Sie möchten ungefähr fünfzig Millionen Dollar aufnehmen, was allerdings erst der Anfang wäre. Ihr Speiseeis geht weg wie warme Semmeln. Okay, schlechter Vergleich«, entschuldige ich mich, als Jim sein Gesicht verzieht. »Sagen wir, ihr Speiseeis ist ein Hit. Weltweit. Schau auf die Seite zwei.«

Jim schlägt die Präsentationsmappe auf und studiert die farbigen Balken- und Tortendiagramme.

»Sieh dir die Prognose für Japan an«, dränge ich. »Und die für Irland. Das Unternehmen wird eindeutig Furore machen. Der Besitzer sucht ein flexibles Kapitalaufnahmeverfahren. Er möchte, dass ich diesen Prozess koordiniere.«

Jim blickt auf und schüttelt betrübt den Kopf.

»Was hast du?«, frage ich. »Wo ist das Problem? Ich habe einen Auftrag ergattert. Nimm meinen Namen von der Liste, die du gerade in der Schublade hast verschwinden lassen.« Jim wird ein wenig rot, doch er schüttelt weiterhin den Kopf.

»Hat die Kreditabteilung ihr Okay gegeben?«, fragt er, während er in den Unterlagen blättert.

»Nein. Das Unternehmen ist jedoch exzellent bewertet worden. Von zwei verschiedenen Agenturen. Das dürfte fürs Erste reichen.«

»Hast du die Swaps durchgerechnet?«

»Nein, aber dafür brauche ich nicht lange. Ich fange damit an, sobald ich das Okay der Kreditabteilung erhalten habe.« Ich verstumme, weil ich spüre, wie meine Zuversicht plötzlich schwindet. Jim reagiert so eigenartig, finde ich. Wie es aussieht, ist meine Position noch immer nicht gesichert.

»Hast du dich im Verkauf erkundigt, wie man den Absatz von Triple-L-Foods-Anleihen einschätzt?«

»Nein, das nicht, aber …« Ich halte inne. Wo bleiben die offenen Arme? Die tränenreiche Wiederaufnahme der lieben Trixie? Die Worte »ich wusste, dass du es schaffst«? Fast kommt mir der Verdacht, dass ich jetzt besser nicht um eine Gehaltserhöhung bitte. »Schau dir die Unternehmensbewertungen an«, wiederhole ich. »Etwas Besseres können sich Investoren doch gar nicht wünschen! Wir könnten auch jedem Käufer eine Gratisportion Eis versprechen.« Jim hebt die

Brauen. »Na gut, dann eben kein Eis«, sage ich. »Es wird trotzdem ein tolles Geschäft. Warum sagst du nichts?«

»Warum hast du dieses Geschäft nicht früher auf die Beine gestellt?«, fragt Jim. Mann, weil ich nicht wusste, dass meine Mutter den Eigentümer des Ladens heiratet! Und jetzt gib mir deinen Segen, ich muss mich an die Arbeit machen. »Bis Freitag kann der Vertrag unmöglich geprüft, unterschrieben und abgeschlossen sein«, erklärt Jim. »Tut mir Leid, Trixie.«

Ich glaube, ich höre nicht richtig. Er will seine Drohung tatsächlich wahrmachen? Ich habe einen gigantischen Auftrag in der Tasche, doch er kommt leider zu spät? Mir ist, als hätte mir jemand ins Gesicht geschlagen. Wie benommen schüttele ich den Kopf. Die Bank erhält einen neuen Kunden. Triple L Foods. Meinen Kunden, den ich leider nicht mehr erleben werde. Ein anderer wird die Lorbeeren ernten. Ich lange über Jims Schreibtisch, schnappe die Präsentationsmappe, klemme sie unter den Arm und verlasse wortlos Jims Büro. Marys hämische Miene übersehe ich.

Ich stürme auf Bluthunds Schreibtisch zu. Als ich vor ihm stehe, schreckt er hoch. Ich werfe die Mappe vor ihn hin.

»Hier«, sage ich. »Ich schenk dir was. Ich glaube, ich schulde es dir ohnehin.« Danach mache ich kehrt und begebe mich zu meinem Platz, wo ich auf den Stuhl sinke und blicklos auf die Bildschirme starre. Nach einer Weile ruft Larry an, um zu erfahren, ob ich wieder gut im Büro gelandet bin und ob er vorbeikommen soll, um irgendetwas zu unterschreiben. Ich erkläre ihm, ich sei gut gelandet und würde wegen der Einzelheiten sobald wie möglich mit ihm telefonieren. »Warum hast du dich nicht schon am Montag gemeldet?«, möchte ich ihn am liebsten fragen. »Dann hätte ich wenigstens noch eine Chance gehabt.« Aber was soll's? Ich weiß ja, warum er am Montag noch nichts verlauten lassen konnte. Die Antwort steht in den Präsentationsunterlagen. Die Amerikaner haben erst am Montagabend den Vertrag unterschrieben. Um neun Uhr Londoner Zeit ist die Kopie bei Triple L Foods per Fax eingegangen, zusammen mit der Mitteilung, dass das Original per Express unterwegs ist. Und selbst wenn Jimmy noch am selben Abend versucht hätte, Kontakt mit mir aufzunehmen, hätte er mich gar nicht erreicht. Ich musste ja einem perversen Phantom hinterherjagen, das sich für meine Unterwäsche interessiert.

Ich höre Bluthund aufgeregt schnaufen und mit den Unterlagen rascheln.

»Ich kapier das nicht, Trixie«, sagt er. »Du hast doch alles, was du brauchst. Das ist nicht nur *ein* Geschäft, sondern mehrere. Du hast es geschafft! Warum übergibt du die Sache mir?«

»Weil ich es nicht rechtzeitig geschafft habe. Ich war noch beim Schattenboxen, als die Glocke die letzte Runde einläutete. Wie dem auch sei, bis Freitag schaffe ich den Vertragsabschluss nicht, und Jim ist nicht gewillt, meine Galgenfrist zu verlängern. Deshalb ist es jetzt dein Geschäft. Nimm es. Kauf dir was Neues zum Anziehen, wenn du den Bonus erhältst.«

»Das ergibt doch keinen Sinn, Trixie!« Gibt es irgendjemanden, der noch beharrlicher ist als Bluthund? Vermutlich hat er auf diese Weise auch Julie rumgekriegt. Er wird sie zermürbt haben. »Versuch es doch wenigstens.«

»Bluthund!«, murmele ich flehend. Das Gespräch ermüdet mich langsam. »Nimm mein Geschenk und sag kein Wort mehr, ja? Es ist vollkommen ausgeschlossen, dass die Kreditabteilung bis Freitag die Unterlagen checkt. Ich habe mich auch noch nicht mit der Verkaufsabteilung in Verbindung gesetzt oder das Projekt strukturiert oder die Rechtsabteilung gebeten, die Verträge aufzusetzen. Alles zusammen erfordert mindestens drei Tage, und über die verfüge ich nicht mehr.«

»Trotzdem«, entgegnet Bluthund störrisch. Er wird Julie in den Wahnsinn treiben. Er hat wirklich etwas von einem Hund an sich, der so lange an einem Knochen nagt, bis er sich zum Mark durchgebissen hat. »Welche Art der Strukturierung schwebt dir denn vor? Du hast dir doch bestimmt schon ein paar Gedanken gemacht.«

»Klar habe ich das«, antworte ich. »Im Taxi auf dem Weg hierher. Es müsste etwas Klassisches sein. Verkauf an hiesige Investoren, die das Unternehmen kennen und von seinem Produkt überzeugt sind. Den Ertrag wollte ich in Dollar umtauschen. So einfach. Angesichts des Marktes« – ich drücke einige Tasten, um mir die jüngsten Diagramme anzuschauen – »beliefen die Zinsen sich wahrscheinlich auf höchstens …« Ich rechne die Prozentzahlen durch und erkläre Bluthund meine Analyse der Diagramme. Abschließend sage ich: »Und jetzt entschuldige mich bitte. Ich muss noch ein paar Leute anrufen, um mich zu verabschieden.«

Ich wende mich rasch ab, weil mich die Ungerechtigkeit der Lage mit einem Mal überwältigt und Tränen über meine Wangen laufen. Frusttränen. Nein, Wuttränen. Ich ärgere mich über mich selbst und meine dusselige, hochgestochene Art. Mann, ich glaube, mein Job wird mir echt fehlen.

Freitag, 3. November

(Es ist so weit – der Todeskandidatin steht aber noch ein letzter Wunsch frei.)

Gestern war ich wie ein Automat. Ich habe Headhunter und alte Freunde angerufen und gefragt, ob sie was von einer offenen Stelle wüssten oder einen Job für jemanden hätten, dem die Karriere mal gleichgültig war, der jetzt jedoch alles dafür täte. Die Reaktionen fielen höflich aus, anders kann man das nicht sagen. Allerdings hatte die Nachricht meines bevorstehenden Absturzes bereits im ganzen Finanzdistrikt die Runde gemacht. Ist ja auch nicht verwunderlich, denn Börse und Banken leben nun mal von Gerüchten. Eine Bekannte – mehr war sie jetzt nicht mehr – erklärte mir, ihre Bank käme insofern nicht in Frage, als sie alkoholfreie Mittagspausen eingeführt hätte und ich anscheinend ohne meine acht Flaschen pro Tag nicht auskommen könnte. Schön wär's. Ein anderer Typ hatte erfahren, dass ich mich auf eine wüste Affäre mit Jim eingelassen hatte und von unserem Vorstandsvorsitzenden in flagranti erwischt worden sei. Ich weiß nicht, was mich mehr geärgert hat – die Beleidigung meines Charakters oder die meines Geschmacks. Eine Affäre mit Jim? Also wirklich.

Gerüchte sind abstoßend (vor allem, wenn sie mich betreffen). Ich mag es nicht, wenn Fantasien sich mit Tatsachen vermengen, das Ergebnis plötzlich als Wahrheit gilt und jedermann glaubt, ein Experte zu sein. Plötzlich weiß jeder, weshalb ich gestrauchelt bin. Hat sich mit ihrem Chef eingelassen, werden sie sagen, war immer schon unmoralisch, entstammt zudem gestörten Familienverhältnissen. Abgehakt. Fall geklärt.

Heute früh ist Lily vorbeigekommen, um mir beizustehen. Wir haben Ewigkeiten gebraucht, bis wir uns auf die passende Kleidung für meinen letzten Tag in der Bank geeinigt hatten. Ich will nämlich einen verletzten, aber dennoch nicht besiegten Eindruck machen. Lily ist allerdings nicht mit an die Haustür gekommen, um mir nachzuwinken. Das konnte sie nicht.

Julie hat mir Blumen geschickt. Auf der beiliegenden Karte stand, dass ich mich nicht unterkriegen lassen soll und dass wir abends eine Flasche Krug trinken würden. Sie muss ein Vermögen ausgegeben haben, damit der Strauß noch rechtzeitig vor halb sieben angeliefert wurde. Ja, richtig, ich habe mir vorgenommen, heute pünktlich zum Morgenmeeting zu erscheinen, um Jim trotzig in die Augen zu blicken.

Von Larry und Jimmy habe ich nichts mehr gehört, wenngleich sie mittlerweile wissen dürften, wie es um mich steht. Entweder hat Bluthund, ihr neuer Berater, sie informiert oder Lily. Wie ich Lily kenne, hat sie während der letzten sechsunddreißig Stunden von nichts anderem geredet als von der Ungerechtigkeit, die mir widerfahren ist. Sie war außer sich, als ich ihr erzählte, ich hätte zwar ein Geschäft zustande gebracht (für wen habe ich nicht gesagt), aber die Frist trotzdem nicht mehr geschafft. Armer Larry. Ich glaube, zur Hochzeit schenke ich ihm Ohropax.

Um zehn vor sieben treffe ich in der Bank ein und bedenke die Wachbeamten mit einem knappen Lächeln. Sie wirken betreten. Wahrscheinlich wissen sie auch schon Bescheid. Oder noch schlimmer: Sie haben die schwarzen Mülltüten schon abholbereit unter dem Empfangstresen deponiert und warten nur noch auf das Zeichen, um sie zu meinem Tisch zu schleppen. Ich hoffe, die Tüten sind aus wiederverwertbarem Material. Die Bank sollte auch in Fällen ungerechter Kündigungen nicht von ihren Prinzipien abweichen, finde ich.

Bluthund ringt sich ein gequältes Lächeln ab, als ich mich an meinem Platz niederlasse und die ersten Schubladen aufziehe, um meine Sachen herauszukramen. Dabei gerät mir ein Foto in die Hände, das Sam und mich in glücklicheren Tagen zeigt. Ich werfe einen Blick zu seinem Tisch hinüber. Er ist nicht da. Sein Tisch ist jedoch festlich geschmückt, und an der Fahnenstange hängen glitzernde Wimpel. Lass mich raten. Er hat ein ganzes Cheerleader-Team abgeschleppt.

Mein letzter stolzer Auftritt Jim gegenüber verpufft leider im Leeren, denn Jim nimmt ausnahmsweise nicht am Morgenmeeting teil. Er führe ein Gespräch mit neuen Kunden, heißt es. An seiner Stelle leitet Ciaran das Meeting. Na gut, dann war mein frühes Aufstehen doch nicht ganz umsonst. Der Verräter schafft es nämlich nicht, mir in die Augen zu sehen. Einmal vertut er sich und fragt mich, wie ich die nächste Woche einschätze, woraufhin ich erwidere, schlecht, denn da müssten die Märkte ohne mich auskommen.

Bluthund und ich trinken eine letzte gemeinsame Tasse Kaffee. Ich bin beim letzten Tropfen angelangt, als Mary auftaucht und mir aufträgt, ihr zu folgen. Ich erhebe mich und bitte Bluthund, dafür zu sorgen, dass die Sicherheitsleute meinen Kram nicht in die Müllsäcke schmeißen und sich wie Möbelpacker aufführen. Bluthund verspricht, dass er sich höchstpersönlich um den Erhalt meines Besitzes kümmern wird.

Mary und ich besteigen einen Aufzug und fahren in den vierten Stock hinauf, wo sich die Personalabteilung befindet. Vor einigen Jahren hat die Bank dort Alarmknöpfe installieren lassen, für den Fall, dass ein Gekündigter ausrastet und gewalttätig wird. Nun, bei mir braucht sich niemand Sorgen zu machen. Ich habe mich in mein Schicksal gefügt.

Als wir den Aufzug verlassen, wendet sich Mary nach links. Ich erkläre ihr, das sei die falsche Richtung. Mary ignoriert mich, wie immer, und marschiert den Flur entlang, vorbei an den Bildern, auf denen die City von London seit ihren Anfängen abgebildet ist. Sie scheint den Konferenzräumen entgegenzustreben. Vor dem Fitzwilliam-Raum hält sie an. Der Fitzwilliam-Raum wurde nach einem früheren Vorstandsvorsitzenden benannt, der durch den Beschluss, auf der Vorstandsetage Damentoiletten installieren zu lassen, Berühmtheit erlangte. Immerhin ist es seinen tattrigen Nachfolgern seitdem nicht mehr möglich, Frauen unter dem Hinweis auf die fehlenden sanitären Anlagen für den Vorstand abzulehnen. Die Spülung wird aber wahrscheinlich noch immer nicht sehr häufig bedient.

Mary klopft an. Ich höre Jims Stimme, die »Herein« ruft. Ich folge seiner Aufforderung. Dabei schießt mir durch den Kopf, dass alles anders gekommen wäre, wenn ich in der Vergangenheit auch so brav seinen Befehlen gefolgt wäre.

Jim sitzt hinter einem massiven Eichentisch, gießt aus einer silbernen Thermoskanne Kaffee in eine Porzellantasse und reicht sie … Larry.

»Larry?«, rufe ich verwundert. Larry schaut auf und lächelt. Nun entdecke ich auch Jimmy Munroe, der gerade dabei ist, ein, zwei Muffins zu verdrücken.

»Hallo, Trixie.« Larry erhebt sich, kommt auf mich zu und schüttelt meine Hand. Danach rückt er mir einen Stuhl zurecht und bittet mich, Platz zu nehmen.

»Larry«, wiederhole ich wie ein Papagei. »Was tust du hier?«

»Jetzt ist's aber gut, Trixie«, sagt Jim. »Du weißt doch genauso gut wie ich, dass Larry und Jimmy zur Unterzeichnung der Verträge erschienen sind. Die Emissionen sollen noch heute auf den Markt.«

Was hat Jim gesagt? Im Geist gehe ich noch einmal die einzelnen Schritte durch, die ich an diesem Morgen unternommen habe. Nein. Ich habe nichts getrunken. Weshalb redet Jim dann aber dieses Kauderwelsch? Ich beschließe, einfach den Mund zu halten. Vielleicht ergeben seine Worte ja nach einer Weile einen Sinn.

»Gute Arbeit, Trixie«, fährt Jim fort. Nein. Sie ergeben keinen Sinn. »Ich muss zugeben, dass ich für einen Moment befürchtet hatte, du würdest die Kurve nicht mehr kriegen, doch nun hat Larry mir offenbart, welch ein erstaunliches Angebot du ihm am Mittwoch unterbreitet hast, und dass wir uns sputen müssen, um die von dir errechneten Zinsmöglichkeiten zu garantieren.« Ich glaube, ich kann meinen Ohren nicht trauen. Wie aus der Ferne höre ich »... großartige Idee«. Okay, das kommt mir bekannt vor. »Gewissermaßen begnadet«. Hm. Das habe ich noch nie gehört.

Jim schildert die Vorgehensweise, nach der wir den Abschluss mit Triple L Foods strukturieren. Sie entspricht exakt dem, was ich Bluthund vorgetragen habe.

»Also, dann.« Jim überreicht Larry seinen Mont-Blanc-Füllfederhalter, schiebt die Vertragsunterlagen zu ihm hin und deutet auf eine gepunktete Linie. »Wenn Sie bitte hier gegenzeichnen würden? Und dann noch mal dort. Und Sie, Jimmy, bitte hier.« Jimmy erhebt sich und schwabbelt herbei, um seiner Pflicht nachzukommen. »Damit wäre das geregelt«, bemerkt Jim abschließend. »Trixie«, wendet er sich an mich, »die Telexe und Faxe an die entsprechenden Banken hast du ja bereits abgefasst. Ich würde sagen, gegen, ähm ...« – er wirft einen Blick auf seine Armbanduhr – »halb zehn oder so können sie raus.«

Ich nicke stumm, denn wenn ich etwas sagen würde, brächte ich lediglich ein »Was geht hier eigentlich ab?« zustande.

Jim richtet seine Aufmerksamkeit wieder auf Larry und Jimmy. »Würden Sie uns die Ehre erweisen, um zwölf im Büro des Vorstandsvorsitzenden auf unser Geschäft mit einem Glas Champagner feierlich anzustoßen?« Sein Blick kehrt zu mir zurück. Er schmunzelt. »Für Trixie halten wir eine eigene Flasche parat.« Prima. Danach kapier ich vielleicht, was los ist. »Und nun an die Arbeit, Trixie!« Er scheucht mich fort. »Sieh zu, dass die Sache ins Rollen kommt! Larry und Jimmy werden bis Mittag im Haus sein, falls es noch irgendwelche Fragen gibt.«

Erst als ich mit dem Aufzug hinunter zur Börsenabteilung schwebe, erfasse ich das komplette Ausmaß der Sache. Dem Himmel sei Dank, dass ich im Fitzwilliam-Raum meinen Mund gehalten habe! Das war mehr Glück als Verstand. Ich stürze aus dem Aufzug und rase an meinen Schreibtisch. Bluthund klebt wie üblich am Telefon und quasselt. Als er mich sieht, beendet er rasch sein Gespräch. Ich wette, er hatte Julie an der Strippe. Ob sie mittlerweile weiß, was vorgefallen ist? Wäre ziemlich nett, wenn mir auch mal jemand was erzählte.

»Sag mal, Bluthund, weißt du zufällig, was hier gespielt wird?«, erkundige ich mich. »Ich komme gerade aus dem Fitzwilliam-Raum, wo Jim, mein zukünftiger Stiefvater und der Michelin-Mann mir erklärt haben, dass die Anleihen für Triple L Foods heute emittiert werden, was auf meine Aktivitäten zurückzuführen sei. Ich bin ziemlich erstaunt, wenn ich ehrlich bin. Ich weiß zwar, dass ich ab und zu Filmrisse habe, doch an so was würde ich mich doch hoffentlich noch erinnern!«

Bluthund holt tief Luft, zieht eine Schreibtischschublade auf und entnimmt ihr einen kleinen Notizblock.

»Da, schau her!« Ich überfliege sein Gekrakel. Sieht aus, als hätte er sich während unseres Gesprächs am Mittwochnachmittag Notizen gemacht. »Ich habe deine Ideen festgehalten«, erklärt er. »Es hat alles so einfach geklungen! Wirklich nichts anderes als ein stinknormales Geschäft. ›Warum sollte das nicht in Windeseile über die Bühne gehen können?‹, habe ich mich gefragt.«

»Bis jetzt komme ich noch mit«, sage ich. »Doch angeblich habe ich bereits das Verkaufsteam und die Kreditabteilung hinter mir, habe die Swaps organisiert und die Ankündigungen für die Banken schon fix und fertig als Faxe in der Tasche. Und das, ohne einen Handschlag getan zu haben?«

»Du hast den schwierigen Teil des Geschäftes erledigt. Du hast den Kunden gewonnen und den Deal strukturiert. Einige deiner Freunde hier haben beschlossen, den Rest zu übernehmen.« Als ich ihn fassungslos anstarre, fügt er hinzu: »Na ja, es kam uns halt ungerecht vor, dass du jetzt doch noch deinen Job verlieren solltest. Du hast Jims Bedingungen erfüllt, aber er hat sich als Mistkerl erwiesen.«

»Ja, und dann?«

Bluthund wirkt ein wenig unsicher, als er antwortet: »Ja, und dann habe ich – mit Ciaran gesprochen und ihm die Situation erklärt. Er war dir was schuldig, fand ich. Na, jedenfalls hat er sein Team angefeuert und sich schon mal bei potenziellen Investoren umgehört. Und nun darfst du raten.« Ich kann so lange raten, wie er will, ich werde trotzdem nicht dahinter kommen. Offenbar habe ich in zwei parallelen Welten gelebt. Über Bluthunds Gesicht breitet sich ein verschämtes Grinsen aus. »Die Investoren waren begeistert! Sowohl von deinem Konzept als auch von deinem Kunden. Kann sein, dass du sogar das Volumen erhöhen musst, aber hundertprozentig sicher ist das noch nicht.« Meine Augen müssen verräterisch aufgeblitzt haben, denn die letzten Worte hat Bluthund warnend hinzugesetzt. »Danach mussten wir nur noch ein paar Gefälligkeiten einklagen.«

»Welche Gefälligkeiten?«

»Die Kreditabteilung wollte erst nicht so recht. Sie steckten bis über beide Ohren in Arbeit, behaupteten sie, und vor Montag ließe sich nichts machen. Ciaran hat nachgebohrt und festgestellt, dass Manfred die Kreditabteilung mit sechs Deals blockiert.«

»Hm. Und wie weiter?«

»Ciaran hat sich Manfred vorgenommen.«

»Manfred hat Ciaran den Vortritt gelassen?«

»Genau. Aus Gefälligkeit gewissermaßen.«

»Machst du Witze?«

»Keineswegs. Ciaran hat lediglich die Kantine gebeten, das Sauerkraut aus dem Speiseplan zu streichen, und hat Manfred erklärt, es könne sein, dass sich in Zukunft für deutsche Unternehmen keine Investoren mehr finden.«

»Das ist Erpressung.«

»Wie kommst du denn darauf? Ciaran hat sich sehr überzeugend angehört. Selbst Manfred haben seine Argumente eingeleuchtet. Jedenfalls hat die Kreditabteilung gleich mit der Überprüfung von Triple L Foods begonnen und festgestellt, dass das Unternehmen von den Agenturen unterbewertet wurde. In Wirklichkeit steht Triple L Foods noch glänzender da als auf dem Papier. Ciaran hat sich die Zusatzinformationen aus dem Internet besorgt.«

»Sieht aus, als ob er sich ziemlich reingehängt hätte.«

»O ja, ohne ihn und Julie hätte es nicht geklappt. Julie ist gegen zwei Uhr morgens, als wir gerade die letzten Details durchgingen, vorbeigekommen und hat uns Pizza gebracht. Wir haben sie gleich dabehalten, damit sie die Faxe tippt. Weißt du, wie lange sie dafür gebraucht hat? Mann, sie hat echt keine Ahnung vom –«

»– Tuten und Blasen?«

»Ich wollte eigentlich vom Tippen sagen. Wir hatten Larry noch vor Mitternacht angerufen und ihm erklärt, was Sache ist. Er hat uns in aller Herrgottsfrühe seine Anwälte vorbeigeschickt.« Bluthund reibt sich die Hände. »Sobald du das Zeichen gibst, werfen wir die Erstemissionen für Triple L Foods auf den Markt.«

Ich bin sprachlos. Ciaran, Bluthund und Julie haben sich

zusammengetan, um meine Karriere zu retten? Ich sehe, dass Ciaran an seinem Tisch mit seinem Team diskutiert. Wie wundervoll er in der dunklen Hose und dem cremefarbenen Hemd aussieht! Ich glaube, er hat ein wenig abgenommen. Er wendet sich um, fängt meinen Blick auf und lächelt.

»Aber was ist denn mit dem Stellenabbau?«, frage ich. »Jim muss doch die Kosten senken. Wer wird denn gefeuert, wenn ich es nicht bin?«

Bluthund deutet auf Sams Tisch. Meine Güte! Die festliche Aufmachung stand gar nicht für eine Orgie! Sams Kollegen sind stattdessen dabei, seinen Abgang zu feiern.

»Sam?«, murmele ich verwundert. »Ist er weg? Aber warum?«

»Er ist zu einer Belastung geworden«, antwortet Bluthund. »Die Bank macht sich Sorgen wegen der hohen Anzahl sexueller Belästigungen, und das Gerede um seine Gonorrhö hat ihm auch nicht gerade geholfen. An oberster Stelle wurde ein Skandal befürchtet.«

»Kennt man hier denn wirklich gar keine Loyalität mehr? Sam hat der Bank ein Vermögen eingetragen!«

»In letzter Zeit nicht mehr.«

»Wieso nicht?«

»Er hat sich zu häufig mit seinen Währungsprognosen verhauen. Offenbar war unter seinen Eroberungen eine Astrologin, die ihn zu allem möglichen Unsinn überredet hat. Zu investieren, wenn die Sonne im Aszendenten stand und so weiter. Ciaran hat das von einer von Sams alten Freundinnen erfahren, an die er sich während einer Party rangemacht hat.«

Ciaran hat sich an eine Frau rangemacht? Bluthunds Worte bohren sich wie Messer in meine Magengrube. Er redet jedoch unbeeindruckt weiter. Ich erfahre, dass Sam heute früh von den Sicherheitsbeamten aus dem Gebäude geleitet wurde, woraufhin er in der Tiefgarage wutschnaubend den

Schlüssel seines Firmenporsches in einen Gulli geschmissen hat. Der Junge hat wirklich Nerven!

»Wie auch immer«, sagt Bluthund, »wir können uns später noch ausführlich unterhalten. Wie wär's heute Abend mit einem Drink? Julie kommt auch. Jetzt müssen wir uns ranhalten. Komm, spuck in die Hände!«

Ich beuge mich vor, um ihn zu umarmen und ihm einen Kuss auf die Wange zu drücken. Er tätschelt mir liebevoll die Hand.

»Julie hat echt Schwein gehabt«, sage ich. Anschließend erhebe ich mich, um Ciaran einen Besuch abzustatten. Er sieht mich kommen, steht auf und eilt mir entgegen. Auf diese Weise treffen wir uns in der Mitte der Börsenabteilung, genau zwischen zwei Tischreihen. Dort kann uns niemand hören.

»Ich glaube, ich schulde dir etwas«, murmele ich. Er blickt zu mir herunter, zwinkert jedoch nicht. Er sieht müde aus. Vielleicht sogar verhärmt?

»Kein Problem«, erwidert er großzügig. »Wir sind jetzt quitt.«

Quitt? Das Wort gefällt mir nicht. Es klingt so endgültig. So, als ob unsere Geschichte vorbei wäre, noch ehe sie überhaupt angefangen hat.

»Wie du willst. Trotzdem schönen Dank.«

Ich mache kehrt. Quitt, denke ich. Hm. Ich reiße mich zusammen und schiebe die Gedanken an Ciaran beiseite. Ich werde mir in die Hände spucken und mich auf die Abwicklung meines Geschäfts konzentrieren. Ich höre, dass jemand meinen Namen ruft. Ich drehe mich um. Ciaran steht noch immer an derselben Stelle. Er sagt etwas, das ich nicht verstehe. Ich gehe noch mal zurück.

»Entschuldigung. Ich habe dich nicht verstanden.«

»Ich habe gefragt, ob du mir noch eine zweite Chance gibst. Bitte, Trixie. Das, was ich getan habe, tut mir Leid.«

Mir fallen die unzähligen Male ein, an denen ich meine Freunde verletzt habe. Mit meinen spitzen Bemerkungen zum Beispiel. Ich denke an die überhebliche Haltung, die ich meiner Mutter gegenüber an den Tag gelegt habe. An meine Unsicherheiten und Hochstapeleien. In diesem Moment weiß ich, dass ich kein Recht habe, Ciaran zu verurteilen.

»Vielleicht gebe ich dir eine Chance«, erwidere ich bußfertig. »Aber nur unter der Voraussetzung, dass du mich nie wieder belügst.«

»Versprochen.«

»Gut. Ich muss dir nämlich etwas gestehen.«

»Was?«

»Ich hasse Caffè Latte.«

Danksagung

Was soll ich sagen? So viele Menschen, so wenig Platz und so groß die Gefahr, jemanden zu vergessen.

Mein Dank geht an meine Mutter Lily, die mich sehr inspiriert hat, an John für das Einrichten meines Computers und an Liz für ihren E-Mail-Support auch in den düstersten Stunden des Schreibens. Dank auch an Charlotte, die täglich neue Entwürfe las und sich als wunderbarer Prüfstein erwies. Und an all die Freunde, die mir gute Ratschläge, Alkohol und eine Schulter zum Ausweinen boten und ohne die ich es nicht geschafft hätte.

Sláinte an Adam, Sheila und Catherine; Anna, Andrew, Becky, Caroline, Chris, Daniel, Garrett, Geraldine, Iona, Jason und Mark, Jackie, James, Joelle, Kerry, Lauren, Lisa, Melanie, Mike, Paul, Patricia, Patricia und Gordon, Philip, Ra, Roly, Sue, Shira, Suzy und Tony. Danke. Ich schulde euch allen einen Drink. *Einen*, habe ich gesagt.

Selbst auf die Gefahr hin, mich wie Gwyneth Paltrow anzuhören, danke ich auch meinem Boss Neil Collins, der mir Platz für meine Kolumne einräumte und mir Sonderurlaub gewährte, damit ich dieses Buch schreiben konnte. Ebenso danke ich meiner Agentin Amanda Seyderhelm, Jane Wood, meiner Lektorin bei Orion, die mir mit sanfter Hand den rechten Weg zeigte, und Selina Walker, die den ganzen Prozess in Gang brachte.

Last not least möchte ich der altbekannten Regel folgen und

erklären, dass alle Fehler und Irrtümer in diesem Buch natürlich … nicht auf mein Konto gehen.

Trixie Trader erreichen Sie unter: trixie@telegraph.co.uk